KNAUR

Über die Autorin:
Angelika Svensson wurde 1954 in Hamburg geboren und lebt heute in Schleswig-Holstein. Nach der Ausbildung zur Fremdsprachenkorrespondentin begann sie 1972 ihre berufliche Tätigkeit beim Norddeutschen Rundfunk in Hamburg, wo sie seitdem arbeitet. Ihre Stationen innerhalb des NDR führten sie in unterschiedliche Bereiche, so auch in die Abteilung Unterhaltung/Fernsehspiel, wo sie auf Produktionsseite an der Entstehung vieler Shows und mehrerer Krimis mitgewirkt hat. Seit mittlerweile zwanzig Jahren arbeitet die Autorin als Disponentin. Angelika Svensson ist Mitglied im »Syndikat« und bei den »Mörderischen Schwestern«.
Mehr Informationen zur Autorin unter: www.angelika-svensson.de

Angelika Svensson

Küstentod

EIN FALL FÜR
KOMMISSARIN SANDERS

Kriminalroman

KNAUR

Besuchen Sie uns im Internet:
www.knaur.de

FSC
www.fsc.org
MIX
Papier aus verantwortungsvollen Quellen
FSC® C083411

Originalausgabe März 2018

Ein Imprint der Verlagsgruppe
Droemer Knaur GmbH & Co. KG, München

Redaktion: Dr. Gisela Menza
Covergestaltung: ZERO Werbeagentur, München
Coverabbildung: Ingo Boelter / Mauritius Images
Abbildung im Innenteil: antos777 / Shutterstock.com
Satz: Adobe InDesign im Verlag
Druck und Bindung: CPI books GmbH, Leck
ISBN 978-3-426-52165-6

2 4 5 3 1

»Die Grenze zwischen Gut und Böse
verläuft durch das Herz eines jeden Menschen.«

Alexander Solschenizyn

PROLOG

Als der silberfarbene Learjet zum Landeanflug auf den Airport Kiel ansetzte, öffnete Jegor Stepanow die Augen. Während des Flugs hatte er die Piloten, deren leise Stimmen von Zeit zu Zeit durch die halb geöffnete Cockpittür zu ihm drangen, in dem Glauben gelassen, er würde schlafen. Andernfalls hätte sich der Copilot bemüßigt gefühlt, in regelmäßigen Abständen nach ihm zu sehen, um zu erfragen, ob er etwas benötige, einen Drink vielleicht oder einige der vorbereiteten Köstlichkeiten, mit denen der Catering-Service den Kühlschrank im Heck des Jets vor dem Abflug aus St. Petersburg aufgefüllt hatte. Und derlei Störungen hatte Stepanow vermeiden wollen.

Er brauchte Ruhe. Nicht, um den Plan zu überdenken, der stand seit Wochen und bedurfte keiner weiteren Korrektur. Nein, die Ruhe diente einem anderen Zweck. Es war ein Innehalten, ein Sammeln vor dem entscheidenden Tag, von dem Stepanow immer gewusst hatte, dass er kommen würde. Kommen musste, so unweigerlich, wie auf Ebbe die Flut folgte.

Sein Blick wanderte zur Kabinenwand und nahm die Fotos der beiden Männer in den massiven Silberrahmen in Augenschein, die dort in einer Halterung befestigt waren. Das Gesicht des Mannes zur Linken mit den kurz getrimmten Haaren, den tiefliegenden wasserblauen Augen und dem vollen, sinnlichen Mund schien ihn vorwurfsvoll anzustarren.

Warum hast du mich nicht beschützt, großer Bruder? Warum hast du zugelassen, dass sie mich wie einen räudigen Hund erschlagen haben?

Ja, er hatte versagt, und dieser Umstand sowie das damit verbundene Schuldgefühl würden ihn bis an sein Lebensende verfolgen. Lew war verhaftet und zu einer mehrjährigen Freiheitsstrafe verurteilt worden, und er, der einmal geschworen hatte, seinen kleinen Bruder zeit seines Lebens zu beschützen, hatte nichts dagegen unternehmen können. Nachdem er seinerzeit erfahren hatte, in welcher Haftanstalt Lew einsaß, hatte er alles darangesetzt, ihn vor den Gefahren, die dort auf ihn lauern würden, zu schützen. Aber auch in dieser Beziehung war er gescheitert. Vor knapp zwei Monaten hatte man Lew in einem Kellerraum der Frankfurter JVA aufgefunden, bis zur Unkenntlichkeit zusammengeschlagen und schließlich an seinem eigenen Blut erstickt. Wer dafür verantwortlich war, hatte bis jetzt nicht ermittelt werden können.

Stepanow wandte seinen Blick dem Foto im rechten Silberrahmen zu. Das Gesicht des Mannes darauf war älter, mit gut geschnittenen Zügen, ein Frauentyp, in dessen dunklen Augen Reserviertheit und ein Anflug von Arroganz lagen.

»Fehrbach!«

Stepanow spie den Namen heraus. Das Foto stammte aus einer Zeitung. Lews Anwalt hatte es ihm geschickt, damals während des Prozesses gegen seinen kleinen Bruder. Es hatte einen Platz in Stepanows Brieftasche gefunden, damit er niemals vergaß, wie der Mann aussah, der seinen Bruder hinter Gitter gebracht hatte. Nach Lews Tod hatte Stepanow Fehrbachs Foto in einem zweiten Silberrahmen untergebracht, der nun als eine Art ständiger Mahnung neben dem Foto seines toten Bruders stand, zu Hause in der großen Villa in St. Petersburg oder wie jetzt im Flugzeug. Wenn sie gelandet waren, würde Stepanow die beiden Bilderrahmen wieder in seinem Aktenkoffer verstauen. Irina hatte ihn einmal gefragt, warum er sie ständig mit sich herumtrüge. Er war ihr die Antwort schuldig geblieben, denn sie hätte es nicht verstanden.

Der erste Anschlag auf Fehrbach war misslungen. Sie hatten sich mit seiner Frau begnügen müssen, und bisweilen hatte sich Stepanow mit dem Gedanken getragen, es dabei zu belassen, da mit ihrem Tod schon ein großer Teil der Rechnung beglichen worden war und ein Anschlag auf Fehrbach zu viel Staub aufwirbeln könnte. Aber dann war Lew umgekommen, und deshalb hatte sich Stepanow jetzt auf den Weg nach Kiel gemacht, die Stadt, in der er schon diverse Geschäfte getätigt hatte und einigen Einfluss besaß.

Um die Rechnung endlich gänzlich zu tilgen.

MITTWOCH, 22. OKTOBER

Da Kriminalhauptkommissarin Lisa Sanders die Örtlichkeiten am Schönberger Strand kannte, fand sie die von den Kollegen am Telefon durchgegebene Adresse sofort. Nur Augenblicke nachdem sie vom Holunderbusch in den Schlehenkamp eingebogen war, tauchte ein Polizeiaufgebot vor ihr auf, wie es die Bewohner dieses schmucken Neubauviertels mit Sicherheit noch nicht zu Gesicht bekommen hatten. Streifenwagen, neutrale Personenwagen der Kripo, der blaue VW-Bus der Spurensicherung, ein Rettungswagen, offensichtlich gerade im Aufbruch begriffen, ein Leichenwagen, Kollegen in Uniform und Zivil, im Gespräch beieinanderstehend oder in einsamen Fußmärschen begriffen, das Handy am Ohr. Das Szenario hatte den Anschein einer Invasion und wollte so gar nicht in diese ruhige Gegend passen, die an diesem goldenen Herbstmorgen so jäh aus ihrer Idylle gerissen worden war.

Lisa parkte den Wagen neben zwei großen Mülltonnen am Straßenrand und begab sich zu dem Beamten der Schutzpolizei, der an einem Absperrband wachte, hinter dem eine schmale Straße, der Weidenweg, zu mehreren Häusern führte.

»Ihre Kollegen sind da drüben«, meinte er und wies mit dem Kopf in Richtung eines Hauses mit weißer Rauhputzfassade und schwarzem Walmdach, das am Ende der Straße auf der linken Seite lag. Beim Näherkommen wurde Lisa auf ihren Vorgesetzten Ralf Södersen und den Kollegen Frank Bergmann aufmerksam, die inmitten einer Gruppe von Schutzpolizisten und Beamten des Kriminaldauerdienstes vor dem gepflegten und mit einer Friesenmauer umgebenen Vorgarten des Hauses standen und offensichtlich gerade bei der Aufgabenverteilung waren.

»Moin«, grüßte Lisa, nachdem sie die Kollegen erreicht hatte.

»Kommst du auch endlich mal an Land?«, gab Södersen zur Antwort und blickte sie missmutig an.

»Ich war beim Zahnarzt, das hatte ich doch am Telefon gesagt.«

»So lange?«

»Ja, so lange! Man kann nicht mitten in einer Wurzelbehandlung vom Stuhl hopsen. Der Zahnarzt hat mich eh schon angegiftet, weil ich mein Handy nicht ausgestellt hatte.« Du meine Güte! War Södersen etwa heute Morgen schon wieder mit dem linken Fuß aufgestanden? Das konnte ja heiter werden. Sie beschloss, seinen Anraunzer zu ignorieren, und deutete Richtung Haus. »Das Opfer ist also erneut ein Richter.«

Bergmann nickte. »Raimund Egner, ebenfalls Richter am Landgericht Kiel.«

»Dann müssen wir jetzt wohl von einer Serie ausgehen, oder?«

»Schwer zu sagen, da das heutige Opfer etwas anders zu Tode gekommen ist als das erste«, entgegnete Södersen mit grimmigem Gesicht und reichte ihr einen eingeschweißten Schutzanzug. »Aber vielleicht will uns hier auch nur jemand glauben machen, dass wir es mit unterschiedlichen Tätern zu tun haben. Denn es ist doch ziemlich unwahrscheinlich, dass im Abstand von nur einer Woche zwei Richter vom Kieler Landgericht von zwei unterschiedlichen Tätern umgebracht werden. Mal sehen, wie die Kollegen der OFA das beurteilen. Ich hab sie angefordert, sie sind auf dem Weg.«

»Das ganze Team?«, fragte Bergmann erstaunt.

»Ja. Hendrik Falkner ist immer sehr daran gelegen, dass alle aus seinem Team einen Tatort zu sehen bekommen.«

»Aber die OFA wird doch jetzt von einer Frau geleitet«, warf Lisa erstaunt ein. »Oder ist da irgendwas an mir vorbeigegangen?«

»Nee«, entgegnete Södersen. »Falkner ist nach wie vor der Stellvertreter, was ich persönlich sehr bedaure. Und da ich seine neue Vorgesetzte noch nicht kenne, halte ich mich an ihn. Schließlich sind wir bisher immer gut mit ihm gefahren, und die Analysen haben uns häufig weitergeholfen. Wer weiß, wie das jetzt wird ...«

»Manchmal bist du ein richtiger Chauvi«, sagte Lisa grinsend.

»Bin ich nicht! Aber was man so hört, soll die Neue eine ziemliche Zicke sein, und so was brauch ich nicht.«

Offensichtlich war Södersen heute wirklich mit dem falschen Fuß aufgestanden, denn wenn sich hier einer zickig gebärdete, dann ja wohl er. »Und wo liegt nun der Unterschied zwischen den beiden Delikten?«, brachte Lisa das Gespräch auf den Ausgangspunkt zurück.

»Das Opfer von vergangener Woche wurde zuerst mit einem Taser außer Gefecht gesetzt und dann mit einem Genickschuss getötet. Bei dem heutigen Opfer kam nur der Taser zum Einsatz, der Schuss entfiel.«

Das war in der Tat interessant. »Vielleicht haben die Stromschläge ausgereicht, um den Mann zu töten. Falls er zum Beispiel eine Herzschwäche oder etwas Ähnliches hatte.«

Södersen sah Lisa mit einem nachdenklichen Blick an. »Den Gedanken hatte ich auch schon. Dann hätte der Täter aber über medizinische Kenntnisse verfügen müssen, um festzustellen, dass sein Opfer wirklich tot ist.«

Lisa riss die Folie auf und faltete den Schutzanzug auseinander. Nachdem sie ihn übergestreift hatte, machte sie sich auf den Weg zur Eingangstür.

Zwei getötete Richter innerhalb einer Woche. Klaus Harmsen war am 14. Oktober in seinem Zweitwohnsitz in Scharbeutz umgebracht worden, und jetzt hatte es Raimund Egner am Schönberger Strand erwischt. Der Mord an Harmsen hatte den Anschein einer Exekution gehabt, und zum Glück war es ihnen bisher gelungen, diesen Aspekt vor der Presse geheim zu halten, die seit einer Woche kein anderes Thema zu kennen schien, obwohl nur spärlichste Informationen von der Pressestelle der Polizei herausgegeben worden waren. Oder vielleicht gerade deshalb, denn so war Raum für die wildesten Spekulationen. Lisa mochte gar nicht daran denken, was jetzt los sein würde. Eine Pressekonferenz wäre unumgänglich. Der Druck von oben war bereits nach dem ersten Tötungsdelikt enorm gewesen. Nun dürften ihre Vorgesetzten kein Halten mehr kennen. Bei der Aufklärung eines solchen Deliktes sollte es keine Unterschiede geben, aber Lisa hatte schon häufiger die Erfahrung gemacht, dass viele Chefs das anders sahen. So auch nach dem Mord an Harmsen. Södersen hatte von ganz oben die Direktive erhalten, dass das Tötungsdelikt zum Nachteil Klaus Harmsens absolute Priorität habe. Zum Nachteil ... Die Polizeisprache hatte manchmal etwas Beschämendes, wie Lisa fand. Ebenso wie die Anweisung, die der ersten auf dem Fuße gefolgt war. »Falls Ihnen ein toter Obdachloser dazwischenkommt, der ist zweitrangig.« Profilierungsneurosen hochrangiger Beamter, denen Södersen auch diesmal wie bereits in der Vergangenheit mit Verachtung und noch größerer Sturheit begegnet war.

»Ist es denn abgesehen von der Tötungsart wieder dieselbe Vorgehensweise gewesen?«, fragte Lisa, nachdem sie in den

Hausflur getreten waren. Sie blickte zu Dr. Karstens hinüber, der einen guten Meter hinter der geöffneten Tür neben der Leiche des Richters kniete.

»Ja«, antwortete Bergmann. »Auch hier stand die Terrassentür offen, und die Haustür war nur ins Schloss gezogen. Keine Fußspuren im Außenbereich.«

»Wer hat den Toten gefunden?«

»Eine Schutzpolizistin aus Schönberg«, sagte Bergmann. »Einer Nachbarin war heute Morgen gegen sechs die offen stehende Terrassentür aufgefallen, als sie mit ihrem Hund zum Deich wollte. Das war ihr wegen der frühen Uhrzeit und des schlechten Wetters komisch vorgekommen. Um die Zeit hat es hier nämlich noch kräftig geregnet, wie sie mir sagte. Die Frau hat sich allerdings nicht ins Haus getraut und deshalb die 110 angerufen. Die Leitstelle hat dann die Kollegin in Schönberg verständigt, die Bereitschaftsdienst hatte.«

»Wieso haben die nur eine Beamtin hergeschickt?«, fragte Lisa erstaunt. Seit der Umstrukturierung der Polizei im Kreis Plön, welche die Schließung kleinerer Stationen und die Aufwertung der Dienststellen in Schönberg, Lütjenburg und Plön beinhaltet hatte, sollten eigentlich immer zwei Beamte rausgeschickt werden. Übliche Praxis in den Städten, allein schon zum Schutz der Kollegen, in ländlichen Gebieten aufgrund von Personalknappheit allerdings selten der Fall. Offensichtlich hatte sich hier trotz Umstrukturierung nicht viel verändert.

»Keine Ahnung.« Bergmann zuckte mit den Schultern.

»Kannte die Nachbarin den Toten?«

»Sie hat gesagt, nein. Die Frau wohnt einige Straßen entfernt und kommt auch nicht jeden Tag hier vorbei. Ihre Überprüfung läuft.«

»Gibt es schon einen Hinweis, um welche Uhrzeit die Tat geschehen sein könnte?«

Bergmann schüttelte den Kopf. »Malte und Grothmann sind gerade auf Nachbarschaftstour. Hoffen wir mal, dass da jemand was mitbekommen hat.«

»Wo ist die Kollegin aus Schönberg?«

Bergmann warf einen Blick auf seine Armbanduhr. »Mittlerweile dürfte sie wohl im Krankenhaus sein. Das Mädchen hat das große Kotzen gekriegt, der ist total der Kreislauf weggesackt. War wohl ihr erster Toter. Die Sanis meinten, dass es besser wäre, sie zur Beobachtung mitzunehmen.«

O ja, das kannte Lisa gut. Ihr war es allerdings erst bei der vierten Leiche passiert, als sie sich bereits abgehärtet geglaubt hatte. Aber der Anblick des von Maden übersäten weiblichen Körpers, der sechs Wochen lang vergessen in einem Drecksloch in Kiel-Gaarden gelegen hatte, war dann doch zu viel für sie gewesen. Sie hatte sich die Seele aus dem Leib gekotzt.

»Wie heißt die Kollegin?«

Bergmann sah in seinen Notizblock. »Martina Falkner.«

Lisa zog die Augenbrauen hoch. »Martina?«

»Du kennst sie?«

»Ja. Sie ist die Tochter von Hendrik Falkner.«

Lisa musste schmunzeln. Sie hatte Martina vor zwei Jahren auf einer Weihnachtsfeier im LKA kennengelernt, zu der Falkner seine Tochter mitgenommen hatte. Sie hatte die Lütte, wie sie Martina insgeheim nannte, sofort in ihr Herz geschlossen, vielleicht auch, weil sie Erinnerungen an ihre eigenen Anfänge in ihr hervorrief. Die junge Frau sprühte vor Leben, war ehrgeizig und wild entschlossen, ihrem Vater zu zeigen, dass sie eine gute Polizistin war. Dass Falkner mit der Berufswahl seiner Tochter nicht einverstanden war, hatte er Lisa am Ende des Abends nach mehreren Gläsern Wein anvertraut. Von Martina hatte sie an demselben Abend erfahren, dass ihr dieser Umstand scheißegal war und sie es satthatte, dass ihr Vater immer noch das kleine Mädchen in ihr sah.

Lisa zurrte die Kapuze des Schutzanzugs fest und blickte sich um. Der Flur war in das Licht mehrerer auf Stativen befestigter LED-Schweinwerfer getaucht, die selbst die hintersten Ecken ausleuchteten. Der Tote lag auf dem grauen Laminatboden auf halber Höhe zwischen Haus- und Wohnzimmertür. Außer dem Rechtsmediziner umstanden ihn zwei Kollegen der Kriminaltechnik, die offenbar gerade mit ihrer Arbeit fertig waren. Der Körper des Mannes war mit durchnummerierten Folienstreifen abgeklebt, und auch die Aufnahme des 3-D-Laserscanners, womit ein Tatort »eingefroren« wurde, schien im Kasten zu sein, da der dafür zuständige Kollege die Ausrüstung einzupacken begann.

Vorsichtig setzte Lisa sich in Bewegung, um das Erdgeschoss zu erkunden. Es wurde von der Farbe Grau in den unterschiedlichsten Abstufungen sowie von Chrom, Glas und moderner Kunst dominiert. Letztere präsentierte sich in diversen Skulpturen und Gemälden, mit denen selbst Küche und Gästetoilette ausgestattet waren, wie Lisa mit kurzen Seitenblicken durch offen stehende Türen feststellen konnte.

Der Blick ins Wohnzimmer offenbarte eine elegante schwarze Ledergarnitur mit dazugehörigen Sesseln sowie einen gläsernen Couchtisch und eine TV- und Hi-Fi-Ausstattung, die ebenfalls nicht billig gewesen zu sein schienen. Im Hintergrund des Zimmers gaben drei bodentiefe Sprossenfenster den Blick auf eine geflieste Außenterrasse frei, auf der sich ein Ensemble aus hellen Rattanmöbeln sowie ein großer Strandkorb mit blau-weißer Streifenmusterung befanden. Im Anschluss daran erstreckte sich eine gepflegte Rasenfläche, die zur Promenade, dem unterhalb des Deiches verlaufenden Weg, von einer halbhohen Rhododendronhecke mit einer kleinen Tür darin begrenzt wurde.

»Ist Herr Egner schon offiziell identifiziert worden?«, fragte Lisa, nachdem sie in den Flur zurückgekehrt war.

»Ja, von mir«, war die Stimme von Dr. Martin Karstens zu vernehmen, der wieder neben dem Toten kniete.

Lisa trat zu ihm. »Woher kannten Sie ihn?«

Karstens erhob sich mit einer geschmeidigen Bewegung. Er wirkte fit, mehr, als es sein vor drei Monaten verabschiedeter Vorgänger Hesse, den Lisa schmerzlich vermisste, jemals gewesen war. Hesse war ein Genussmensch, wohlgenährt, mit fast immer guter Laune. Karstens hingegen erweckte den Eindruck eines Asketen, der sich vieles versagte und dementsprechend auch meistens mit schlechter Laune durch die Gegend ging. Lisa hatte gehört, dass er bereits dreimal am Wettbewerb des Ironman Germany teilgenommen hatte, der jedes Jahr im Sommer in Frankfurt und Umgebung ausgetragen wurde.

»Von einer Gerichtsverhandlung.« Eine kurze Verärgerung flog über das Gesicht des Rechtsmediziners. Die Erinnerung schien somit keine angenehme zu sein.

»Ja …?«, sagte Lisa auffordernd.

»Es ging um eine Rentnerin, die vor anderthalb Jahren in Kiel zu Tode gekommen ist. Sie war auf dem Rückweg von einem Einkauf, als vor ihr ein Wagen in eine Parklücke einzuparken versuchte. Da die Lücke zu klein war, stellte der Fahrer sein Fahrzeug quer, was dazu führte, dass er fast den gesamten Bürgersteig versperrte. Als die Frau ihn bat, seinen Wagen ordnungsgemäß zu parken, weil sie mit ihrem Rollator nicht daran vorbeikäme, ist der Mann ausgerastet. Er schlug ihr ohne Vorwarnung mit der Faust ins Gesicht, woraufhin die Frau zu Boden fiel und ihr Kopf mit voller Wucht auf das Pflaster knallte. Als ihr eine andere Frau zu Hilfe eilen wollte, hat der Mann auch sie mit Schlägen traktiert. Zum Glück kam gerade ein Streifenwagen vorbei, sonst hätte sie die Sache womöglich nicht so glimpflich überstanden. Die alte Dame hat einige Tage im Koma gelegen, dann ist sie verstorben. Ich habe sie obduziert und wurde von der Staatsanwaltschaft als Sachverständiger geladen. Richter Egner schien kein großes Interesse an meinen Ausführungen zu haben, und er hat auch keinen einzigen Blick auf die mitgebrachten Fotos von der Leichenschau geworfen. Als er schließlich das Urteil verkündete, gab es Tumulte im Gerichtssaal. Ein Jahr und zehn Monate, weil Richter Egner im Gegensatz zum Staatsanwalt keinen Tötungsvorsatz sah. Dem bereits mehrfach vorbestraften Angeklagten war vom Gutachter eine unterdurchschnittliche Intelligenz bescheinigt worden, was bedeute, dass er nicht in der Lage sei, die Folgen seiner Taten zu begreifen. Außerdem hätten nicht die Schläge zum Tod der Frau geführt, sondern die Tatsache, dass sie mit dem Hinterkopf auf das Pflaster aufgeschlagen sei.«

Lisa erinnerte sich an das Geschehen, die Medien hatten es danach aufgegriffen. Sie selbst hatte das Ganze nur am Rande mitbekommen, da das K1 seinerzeit in Arbeit erstickte und eine zweite Mordkommission ins Leben gerufen worden war, die den Fall bearbeitete. Sie musterte Karstens, in dessen Stimme eine unterdrückte Erregung gelegen hatte, und fragte sich, ob ihr bisheriges Bild von ihm wirklich den Tatsachen entsprach. Sie hatte ihn bislang in die Ecke unnahbar und desinteressiert an seinen Mitmenschen gestellt, aber dem Mann, der jetzt vor ihr stand, schien das damals Erlebte noch immer nahezugehen.

»Kannten Sie Richter Harmsen auch persönlich?«

Karstens schüttelte den Kopf. »Nein. Den habe ich zum ersten Mal bei mir auf dem Tisch gesehen.« Er gab den beiden Bestattern, die vor dem Eingang ausharrten, das Zeichen, noch einen Augenblick zu warten.

Lisa sah sich den Toten näher an. Er lag auf dem Rücken und war mit einer schwarzen Stoffhose und einem kurzärmeligen hellblauen Hemd bekleidet. Sein Bauch stach wie eine Kugel in die Luft. Ende vierzig, schätzte Lisa, und allem Anschein nach schon vollkommen außer Form, wovon seine unförmigen Gliedmaßen zeugten. Der bullige Kopf mit den schwindenden mausgrauen Haaren ging ohne die Andeutung eines Halses in den wulstigen Schulterbereich über. Sie beugte sich weiter hinunter. »Sie gehen davon aus, dass der Mann ebenso wie das erste Opfer mit einem Taser außer Gefecht gesetzt wurde?«, fragte sie Karstens.

»Ja, schauen Sie.« Der Rechtsmediziner deutete auf den linken Unterarm, wo kurz unter der Ellenbeuge mehrere stecknadelgroße rötlich braune Markierungen zu erkennen waren. »Strommarken.«

Lisa nickte. Dieser Anblick hatte sich ihnen bereits bei dem ersten Opfer geboten. »Aber der Genickschuss entfiel. Demnach könnten wir es also mit zwei Tätern zu tun haben?«

Karstens zuckte mit den Schultern. »Das herauszufinden ist Ihre Sache.«

»Es besteht doch aber auch die Möglichkeit, dass bei Richter Egner aufgrund einer Vorerkrankung bereits die Stromschläge ausgereicht haben, um ihn zu töten.«

»Natürlich besteht diese Möglichkeit. Das wird die Obduktion ergeben.« Karstens erhob sich. »Ich bin hier durch. Wenn Sie nichts mehr haben, lasse ich die Leiche ins Institut bringen.«

»Ich habe nichts mehr«, bestätigte Lisa. »Wann werden Sie ihn obduzieren?«

»Morgen früh als Erstes.« Karstens winkte den Bestattern, und Lisa ging noch einmal ins Wohnzimmer zurück, wo sie ans Fenster trat und gedankenverloren auf die scheinbare Idylle dahinter schaute.

Auf den ersten Blick deuteten die unterschiedlichen Tötungsarten tatsächlich auf zwei Täter hin. Aber wie wahrscheinlich war diese Hypothese? An beiden Tatorten war ein Taser zum Einsatz gekommen, und selbst wenn es nicht so gewesen wäre, erschien es doch ziemlich unwahrscheinlich, dass sich fast zeitgleich zwei Menschen aufgemacht hatten, um Rache an Mitgliedern eines bestimmten Berufsstandes zu üben.

Richter Harmsen war für seine milden Urteile bekannt gewesen und in der Presse häufig als Richter Gnädig bezeichnet worden, was unter Umständen auch auf Richter Egner zutraf. Zumindest ließen die Worte des Rechtsmediziners darauf schließen.

Möglicherweise lag das Motiv in diesen Urteilen, und ein oder zwei selbsternannte Rächer hatten sich aufgemacht, da sie in ihrer kruden Gedankenwelt durch den Tod der Richter wieder ein Stück Gerechtigkeit herzustellen glaubten.

Nein. Wie sie es auch drehte und wendete, die Theorie von zwei Tätern erschien ihr einfach zu weit hergeholt. Viel wahrscheinlicher war das, was Södersen vorhin gesagt hatte. Der Täter variierte die Tötungsarten, damit sie auf genau diesen Gedanken verfielen. Oder aber ihre Überlegung von einer Vorerkrankung Egners stimmte. Sie war gespannt auf das Ergebnis der Obduktion und die Beurteilung der Kollegen von der Operativen Fallanalyse.

»Was grübelst du?«, fragte Bergmann, der neben sie getreten war. Sie erzählte es ihm, und er nickte. »Da ist was dran. Die Annahme, dass wir es mit zwei Tätern zu tun haben, erscheint mir auch ziemlich weit hergeholt.«

»Seit wann wohnt Egner eigentlich hier?«

»Seit zehn Jahren. Vorher stand hier eine abbruchreife Bude, wie mir eine Nachbarin erzählt hat. Nachdem der Besitzer gestorben war, sind noch ein paar Jahre ins Land gegangen, bis die Besitzverhältnisse geklärt waren. Egner hat dann das alte Haus abreißen und dieses hier bauen lassen.«

»Ganz arm scheint der Mann nicht gewesen zu sein, wenn ich mir das hier so ansehe. Ich verstehe zwar nichts von Kunst, aber die Gemälde und Skulpturen dürften einiges wert sein.«

»Wieso verstehst du nichts von Kunst? Ich denke, du bist mit einem Maler liiert.«

»Nicht mehr«, sagte sie und wandte den Kopf ab. Ihre Trennung von Peter Lannert war nach einem bösen Streit vor einem Monat erfolgt, als er sie wieder einmal mit seiner Eifersucht auf die Palme gebracht hatte. Seitdem hatte er sie mit Anrufen und Mails traktiert und mehrere Male sogar vor ihrer Wohnungstür gestanden. Sie hatte ihm mehr als einmal eine deutliche Ansage gemacht und hoffte inständig, dass er die Trennung endlich akzeptieren und sich nicht in Richtung Stalker entwickeln würde.

»Aha.«

Lisa linste zu Bergmann hinüber, da sie nicht sicher war, ob diesem einen Wort jetzt noch Fragen folgen würden. Auf Erklärungen hatte sie nämlich überhaupt keine Lust. Aber ihr Kollege hielt sich zurück, und sie war ihm dankbar dafür.

»Was machen Sie denn hier?«, war da plötzlich Södersens erstaunte Stimme zu vernehmen, der offenbar die Inspektion des Obergeschosses abgeschlossen hatte und gerade zu ihnen getreten war. Mit leichter Irritation blickte der Leiter der Mordkommission zu dem Mann hinüber, der in der Wohnzimmertür stand.

»Wie ich höre, ist ein weiterer Richter zu Tode gekommen«, gab Fehrbach zur Antwort, nachdem er den Raum betreten und Södersens Hand gedrückt hatte.

»Ja … aber …« Es kam nur selten vor, dass Södersen aus dem Takt geriet. »Für den ersten Fall war doch Staatsanwalt Hensel zuständig. Macht er denn jetzt nicht weiter?«

»Herr Hensel hatte auf dem Weg zur Arbeit einen Fahrradunfall. Er hat einen Beinbruch erlitten und ist bereits im Krankenhaus.« Fehrbachs Stimme klang seltsam teilnahmslos. Er sandte ein flüchtiges Nicken in Lisas und Bergmanns Richtung, bevor er auf den Flur zurückging, wo die Bestatter gerade dabei waren, Egners Leiche in einen Zinksarg zu legen.

Nachdem Lisa ihre Schrecksekunde überwunden hatte, folgte sie ihren Kollegen auf den Flur und beobachtete, wie Fehrbach einen Blick auf den Toten warf und dann einige Worte mit Dr. Karstens wechselte. Sie hatte Fehrbach seit längerem nicht mehr gesehen, was ausgesprochen gut für ihr Seelenleben gewesen war. Allerdings hatte sie sich keine Illusionen darüber gemacht, dass dieser Zustand von Dauer sein würde. Die Arbeit würde sie zwangsläufig immer wieder zusammenführen.

Er wirkte gehetzt und vollkommen überarbeitet. Lisa war zu Ohren gekommen, dass Dr. Norbert Sievers, der Leitende Oberstaatsanwalt, seit über einem Vierteljahr krankgeschrieben war. Hinter vorgehaltener Hand wurde etwas von einer Krebserkrankung gemunkelt. Da Fehrbach Sievers' Stellvertreter war, hatte er nun auch noch dessen Aufgaben übernehmen müssen, was angesichts der anhaltenden Arbeitsüberlastung der Staatsanwaltschaft im Grunde eine Zumutung war.

Während Södersen Fehrbach Bericht erstattete, betrat eine Frau das Haus, und jeder schien instinktiv zu wissen, um wen es sich handelte, auch wenn sie bisher noch niemand zu Gesicht bekommen hatte.

Lea Nordin. Schlanke Figur, dunkelgrauer Hosenanzug, dazu passende Pumps. Hochgestecktes blondes Haar, dunkelblaue Augen, denen nichts zu entgehen schien. Seit einem halben Jahr Leiterin der Operativen Fallanalyse, davor lange Zeit bei einer Mordkommission in Hamburg tätig gewesen. Zweiundvierzig Jahre alt, Kriminaloberrätin, eine beachtliche Karriere.

Und ein Ruf wie Donnerhall, dachte Lisa, als sie Nordin dabei beobachtete, wie diese in die Schutzkleidung stieg.

Södersen machte sich mit Nordin bekannt und stellte sie dann seinen Mitarbeitern und Fehrbach vor. Nordin ersparte sich eine persönliche Begrüßung, nickte stattdessen nur jedem kurz zu, was einen Scan vom Kopf bis zu den Füßen einschloss. Lisa empfand eine spontane Abneigung und Mitleid mit Falkner, dass diese Frau jetzt seine Vorgesetzte war. Im nächsten Moment glaubte sie ihren Augen nicht zu trauen, als sie auf den Mann aufmerksam wurde, der hinter Nordin ins Haus gekommen war und bereits die Schutzkleidung trug. »Luca?«

Er war es tatsächlich, Luca Farinelli, ihr ehemaliger Kollege und guter Freund, der das K1 vor einiger Zeit verlassen hatte, nachdem es ihm endlich gelungen war, den begehrten Ausbildungsplatz zum Fallanalytiker zu ergattern. Dem Umzug nach Wiesbaden, wo das BKA seinen Sitz hatte, waren lange Diskussionen mit seiner Frau Anja vorausgegangen, die kurz vorher ihr erstes Kind zur Welt gebracht hatte. Mit viel Überzeugungskraft war es Anja schließlich gelungen, ihrem Mann klarzumachen, dass er seinen beruflichen Traum nicht aufgeben solle. Lisa hatte ihn ebenfalls darin bestärkt, und so war Luca schließlich von dannen gezogen, mit einem Rest schlechten Gewissens, aber ebenso in dem vollen Bewusstsein, dass seine Frau im Schoß seiner italienischen Großfamilie gut aufgehoben war.

»Luca!« Lisa hätte ihn am liebsten in die Arme geschlossen, drückte angesichts der Situation aber nur kräftig seine Hände. »Was machst du denn hier?«

»Ich kann Teile meiner Ausbildung in Kiel absolvieren. Ist das nicht toll?«

Das war in der Tat eine wunderbare Nachricht. »Seit wann bist du wieder hier?«

»Seit vorgestern. Tut mir leid, aber ich bin noch nicht dazu gekommen, mich bei dir zu melden.« Er strahlte sie an, und Lisa stellte fest, dass er sich kein bisschen verändert zu haben schien. Ein warmes Glücksgefühl erfüllte sie, und ihr wurde einmal mehr bewusst, wie sehr sie ihn vermisst hatte.

»So, Leute, Schluss mit den Privatgesprächen. Macht euch an die Arbeit.«

Södersen gab sich bärbeißig, konnte aber ein Schmunzeln angesichts der Wiedersehensfreude von Lisa und Luca nicht verbergen. Die seine brachte er durch mehrfaches herzhaftes Klopfen auf Lucas Rücken zum Ausdruck, was jeden Willkommensgruß überflüssig machte.

Nordins Stimme setzte dem Treiben ein abruptes Ende. Heiser schallte sie durch den Flur, und Lisa fühlte sich an die Schauspielerin Mechthild Großmann erinnert, die im Münsteraner Tatort die Staatsanwältin gab. »Wo sind die Kollegen?«, fragte Nordin, an Luca gewandt.

»Wohl noch auf der Suche nach einem Parkplatz«, meinte dieser und zwinkerte Lisa kurz zu.

»Nee, nicht mehr.« Ein Mann betrat das Haus, drei weitere folgten ihm, alle ebenfalls schon in Schutzkleidung gewandet – Hendrik Falkner, Clemens Richter, Lorenz Prahl und Dr. Michael Böttcher. Böttcher war der Rechtsmediziner des Teams, Prahl der forensische Psychologe, Richter der Experte im Bereich der Spurensicherung. Falkner gehörte der OFA seit bald zehn Jahren an und hatte davor im Bereich der Rauschgiftkriminalität im LKA gearbeitet. Jeder hatte damit gerechnet, dass er der neue Leiter der OFA werden würde. Was er von seiner neuen Chefin hielt, war seinem Gesichtsausdruck nicht zu entnehmen. Es bedurfte allerdings keiner allzu großen Fantasie, um vorauszusehen, dass es für beide Seiten keine angenehme Zusammenarbeit werden würde. Falkner war an die eins neunzig groß und auch mit fünfzig Jahren noch durchtrainiert bis auf die Knochen. Ein hartes Training halte nicht nur seinen Körper fit, sondern auch seinen Geist wach, wie er häufiger gegenüber weniger sportlichen Personen betonte. Was Sport und Fitness anbelangte, hielt Lisa ihn für einen absoluten Freak.

Ansonsten konnte sie gut mit ihm und seinen Kollegen, die sie alle schon länger kannte.

»Moin, Kollegen.« Im Gegensatz zu Nordin begrüßten die Neuankömmlinge alle Anwesenden mit Handschlag. Als Falkner zu Lisa trat, zog er sie kurz beiseite.

»Wo ist Martina? Ich hab gehört, sie hat den Toten gefunden.«

Lisa reagierte sofort. »Sie musste in die Dienststelle zurück.«

»War sie okay? Immerhin war es ihre erste Leiche.«

»Alles in Ordnung, mach dir keinen Kopf. Deine Tochter ist hart im Nehmen, das hat sie von dir.« Lisa schickte ein Stoßgebet zum Himmel, dass Falkner nichts von Martinas Missgeschick erfahren würde. Zu ihrer großen Erleichterung vertiefte er das Thema nicht weiter.

Fehrbach befand sich immer noch im Gespräch mit Dr. Karstens, und nachdem die Fallanalytiker ihre Arbeit aufgenommen hatten, beschloss Lisa, den ersten Stock des Hauses in Augenschein zu nehmen, Gästezimmer, Schlafzimmer, Arbeitszimmer, Bad. Einen Dachboden gab es nicht, ebenso wenig einen Keller, was für viele Gebäude in direkter Nähe zum Meer galt. Das Wasser drückte auf die Fundamente, was die Errichtung eines Kellers für die meisten Bauherren unerschwinglich machte.

Das Arbeitszimmer erweckte mit seiner Schrankwand aus gebürstetem Stahl, dem mit schwarzem Leder bezogenen Arbeitsstuhl sowie einem Schreibtisch mit zwei nebeneinander plazierten Monitoren einen nüchternen Eindruck. Nichts Überflüssiges, was einen Menschen ablenken konnte.

Im Schlafzimmer herrschte wieder moderne Kunst vor, drei großformatige Bilder in Schwarz und Rot. Die Motive blieben für Lisa auch nach längerem Hinsehen im Dunkeln. Ebenso wie im Arbeitszimmer war auch hier – zumindest dem ersten Anschein nach – nichts in Schränken und Schubladen verborgen, was einen Anhaltspunkt auf das Verbrechen geben konnte. Da mussten die Kollegen von der Spurensicherung ran.

Das Bett im Gästezimmer schien frisch bezogen. Ein schwacher Lavendelduft hing in der Luft, was auch für das Bad galt, das geradezu klinisch rein wirkte, als wäre erst vor Kurzem ein Putzgeschwader hindurchgefegt. Neidvoll blickte Lisa auf die blank gewienerten Kacheln und die Bodenfliesen, von denen man seine Mahlzeiten hätte einnehmen können. Himmel, wenn sie da an ihre Wohnung dachte. Wann hatte sie das letzte Mal Zeit gehabt, sie gründlich zu putzen? Bloß nicht darüber nachdenken. Eine über Eck eingebaute Badewanne mit Blick auf die Ostsee ließ ein kurzes Gefühl von Wehmut in ihr aufsteigen. So hatte sie sich ihr Badezimmer auch immer vorgestellt, aber es würde wohl bei dem Traum bleiben. Ansonsten fand sie auch hier nichts von Bedeutung.

Zurück im Erdgeschoss, blieb sie schließlich vor der Eingangstür stehen, um sich diese noch einmal genau anzuschauen. Die Tür wies keinerlei Spuren eines gewaltsamen Eindringens auf. Die Techniker hatten allerdings eine Vielzahl von Fingerabdrücken sichergestellt und diese auf Tatortspurenkarten erfasst, wie Alexander Behring, der Leiter der Spurensicherung, ihr in einem kurzen Gespräch mitteilte.

Lisa blickte sich um, als hinter ihr das typische Rascheln von Schuhüberziehern auf Laminatböden zu vernehmen war. Fehrbach hatte einige Mühe mit dem Abstreifen des Schutzanzugs und blieb schließlich neben ihr stehen, um sein Unterfangen zu Ende zu bringen.

»Hat Södersen Sie mit dem Tötungsdelikt von vergangener Woche vertraut gemacht?«, fragte sie ihn.

»Nur kurz«, kam es zurück, während Fehrbach den Schutzanzug zusammenknüllte und ihn dann Behring reichte, der eine Hand auffordernd danach ausgestreckt hatte. »Die neue OFA-

Leiterin hat ihn sofort mit Beschlag belegt. Ich weiß nur, dass das Opfer von letzter Woche ebenso wie das heutige Richter am Landgericht Kiel war.«

»Kannten Sie die beiden Männer?«

»Nicht persönlich. Wenn ich mich recht erinnere, kamen sie allerdings immer mal wieder in der Medienberichterstattung vor. Richter Gnädig war da der allgemeine Tenor.«

Lisa nickte. »Ich kannte sie auch nicht persönlich. Dabei hatte ich gedacht, dass mir mittlerweile jeder unserer Richter über den Weg gelaufen wäre.«

»Was haben denn die Ermittlungen im ersten Fall bisher erbracht? Können Sie mir eine kurze Zusammenfassung geben, dann muss ich nicht die ganze Akte durchlesen.«

»Leider haben wir noch nicht viel herausfinden können«, musste Lisa zugeben. »Richter Harmsen hat keine Familie, Verwandte konnten wir noch nicht auftreiben. Was einen eventuellen Freundeskreis angeht, sieht es ebenfalls mau aus. Seine Nachbarn hier in Kiel und in Scharbeutz haben übereinstimmend ausgesagt, dass sie nie etwas von Besuch bei ihm mitbekommen hätten.«

»Eine Freundin oder ein Freund?«

»Ebenfalls Fehlanzeige. Im Augenblick deutet nichts darauf hin, dass der Täter im privaten Umfeld von Richter Harmsen zu finden ist. Wir bleiben da natürlich dran, aber uns scheint der dienstliche Bereich vielversprechender zu sein.«

»Lassen Sie mich raten. Richter Gnädig?«

»Genau. Richter Harmsen war aufgrund seiner milden Urteile häufiger Anfeindungen ausgesetzt, hauptsächlich natürlich in den sozialen Medien und in irgendwelchen Foren. Wie Sie ja vielleicht wissen, hat sein letzter Prozess die Öffentlichkeit mehr als ein halbes Jahr in Atem gehalten, woran die Medien einen nicht unwesentlichen Anteil trugen.«

Fehrbach runzelte die Stirn. »War das nicht diese lettische Autoknackerbande?«

Lisa nickte.

»Helfen Sie meinem Gedächtnis auf die Sprünge, ich hab das nicht mehr so ganz im Kopf.«

»Der Prozessbeginn liegt mittlerweile ein knappes Jahr zurück. Bei den Angeklagten hat es sich um fünf Mitglieder einer lettischen Bande gehandelt, die sich auf den Diebstahl von Luxusmarken spezialisiert hatte. Die Verhandlung war gleich zu Beginn geplatzt, weil die Verteidiger einen Schöffen wegen Befangenheit abgelehnt hatten. In der Folge sorgte dann ein Verfahrensfehler dafür, dass auch der zweite Anlauf im Keim erstickte, woraufhin in der Öffentlichkeit sehr intensiv die Frage diskutiert wurde, ob man eigentlich noch Vertrauen in die Kieler Justiz haben könne. Nachdem der Fall dann zum dritten Mal aufgerollt worden war, ging plötzlich alles ganz schnell. Die Autoknacker, deren Alter zwischen siebzehn und neunzehn Jahren lag, haben ihre Taten gestanden und vor Gericht die ganz große Reuenummer abzogen. Das hat ihnen Strafen zwischen sechs Monaten bis zu anderthalb Jahren eingebracht, wobei das Jugendstrafrecht zur Anwendung kam und die Strafen aufgrund ihres Alters alle zur Bewährung ausgesetzt wurden. Wo sich die Herrschaften mittlerweile aufhalten, ist nicht bekannt, aber es dürfte davon auszugehen sein, dass sie ihre Raubzüge in einem anderen Bundesland fortsetzen werden oder dies vielleicht schon getan haben.« Als Lisa seinerzeit das Urteil zu Ohren gekommen war, hatte sie nur den Kopf geschüttelt und sich gefragt, was eigentlich bei der deutschen Gerichtsbarkeit im Argen lag. »In Harmsens Fall ist eine Person in unseren Fokus gerückt«, fuhr sie fort. »Der Mann heißt Oliver Faber. Ihm gehörten zwei kleinere Autohäuser im Kieler Umland, die er vor fünf Jahren verkauft hat. Ein großer Teil des

Erlöses floss in sein Flaggschiff in Scharbeutz. Die Bande hat den Laden komplett ausgeräumt und danach alles kurz und klein geschlagen. Da Faber mit seinen Versicherungsraten in Verzug war, hat er nur einen Bruchteil des Schadens ersetzt bekommen und steht jetzt vor dem Ruin. Er hat Harmsen mehrere Drohbriefe geschrieben, dass er ihn fertigmachen würde.«

»Hat Harmsen das angezeigt?«

»Ja, aber das scheint im Sande verlaufen zu sein.«

»Hat dieser Faber ein Alibi für die Tatzeit?«

»Seine Freundin hat angegeben, dass er zur fraglichen Zeit bei ihr war.« Lisa krauste die Nase. »Solche Alibis sind ja immer mit Vorsicht zu genießen. Bis jetzt können wir allerdings auch nicht das Gegenteil beweisen.«

Fehrbach sah sie nachdenklich an. »Da das heutige Opfer auch zu dieser Richter-Gnädig-Fraktion gehört, besteht die Möglichkeit, dass hier jemand als Rächer durch die Gegend zieht. Das könnte bedeuten, dass noch weitere Richter, die in der Vergangenheit ebenfalls milde Urteile gefällt haben, in Gefahr sind.«

Sein Ton ließ keinen Zweifel daran, dass auch er dieser Richtergruppe mit Skepsis, wenn nicht sogar mit Abneigung gegenüberstand. Was nicht verwunderlich wäre, denn bestimmt hatte er ebenfalls schon die Erfahrung machen müssen, dass ein beantragter Haftbefehl von einem Richter abgeschmettert wurde, weil dieser keine Haftgründe sah.

»Das werden wir jetzt als Erstes überprüfen. Und dann müssen wir diese Personen warnen und vielleicht sogar unter Schutz stellen.«

Während ihres Gesprächs hatte Fehrbach mehrere Male auf seine Armbanduhr geblickt. Erst nach ihren letzten Worten hatte Lisa das Gefühl, dass er sie zum ersten Mal, seitdem er das Haus betreten hatte, wirklich wahrzunehmen schien. Sie erinnerte sich an ihren letzten Fall, bei dem sie sich endlich zusammengerauft und zum ersten Mal Hand in Hand gearbeitet hatten, so wie es Polizei und Staatsanwaltschaft im Idealfall taten. Und auch privat hatten sie sich damals wieder angenähert. Fehrbach hatte sich geöffnet und ihr Dinge über den Mord an seiner Frau, sein nie versiegtes Schuldgefühl und den Hintergrund für seine Herabstufung zum Oberstaatsanwalt anvertraut. Dinge, von denen bestimmt nur wenige Menschen wussten, davon war sie überzeugt. Sie hatte es als einen großen Vertrauensbeweis empfunden.

»Geben Sie mir bitte Bescheid, wenn Sie Ihre Teambesprechungen haben. Ich stecke zwar bis zum Hals in Arbeit, aber ich will trotzdem versuchen, das eine oder andere Mal dazuzukommen«, sagte Fehrbach und warf dann noch einen Blick in Richtung Wohnzimmer. »Ist mit Herrn Södersen wieder alles in Ordnung?«

Lisa nickte. »So weit ja.«

Ihr Vorgesetzter hatte vor drei Monaten den Dienst wieder aufgenommen, und wie es aussah, waren die im Februar aufgetretenen gesundheitlichen Komplikationen endgültig ausgestanden. Nach der Zeit im Krankenhaus und einer anschließenden Reha war Södersen Mitte August mit Feuereifer in den Dienst zurückgekehrt. Manchmal hatte Lisa ihn zu stoppen und daran zu erinnern versucht, nicht gleich wieder aufs Ganze zu gehen und sich Pausen zu gönnen, aber sie war mit ihren Ermahnungen, die einer tiefen freundschaftlichen Sorge entsprangen, nicht unbedingt auf Verständnis gestoßen. Es gehe ihm gut und damit basta! Was das Zeigen körperlicher Schwäche anbelangte, unterschied sich der Leiter der Kieler Mordkommission nicht vom Rest der männlichen Bevölkerung. Er ignorierte sie schlichtweg.

»Das ist gut.« Fehrbach verabschiedete sich und verließ das Haus. Auf dem Gehweg kamen ihm Malte und Uwe entgegen.

Ein kurzer Gruß wurde ausgetauscht, dann kamen ihre Kollegen herein.

»Und?«, fragte Lisa gespannt.

»Tja«, sagte Uwe gedehnt, »viel ist nicht bei unserer Tour rausgekommen. Die meisten der Wohnungen und Häuser werden an Feriengäste vermietet. Mehrere Eigentümer benutzen sie ausschließlich zum Eigenbedarf, aber die kommen dann auch alle von weiter her. Wenn die Saison vorbei ist, herrscht hier tote Hose. Das hat uns einer der wenigen Festansässigen erzählt, der Egner allerdings nur vom Sehen kannte.«

»Aber es müssen doch noch ein paar mehr Menschen dauerhaft hier wohnen, oder?«

»In diesem Neubaugebiet offensichtlich nicht«, sagte Malte. »Die Kollegen von der Polizeistation in Schönberg werden sich in den nächsten Tagen allerdings noch den ganzen Ort vornehmen.« Er blätterte seinen Notizblock auf. »Die Einzigen, die nach unseren bisherigen Erkenntnissen das ganze Jahr über in diesem Gebiet wohnen, sind der Mann, von dem ich eben sprach, Egners Nachbarin im Einzelhaus gegenüber und zwei ältere Ehepaare, von denen das eine in einem Mehrfamilienhaus im Schlehenkamp wohnt und das andere in einem Einzelhaus im Weißdornweg. Sie kannten Egner und haben auch hin und wieder ein paar Worte mit ihm gewechselt, wenn sie sich über den Weg gelaufen sind. Welchem Beruf Egner nachging, wussten sie allerdings nicht, ebenso wenig wie Dinge über sein privates Umfeld. Und etwas Auffälliges haben sie in den letzten Tagen auch nicht wahrgenommen. Sie haben uns allerdings darauf hingewiesen, dass Egners Nachbarin Lina Michelsen mehr über ihn wissen könnte.«

»Dann sollten wir sie sofort aufsuchen.«

»Das geht nicht«, sagte Malte. »Sie befindet sich seit einigen Tagen im Krankenhaus.«

»Weiß man, in welchem?«

Malte zückte wieder seinen Notizblock. »In der Uni-Klinik in Kiel. Die haben hier nichts in der Nähe.«

Lisa wandte sich an Bergmann, der zu ihnen gestoßen war. »Gibt es eigentlich eine Aussage von Martina Falkner?«

Ihr Kollege schüttelte den Kopf.

»In welches Krankenhaus wurde sie gebracht?« Sein Gesichtsausdruck gab ihr die Antwort. »Uni-Klinik.«

»Genau.«

»Okay.« Lisa ergriff ihren Rucksack, den sie auf dem Flur abgestellt hatte, und zog den Autoschlüssel aus der Vordertasche. »Dann werde ich mich jetzt mal auf den Weg nach Kiel machen und die beiden befragen. Wir sehen uns nachher in der Blume.«

Im Freien zog sie den Schutzanzug aus, den ihr ein Kollege der Kriminaltechnik abnahm. Während sie zu ihrem Wagen ging, wurde sie auf zwei Männer aufmerksam, die an einer Buchsbaumhecke lehnten und ihr neugierig entgegensahen. Sie stieß einen Seufzer aus, da sie eine ziemliche Aversion gegen die beiden hegte, weil sie zu der Sorte Journalisten gehörten, die man nicht mehr losbekam.

»Na, wieder unseren Funkverkehr gehackt?«, fragte sie spöttisch und öffnete die Wagentür. Die Bemerkung war rhetorisch gemeint, denn seit der Umstellung auf den Digitalfunk war so etwas nicht mehr möglich. Jetzt musste die Presse andere Wege beschreiten, um an aktuelle Informationen zu gelangen. Und wie es aussah, hatten diese beiden Gestalten Erfolg damit gehabt, wie auch immer sie es angestellt hatten.

Die Angesprochenen hoben die Hände in einer bedauernden Geste, die nicht zu dem breiten Grinsen in ihren Gesichtern passen wollte.

»Ein zweites Opfer?«, fragte der Jüngere der beiden, dessen Gesichtszüge Ähnlichkeit mit einem Frettchen aufwiesen. »Ist es wieder ein Richter?«

»Kein Kommentar.« Lisa wollte in den Wagen steigen, aber das Frettchen vertrat ihr den Weg.

»Nun kommen Sie schon, Frau Sanders. Wie wär's denn mit ein paar Informationen aus erster Hand?«

Lisa visierte ihn mit einem kalten Blick, bis er schließlich den Weg freigab, setzte sich in ihren Wagen, schlug die Tür zu und sah durch das Seitenfenster nach draußen. Die beiden Männer schienen sich zu besprechen, dann gingen sie in Richtung Absperrband. Lisa beobachtete, wie sie den dort postierten Beamten ansprachen, der nach kurzer Zeit den Kopf schüttelte und eine unmissverständliche Geste machte.

Haut ab! Aber pronto!

Hendrik Falkner galt als besonnener Mann, den nichts so leicht aus der Ruhe bringen konnte. Als Inka gegangen war, damals vor zwölf Jahren, hatte er Fassung bewahrt und den Scheidungskrieg sowie den damit verbundenen schmutzigen Kampf um das Sorgerecht für Martina durchgestanden, aus dem er schließlich als Sieger hervorgegangen war. Auch im Beruf hatte ihm seine Umsicht stets zum Vorteil gereicht, wenn komplexe Fälle ihn und das Team bis an ihre Belastungsgrenzen oder darüber hinaus geführt hatten.

Im Augenblick fühlte sich Falkner allerdings wie ein HB-Männchen, das kurz davor stand, durch die Decke zu gehen. Und schuld daran war diese absolut hirnrissige Theorie, die Lea Nordin zu Beginn der Besprechung nur aufgrund der Tatsache aufgestellt hatte, dass Egner auf eine andere Art und Weise umgebracht worden war als sein Richterkollege in der vergangenen Woche.

Zwei Täter, du meine Güte, sie waren gerade erst in den Fall eingestiegen, hatten vorhin die Infos über das erste Tötungsdelikt erhalten, es war doch noch viel zu früh, eine solch gewagte Prognose abzugeben. Außerdem gab es viele Faktoren, die zu einer anderen Tatbegehung geführt haben konnten, eine bewusst gelegte falsche Spur zum Beispiel oder eine erzwungene Änderung des Tatablaufs aufgrund äußerer Umstände. Falkner hatte nicht lockergelassen, darauf hinzuweisen, und eine tiefe Genugtuung verspürt, dass sein Team Lea Nordins Theorie genauso ablehnend gegenüberstand wie er.

Sein Team …

Verdammt noch mal, er musste diese beiden Worte endlich aus seinem Kopf kriegen. Die Jungs waren nicht sein Team, auch wenn es sich in den endlosen Wochen, welche die oberste Heeresleitung für die Frage der Wiederbesetzung benötigte, so angefühlt hatte. Er war seit Jahren Hartmuts Stellvertreter gewesen, und nach dessen überraschendem Tod hatte niemand einen Zweifel gehegt, wer nachrücken würde. Tja, so kann man sich täuschen, dachte Falkner und spürte wieder diese giftige Bitterkeit in sich aufsteigen, die jetzt seit einem halben Jahr sein ständiger Begleiter war. Das musste aufhören, er musste endlich akzeptieren, dass man ihm aus welchen Gründen auch immer jemanden vor die Nase gesetzt hatte und er nach wie vor in der Stellvertreterposition verharrte. Frauenquote, Vitamin B, hochgeschlafen, letztendlich war es egal. Lea Nordin war da, und sie würde nicht weichen. Dazu war sie viel zu ehrgeizig. Ob sie auch gut war, nun ja, mittlerweile hegte er diesbezüglich große Zweifel. Bei ihrem Dienstantritt hatten er und seine Kollegen vor dem Abschluss zweier Analysen gestanden, in denen es um eine Raubserie und eine Reihe sexueller Übergriffe in einem Internat gegangen war. Sie hatten Lea Nordin mit den Fakten vertraut gemacht, ein Fehler, wie er sich hinterher eingestehen musste, aber was sollte man machen, wenn da plötzlich eine Person vor einem stand und Einblick in die laufenden Fälle begehrte, was ja schließlich ihr gutes Recht als neue Vorgesetzte war. Nordin hatte sich die Analysen vorgenommen und mehrere der zusammengetragenen Hypothesen in Frage gestellt. Endlose Diskussionen waren die Folge gewesen, bis Nordin darauf bestanden hatte, dass beide Analysen ein weiteres Mal in Angriff genommen wurden. Falkner konnte bis heute nicht sagen, ob sie wirklich neue Ansätze gesehen hatte oder das Ganze nicht vielmehr eine Machtdemonstration gewesen war. Das Ergebnis hatte sich jedenfalls nicht von der vorherigen Analyse unterschieden, nur der Weg dorthin war ein anderer gewesen. Tja, hatte er damals gedacht, so kann man auch kostbare Arbeitszeit verschwenden.

Etwas anderes hatte aber fast noch schwerer gewogen. Nordin hatte versucht, sie gegeneinander auszuspielen. Was ihr nicht gelungen war und auch niemals gelingen würde, davon war Falkner überzeugt. Aber der Versuch hatte doch sehr eindrucksvoll gezeigt, mit wem sie es ab jetzt zu tun haben würden. Mit einer Frau, die seiner Einschätzung nach krank vor Ehrgeiz war und auf ihrem Weg nach oben vor nichts zurückschrecken würde.

»Herr Falkner, sind Sie noch bei uns?«

»Wo sollte ich sonst sein?«

»Sie scheinen mir abwesend.«

Na, du musst es ja wissen, dämliche Pute, wäre es ihm beinahe herausgerutscht. »Ach ja?« Er brauchte jetzt dringend eine Pause, um das Gehörte zu überdenken, und griff nach den beiden Kaffeekannen, aus denen die Kollegen gerade die letzten Tropfen herausgepresst hatten. Fragend blickte er in die Runde, die vor anderthalb Stunden in einem Besprechungsraum des LKA am Mühlenweg in Kiel zusammengekommen war. »Wer will noch?«

Bis auf Lea Nordin hoben alle die Hand. Sie bevorzugte Tee, wie Falkner mittlerweile wusste.

»Sie wollen doch jetzt keinen Kaffee kochen, Herr Falkner? Wir sind mitten in einer Besprechung!«

Die nächste bissige Bemerkung rutschte auf seine Zunge, aber er verkniff sich auch diese und schaffte es tatsächlich, seine neue Vorgesetzte freundlich anzulächeln. »Die mit Sicherheit noch einige Zeit dauern wird. Und darum brauchen wir Nachschub.« In der Küche gesellte sich schon nach kurzer Zeit Lorenz Prahl zu ihm. Der Kollege sah wie immer etwas zerzaust aus. Sein ungebändigter Schopf hatte auch heute Morgen allen Versuchen von Bürste und Kamm widerstanden, ihn in Form bringen zu wollen. Das karierte Hemd hing halb aus der Jeans, die eine Wäsche dringend nötig gehabt hätte, und als Falkner zu den Schuhen hinuntersah, lachte er auf. »Das ist jetzt nicht wahr, oder?«

Prahl folgte seinem Blick und musterte die Objekte, die für Falkners Heiterkeitsausbruch verantwortlich waren. Er bevorzugte Mokassins und hatte mehrere Paare in unterschiedlichen Farben, die er nur im Winter gegen anderes Schuhwerk austauschte, und das auch nur sehr widerwillig, wenn Schnee lag oder es bitterkalt war. »Oh, da muss ich wohl was durcheinandergekriegt haben.«

»So dunkel ist es morgens doch noch nicht, dass du nicht siehst, was du anziehst.«

»Ich weiß gar nicht, was du willst«, meinte Prahl und hob abwechselnd seine Füße hoch. »Dunkelblau und dunkelgrün harmoniert doch perfekt. Einfarbig kann jeder.«

»Ist Bettina nicht da?«

»Bei ihrer Mutter«, kam es in kläglichem Ton zurück.

»Alles klar!«

»Was heißt hier alles klar? Ich komm auch ohne meine Frau wunderbar zurecht!«

»Das sieht man«, sagte Falkner grinsend. In häuslichen Dingen war Prahl absolut hilflos. Bettina legte ihm die Sachen zum Anziehen heraus, bekochte ihn mit seinen Lieblingsgerichten und hielt Haus und Garten in Schuss. Falkner ging jede Wette ein, dass sein Kollege nicht einmal wusste, wie man eine Waschmaschine bediente. Ein großes Kind von fünfundvierzig Jahren, im Beruf eine Spitzenkraft und zu Hause … Nun ja, darüber breitete man lieber den Mantel des Schweigens.

Prahl hatte sich ebenso wie Richter, Böttcher und auch weitere Kollegen, die nur bei Bedarf zu ihnen stießen, für Falkner starkmachen wollen. Jeder von ihnen hatte befürchtet, dass die Ernennung einer Kollegin von außerhalb ihr Team kaputt machen könnte. Aber Falkner hatte sie gebeten, dies zu unterlassen, denn eine solche Aktion hätte sich aller Wahrscheinlichkeit nach nur gegen ihn gerichtet, weil ihre Vorgesetzten davon ausgegangen wären, dass er seine Kollegen angestachelt hatte.

Der Kaffee war durchgelaufen, Falkner füllte ihn in die Warmhaltekannen um. Das kurze Geplänkel mit Prahl hatte gutgetan und ihnen beiden für kurze Zeit etwas von der Anspannung genommen, unter der sie seit dem Morgen standen. Sie würden fallbegleitend arbeiten, also nicht, wie in der Mehrzahl der Fälle, die an ein OFA-Team herangetragen wurden, an Cold Cases. Letztere lagen oft Jahre zurück, alle Informationen waren zusammengetragen, eine ideale Ausgangsbasis. Bei einer fallbegleitenden Analyse hingegen gab es erst wenige Informationen, und außerdem wurde stets unter einem hohen Zeitdruck gearbeitet, weil es in vielen Fällen auch darum ging, weitere Verbrechen zu verhindern.

»Lass uns wieder reingehen.« Falkner nickte in Richtung der Tür. »Wie ich unsere neue Chefin einschätze, schickt sie sonst eine Suchmeldung raus.«

»Glaubst du, dass wir es mit einem Serienmörder zu tun haben?«

Falkner zuckte mit den Schultern. »Es ist noch zu früh, um das beurteilen zu können.«

Seitdem er zur OFA gehörte, hatte er erst einen Fall bearbeitet, in dem ein Serienmörder sein Unwesen trieb, denn diese Spezies kam in der Realität weitaus seltener vor, als es Kriminalliteratur und -filme die Menschen glauben machen wollten. Damals hatte ihre Analyse zur Festnahme des Täters geführt, in letzter Sekunde sozusagen, denn er hatte sich bereits auf dem Weg zu seinem nächsten Opfer befunden.

Die Fenster im Besprechungszimmer waren weit geöffnet, feuchtkalte Luft hing im Raum. Das Wetter war in der letzten Stunde umgeschlagen, die angekündigte Kaltfront hatte Kiel erreicht und sollte laut der Meteorologen einige Tage anhalten. Falkner fröstelte, was aber eher auf seinen Gemütszustand zurückzuführen war als auf die Wetterverhältnisse. Er stellte die Kaffeekannen auf dem Tisch ab, schloss die Fenster und nahm wieder Platz.

Während sich die Kollegen bedienten, musterte Lea Nordin ihn aus zusammengekniffenen Augen. »Ist jetzt alles zu Ihrer Zufriedenheit, Herr Falkner?«

Er sah sie verständnislos an.

»Na ja«, fuhr sie fort, als er nichts erwiderte, »es hätte ja sein können, dass Sie noch ein wenig Gebäck für unser Kaffeekränzchen benötigen. Lassen Sie sich nicht aufhalten, wir warten gerne noch länger auf Sie. Und auf Sie natürlich auch, lieber Herr Prahl, falls Sie Herrn Falkner begleiten möchten.«

Prahl atmete hörbar aus, enthielt sich aber einer Erwiderung. Richter schien großes Interesse für einen imaginären Punkt an der Wand aufzubringen, Böttcher betrachtete angelegentlich seine Fingernägel. Nur Luca Farinelli, den Falkner erst vor zwei Tagen kennengelernt hatte, schien zu einer Äußerung ansetzen zu wollen. Dass sich der italienische Neuzugang um Ausgleich in angespannten Situationen bemühte, hatte Falkner bereits am Tatort bemerkt, wo es beinahe zu einer Auseinandersetzung zwischen den beiden Rechtsmedizinern gekommen war. Farinelli war es gelungen, die Situation zu entschärfen, und allem Anschein nach hatte er hier jetzt das Gleiche vor.

Genau das aber wollte Falkner nicht. Ihm reichte es jetzt nämlich endgültig mit dieser Zimtzicke. »Was bezwecken Sie mit Ihren Bemerkungen, Frau Nordin? Wollen Sie mich provozieren?«

»Aber ich bitte Sie, nichts läge mir ferner.« Ihre Stimme troff mittlerweile vor Sarkasmus. »Mir ist bloß daran gelegen, dass es Ihnen allen gutgeht und jeder das hat, was er braucht. Dann besteht ja vielleicht die Chance, dass wir demnächst weitermachen können.«

Falkner beugte sich vor und nahm Lea Nordin ins Visier. »Hören Sie auf, uns wie dumme Jungs zu behandeln. Ihre Machtspielchen und diese plumpen Versuche von Ironie ziehen bei uns nicht. Wenn Sie als Leiterin dieses Teams ernst genommen werden wollen, sollten Sie schleunigst mit diesen Mätzchen aufhören.«

»Was erlauben Sie sich?« Lea Nordin war blass geworden, ihre Hände hatten zu zittern begonnen. »Ich werde mich über Sie beschweren.«

»Tun Sie das. Nach unten treten und bei Gegenwind das Mädchen rauskehren und zu Papi laufen, ganz genauso habe ich Sie eingeschätzt.«

Was nicht der Wahrheit entsprach, aber in diesem Moment stand Falkner der Sinn nach Provokation. Er deutete zur Tür. »Na los, der Chef ist im Haus. Ich habe ihn vorhin gesehen.«

Lea Nordin sprang auf, in ihren Augen glitzerte es verdächtig. Sie schien etwas sagen zu wollen, entschied sich dann aber dagegen und rannte fast zur Tür. Du meine Güte, dachte Falkner beinahe ein wenig erschrocken, denn mit einer solchen Reaktion hatte er nicht gerechnet. Sie ist ja tatsächlich ein Mädchen.

»War das jetzt nötig?« Richter schaute unbehaglich drein, nachdem die Tür hinter Lea Nordin zugeschlagen war.

»Ja, das war nötig! Das war sogar überfällig, wenn du mich fragst. Diese Frau will unsere Chefin sein? Dass ich nicht lache! Der fehlen sämtliche Voraussetzungen für einen solchen Job, das haben wir doch mittlerweile alle bemerkt. Und was das Thema Menschenführung angeht, du liebe Güte. Da hat doch keiner der Kurse, die sie gemacht haben dürfte, in irgendeiner Weise gefruchtet.« Falkner hatte keine Lust, die Angelegenheit zu vertiefen, und so erhob er sich und trat zu einem überdimensionalen Whiteboard hinüber, auf dem die Fotos von Klaus Harmsen und Raimund Egner hingen. In seiner steilen Handschrift setzte er unter die beiden Namen Datum und Todeszeitpunkt. Harmsen: 14. Oktober, zwischen zwanzig und dreiundzwanzig Uhr; Egner: 21. Oktober, Todeszeitpunkt noch unbekannt. Als Nächstes listete er die Punkte der Tathergangsanalyse auf, die es mit Informationen zu füllen galt: Annäherung an das Opfer, Angriff, Kontrollgewinnung, Tötung und anschließendes Verhalten. Unter Tötung setzte er bei Harmsen den Vermerk: Betäubung durch Taser, anschließende Tötung durch Genickschuss. Weitere Einträge würden im Verlauf des Tages folgen, wenn er die von Södersen übermittelte Aktenkopie vollständig durchgelesen hatte. Bei Egner lautete der Vermerk: Betäubung durch Taser, Todesursache? Mehr lag hier noch nicht vor.

»Wann findet die Obduktion von Egner statt?«, wollte Prahl wissen.

»Morgen früh um halb neun«, antwortete Böttcher. »Ich hab meinem Kollegen schon gesagt, dass ich dabei sein werde.« Er verzog das Gesicht.

»Was ihm anscheinend nicht gefallen hat«, bemerkte Prahl grinsend. »Ihr habt nicht den Eindruck erweckt, als ob ihr Freunde werden könntet.«

Böttcher zog die Augenbrauen hoch. »Nee, ganz bestimmt nicht. Den Typen brauch ich nicht. Ich hoffe nur, dass er irgendeine Vorerkrankung beim Richter findet, aufgrund derer man davon ausgehen kann, dass der Mann nur durch den Einsatz des Tasers ums Leben gekommen ist. Das würde nämlich unsere Theorie von nur einem Täter erhärten.«

Falkner ging zum Notebook, da ein melodischer Ton den Eingang einer Mail signalisierte. »Die Spusi hat erste Infos geschickt«, sagte er nach einem kurzen Blick. »Dann wollen wir doch mal sehen, was die Kollegen herausgefunden haben.«

Lina Michelsen hatte sich einem gynäkologischen Eingriff unterziehen müssen, wie sie Lisa hinter vorgehaltener Hand anvertraute, befand sich aber laut Aussage ihrer Ärzte auf dem Weg der Besserung und sollte noch in dieser Woche entlassen werden. »Dass man nicht mal im hohen Alter Ruhe vor seinem Unterleib hat«, sagte sie kichernd und schlüpfte wieder ins Bett, das sie bei Lisas Eintritt eiligst verlassen hatte, um ihrem unverhofften Besuch wiederholt die Hände zu schütteln. Die Nachricht vom Tod ihres Nachbarn hatte sie mit Bestürzung zur Kenntnis genommen, ein Zustand, der allerdings erstaunlich schnell einer nur schwer zu zügelnden Sensationsgier wich.

»Mein Gott, ein Mörder bei uns am Strand?!« Sie schlug eine Hand vor den Mund. »Das ist ja schrecklich! Was, wenn er es auch auf uns abgesehen hat? Auf mich zum Beispiel, immerhin wohne ich ja direkt gegenüber von Herrn Egner. Womöglich hat der Täter mich auch schon ins Visier genommen. Als alleinstehende Frau ist man ja allen möglichen Gefahren ausgesetzt. Vielleicht war es ein Sexualmord, so was kommt doch heute andauernd vor.« Ihre Augen waren weit aufgerissen. »Sie müssen mich beschützen!«

Klar doch, dachte Lisa und seufzte innerlich. Sexualstraftäter haben es ja auch überwiegend auf fünfundachtzigjährige Frauen abgezielt. »Frau Michelsen, wann haben Sie Herrn Egner zum letzten Mal gesehen?«

Lina Michelsen wirkte zunächst etwas irritiert, da Lisa mit keinem Wort auf ihre Forderung nach Schutz einging, dann legte sie ihre Stirn in Falten. »Das muss so vor drei oder vier Tagen gewesen sein.«

»Genauer können Sie es nicht sagen?«

Die alte Frau sah Lisa mit einem entschuldigenden Ausdruck an. »Ich war ein bisschen aufgeregt, weil ich doch ins Krankenhaus musste. In meinem Alter denkt man ja, da kommt man nicht mehr lebend raus.«

»Wann sind Sie denn ins Krankenhaus gekommen?«

»Ja ... so ... vor drei oder vier Tagen.« Lina Michelsen wirkte jetzt ziemlich desorientiert, und Lisa verzichtete fürs Erste darauf, weiter nachzuhaken.

»Worüber haben Sie und Herr Egner bei ihrer letzten Begegnung gesprochen?«

»Och, so dies und das. Das Wetter, meine Hüfte, über was man halt so spricht.«

»Wo fand diese Unterhaltung statt?«

»Über den Zaun. Ich hatte Herrn Egner im Garten gesehen und Lust auf 'nen kleinen Klönschnack. Aber er war sehr kurz angebunden. Das ist er eigentlich immer.«

Lina Michelsens Blick verlor sich, und auf einmal empfand Lisa Mitleid mit der alten Frau, die ein sehr einsamer Mensch zu sein schien.

»Erinnern Sie sich noch, um welche Uhrzeit das Gespräch stattgefunden hat?«

»Das muss so gegen acht gewesen sein.« Ihr Gesicht erhellte sich. »Ja, genau, gegen acht. Als ich wieder in mein Wohnzimmer kam, begann nämlich gerade die Tagesschau.«

»Was für einen Eindruck hatten Sie von Herrn Egner?«

»Wie meinen Sie das?«

»Nun ja, war er vielleicht nervös oder aufgeregt oder etwas in der Art?«

»Nein, daran erinnere ich mich nicht. Er war so wie immer.«

»Wie war das in der Zeit vor Ihrer letzten Begegnung? Hatten Sie den Eindruck, dass Herr Egner irgendwie anders war oder Angst vor etwas oder jemandem hatte?«

»Das kann ich Ihnen wirklich nicht sagen, so oft haben wir uns ja nun auch nicht gesehen.«

»Hat Herr Egner häufiger Besuch bekommen? Ist Ihnen da etwas aufgefallen?«

»Nein, tut mir leid.«

»In Ordnung, Frau Michelsen.« Lisa drückte ihr ihre Visitenkarte in die Hand. »Falls Ihnen noch etwas einfallen sollte, rufen Sie mich bitte an.«

Lina Michelsen betrachtete die Karte mit einem andächtigen Ausdruck. »Dass ich in meinem Leben noch einmal mit der Mordkommission zu tun habe, hätte ich auch nicht gedacht.« Das Glitzern in ihren Augen verdeutlichte, wie aufregend sie diesen Umstand fand.

Martina Falkner streifte gerade ihre Uniformjacke über, als Lisa das Krankenzimmer betrat. Ein Strahlen ging über das Gesicht der jungen Frau. »Mensch, Lisa! Unsere erste Zusammenarbeit!«

Lisa musste angesichts dieser offenkundigen Begeisterung schmunzeln, auch wenn Martinas Worte ihr überhaupt nicht gefielen. Unsere erste Zusammenarbeit? Was stellte die Lütte sich vor? Dass sie Seite an Seite mit ihr und ihren Kollegen an diesem Fall arbeiten würde? So naiv konnte sie nicht sein, das galt es jetzt auf der Stelle zu klären. Aber etwas anderes hatte im Augenblick eine noch größere Priorität. »Willst du etwa schon wieder hier raus?«

»Ich bin okay«, wiegelte Martina ab. »Ich weiß überhaupt nicht, warum die mich mitgenommen haben.«

»Weil du zusammengeklappt bist. So etwas sollte man nicht auf die leichte Schulter nehmen.«

Martina machte eine unwillige Handbewegung. »Das war doch nichts Großes.«

»Haben die Ärzte deiner Entlassung zugestimmt?«

Das »Ja« kam etwas zu schnell heraus, aber Lisa hütete sich, nachzuhaken. Beschützerinstinkt hin oder her, Martina war eine erwachsene Frau, die ihre eigenen Entscheidungen treffen musste.

»So, ich bin fertig.« Martina hatte ihre Uniformmütze aufgesetzt und blickte Lisa erwartungsvoll an. »Ich freu mich schon darauf, endlich mal eure Truppe und die berühmte Blume kennenzulernen.«

Jetzt war die richtige Wortwahl vonnöten, denn Lisa hatte nicht die Absicht, Martina in die Blume, wie die Bezirkskriminalinspektion in der Blumenstraße genannt wurde, mitzunehmen. »Ich habe den Eindruck, dass du von falschen Voraussetzungen ausgehst, Martina.«

»Was meinst du damit?«

»Es wird keine Zusammenarbeit zwischen uns geben. Ich bin hier, weil ich deine Aussage aufnehmen will.«

Martina schien sie nicht verstehen zu wollen. »Aber das können wir doch bei dir im Büro machen. Ich gehöre doch jetzt zu eurem Team.«

»Es tut mir leid, Martina, aber das tust du nicht.«

»Aber wieso denn nicht? Immerhin habe ich den Toten gefunden. Und in so einem Fall könnt ihr doch Unterstützung brauchen. Ich bin vor Ort und kann …«

»Martina, jetzt tu bitte nicht so, als ob du unsere Strukturen nicht kennen würdest. Du arbeitest bei der Schutzpolizei in

Schönberg und kannst dich nicht mal eben zur Mordkommission abkommandieren.«

»Hendrik sagt ständig, dass die Kripo-Dezernate zu wenig Leute haben. Wenn ihr große Fälle habt, holt ihr euch doch auch Kollegen dazu.«

»Das ist richtig. Aber diese Kollegen verfügen über eine jahrelange Erfahrung, und das tust du nicht.«

Martina erweckte den Eindruck, als ob sie im nächsten Moment in Tränen ausbrechen würde. Es tat Lisa leid, ihre Illusionen zerstören zu müssen, aber andererseits fragte sie sich auch, wie Martina auf diese absurde Idee einer Zusammenarbeit gekommen war.

»Lass es langsam angehen, Martina, du bist doch erst kurz dabei. Deine Zeit wird kommen, da bin ich mir sicher, aber noch bist du nicht so weit.« Lisa zog ihren Notizblock aus der Tasche und setzte sich auf den Besucherstuhl, der neben einem kleinen Tisch stand. »Ich werde jetzt deine Aussage aufnehmen. Und danach fährst du nach Hause und erholst dich.«

Martina gab zu Protokoll, dass sie gegen halb sieben am Tatort eingetroffen war. Das machte Lisa stutzig, denn Martina wohnte mit ihrem Vater zusammen in Kiel und hätte es selbst um diese frühe Stunde niemals in fünfzehn Minuten zum Schönberger Strand schaffen können. »Der Anruf ist um sechs Uhr fünfzehn bei der Leitstelle eingegangen. Und du warst schon eine Viertelstunde später am Tatort? Bist du geflogen oder was?«

Martina wand sich und wich Lisas Blick aus. »Ich habe nicht zu Hause übernachtet.«

»Sondern wo?«

»Bei einem Kollegen in Schönberg. Wir sind seit Kurzem zusammen.« Jetzt richtete Martina einen beschwörenden Dackelblick auf Lisa. »Sag Hendrik bitte nichts. Er glaubt, dass ich bei einer Freundin übernachtet habe.«

»Natürlich werde ich deinem Vater nichts sagen. Das ist allein deine Sache.«

»Ich hab eine Wohnung in Schönberg in Aussicht. Dieses Hin- und Hergefahre nervt nämlich auf Dauer, und außerdem möchte ich in Lars' Nähe sein. Aber ich weiß nicht, wie ich es Hendrik erklären soll. Er hat doch nur noch mich. Was wird denn aus ihm, wenn ich ausziehe?«

»Er wird es verstehen, Martina. Und natürlich wird er auch ohne dich zurechtkommen. Es ist höchste Zeit, dass ihr euch voneinander abnabelt, immerhin bist du schon vierundzwanzig. Ich finde deine Entscheidung richtig.«

Martina blickte wieder etwas zuversichtlicher drein. »Tut mir leid, dass ich dich mit meinen Angelegenheiten belatscher, aber mir liegt das gerade mächtig auf der Seele.«

»Kein Problem. Dann erzähl mir doch jetzt mal, was du nach deinem Eintreffen am Schönberger Strand gemacht hast.«

»Die Anruferin hatte gesagt, dass sie vorm Haus auf mich warten würde. Als ich ankam, hab ich ihre Beobachtungen aufgenommen. Sie ist den Weidenweg in Richtung Promenade gegangen und hat sich zu ihrem Hund umgedreht, weil der wohl so gar keine Lust auf einen Regenspaziergang hatte und immer an der Leine zerrte. Dabei hat sie einen Blick in den Garten des Opfers geworfen und gesehen, dass die Terrassentür weit offen stand. Das kam ihr komisch vor, weil es noch so früh war und dann bei diesem Schietwetter. Auf ihr Rufen hat niemand reagiert, und da wir hier im Moment verstärkt mit Einbrüchen zu tun haben, hat sie dann vorsichtshalber die 110 angerufen.« Martina hielt inne und begann ihre Hände zu kneten. »Ich hab die Frau gebeten zu warten und bin dann erst mal zur Haustür gegangen, wo ich mehrere Male geklingelt hab. Als keine Reaktion erfolgte, bin ich ums Haus rum und dann über die Terrasse rein.«

»Das war sehr leichtsinnig von dir, so allein.«

»Was hätte ich denn machen sollen?«

»Zum Beispiel deinen Kollegen benachrichtigen, mit dem du die Nacht verbracht hast. Warum hast du ihn eigentlich nicht gleich mitgenommen? Das wäre doch nur logisch gewesen.«

»Es ist letzte Nacht spät geworden.« Martina schien die Angelegenheit sichtlich peinlich zu sein. »Er hat noch so fest geschlafen, und da wollte ich ihn nicht wecken. Und außerdem hatte ich ja Bereitschaftsdienst.«

Das musste dann ja wohl wahre Liebe sein. Den vom Liebesspiel ermatteten Galan in den weichen Kissen zurücklassen, sich selbst aber in Gefahr begeben. Lisa hatte nicht das geringste Verständnis für ein solches Verhalten. »Das war sträflicher Leichtsinn, Martina! Ich hoffe, dass dir das klar ist und du nicht noch einmal eine solche Aktion unternimmst!« Sie senkte ihre Stimme wieder. »Du bist also über die Terrasse ins Haus gegangen.«

Martina nickte, sichtlich erleichtert über den Themenwechsel. »Ich habe vorschriftsmäßig nach allen Seiten gesichert und meine Waffe schussbereit gehalten. Als ich den Mann im Flur entdeckt habe, habe ich seinen Puls gefühlt und dann sofort den Notarzt gerufen. Danach habe ich das Haus durchsucht, aber da war niemand mehr.«

Mumm hatte die Lütte, das musste Lisa neidlos anerkennen. Falls Martina allerdings häufiger zu solchen Handlungen neigte und sich dadurch erneut in unnötige Gefahrensituationen begab, wäre ein sehr ernstes Wort vonnöten. Die Frage war nur, von wem. Wenn Lisa Falkner das eben Gehörte erzählte, würde er aller Voraussicht nach ausflippen und seiner Tochter eine gehörige Standpauke halten. Die hatte sie zweifelsfrei verdient, aber vielleicht war es besser, wenn Lisa die Angelegenheit für sich behielt und ihrer jungen Kollegin bei Gelegenheit eine unmissverständliche Belehrung in Sachen Eigensicherung erteilte. »Okay, und weiter?«

»Ich habe die Leitstelle angerufen und alles geschildert, und die haben dann die Maschinerie in Gang gesetzt.«

»Wo warst du bis zum Eintreffen der ersten Kollegen?«

»Ich habe die Personalien der Frau aufgenommen und bin dann ins Haus zurück, wo ich in der Küche gewartet habe. Zum Glück hat es nicht lange gedauert ...« Sie stockte, als ein Schluchzen ihre Stimme zu ersticken begann.

»Es war dein erster Toter, nicht wahr?«

»Ja ... aber deshalb hätte ich doch nicht gleich kotzen müssen. Das war so was von peinlich vor all den Kollegen.«

Der Umstand einer vermeintlich peinlichen Situation schien Martina tatsächlich mehr zuzusetzen als die Tatsache, dass sie einen Toten aufgefunden hatte. Aber Lisa konnte diese Denkweise zumindest zum Teil nachvollziehen, denn Frauen hatten es auch heutzutage noch schwer, sich in der überwiegend von Männern dominierten Polizeiwelt durchzusetzen und Respekt zu verschaffen.

»Mach dir keinen Kopf, Martina. Du bist nicht die Erste, der das widerfahren ist, und wirst auch nicht die Letzte sein.«

»Dir ist das bestimmt noch nie passiert.«

»O doch, das ist auch mir passiert.« Lisa erzählte von der damaligen Begebenheit. »Davor ist niemand gefeit, selbst nach Jahren nicht, und unsere männlichen Kollegen schon gar nicht. Da habe ich bereits einige wie die Reiher kotzen sehen.« Sie verstaute ihren Notizblock im Rucksack und erhob sich. »Ab nach Hause, Martina. Wenn ich noch etwas wissen will, rufe ich dich an.«

Am späten Nachmittag traf Lisa dann endlich im Büro ein. Die Kollegen hatten in der Zwischenzeit damit begonnen, Raimund Egners knapp fünfzigjähriges Leben auseinanderzunehmen und sein Umfeld zu erforschen. Eine Pressekonferenz war nach

Absprache mit Fehrbach für den kommenden Tag vierzehn Uhr angesetzt worden.

Im Besprechungsraum standen Kannen mit frischem Kaffee, und der Kühlschrank war mit neuen Getränken aufgefüllt. »Mensch, Claudia, du bist ein Schatz«, sagte Lisa, als Södersens Sekretärin einen Teller mit selbstgebackenen Schokoladenkeksen hereinbrachte und auf dem ovalen Tisch abstellte.

»Nervennahrung«, entgegnete Claudia Groth grinsend und machte sich wieder auf den Weg zur Tür. »Wenn ihr mehr braucht, sagt Bescheid. In meinem Büro steht noch 'ne volle Dose.«

Die Kollegen hatten sich mit Egners letzten Fällen beschäftigt und herausgefunden, dass auch er in die Richter-Gnädig-Kategorie fiel.

»Hier gibt es zwei Personen, die wir uns näher anschauen sollten«, sagte Bergmann. »Da ist als Erstes Christoph Wesskamp. Er arbeitet als Aufnahmeleiter beim NDR. Seine Schwester Leonie wurde vor knapp zwei Jahren Opfer einer Gruppe von Verkehrsrowdys, die sie an einer Bushaltestelle über den Haufen gefahren haben. Der achtzehnjährige Fahrer hatte gerade mal zwei Tage den Führerschein und hat sich für eine Spritztour mit zwei Kumpels den Alfa Spider seines Vaters ausgeliehen.« Beim letzten Wort malte Bergmann Gänsefüßchen in die Luft. »Kurz vor der Bushaltestelle hat der Junge, der übrigens mit über hundert Stundenkilometern unterwegs war, die Kontrolle über den Wagen verloren. Von den drei Personen, die an der Busstation standen, konnten sich zwei mit Sprüngen zur Seite retten. Leonie Wesskamp wurde mehrere Meter durch die Luft geschleudert. Sie hat schwerste innere Verletzungen davongetragen und liegt seit dem Unfall im Wachkoma. Der Fahrer wurde von Richter Egner zu einem Jahr und zwei Monaten auf Bewährung wegen fahrlässiger Tötung und vorsätzlicher Gefährdung des Straßenverkehrs verurteilt, obwohl die Blutprobe einen Wert von 1,9 Promille ergeben hatte. Wesskamp ist nach der Urteilsverkündung auf Egner losgegangen, was ihm eine Klage eingebracht hat. Außerdem hat er eine Facebook-Seite eingerichtet, auf der er seitdem jedes seiner Meinung nach zu laxe Gerichtsurteil kommentiert. Es sieht so aus, als ob Wesskamp einen Informanten hätte, denn meistens dringen ja nur die medienwirksamen Fälle an die Öffentlichkeit. Das müssen wir überprüfen. Wesskamp hat jedenfalls schon über vierzigtausend Follower.«

»Kein Wunder«, meinte Uwe. »Was hier in Deutschland abgeht, ist ja langsam auch nicht mehr zu ertragen. Wir reißen uns den Arsch auf, um diese ganzen Misttypen zu erwischen, und unsere tollen Richter lassen sie dann wieder laufen.«

»Hör auf, immer alles und jeden über einen Kamm zu scheren«, sagte Södersen erbost. »Sei froh, dass du in einem Rechtsstaat lebst.«

»Rechtsstaat, dass ich nicht lache.« Uwe schnaubte verächtlich. »Unrechtsstaat würde es wohl eher treffen. Hier herrscht doch schon lange nur noch Täterschutz, aber an die Opfer denkt keiner.«

Die Thematik Kuscheljustiz in Deutschland spaltete nicht zum ersten Mal die Reihen der Kollegen. Lisa war Uwe diesbezüglich schon häufiger beigesprungen, denn sie teilte seine Meinung. Jeder von ihnen rackerte sich im Dienst der Gerechtigkeit ab, und dann kamen immer wieder Richter daher, die alles zunichtemachten, weil angeblich keine Haftgründe vorlagen, viele Dinge anders beurteilt wurden und häufig auch Angst vor der nächsthöheren Instanz vorzuliegen schien. Über Zwanzigjährige wurden noch nach Jugendstrafrecht verurteilt, da sie ja ein so kindliches Gemüt aufwiesen, und selbst bei langjährigen Intensivtätern stand immer noch die Resozialisierung im Vordergrund. Verkehrte Welt, auch für Södersen, wie Lisa wusste, was er aufgrund seiner Position allerdings nur unter der Hand von sich geben würde.

Lisa jedenfalls hatte in der letzten Zeit zunehmend Schwierigkeiten, sich für ihren Job zu motivieren, denn das Gefühl, wie Don Quichotte gegen Windmühlen zu kämpfen, war an manchen Tagen schier übermächtig. Doch für erneute Diskussionen zu diesem Thema war im Moment keine Zeit, was Södersen genauso zu sehen schien.

»Und was ist mit der zweiten Person?«, fragte er ungeduldig.

Uwe musterte ihn aus zusammengekniffenen Augen. »Sieh an, sieh an, der Chef befiehlt einen Themawechsel. Immer wenn es um diese Dinge geht, weicht er aus.«

»Hör gefälligst auf, von mir in der dritten Person zu reden. Ich sitze neben dir, falls es dir entgangen sein sollte.«

Bevor Uwe etwas erwidern konnte, griff Lisa ein. Dass Södersen seit kurzem häufig gereizt reagierte, war ihr schon aufgefallen. Sie beschloss, ihn bei Gelegenheit darauf anzusprechen. Jetzt aber versuchte sie diesen albernen Hahnenkämpfen ein Ende zu setzen. »Glaubt ihr nicht, dass wir im Moment Wichtigeres zu tun haben, als uns gegenseitig zu beharken? Du meine Güte, ihr seid erwachsene Männer, jetzt reißt euch doch mal zusammen!« Es widerstrebte ihr, die beiden anzugehen, vor allen Dingen Södersen, denn immerhin war er ihr Vorgesetzter. Aber wenn es um männliche Überreaktionen ging, bedurfte es eben manchmal der Einmischung einer Frau. Ein verbissenes Schweigen folgte ihren Worten. »Was ist denn nun mit der zweiten Person?«, nahm sie dann Södersens Frage auf.

»Der Mann heißt Hans Reding«, entgegnete Uwe mürrisch, nachdem er sich wieder seinem Monitor zugewandt hatte. »Er wurde im letzten Jahr in seiner Wohnung in Mettenhof überfallen und ausgeraubt. Nachdem die beiden Täter ihren Beutezug beendet hatten, sind sie über seine Tochter hergefallen und haben sie sexuell missbraucht. Reding war gefesselt und musste hilflos zusehen. Zwei Monate später hat die Tochter einen Selbstmordversuch unternommen. Ihr Gehirn ist seitdem irreparabel geschädigt. Sie lebt mittlerweile in einem Pflegeheim.« Uwe scrollte weiter nach unten. »Die Täter wurden gefasst und sind zunächst auch in Untersuchungshaft gekommen. Da sie aber noch minderjährig waren, ist kurze Zeit später eine jugendgerichtliche Unterbringung angeordnet worden. Sie wurden in ein Jugendheim verlegt, wo sie bis zur Hauptverhandlung eine stabilisierende Betreuung erhalten sollten, wie das so schön heißt. Diese Anordnung wurde von Richter Egner verfügt. Nur leider haben sich die Typen nicht im Geringsten für eine Betreuung interessiert. Bereits am Tag nach ihrer Unterbringung sind sie geflohen und seitdem zur Fahndung ausgeschrieben. Reding hat Egner dafür verantwortlich gemacht und ihm mehrere Drohbriefe geschrieben. Egner hat wohl selbst gemerkt, dass er Scheiße gebaut hat, und davon Abstand genommen, gegen Reding vorzugehen.«

Es fiel Lisa schwer, bei dem eben Gehörten objektiv zu bleiben. Allerdings würde sie keinen Schritt weiterkommen, wenn sie ihren Emotionen freien Lauf ließe. Im Gegenteil, es würde ihre Arbeit behindern.

»Das war's?«, fragte Södersen, der immer noch ziemlich angefressen wirkte.

»Das waren die gravierendsten Fälle der letzten drei Jahre«, gab Uwe zurück. »Es ist natürlich gut möglich, dass noch andere Menschen eine Wut auf Egner haben, weil er Kuschelurteile gefällt hat.«

Södersen fiel ihm ins Wort. »Wir haben nur leider weder die Zeit noch das Personal, die alle auszugraben.«

»Hast du eigentlich eine Aufstockung unseres Teams genehmigt bekommen?«, wollte Lisa wissen.

Södersen verzog das Gesicht. »Mir wurden fünfzehn Kollegen bewilligt. Die will ich aber nicht zugeteilt bekommen, sondern mir selber aussuchen. Schrott kann ich hier nicht gebrauchen.«

Die Sparwut der schleswig-holsteinischen Landesregierung hatte die Landespolizei mit voller Wucht getroffen, ein heikles Thema, das jeden von ihnen in schöner Regelmäßigkeit auf die Palme brachte. Dienststellen wurden geschlossen, Personal abgebaut, aber die Entscheidungsträger an ihren grünen Tischen versäumten natürlich bei keiner Gelegenheit zu erwähnen, dass die Landespolizei nach wie vor gut aufgestellt sei. Diejenigen, die von diesen Maßnahmen betroffen waren, hatten das Nachsehen und saßen auf einem ständig wachsenden Überstundenberg. Und das stetig sinkende Sicherheitsempfinden der Bürger wurde wie immer von der Politik kleingeredet, das seien alles nur subjektive Wahrnehmungen einzelner Personen. Erst in der letzten Zeit war aufgrund aktueller Ereignisse der Beginn eines gegenteiligen Trends zu beobachten, der sich in Neueinstellungen und der Beschaffung neuer Ausrüstungsgegenstände bemerkbar machte. Es blieb die Frage, wie lange dieses Umdenken anhalten würde.

Södersen richtete seinen Blick in die Runde. »Tja, Leute, tut mir leid, aber dann ist jetzt wieder eine Nachtschicht angesagt. Findet heraus, ob die eben genannten Personen auch in irgendeinem Zusammenhang mit Klaus Harmsen stehen könnten. Was natürlich auch für den umgekehrten Fall gilt. Vielleicht hatte ja irgendjemand, den wir im Fall Harmsen auf dem Schirm haben, auch etwas gegen Egner.«

Uwes Aufstöhnen erfüllte den Raum. »Hat das nicht bis morgen Zeit?«

»Wieso, hast du heute noch was vor?«, konterte Södersen. »Falls ja, solltest du es schleunigst absagen und deinen Job machen.«

»Und was machst du?«, fragte Uwe mit einem provozierenden Unterton.

»Ich werde jetzt Kollegen rekrutieren, die etwas arbeitswilliger sind als du.«

Sie sind wie zwei Kampfhähne, die ums Verrecken nicht loslassen wollen, dachte Lisa entnervt. Von Uwe kannte sie ein solches Verhalten, von Södersen hingegen war sie es nicht gewohnt. Normalerweise parierte er Uwes Attacken mit einer Souveränität, die ihr leider häufig abging. Sie beschloss, das Gespräch mit ihrem Vorgesetzten nicht länger aufzuschieben, und folgte ihm kurze Zeit, nachdem er in sein Büro gegangen war.

»Sag mal, was ist eigentlich los mit dir?«

»Was meinst du?« Södersen blickte nicht hoch, sondern widmete sich dem Inhalt einer Unterschriftenmappe, ein wenig zu augenfällig, wie es Lisa erschien.

»Wir alle wissen, dass es nicht immer einfach mit Uwe ist.«

»Na, da sagst du was!«

»Ist etwas vorgefallen, dass ihr euch neuerdings so beharkt?«

Södersen hielt in der Unterschrift inne, dann feuerte er den Kugelschreiber mit einem herzhaften Fluch auf seinen Schreibtisch.

»Holla! Willst du mir irgendwas sagen?«

Södersen wirkte für einen Moment unentschlossen, dann deutete er auf den Stuhl vor seinem Schreibtisch. »Setz dich. Irgendwann musst du es ja erfahren. Uwe hat sich beschwert, dass du ihn während meiner Abwesenheit mit niederen Bürotätigkeiten betraut hättest, wie er es nannte. Er hätte sich von dir ausgegrenzt gefühlt, weil du die interessanten Dinge angeblich Bergmann und dir vorbehalten hättest. Außerdem sollst du dich mehrere Male für Bergmanns endgültige Versetzung zu uns starkgemacht haben. Es fiel das Wort Kumpanei.«

Lisa traute Uwe ja so einiges zu, aber das kam für sie jetzt doch überraschend. Sie ließ sich auf den Stuhl sinken und versuchte der Wut Herr zu werden, die sie nach Södersens Worten überkommen hatte. »Das darf doch nicht wahr sein! Wir sind vor deiner Reha übereingenommen, dass wir versuchen wollen, Frank endgültig ins K1 zu kriegen. Schließlich musste Lucas Stelle endlich neu besetzt werden, und Frank hat sich doch prima in unser Team integriert. Ich weiß, dass Uwe zunächst dagegen war, aber schließlich hat er es doch eingesehen. Wieso macht er denn jetzt Terror, nachdem Franks Versetzung durchgekommen ist?«

»Was weiß ich? Ich vermute, dass er eifersüchtig ist auf dich, auf Bergmann, auf Gott und die Welt.«

»Aber wir können doch nichts dafür, dass Uwe sein Leben nicht in den Griff kriegt. Das liegt ausschließlich in seiner Verantwortung. Doch es ist natürlich immer leichter, den anderen die Schuld zu geben, wenn wieder mal was schiefläuft.« Lisa begann sich in Rage zu reden, und der Grund dafür war ihr nur allzu bewusst. Wie es aussah, würde sie in den nächsten Minuten Farbe bekennen müssen. Aber bis dahin wollte sie zumindest noch einen Teil ihres Ärgers loswerden. »Und was heißt überhaupt niedere Bürotätigkeiten und ausgrenzen? In einer Mordermittlung ist jede Tätigkeit wichtig, und ausgrenzen tut Uwe sich schon von ganz allein.«

Für einen kurzen Moment herrschte Schweigen. »Dann sind also zumindest Teile seiner Vorwürfe berechtigt?«, hob Södersen schließlich bedächtig an.

»Ja.« Lisa fiel das Eingeständnis nicht leicht. »Ich hab Uwe tatsächlich einige Zeit mit Bürokram vollgemüllt. Ich weiß nicht, was damals mit ihm los war. Wir hatten uns zwei Cold Cases vorgenommen, und Uwe kam wochenlang fast jeden Morgen zu spät. Ich hab ihn nach den Gründen gefragt, es kann ja auch mal was Privates sein.«

»Hat Uwe überhaupt ein Privatleben?«

»Keine Ahnung. In der Beziehung lässt er ja nichts raus.« Lisa verschränkte die Beine unter dem Stuhl. »Er hat gesagt, das gehe mich nichts an. Ich bin freundlich geblieben und habe ihn gebeten, in Zukunft pünktlich zu sein. Daraufhin hat er mich auf die Zahl seiner Überstunden hingewiesen und gemeint, dass er schließlich ein Recht habe, diese abzubummeln. Da wir in einem der Fälle aber gerade ein paar neue Erkenntnisse gewonnen hatten, habe ich ihn gebeten, das Abbummeln auf einen späteren Zeitpunkt zu verschieben. Er ist laut geworden, woraufhin mir der Kragen geplatzt ist und ich aus meiner Bitte eine Anweisung gemacht habe.«

»Und als Erziehungsmaßnahme hast du ihn dann zum Bürodienst verdonnert.« Södersens Worte wurden von einem verständnisvollen Lächeln begleitet.

»Ja«, musste Lisa zugeben. »Ich bin nicht stolz darauf, weil ich damit ja irgendwie meine ganze Hilflosigkeit seinem Verhalten gegenüber ausgedrückt habe. Aber ich wusste damals einfach nicht weiter.« Sie sah Södersen mit einem kläglichen Blick an. »Eine schöne Stellvertreterin hast du dir da ausgesucht. Menschenführung geht nun wirklich anders.«

»Das kann man alles lernen, Lisa. Und Uwe macht es einem ja nun auch wirklich nicht leicht.«

»Es ist nett, dass du mein Verhalten zu entschuldigen suchst, aber glaub mir, ich kenne meine Defizite.«

»Was das betrifft, können wir uns die Hände reichen.«

Lisa sah ihn verständnislos an. »Wie meinst du das?«

»Nachdem Uwe mit seiner Beschwerde fertig war, habe ich Tacheles mit ihm geredet. Ich habe ihn angewiesen, sofort mit diesen ständigen Anfeindungen gegen dich aufzuhören und sich in Zukunft wie ein erwachsener Mann zu benehmen. Ich habe ihm gesagt, dass wir hier nicht im Kindergarten seien und kleine bockige Jungen im vorpubertären Stadium nichts in einer

Mordkommission zu suchen hätten. Uwe ist wohl davon ausgegangen, dass du dich bei mir ausgeheult hast, und hat sich dementsprechend hämisch geäußert. Da ist mir der Kragen geplatzt, und ich bin laut geworden. Du weißt, dass so etwas selten bei mir vorkommt, aber Uwe hat mich einfach zu sehr gereizt. Ich habe ihm gesagt, dass ich ihn menschlich für unter aller Kanone halte und über seine Versetzung nachdenken würde, wenn er sich nicht endlich am Riemen reiße.«

Unter aller Kanone – wenn die Sache nicht so ernst gewesen wäre, hätte sie jetzt gelacht, denn es kam wirklich äußerst selten vor, dass Södersen im dienstlichen Bereich eine derart saloppe Ausdrucksweise an den Tag legte. Wenn es aber einmal der Fall war, war höchste Vorsicht geboten, denn in solchen Momenten war mit ihm definitiv nicht mehr zu spaßen.

»Und wie hat Uwe darauf reagiert?«

»Gut zu wissen, hat er gesagt, und da in dem Moment mein Telefon zu klingeln begann, ist er gegangen. Ich habe hinterher überlegt, ob ich das Thema noch einmal aufgreifen soll, es dann aber gelassen, weil ich nicht noch mehr böses Blut wollte.«

»War das mit der Versetzung dein Ernst? Was das Menschliche anbelangt, dürften wir alle einer Meinung sein, aber Uwe ist ein sehr fähiger Kripobeamter. Wir können es uns nicht leisten, ihn zu verlieren.«

»Ich werde es aber auch nicht zulassen, dass er versucht, hier Zwietracht zu säen. Wir müssen alle an einem Strang ziehen und uns in jeder Situation aufeinander verlassen können. Das kann unter Umständen lebenswichtig sein.«

»Ja, sicher, doch ich glaube nicht, dass wir da etwas zu befürchten haben. Draußen an der Front ist bis jetzt noch immer Verlass auf Uwe gewesen.«

»Schon erstaunlich, dass gerade du dich für ihn einsetzt. Immerhin hat er sich auf dich eingeschossen.«

Lisa winkte ab. »Der kriegt sich schon wieder ein.« Sie hoffte, dass ihre Stimme zuversichtlich klang und der Aufruhr in ihrem Inneren nicht offen zutage trat. Würde sie jetzt in Zukunft bei allem, was sie sagte und tat, auf der Hut sein müssen, weil Uwe sonst vielleicht zur nächsthöheren Instanz lief und sie anschwärzte? Ein beängstigender Gedanke. Oder sollte sie das Gespräch mit ihm suchen?

Sie beschloss, die Entscheidung darüber noch etwas zu vertagen.

Nachdem Martina Falkner gegen zwanzig Uhr die Wohnungstür hinter sich geschlossen hatte, stieß sie einen tiefen Seufzer aus. Sie streifte ihre Stiefel ab und tappte auf Socken in die Küche, wo sie sich ein Glas Leitungswasser einschenkte und in einem Zug leerte, bevor sie auf einen der Küchenstühle sank.

Sie war natürlich doch nach Schönberg zurückgefahren, weil sie wissen wollte, inwieweit ihre Dienststelle in die Ermittlungen eingebunden sein würde. Lisa hatte sie diese Frage nach deren deutlichen Worten nämlich nicht zu stellen gewagt.

»Wenig«, hatte Harald Siebert, ihr Dienststellenleiter, erklärt. Die Tatsache schien ihn nicht besonders zu kratzen. Er stand kurz vor seiner Pensionierung und ließ keinen Zweifel daran, dass er vorhatte, bis dahin eine ruhige Kugel zu schieben.

»Wir sollen mit den Nachbarschaftsbefragungen weitermachen und uns ansonsten zur Verfügung halten«, hatte Lars mit grimmigem Blick hinzugefügt. »Damit die Kripofuzzis aus Kiel nicht jedes Mal hier antanzen müssen, falls noch irgendwas anfällt.«

»Hör auf zu meckern, Nölting«, hatte Siebert ihn zurechtgewiesen. »Du fühlst dich doch eh zu Höherem berufen. Vielleicht hast du ja Glück und findest einen entscheidenden Hinweis. Dann nehmen die Kripofuzzis dich bestimmt in ihren Reihen auf.«

So ging es noch eine Weile hin und her, weil natürlich auch die anderen Kollegen ihren Senf dazugeben mussten, und irgendwann war es Martina zu bunt geworden. »Ich fahr dann mal nach Hause«, sagte sie mit einem eindringlichen und, wie sie glaubte, unmissverständlichen Blick in Lars' Richtung, als sie für einen Moment allein im Büro gewesen waren.

»Tu das.« Er wirkte gleichgültig und unternahm keine Anstalten, sie zurückzuhalten und zu einer weiteren heißen Liebesnacht zu überreden. Dieses Hin und Her in ihrer jungen Beziehung machte sie langsam krank. Mal konnte er nicht genug von ihr kriegen, dann wieder würdigte er sie kaum eines Blickes. Sollte sie sich das wirklich noch länger antun? Manchmal streifte sie der Gedanke, dass er wieder mit Sandy zusammen war. Die Tussi hatte ihn zwar seinerzeit abserviert, aber aus unerfindlichen Gründen schien Lars immer noch an ihr zu hängen, was er natürlich vehement bestritt. Doch was das anging, ließ Martina sich nicht täuschen. Sie hatte Sandy in den letzten drei Wochen einige Male am Dienstapparat gehabt, als Lars auf Streife gewesen war. Für sie war die Sache offensichtlich. Sandy wollte sich wieder an Lars ranmachen, und sie, Martina, sollte dies auf jeden Fall mitbekommen, sonst hätte seine Ex ihn ja auf seinem Handy anrufen können.

Auf dem Rückweg nach Kiel hatte Martina dann einen Anruf von Hendrik erhalten, dass es später werden würde und sie nicht mit dem Essen auf ihn warten solle. Die Nachricht erfüllte sie mit Erleichterung, auch wenn sie ihr Beisammensein am Abend normalerweise genoss, denn da pflegten sie sich über das Tagesgeschehen und die Dinge des Lebens auszutauschen. Seitdem sie ebenfalls bei der Polizei arbeitete, hatten sie nur leider immer weniger Zeit dafür. Und seit kurzem lag ihr nun auch noch die Tatsache im Magen, dass sie keinen blassen Schimmer hatte, wie sie ihm ihren geplanten Auszug beibringen sollte.

Außerdem war Hendrik bei dem Telefonat seltsam verschlossen gewesen. Er hatte ihr nur mitgeteilt, dass das OFA-Team einen neuen Fall bearbeite. Sie hegte die starke Vermutung, dass es hierbei um den in Scharbeutz ermordeten Richter ging, der jetzt seit einer Woche die Medien beherrschte. Sie hatte Hendrik darauf angesprochen und die knappe Auskunft erhalten, dass er nichts Weiteres darüber sagen könne. »Hey, mir kannst du's doch erzählen«, hatte sie gemeint. »Immerhin bin ich deine Tochter und auch bei der Polizei.« Aber Hendrik hatte gemauert, und sein Verhalten kränkte sie mehr, als sie sich eingestehen mochte.

Der Tag hatte sie fertiggemacht. Noch immer würde sie am liebsten vor Scham im Erdboden versinken, wenn sie an ihren Auftritt im Haus des Opfers dachte. Sie hätte nie geglaubt, dass sie sich einmal an einem Leichenfundort die Seele aus dem Leib kotzen würde. Das Gespräch darüber mit Lisa hatte ihr gutgetan, das Wissen, dass es selbst dieser erfahrenen und verehrten Kollegin einmal ebenso ergangen war. Aber die Peinlichkeit über die Situation als solche und die Erinnerung an die spöttischen Blicke einiger Kollegen würden sich nicht so schnell aus ihrem Gedächtnis löschen lassen.

Sie hoffte inständig, dass ihrem Vater nichts davon zu Ohren kam, denn das wäre ja wieder Wasser auf seine Mühlen, dass der Polizeidienst zu hart für sie sei. Ein ewiger Streitpunkt zwischen ihnen, der auch nach Beendigung ihrer Ausbildung und der Versetzung von der Bereitschaftspolizei in die Polizeistation nach Schönberg nichts von seiner Brisanz verloren hatte.

Martina war natürlich vollkommen klar, woher seine Ablehnung rührte. Ihr Vater dürfte so ziemlich alles gesehen haben, was die menschliche Perversion hervorzubringen vermochte. Zu Hause hatte er nie viel erzählt, auch wenn sie ihn mit ihren Fragen gelöchert hatte. Er wollte sie schützen und verhindern, dass sie sich mit denselben schlimmen Dingen befasste wie er.

Er wollte ihr ein Privatleben ermöglichen, mit einem Mann und Kindern, einem pünktlichen Feierabend, Wochenenden, an denen sie sich ihrer Familie widmen konnte, alles Dinge, die er schon lange nicht mehr kannte, seitdem ihre Mutter gegangen war und er sich noch mehr in seine Arbeit vergraben hatte.

Aber all das interessierte sie nicht, jedenfalls jetzt noch nicht. Himmel, sie war vierundzwanzig und hatte noch mindestens zehn Jahre Zeit für die Gründung einer Familie. Falsch, korrigierte sie sich. Heiraten war okay, aber bloß keine Kinder. Da konnte sie ihr Leben ja gleich an der Garderobe abgeben.

Einsichten, die ihr Vater nicht nachzuvollziehen vermochte. »Du bist noch so jung«, war sein Standardargument. »Glaub mir, in einigen Jahren wirst du diese Dinge anders sehen.«

Nein, verdammt noch mal, das würde sie nicht! Sie wollte Karriere machen, alles andere war zweitrangig für sie. Aber was das anbelangte, war bei Hendrik Hopfen und Malz verloren, da konnte sie sich ebenso gut mit dem Kühlschrank unterhalten.

»Sag deinem Vater, dass er sich nicht ständig in dein Leben einmischen soll«, hatte eine Freundin sie ermahnt. »Du weißt, was du willst, und du wirst deinen Weg gehen. Aber dazu musst du dich abnabeln und dir vor allen Dingen endlich eine eigene Wohnung nehmen.«

Tja, genau das hatte sie jetzt vor. Doch der Gedanke, ihren Vater allein zurückzulassen, war nur schwer erträglich für sie. Hendrik hatte nur noch seinen Job und sie. Was würde aus ihm, wenn sie ging?

Oder schob sie ihren Vater nur vor, damit sie sich ihren eigenen Ängsten bezüglich eines Auszugs nicht stellen musste?

Der Gedanke war urplötzlich da gewesen, und sie hatte sofort versucht, ihn beiseitezuschieben. Was allerdings nur bedingt gelang, denn einmal im Kopf eingenistet, hatte er offensichtlich nicht die Absicht, sich wieder aus dem Staub zu machen.

Ein Gespräch mit Lisa wäre jetzt schön, dachte Martina wehmütig. Lisa war klug und lebenserfahren und würde bestimmt wissen, was das Beste war. Aber sie würde sich niemals trauen, Lisa darauf anzusprechen, weil sie sich ihr gegenüber so schrecklich unzulänglich fühlte.

Lisas Ablehnung einer Zusammenarbeit hatte weh getan, auch wenn Martina sich im Nachhinein eingestand, dass deren angeführte Argumente natürlich richtig gewesen waren. Wieso sollte die Kieler Mordkommission den Wunsch nach einer Zusammenarbeit mit einer Schutzpolizistin verspüren, die noch dazu eine blutige Anfängerin war, bloß weil sie den Toten gefunden hatte. Absoluter Schwachsinn, und doch war sie zutiefst enttäuscht, weil sie so gerne einmal mit Lisa zusammengearbeitet und von ihr gelernt hätte.

»Martina?«

Mist, jetzt war Hendrik doch schon da, und sie hatte noch nicht einmal die Hälfte ihrer Gedanken sortiert.

»In der Küche.« Sie hörte ein Poltern auf dem Flur, als ihr Vater seine Schuhe auszog, dann erschien er in der Tür. »Ich bin auch gerade erst gekommen«, sagte sie. »Was hältst du von Pizza?«

»Viel«, entgegnete Falkner, ging zum Kühlschrank und holte sich ein Bier heraus. »Ich hab einen Bärenhunger.« Er lehnte sich an die Arbeitsplatte und sah zu, wie sie zwei Pizzen aus der Tiefkühltruhe holte und die Verpackung zu entfernen begann. »Ich hab gehört, dass du den Toten am Schönberger Strand gefunden hast. Bist du okay?«

O nee, wo hatte er das denn jetzt wieder her? »Alles wunderbar.«

Ein leichter Zweifel lag in seinem Gesicht. »Wirklich?«

»Ja, wirklich! Irgendwann musste es ja mal sein. Ich werde mich daran gewöhnen.«

»Daran gewöhnt man sich nie«, sagte er, und seine Stimme klang auf einmal deprimiert.

»Und bei dir?«, fragte sie, um einen schnellen Themawechsel bemüht, während sie die Pizzen auf ein Blech legte und in den Ofen schob.

»Unser Team hat den Fall übernommen.«

Sie schloss die Ofentür mit einem Ruck und drehte sich zu ihm herum. »Meine Leiche?«

»Deine Leiche? Sag mal, hörst du dir selbst eigentlich manchmal beim Reden zu?«, fragte er aufgebracht.

Ja, okay, die Wortwahl war jetzt nicht so der Hit gewesen. »Sorry.« Sie blickte ihren Vater neugierig an. »Und ich hatte schon gedacht, dass ihr den Fall von diesem ermordeten Richter von letzter Woche bearbeitet.«

Falkner nahm einen tiefen Zug aus der Flasche. Sein Gesichtsausdruck war angespannt, und als er sich am Tisch niederließ, fiel bei Martina der Groschen.

»Ihr bearbeitet beide Fälle, weil sie zusammengehören.« Sie zupfte an ihrer Nase, wie sie es immer tat, wenn sie aufgeregt war. »Ist der Mann, den ich heute Morgen aufgefunden habe, denn ebenfalls Richter?«

Ihr Vater wirkte genervt. »Martina, lass es!«

Also hatte sie recht gehabt. »Och Papa …« Wenn er sich weiter stur stellte, würde sie es morgen früh auf der Dienststelle herauszufinden versuchen. Das müsste doch mit dem Teufel zugehen, wenn ihr das nicht gelingen sollte. Immerhin hatten sie den Ersten Angriff vorgenommen, da dürfte einiges vermerkt worden sein. Außerdem sollten sie die Nachbarschaftsbefragungen vornehmen, und die wären ja wohl kaum durchführbar, wenn sie vorher nicht irgendwelche Hintergrundinfos erhielten.

»Nee, mein Kind, da nützt auch dein och Papa nichts.« Er erhob sich, holte Geschirr und Besteck aus dem Küchenschrank und begann den Tisch zu decken. »So hast du mich vielleicht in deiner Kindheit rumgekriegt, aber jetzt funktioniert das nicht mehr.«

Ein unvermitteltes Neidgefühl stieg in Martina auf. Ein hochbrisanter Fall für die OFA und das Kieler K1, du meine Güte, wann hatte es so etwas schon mal gegeben? Zwei getötete Richter, das war ja wie im Film! Denn dass es sich bei ihrer Leiche ebenfalls um einen Richter handelte, war doch sonnenklar. Und sie musste wieder zurück in dieses stinklangweilige Schönberg, um Nachbarschaftsstreitigkeiten zu schlichten, Bußgeldbescheide auszustellen und in der Vorschule den Verkehrskasper zu geben. Obwohl ... wer wollte ihr verbieten, in der Freizeit ein paar Nachforschungen anzustellen? Musste ja niemand wissen. Immerhin hatte sie den Toten gefunden, also hatte sie alles Recht der Welt, an diesem Fall mitzuarbeiten, egal, was Lisa gesagt hatte. Jetzt erst recht! Ihr könnt mich alle mal, euch werde ich es zeigen!

»Was heckst du aus, Martina?«

Shit, sie musste endlich lernen, ihre Gesichtszüge unter Kontrolle zu halten. »Nichts.«

»Ja, klar, und im Himmel ist Jahrmarkt. Diesen Ausdruck kenne ich. Du hast etwas vor.« Sein Ton änderte sich, wurde auf einmal ungehalten. »Martina, lass die Finger von diesem Fall, sonst bekommst du großen Ärger mit mir!«

Sie stand auf und ging zum Ofen, um die Pizzen herauszuholen. Nachdem sie sie auf die Teller gelegt hatte, schaute sie ihren Vater an, mit einem, wie sie hoffte, völlig nichtssagenden Gesichtsausdruck. »Ich hab's ja begriffen, Hendrik. Guten Appetit!«

Lea stöhnte, als Markus sie auf den Küchentisch hob. Er bog ihren Körper zurück, die Tischkante drückte schmerzhaft in ihre Oberschenkel. Sie spreizte die Beine und spürte, wie eine

Gänsehaut ihren nackten Körper überzog, als Markus die Innenseiten ihrer Schenkel zu streicheln begann. Seine Hände waren warm, die Fingerkuppen rauh, und die quälende Langsamkeit, mit der sie über ihr weiches Fleisch strichen, kam einer Folter gleich.

»Ja!«

Das Wort war aus ihrem Innersten gekommen, tief und guttural, als hätte eine Fremde es ausgestoßen. Markus hob den Kopf und ließ seinen Blick über ihren Körper wandern, bis seine Augen schließlich auf ihrem Gesicht verharrten. Sein Ausdruck war unergründlich, das Grau seiner Iris wirkte fast schwarz. Lea zog seinen Kopf zu sich heran, spürte seine Zunge, die ihren Mund zu erkunden begann, seinen Penis, hart und pulsierend in ihrer Hand.

Mein Gott, was tat sie hier? Sex hatte bis zu Heiners Tod im Bett stattgefunden, er oben, sie unten, alles nach Schema F, bedeutungslos geworden nach fünfzehnjähriger Ehe, eine Pflichterfüllung, immer seltener vollzogen. Sie hatte sich manchmal gefragt, ob es mit einem anderen Mann anders sein würde, und die Frage immer sehr schnell für sich verneint. Es erschien ihr unvorstellbar, dass es irgendeinem Mann gelingen könnte, das Vakuum in ihrem Inneren, das von Jahr zu Jahr mehr Raum beansprucht hatte, wieder mit Leben und Gefühlen, mit Leidenschaft, ja, vielleicht auch mit Liebe auszufüllen.

Sie hatte sich geirrt.

Seit Markus in ihr Leben getreten war, spürte sie sich wieder, ihr Innerstes, Gefühle, die sie an manchen Tagen zu überwältigen drohten, ihren Körper, der nach seinem gierte, keine Hemmungen, keine Scham mehr zu kennen schien.

Vorbei mit Schema F. Jetzt trieb sie es auf dem Tisch, dem Fußboden, unter der Dusche, zügellos, von Sinnen, eine Frau, deren Verhalten ihr manchmal Angst machte, weil sie dieses

Wilde, das tief in ihr verborgen gewesen sein musste, noch nicht kannte.

Als Markus sich von ihr löste, richtete Lea sich auf. »Markus?« Sie verachtete sich für den flehenden Ton in ihrer Stimme, die Hilflosigkeit, die sie auf einmal empfand. Sie beobachtete, wie er zum Kühlschrank ging und dessen Tür öffnete, konnte aber nicht sehen, was er herausholte, selbst dann nicht, als er damit an der Spüle zu hantieren begann, da er es mit seinem Körper verdeckte. Als plötzlich ein Knall durch den Raum hallte, zuckte sie erschrocken zusammen.

»Champagner, die Dame?« Mit einem Lächeln kam er zu ihr zurück. Leas Herz schlug bis zum Hals, als er die Flasche senkte und sich ein kleiner Teil der Flüssigkeit auf ihren Brüsten zu verteilen begann.

Moët & Chandon. Das Abschiedsgeschenk der Hamburger Kollegen, das sie für einen besonderen Anlass hatte aufbewahren wollen.

Markus stellte die Flasche auf dem Boden ab, dann beugte er sich über sie. Als seine Zunge ihre Brustwarzen zu umkreisen begann, stieß sie ein Keuchen aus. Er hob den Kopf und sah sie abwartend an. O ja, das konnte er gut, sie hinhalten. »Nicht aufhören … bitte …«

Markus war gegen neun Uhr gekommen. Lea hatte eingekauft und ihm vorschlagen wollen, gemeinsam zu kochen, obwohl sie nicht die geringste Ahnung hatte, ob ihm an solchen Dingen etwas lag. Der Versuch, einen Abend zu gestalten, der außer Sex noch etwas anderes beinhaltete, einen Abend, wie ihn ein ganz normales Paar verbrachte, mit Essen und Trinken und langen Gesprächen. Natürlich auch mit Sex, aber eben nicht nur, wie es bisher bei ihnen der Fall gewesen war. Der Versuch, eine Beziehung aufzubauen, die über das Körperliche hinausging. Sie wollte Markus ein Bild der anderen Lea vermitteln, der all diese Dinge einmal wichtig gewesen waren, denn die Frau, die er bisher kennengelernt hatte, hatte nichts mit der alten Lea zu tun.

Außerdem hatte sie mit ihm über die Auseinandersetzung mit Falkner reden wollen. Nicht über den Fall, den sie hereinbekommen hatten, wohl aber darüber, wie schwer es für sie in der neuen Position war, welcher Widerstand ihr aus dieser eingeschworenen Männerclique entgegenschlug. Dass sie sich in der Besprechung falsch verhalten hatte, war ihr bereits während ihrer provozierenden Worte bewusst geworden. Aber sie hatte nicht anders gekonnt, denn alles, was Falkner sagte oder tat, reizte sie bis aufs Blut. Nachdem sie nach seinen verächtlichen Worten aus dem Raum gerannt war, hatte sie für einen Moment tatsächlich die Absicht gehabt, zu ihrem Vorgesetzten zu gehen und sich über Falkner zu beschweren. Aber damit hätte sie ihm in die Hände gespielt und sich tatsächlich als das Mädchen entpuppt, das er offensichtlich in ihr sah. Und das war das Letzte, was sie wollte. Also war sie in den Waschraum gegangen, hatte sich kaltes Wasser ins Gesicht gespritzt, die Haare gerichtet und war dann in den Besprechungsraum zurückgekehrt. Die Atmosphäre war frostig gewesen, aber es war ihnen gelungen, ihre Arbeit ohne weitere Auseinandersetzungen fortzuführen.

»Was ist das denn?« Markus runzelte die Stirn, als er die auf der Arbeitsplatte deponierten Lebensmittel sah.

»Ich dachte, wir könnten zusammen kochen«, stammelte sie.

»Ich habe nicht viel Zeit«, gab er zur Antwort. »Bist du dir sicher, dass du sie mit Kochen verbringen willst?« Ein ironischer Zug umspielte seine Mundwinkel. Sie hasste es, wenn er sie so anblickte und ihr den Eindruck vermittelte, als könnte er in ihr Innerstes schauen.

Aber das kann er ja auch, du Dummchen. Du machst es ihm doch so leicht.

»Ja«, entgegnete sie, fest entschlossen, sich dieses Mal nicht von ihren überschießenden Hormonen lenken zu lassen.

»Okay«, sagte er gedehnt. »Womit soll ich anfangen?«

»Mit dem Gemüse. Ich hatte ein Thai Chicken geplant.« Sie wollte sich abwenden und das Hühnerfleisch aus dem Kühlschrank holen, konnte aber ihre Augen nicht von ihm lassen. Sein dunkelbraunes Haar war einen Tick zu lang und lockte sich über dem Hemdkragen. Die Muskeln seines Unterarms spannten, als er einige Karotten unter das fließende Wasser in der Spüle hielt und anschließend daranging, sie zu zerteilen. Seine Bewegungen wirkten geübt, als täte er so etwas nicht zum ersten Mal. Der Anblick seiner Hände, sehnig und schmal, beschleunigte ihren Pulsschlag. Sie wollte sie auf ihrem Körper spüren, wollte wieder die Ekstase erleben, die sie ihr zu bereiten vermochten. Jetzt. Sofort. Pfeif auf das Essen und ihre hehren Vorsätze.

»He«, sagte er, als sie ihm Gemüse und Messer aus den Händen nahm und sein Hemd aufzuknöpfen begann. »Ich dachte, heute wäre etwas anderes angesagt.«

Sie antwortete nicht, sondern fingerte an seinem Gürtel herum und stieß einen Fluch aus, als sie ihn nicht aufbekam, so dass er ihr schließlich die Arbeit abnahm.

»He«, sagte er noch einmal, »nicht so ungeduldig, ich lauf doch nicht weg.«

Doch genau das tat er, eine Stunde später, nachdem sie es auf dem Küchentisch miteinander getrieben hatten. Er suchte seine Kleidungsstücke zusammen, die überall auf dem Boden verstreut lagen, und gleich darauf hörte sie das Wasser in der Dusche rauschen. Das tat er jedes Mal, nachdem sie miteinander geschlafen hatten, duschen, als müsste er alle Spuren ihrer sexuellen Begegnung von seinem Körper tilgen. Weil in seinem Zuhause vielleicht eine Frau auf ihn wartete?

»Ich brauche noch ein paar Stunden Schlaf«, sagte er, als er wieder vor ihr stand. »Um vier haben wir einen Einsatz.«

Du kannst doch auch hier schlafen, wollte Lea entgegnen, aber dann biss sie sich auf die Zunge, weil sie wusste, dass er ihr Angebot auch diesmal ablehnen würde.

Sie waren jetzt seit drei Monaten zusammen, aber Markus hatte noch nie eine ganze Nacht mit ihr verbracht. Die Sehnsucht, in seinen Armen einzuschlafen und am Morgen neben ihm aufzuwachen, ein gemeinsames Frühstück einzunehmen, brachte sie an manchen Tagen schier um den Verstand. Immer hatte ein Einsatz in der Nacht oder am frühen Morgen als Entschuldigung für sein Aufbrechen herhalten müssen. Zuerst hatte sie ihm geglaubt. Er arbeitete bei der Wasserschutzpolizei, da war so etwas nicht ungewöhnlich. Bis ihm einmal die Bemerkung herausgerutscht war, dass er noch nicht so weit sei. Sie hatte wissen wollen, was er damit meine, aber er hatte nur den Kopf geschüttelt, ihr einen Kuss auf den Mund gedrückt und war gegangen. Seitdem fragte sie sich, ob es wirklich stimmte, dass er Single war, oder ob nicht vielleicht ein schmuckes Heim und eine Bilderbuchfamilie auf ihn warteten. Schließlich trafen sie sich immer nur bei ihr. »Meine Wohnung ist ein typischer Single-Haushalt«, hatte er gemeint. »Bei dir ist es viel schöner.« Warum blieb er dann nicht? Und warum hatte sie so viel Angst, sein Verhalten zu hinterfragen? Weil du dann vielleicht Dinge erfahren würdest, die du nicht wissen willst. Weil du dich unter Umständen von ihm trennen müsstest. Und das würdest du nicht ertragen.

Wenn Markus gegangen war, streifte Lea ruhelos durch die Räume. So wie jetzt.

In der Küche war es kalt. Sie zog ihren Bademantel enger zusammen, dann schaltete sie das Deckenlicht ein und hätte fast aufgeschluchzt, als sie die Champagnerflasche auf dem

Fußboden sah. Halt suchend stützte sie sich auf dem Tisch ab, dessen klebrige Oberfläche die Bilder der letzten Stunde vor ihr aufsteigen ließ.

Bis vor wenigen Monaten hatte sie ein ganz normales Leben geführt, wenn man es denn so nennen wollte. Fünfzehn Jahre Ehe, die in eine erdrückende Monotonie gemündet waren. Heiners Tod hatte sie betroffen gemacht, sicherlich, das Bewusstsein, dass der Krebs seine letzten Lebensjahre verdunkelt hatte. Wirkliche Trauer hatte sie nicht empfunden, dazu hatten sie sich schon vor Ausbruch der Krankheit zu weit voneinander entfernt. Nach seinem Tod hatte sie ihr Leben neu zu ordnen versucht, was im beruflichen Bereich auch zu ihrer Zufriedenheit gelungen war. Sie hatte das Jobangebot aus Kiel ausführlich sondiert und schließlich beschlossen, es anzunehmen, weil es einen großen Schritt nach oben auf der Karriereleiter bedeutete. Kiel war zwar nicht Hamburg, hatte aber zum Ausgleich einen hochinteressanten Posten zu bieten, was in ihrer Heimatstadt nicht der Fall gewesen war.

Privat war es weniger gut gelaufen. Einige Freundschaften waren aufgrund ihres Arbeitsanfalls endgültig in die Brüche gegangen, und ein neuer Mann war weit und breit nicht in Sicht. Allerdings suchte sie auch nach keinem, da sie beschlossen hatte, der Karriere den Vorrang zu geben.

Und dann war Markus in ihr Leben getreten, unverhofft, ungewollt, an einem sonnigen Frühsommertag am Ufer der Förde, als ihr eine plötzliche Böe den Kaffeebecher aus der Hand geweht und er sie zu einem neuen eingeladen hatte.

Dass er ein Kollege war, hatte sie einige Tage später erfahren, in ihrer ersten Nacht, seit der nichts mehr war wie vorher. Markus hatte die Frau in ihr geweckt. Ja, das klang kitschig, sie wusste es selbst, aber wie hätte sie es sonst formulieren sollen. Sie war in sexuellen Dingen immer gehemmt gewesen, sogar in jungen Jahren, hatte es niemals geschafft, sich einem Mann ganz und gar hinzugeben.

Mit Markus war alles anders. Sie fieberte jedem Treffen entgegen, seinem Körper, seinen Händen, seinen Lippen, die sie in einen Rauschzustand zu versetzen vermochten. Sie fühlte sich wie eine Verdurstende in der Wüste, wenn er nicht bei ihr war. Sie wusste nicht, ob es Liebe war oder nur Besessenheit, sie wollte nur, dass er für immer bei ihr blieb, weil sie ohne ihn nicht mehr sein konnte.

Auf dem Heimweg hatte Fehrbach einige Male kurz davor gestanden, am Steuer einzunicken. In seiner Wohnung angekommen, trug er die mitgebrachten Unterschriftenmappen in sein Arbeitszimmer und legte sie auf dem Schreibtisch ab, bevor er sich einen großen Becher Kaffee machte, der ihm hoffentlich dabei helfen würde, ein bis zwei weitere Arbeitsstunden durchzustehen. So ging es zurzeit jeden Abend, genauer gesagt, seitdem Norbert Sievers krankgeschrieben war und er statt seiner die Behörde leitete.

Sie erstickten in Arbeit, und Fehrbach hatte nicht die geringste Hoffnung, dass so schnell eine Verbesserung eintreten würde. Seitdem er jetzt auch noch Sievers' Platz eingenommen hatte, machten die administrativen Dinge den Großteil seiner Arbeit aus. Tatortbegehungen fanden nur noch in Ausnahmefällen statt, wenn kein anderer der in Tötungsdelikten erfahrenen Kollegen zur Verfügung stand oder, wie jetzt geschehen, ausfiel. Hensels Fahrradunfall und die damit verbundene längere Krankschreibung waren das Letzte, was Fehrbach jetzt noch gebrauchen konnte. Seine Zeit würde unmöglich ausreichen, sich so in den Fall einzubringen, wie er es normalerweise gewohnt war. Er würde sich täglich Bericht erstatten lassen, aber ein Rausgehen vor Ort und ein aktives Mitarbeiten an den Ermittlungen würde nicht drin sein, was er bedauerte, denn der Fall schien interessant zu sein. Außerdem hasste er dieses Angekettetsein im Büro.

Lisa würde diesen Umstand sicher begrüßen, schließlich hatte sie sich in der Vergangenheit schon häufiger über seine Einmischung beschwert.

Es war ein seltsames Gefühl gewesen, ihr nach der langen Zeit wieder gegenüberzustehen. Sie hatten viel voneinander erfahren, seinerzeit im Februar bei ihrem unfreiwilligen Aufenthalt auf Sylt, wo sie sich dem anderen in einem Gespräch bis über die Schmerzgrenze hinaus geöffnet hatten. Bei vielen Menschen wären Freundschaften aus solchen Begegnungen entstanden, vielleicht sogar mehr. Sie aber hatten sich nach Abschluss des Falls getrennt, und jeder war wieder seiner eigenen Wege gegangen.

Hatte er es bedauert? Ja, sehr sogar, weshalb er es auch vermieden hatte, allzu häufig darüber nachzudenken. Doch heute holte ihn das, was vielleicht daraus hätte entstehen können, mit Macht wieder ein. Es war eine zweite Chance gewesen, und er hatte auch diese durch sein Zögern und seine Unentschlossenheit vertan.

Vorhin, bei ihrem Anblick, im Gespräch mit ihr, war ihm klargeworden, dass die Gefühle, die sie während ihrer ersten Zusammenarbeit in ihm geweckt hatte, nicht versiegt waren. Die Heftigkeit dieser Empfindungen hatte ihn damals erschreckt und feige zurückweichen lassen. Er hatte Angst gehabt, sich zu ihnen zu bekennen, und sich stattdessen Barbara zugewandt, in dem vollen Bewusstsein, dass es mit dieser Frau schon einmal schiefgegangen war. Trotzdem war ihm dieser Schritt risikoloser erschienen, weil er nicht den Mut aufgebracht hatte, sein altes Leben endlich abzuhaken und sich der Zukunft zu stellen.

Und jetzt? Ein bitteres Lachen stieg in ihm auf. Jetzt war alles vollkommen verfahren. Barbara hatte von Heirat gesprochen, sehr direkt, und er hatte sich gefühlt, als hätte man ihm eine Pistole auf die Brust gesetzt. Eine Heirat war zu keiner Zeit ein Thema zwischen ihnen gewesen, aber nun fragte sich Fehrbach, wie viel Naivität ein Mann besitzen musste, um dem Glauben anheimzufallen, dass eine Frau diesen Gedanken nicht erwog, bloß weil sie kein Wort darüber verlor.

Heiraten. Es kriselte bereits seit längerem zwischen ihnen, und vielleicht war das ja genau der Grund für ihren überraschenden Vorschlag. Sie hatte Angst, ihn zu verlieren, weil sie offensichtlich spürte, dass er sich immer weiter von ihr entfernte.

Er hatte nicht die Absicht, Barbara zu heiraten. Allerdings vermochte er nicht einzuschätzen, wie sie bei einer Ablehnung reagieren würde. Schwer vorstellbar, dass sie alles hinwerfen und Lankenau verlassen würde. Sie führten das Gestüt gemeinsam, nachdem sich sein Bruder Andreas aus Frust über die Aufteilung des väterlichen Erbes Gott weiß wohin abgesetzt und noch immer kein Lebenszeichen von sich gegeben hatte. Sie hatten zwar inzwischen einen Verwalter angestellt, aber um die Gäste, die in dem kleinen Torhaus-Hotel Quartier nahmen, kümmerte Barbara sich. Sie würde nichts davon aufgeben wollen, schließlich war Lankenau auch ihr Besitz, und Fehrbach war überzeugt davon, dass sie an dem Gestüt hing und nicht nur seinen materiellen Wert im Auge hatte.

Ein kurzer Signalton unterbrach seinen Gedankengang und signalisierte den Eingang einer SMS auf seinem Smartphone. Im ersten Moment war er geneigt, sie ungelesen zu löschen. Dann aber siegte sein Pflichtgefühl, denn schließlich war es ja gut möglich, dass es sich um eine dienstliche Nachricht handelte und nicht um eine weitere von Barbara, die ihn seit Tagen mit dem Thema Heirat unter Druck zu setzen versuchte.

Die SMS war von Lisa. »Obduktion morgen früh um halb neun. Gruß Sanders.«

Fehrbach beschloss, dem Grübeln ein Ende zu setzen, und nahm sich die Unterschriftenmappen vor. Als er sie endlich durchgearbeitet hatte, war es kurz vor eins.

Auf dem Weg ins Schlafzimmer überfiel ihn erneut die Müdigkeit, die der Kaffee für einige Zeit erfolgreich in Schach gehalten hatte. Er ließ sich auf das Bett fallen und wäre am liebsten auf der Stelle eingeschlafen. Doch dann richtete er sich abrupt wieder auf.

Irgendetwas war anders. Aber was? Sein Blick schweifte durch den Raum, bis er die Veränderung bemerkte. Die Jalousien waren hochgezogen.

Er hätte schwören können, dass er sie am Morgen vor dem Weggehen heruntergelassen hatte, damit die Sonne, die strahlend über der Kieler Förde aufgegangen war, das Zimmer im Tagesverlauf nicht zu sehr aufheizte.

Fehrbach grübelte noch einen Moment, dann gab er der Müdigkeit nach und zog sich aus. Was brachte es, sich den Kopf darüber zu zerbrechen? Sehr wahrscheinlich war seine Haushaltshilfe schon heute gekommen und hatte sich auch der Fenster erbarmt und die Jalousien nach dem Putzen nicht wieder heruntergelassen.

Auch nach mehreren Stunden intensiver Arbeit hatten Lisa und ihre Kollegen noch keinen Zusammenhang zwischen den beiden Tötungsdelikten herstellen können.

Södersen war mit der Mitteilung, dass er die zusätzlichen Kollegen zusammenbekommen habe und diese am nächsten Morgen um acht Uhr zu einer ersten Besprechung anrücken würden, gegen zweiundzwanzig Uhr ins Büro zurückgekehrt und ging jetzt zum Whiteboard hinüber, wo unter den Fotos von Harmsen und Egner die Namen der bereits überprüften beziehungsweise noch zu überprüfenden Personen aufgelistet waren. »Gibt es noch irgendwelche ergänzenden Einträge?«

Ein allgemeines Kopfschütteln folgte. Lisa spielte mit ihrem Kuli und zog ein erstes Resümee. »Zwei ermordete Richter vom Landgericht Kiel, die für ihre milden Urteile bekannt waren und dafür angefeindet wurden. Bei Harmsen haben wir bis jetzt noch keinen Hinweis gefunden, der auf einen Täter aus seinem privaten Umfeld hindeutet. Bleibt abzuwarten, wie es bei Egner aussieht. Falls wir auch hier nicht fündig werden, liegt doch die Vermutung nahe, dass die Morde etwas mit dem Beruf von Harmsen und Egner und vielleicht mit ebendiesen milden Urteilen zu tun haben.«

»Wenn wir von einem Täter ausgehen, kann das aber wirklich nur ein komplett durchgeknallter Typ sein, der sich als Rächer sieht«, erklärte Bergmann. »Denn für die Personen, die wir bis jetzt ermittelt haben, ist doch immer nur einer der beiden Richter ein Hassobjekt. Von denen geht doch keiner hin und tötet einen zweiten Richter, mit dem er bisher nichts zu tun hatte. Das wäre doch unsinnig.«

»Deshalb werden wir uns morgen als Erstes die Personen vornehmen, für die Egner ein rotes Tuch war«, sagte Södersen. »Und dann müssen wir herausfinden, ob irgendeine Beziehung zwischen diesen Personen und denen, die auf Harmsen einen Brass hatten, besteht.«

»Dass sich Harmsen und Egner von Berufs wegen gekannt haben, dürfte klar sein«, überlegte Uwe laut. »Die Frage ist, ob sie auch privat miteinander verkehrt haben.«

»Wir müssen sämtliche Richter am Landgericht dazu befragen«, sagte Lisa. »Außerdem müssen die Telefondaten von Egner ausgewertet und mit denen von Harmsen abgeglichen werden.«

»In der Angelegenheit hab ich schon Druck gemacht, aber ihr wisst ja, dass das trotzdem seine Zeit dauert«, entgegnete Malte. »Wenn es eine private Verbindung zwischen den beiden Männern gibt, liegt das Tatmotiv vielleicht doch nicht im beruflichen Bereich.«

Es war so wie immer zu Beginn einer neuen Ermittlung, das Stochern nach der Nadel im Heuhaufen.

»Wir müssen noch etwas anderes bedenken«, sagte Lisa. »Wenn es sich wirklich um den von Frank erwähnten durchgeknallten Typen handeln sollte, dann besteht die Gefahr, dass er weitere Richter auf seiner Liste hat. Wir müssen herausfinden, um wen es sich da handeln könnte, und diese Personen warnen. Nicht auszudenken, wenn wir demnächst weitere Opfer haben.«

Für einen Moment war es mucksmäuschenstill im Raum. »Wir werden auch diesen Aspekt bedenken«, erklärte Södersen dann, und er sah sehr müde bei diesen Worten aus, »aber für heute machen wir Schluss. Wenigstens ein paar Stunden Schlaf sollten für jeden von uns drin sein, sonst können wir unserer Arbeit nämlich nicht mehr mit der nötigen Aufmerksamkeit nachgehen. Wir treffen uns morgen um acht und nehmen dann die Aufgabenverteilung vor.«

DONNERSTAG, 23. OKTOBER

Martina Falkner war erst gegen Morgen in einen unruhigen Schlaf gefallen, durch den wilde Träume geisterten. Immer wieder war ihr das Gesicht des Toten erschienen, zu einer Fratze verzerrt, die sie anbleckte und irgendwann schweißgebadet hochfahren ließ. Im ersten Moment wusste sie nicht, wo sie sich befand, dann gewöhnten sich ihre Augen an das Dunkel und nahmen die vertrauten Umrisse ihres Schlafzimmers wahr. Der Digitalwecker zeigte zwei Uhr fünfunddreißig.

Sie schwang die Beine aus dem Bett und erhob sich, immer noch völlig benommen von dem Alptraum. Ihr Mund war wie ausgedörrt, sie brauchte jetzt dringend etwas zu trinken. Schlaftrunken tapste sie über den Flur. Als sie an der Tür zu Hendriks Arbeitszimmer vorbeikam, stutzte sie. Die Tür war einen Spaltbreit geöffnet, ein schwacher Lichtschimmer drang auf den Flur. Arbeitete ihr Vater etwa noch? Sie stieß die Tür auf, aber der Stuhl vor dem Schreibtisch war leer. Die kleine Lampe neben dem zusammengeklappten Notebook war heruntergedimmt, und als sie sie ausstellen wollte, fiel ihr Blick auf die Computermaus, die auf einem Mousepad mit dem Schriftzug *FBI* lag, das Hendrik bei einem Lehrgang in Quantico als Abschiedsgeschenk erhalten hatte. Das Mausrad leuchtete blau, ein Zeichen, dass das Notebook nicht heruntergefahren war.

Martinas Herz begann zu rasen, ihr Mund wurde noch trockener. Wie hypnotisiert starrte sie auf das Notebook und war sich der Chance, die sich hier gerade bot, mehr als bewusst. Hendrik hatte sich mit Sicherheit in den aktuellen Fall verbissen und versuchte jetzt Zusammenhänge zu dem ersten Tötungsdelikt herauszufinden. In solchen Zeiten konnte ihr Vater auch nachts nicht abschalten und hockte häufig stundenlang vor dem Computer, in der Hoffnung, der Lösung näher zu kommen. Offensichtlich hatte ihn jetzt aber doch die Müdigkeit übermannt, und er war zu Bett gegangen. Aber warum hatte er dann das Notebook angelassen?

Auf Zehenspitzen schlich sie in den Flur zurück und näherte sich mit äußerster Vorsicht Hendriks geschlossener Schlafzimmertür. Sie legte ihr Ohr an das Holz und malte sich für einige schreckliche Sekunden aus, dass Hendrik im nächsten Moment die Tür aufreißen und sie ertappen würde. Aber nichts dergleichen geschah, nur ein gleichmäßiges und tiefes Schnarchen war zu vernehmen.

Tu es, feuerte Martina sich innerlich an, diese Chance bekommst du nie wieder. Pfeif auf die Skrupel, versuch herauszufinden, was es mit den beiden Fällen, die Hendrik und sein Team jetzt bearbeiten, auf sich hat. Vielleicht findest du etwas, womit du ihnen weiterhelfen kannst. Sehr witzig, tönte da eine Stimme in ihr, eine fiese und ziemlich gemeine Stimme, ausgerechnet du kleines Licht wirst den entscheidenden Hinweis finden. Selten so gelacht.

Martina straffte die Schultern. Nein, sie war kein kleines Licht. Sie war intelligent und hatte ihre Ausbildung mit Bestnoten abgeschlossen. Selbst ihr Bärenführer, der nie ein Wort zu viel gesagt, geschweige denn einmal ein Lob von sich gegeben hatte, hatte bei der Verabschiedung gemeint: »Deern, aus dir wird noch mal was.« Dieser Satz war ihr mehr wert gewesen als alle Lobhudeleien, die sie von ihren Ausbildern zu hören bekommen hatte.

Es dauerte nur wenige Sekunden, das Notebook neu zu starten. Martina hatte sich auf die äußerste Kante des Schreibtischstuhls gehockt, bereit, jederzeit aufzuspringen, falls irgendein Geräusch ihr signalisieren sollte, dass Hendrik aufgewacht war und zurückkam.

Eine Excel-Tabelle sprang ihr ins Auge. In der obersten Reihe waren in Fettdruck zwei Namen nebeneinander vermerkt: Klaus Harmsen und Raimund Egner. Darunter zwei Todesdaten: 14. Oktober und 21. Oktober. In den Zeilen darunter war notiert, auf welche Weise Harmsen ums Leben gekommen war und was das K1 bisher zusammengetragen hatte. Die Angaben bei Egner waren noch sehr spärlich.

Beim hastigen Durchblättern weiterer Dateien stieß sie auf Hendriks Vermutung, dass für die beiden Tötungsdelikte möglicherweise ein und dieselbe Person verantwortlich zeichnete, aber einen direkten Hinweis, dass dem wirklich so war, fand sie nicht.

Sie überlegte fieberhaft. Es würde dauern, bis sie das ganze Material durchgearbeitet hätte. Jetzt war dafür keine Zeit, denn die Gefahr, dass ihr Vater aufwachen und sie beim Herumspionieren erwischen würde, war einfach zu groß. Und so beschloss sie kurzerhand, die Dateien auf einen USB-Stick zu kopieren, um sie zu einem späteren Zeitpunkt in Ruhe durchsehen zu können. Sie schlich in ihr Zimmer zurück und kramte in der Schublade ihres Schreibtisches herum. Licht zu machen traute sie sich nicht. Schließlich fand sie den gesuchten Gegenstand und huschte wieder in Hendriks Arbeitszimmer, wo sie mit dem Kopieren der Dateien begann. Hätte sie nicht so unter Strom gestanden, hätte sie herzhaft gelacht, erinnerte sie diese Situation doch an zahlreiche Fernsehkrimis, wo sich Held oder Heldin in genau einer solchen Lage befand, bis in die Zehenspitzen angespannt, weil der Kopiervorgang schier endlos dauerte, während sich der Unhold – natürlich nur für den Zuschauer sichtbar – unaufhaltsam dem Zimmer näherte.

Als nach wenigen Minuten alles erledigt war, stieß sie einen erleichterten Seufzer aus. Sie ging auf die Excel-Tabelle zurück und vergewisserte sich, dass der Cursor an genau der Position stand, die er zu Beginn ihrer verwegenen Aktion eingenommen hatte, bevor sie das Notebook wieder zusammenklappte. Unwahrscheinlich, dass Hendrik vor Beendigung seiner Arbeit darauf geachtet hatte, aber man wusste ja nie. Nicht auszudenken, dass er ihr auf die Schliche kam. Sein Donnerwetter würde fürchterlich sein. Was ja auch verständlich wäre, denn das, was sie da gerade begangen hatte, war ein Vertrauensbruch. Dementsprechend mies fühlte sie sich, jetzt, da alles vorüber war. Ihr Gewissen plagte sie, aber die Neugierde und der brennende Wunsch, an diesen Fällen beteiligt zu sein, hatten überwogen. Keep cool, Baby, redete sie sich gut zu. Falls du wirklich etwas herausfinden solltest, wird Hendrik zwar tüchtig mit dir schimpfen, aber im Grunde seines Herzens superstolz auf dich sein.

Viel Schlaf sollte sie in dieser Nacht nicht mehr finden, zum einen, weil sie damit begonnen hatte, sich durch die kopierten Dateien zu arbeiten, zum anderen, weil das schlechte Gewissen ob ihrer unerlaubten Aktion sie nach wie vor plagte. Schließlich waren ihr dann doch die Augen zugefallen. Als der Wecker um sechs Uhr klingelte, hatte sie bohrende Kopfschmerzen, die sich auch mit einer heißen Dusche nicht vertreiben ließen. Sie streckte ihrem Spiegelbild die Zunge raus und versuchte die Schatten unter den Augen mit Abdeckstift und Make-up zu kaschieren. Das Ergebnis fiel allerdings nicht zu ihrer Zufriedenheit aus. »Du siehst scheiße aus, Baby«, murmelte sie, bevor sie mit der Bürste durch die blonde Kurzhaarfrisur fuhr und sich dann auf den Weg in die Küche machte.

Ihr Vater war bereits damit beschäftigt, den Tisch zu decken. Der Duft von frisch gemahlenem Kaffee erfüllte den Raum. Im ersten Moment fuhr sie erschrocken zurück, da sie davon ausgegangen war, dass er noch schlief. Ruhe bewahren, ermahnte sie sich, er kann nichts von deiner Aktion mitbekommen haben. Der Blick in sein Gesicht zeigte ihr, dass auch er nicht allzu viele Stunden Schlaf abbekommen hatte. »Moin«, sagte sie und fand, dass ihre Stimme etwas zu munter klang.

»Moin, mein Schatz«, erwiderte er, beugte sich zu ihr herüber und drückte ihr einen flüchtigen Kuss auf die Wange, bevor er die Tassen füllte und sich an den Tisch setzte.

Martina nahm ihm gegenüber Platz und musterte ihn unauffällig. Hendrik hatte sein Tablet zur Hand genommen, und sie vermutete, dass er gerade im Internet abcheckte, was über das aktuelle Tötungsdelikt mittlerweile im Umlauf war. Sie ahnte, welchem Druck er und seine Kollegen jetzt ausgesetzt sein würden.

»Ich treffe mich heute Abend mit einer Freundin und übernachte dann auch bei ihr«, sagte Martina und bestrich ein Schwarzbrot mit Butter. Sie hatte nichts dergleichen geplant, und auch die Frage, ob Lars heute Abend Zeit oder Lust haben würde, interessierte sie im Moment nicht die Bohne. Sie wollte noch einmal in die Wohnung in Schönberg, die sie ins Auge gefasst hatte und deren Schlüssel sie erst in ein paar Tagen wieder beim Eigentümer abgeben musste. Nur da hatte sie die nötige Ruhe, um die kopierten Dateien durchzuackern. Ganz abgesehen davon, dass da auch niemand ihr illegales Treiben bemerken würde.

Ihr Vater sah nach ihren Worten nur kurz hoch. Er wirkte abwesend. »Alles klar. Ich wünsch dir viel Spaß.«

»Danke.«

Das Frühstück zog sich wortlos hin. Schließlich stand er auf und verließ die Küche. Martina hörte ihn im Flur herumhantieren.

Einen Augenblick später erschien er mit dem geschulterten Rucksack in der Tür. »Tut mir leid, Schatz, aber ich muss los. Kümmerst du dich?« Sein Blick streifte das Geschirr auf dem Tisch.

»Klar.« Dieses Verhalten kannte Martina schon. Wenn ihr Vater in einem solchen Zustand war, kam niemand mehr an ihn heran. Dann bewegte er sich durch die Welt, als gäbe es kein rechts und links mehr, sondern nur noch seinen Fall. Sie hatte sich daran gewöhnt, denn sie ahnte, dass es bei ihr ganz genauso sein würde, wenn sie endlich mal an einem wirklich großen Fall dran wäre.

Aber das war sie ja jetzt. Ihr Herzschlag beschleunigte sich.

Auf der Dienststelle in Schönberg herrschte dicke Luft. Beim Betreten des Büros, das Martina mit Lars teilte, bekam sie gerade noch mit, wie Siebert mit gefährlich leiser Stimme sagte: »Das ist eine Dienstanweisung, Nölting.« Dann fiel die Tür des Dienststellenleiters mit einem Knall hinter ihm ins Schloss.

»Was ist los?«, wollte Martina wissen.

»Ach, dieser …« Lars tippte sich an die Stirn und schluckte das Schimpfwort hinunter, das ihm offensichtlich auf der Zunge gelegen hatte. »Der Leiter des K1 hat angerufen, dieser Södersen oder wie der heißt. Er kann im Moment niemanden entbehren. Deshalb sollen wir die Befragungen am Schönberger Strand alleine fortsetzen. Du meine Güte, wir haben doch gestern noch lange nicht alle erreicht. Weißt du, wie viele Bewohner es hier insgesamt gibt?«

»Knapp vierhundert?«, schätzte Martina und gab sich alle Mühe, ihre Freude über Lars' Nachricht nicht allzu deutlich werden zu lassen. Alle Befragungen sollten von ihrer Dienststelle durchgeführt werden, das war doch mal was. Wer weiß, auf was sie da stoßen würden …

»Ja, irgendwas um den Dreh muss es sein«, schimpfte Lars. »Damit sind wir ja Tage beschäftigt.«

»Immerhin haben wir hier ja noch drei weitere Kollegen, wir sind also nicht allein«, meinte sie, plötzlich genervt von Lars' ewiger Meckerei.

»Sind wir doch! Claas und Ulrich sind heute Morgen überraschend nach Plön abkommandiert worden. Da läuft irgend so 'ne Rockerkiste. Und Martin muss Siebert vertreten, oder hast du etwa vergessen, dass unser Chef für einige Tage ins Krankenhaus geht?«

Ja, daran hatte sie im Moment tatsächlich nicht mehr gedacht. »Wenn das so ist, sollten wir am besten sofort loslegen.«

Ein erstaunter Blick traf sie. »Nervt dich das denn nicht?«

Es waren Momente wie dieser, in denen sich Martina fragte, ob eine Beziehung mit Lars auf Dauer funktionieren würde. Natürlich gab es Arbeitsbereiche, die nervten. Berichte schreiben stand bei ihr da zum Beispiel an allererster Stelle. Aber was nützte es, ständig über diese ungeliebten Aspekte zu lamentieren, wie Lars es so gerne tat. Diese Dinge mussten erledigt werden. Und jetzt durch die Befragungen doch in die Ermittlungen dieses hochspannenden Falles mit eingebunden zu sein, war doch der Hit! Aber so weit dachte Lars natürlich nicht. Der hatte bloß Angst, dass womöglich noch Überstunden für ihn anfielen.

»Ich geh mich umziehen, und dann teilen wir die Bereiche auf«, sagte Martina anstelle einer Antwort, die unweigerlich patzig ausgefallen wäre, und wollte sich auf den Weg in die Umkleideräume im Keller machen.

»Darf ich mitkommen?«

Bei diesem Blick bekam sie normalerweise sofort weiche Knie. Heute nicht.

»Nein!«

»Hey, was ist denn los mit dir?« Lars trat auf sie zu und legte beide Arme um ihre Hüften. »Sei doch nicht so kühl.«

Martina befreite sich. »Ich bin nicht kühl, ich finde nur, dass wir Privatleben und Beruf trennen sollten. Und im Moment haben wir einen wichtigen Job zu erledigen.«

»Wichtiger Job.« Lars schnaubte. Dann hob er ihr Kinn und blickte ihr tief in die Augen. »Heute Abend bei mir?«

Martina schüttelte den Kopf. »Keine Zeit.«

Lars wich einen Schritt zurück. Eine Ablehnung war er nicht gewohnt. Wann immer er in den drei Monaten ihrer Beziehung gerufen hatte, war sie gesprungen.

»Ja, dann ...« Er musterte sie aus zusammengekniffenen Augen. Für die Frage, was sie denn vorhabe, war er zu stolz.

Martina machte sich auf den Weg in den Keller.

Die morgendliche Zusammenkunft hatte ein beherrschendes Thema: Wie groß war die Gefahr, dass auf weitere Richter Anschläge verübt werden könnten, und wie sollte es ihnen gelingen, diesen Personenkreis zu schützen? Södersen hatte am frühen Morgen die Behördenleitung des Landgerichts über die Sachlage informiert, woraufhin ihm volle Unterstützung zugesagt worden war. Vier der zusätzlichen Kripokollegen würden sich ab sofort sämtliche Richter des Landgerichts vornehmen und deren Urteile der vergangenen drei Jahre überprüfen. Hier war Eile geboten, denn die Angst vor einem weiteren Anschlag hielt jetzt alle in den Klauen.

Die Pressestelle war angehalten worden, auch dieses Mal so wenig Infos wie möglich rauszugeben und auf die Pressekonferenz um vierzehn Uhr zu verweisen. Dass die Spekulationen ins Kraut schießen würden, war nicht zu verhindern, ebenso wenig wie die ständig wiederkehrenden Lamenti mancher Teile der Bevölkerung, dass es ein Unding sei, die Öffentlichkeit im Ungewissen zu lassen. Aber damit konnte jeder von ihnen leben, denn gerade bei aufsehenerregenderen Delikten war so etwas an der Tagesordnung.

Im Anschluss an die Morgenbesprechung erfolgte die Verteilung der Aufgaben. Uwe sollte zur Obduktion gehen, Lisa und Bergmann würden Christoph Wesskamp aufsuchen, Malte sollte sich mit einem weiteren Kollegen zu Hans Reding begeben. Södersen wollte sich mit der Pressestelle und Fehrbach in Verbindung setzen, um die Pressekonferenz vorzubereiten. Der Rest der Mannschaft war fürs Erste zur Büroarbeit verdonnert.

Christoph Wesskamp wohnte am Blücherplatz und schloss gerade seine Wohnungstür, als Lisa und Bergmann die Treppen heraufkamen. Nachdem sie sich ausgewiesen hatten, ließ Wesskamp sie mit dem Hinweis, dass er nicht viel Zeit habe, herein.

»Worum geht es?«, wollte er wissen und bat sie in ein mit hellen Möbeln eingerichtetes Wohnzimmer, das einen ansprechenden und aufgeräumten Eindruck machte.

»Gestern Morgen wurde am Schönberger Strand die Leiche von Richter Raimund Egner aufgefunden«, antwortete Lisa, nachdem sie in einem der angebotenen Sessel Platz genommen hatte. Sie behielt Wesskamp im Auge und bemerkte, wie ein kurzer Schatten über sein Gesicht flog. Genugtuung? Schwer zu sagen.

»Und weshalb kommen Sie damit zu mir?«

»Weil Sie Richter Egner bedroht haben, nachdem …«

Wesskamp fiel Lisa ins Wort. »Ach, und jetzt glauben Sie, ich hätte ihn umgebracht?« Er schüttelte den Kopf, und seine Fassungslosigkeit schien nicht gespielt.

»Wir glauben überhaupt nichts, Herr Wesskamp. Wir müssen nur jeden überprüfen, der Richter Egner in der Vergangenheit bedroht hat.«

»Na, das waren doch sicherlich eine ganze Menge«, sagte Wesskamp mit einem zynischen Gesichtsausdruck. »Wie es aussieht, ist bei Egner ja nahezu jeder als freier Mensch aus dem Gerichtssaal spaziert, egal, was er auf dem Kerbholz hatte. Mit den

Opfern und deren Familien hatte der Richter allerdings nichts am Hut. Die mussten mit seinen schändlichen Urteilen leben.«

Lisa fiel keine passende Erwiderung ein, und eine Platitude auszusprechen widerstrebte ihr. Deshalb war sie froh, als Wesskamp weitersprach.

»Wenn Sie zu mir gekommen sind, dann wissen Sie ja vermutlich darüber Bescheid, was mit meiner Schwester passiert ist.« Er wartete die Antwort nicht ab, sondern fuhr übergangslos fort. »Neunzehn Jahre sind Leonie vergönnt gewesen, lächerliche neunzehn Jahre. Finden Sie das gerecht?«

»Natürlich ist so etwas nicht gerecht, Herr Wesskamp«, sagte Bergmann mit leiser Stimme, und Lisa wusste, dass er jetzt an seinen Sohn dachte, dem das Schicksal, Gott oder wer auch immer noch weniger Jahre zugestanden hatte.

Wesskamp schien ihn nicht gehört zu haben. »Ich kann diesen Tag einfach nicht vergessen.« Er setzte sich Lisa und Bergmann gegenüber.

»Möchten Sie uns davon erzählen?«, fragte Lisa behutsam. Sie hatte den Eindruck, dass Wesskamp reden wollte.

»Es war an dem Tag nach Leonies Abifeier. Sie hatte mich in der Mittagspause vom Sender abgeholt und in ein Eiscafé an der Förde geschleppt. Sie war so voller Lebenslust, ihr Mund hat keine Sekunde stillgestanden. Das Hauptthema war die bevorstehende Reise, auf die sie sich wahnsinnig freute. Leonie hatte einen Trip um die Welt geplant oder zumindest so weit, wie das Geld reichen würde. Meine Eltern und ich kannten ihren großen Traum und hatten deshalb eine größere Summe angespart. Ich konnte Leonie besonders gut verstehen, denn ich hatte nach dem Abi denselben Wunsch gehabt und konnte ihn mir zumindest teilweise erfüllen. Raus in die Welt, alles sehen, schmecken und riechen, was andere Länder zu bieten haben, bevor es dann irgendwann in die Tretmühle des Studiums und anschließenden

Berufs gehen würde.« Wesskamp schluckte hart. »Auf dem Rückweg habe ich Leonie bis zu einer Bushaltestelle begleitet, mich von ihr verabschiedet und bin dann auf die andere Straßenseite gelaufen. Als ich drüben angekommen war, wollte ich mich noch einmal zu ihr umdrehen und ihr winken. Da habe ich plötzlich das Durchdrehen von Reifen und lautes Motorengeräusch gehört und nur Sekunden später einen schrecklichen Knall und das hysterische Schreien von Menschen.« Er knetete die Hände, in seinen Augen glänzte es feucht. »Zeugen haben später ausgesagt, dass der Wagen wie aus dem Nichts gekommen sei. Es war ein knallroter Alfa Spider, dessen achtzehnjähriger Fahrer seit gerade mal zwei Tagen im Besitz des Führerscheins war und sich Papis Spielzeug für eine Spritztour mit drei Kumpels ausgeliehen hatte. Dreihundert Meter vor der Bushaltestelle hatte er aufgrund überhöhter Geschwindigkeit die Kontrolle über den Wagen verloren, was auch mit einer herumgereichten Champagnerflasche zusammenhing, wie seine geschockten Begleiter später kleinlaut eingestehen mussten. Der Wagen ist mit über einhundert Stundenkilometern in die Bushaltestelle gerast.« Wesskamp stand auf und ging zum Fenster. »Leonie wurde fünfzehn Meter durch die Luft geschleudert und blieb auf einem kleinen Parkplatz liegen. Die anderen beiden Personen, die an der Bushaltestelle standen, konnten sich im letzten Moment mit Sprüngen zur Seite retten.« Wesskamp drehte sich zu Lisa und Bergmann zurück. »Leonie hat überlebt, wenn man das Dahinvegetieren im Wachkoma als Leben bezeichnen kann. Die Ärzte haben uns zu keiner Zeit Hoffnung gemacht, dass sie jemals wieder erwachen wird. Vor einigen Tagen hat mich der Chefarzt darauf angesprochen, dass wir über das Abstellen der Maschinen nachdenken sollten, um Leonie ein Sterben in Würde zu ermöglichen.« Jetzt liefen Wesskamp die Tränen über die Wangen. »Können Sie sich vorstellen, wie schwer es für mich war, mit meinen Eltern darüber zu sprechen? Eine Entscheidung zu treffen? Meine Eltern sind an dieser Geschichte zerbrochen, und bei mir hat auch nicht viel gefehlt.«

Es fiel schwer, Wesskamps Verzweiflung mit ansehen zu müssen. Wie würde ich in einem solchen Fall entscheiden?, schoss es Lisa durch den Kopf. Sie wusste es nicht, denn da war ja immer ein Rest von Hoffnung, egal, was die Ärzte sagten. Sie waren schließlich auch nur Menschen und konnten folglich irren. Immer wieder hatte es Fälle gegeben, in denen Patienten noch nach Jahren plötzlich aus einem Wachkoma erwachten. Ein Wunder, hieß es dann, weil es an rationalen Erklärungen mangelte.

»Welche Entscheidung haben Sie und Ihre Eltern getroffen?«, fragte Bergmann.

»Wir sind übereingekommen, die Maschinen abstellen zu lassen. Vor zwei Tagen ist Leonie von uns gegangen.« Wesskamps Gesicht war zu einer Maske erstarrt.

»Das tut mir sehr leid«, sagte Lisa, die sich bemühte, ihre widersprüchlichen Gefühle unter Kontrolle zu bekommen. Vor zwei Tagen. Und in der darauffolgenden Nacht war Raimund Egner umgebracht worden.

Als Wesskamp fortfuhr, lag ein harter Klang in seiner Stimme. »Der Todesraser und seine Freunde sind übrigens ohne einen Kratzer aus dem Wagen gestiegen. Das ist ja meistens so. Und was das Urteil anbelangt, das kennen Sie ja sicher auch aus den Akten. Ein Jahr und zwei Monate auf Bewährung wegen fahrlässiger Tötung und vorsätzlicher Gefährdung des Straßenverkehrs, obwohl die Blutprobe einen Wert von 1,9 Promille ergeben hatte, was darauf schließen ließ, dass die sichergestellte Champagnerflasche nicht die erste gewesen war, die diese Typen an dem Morgen geleert hatten. Das musste selbst Richter Egner eingestehen.« Wesskamp fuhr sich mit den Händen übers Gesicht. »Das Urteil hat zu Tumulten im Gerichtssaal geführt und einen Aufschrei in den Medien zur Folge gehabt. Mir war von vornherein klar, dass hier Jugendstrafrecht zur Anwendung kommen würde. Das passiert doch immer in solchen Fällen. Diese elenden Typen wollen als Erwachsene wahrgenommen werden, und natürlich wollen sie auch wählen, aber wenn sie dann Scheiße bauen, sind sie heilfroh, noch als Jugendliche behandelt zu werden.« Wesskamp richtete seinen Blick auf Lisa. »Haben Sie die Begründung des Gerichts gelesen? Eine Bewährungsstrafe sei schon aus pädagogischer Sicht angeraten, weil der Angeklagte über ein intaktes Umfeld verfüge und seiner Ausbildung mit großer Ernsthaftigkeit nachgehe. Aus diesen Gründen könne man ihm eine günstige Sozialprognose ausstellen und davon ausgehen, dass sich ein solcher Vorfall nicht wiederholen würde.«

»Ich kann Ihre Wut verstehen, Herr Wesskamp«, sagte Lisa, und sie meinte es ernst. Eine solche Begründung war ein Schlag in das Gesicht der Angehörigen und eine Verhöhnung des Opfers.

Wesskamp sackte in sich zusammen, als hätte ihn auf einmal jede Energie verlassen. Ein Weinkrampf begann seinen Körper zu schütteln. Lisa trat neben ihn und legte ihm eine Hand auf die Schulter. Bergmann stand auf und kam kurze Zeit später mit einem Glas Wasser zurück, das er Wesskamp reichte.

»Danke.« Wesskamp trank mit gierigen Schlucken und stellte das Glas dann auf einem Beistelltisch ab.

Lisa nahm wieder Platz. »Fühlen Sie sich in der Lage, uns ein paar Fragen zu beantworten?«

Wesskamp nickte, zog ein Taschentuch aus der Hosentasche und schneuzte sich kräftig.

»In den Akten steht, dass Sie nach der Urteilsverkündung auf Richter Egner losgegangen sind«, sagte Lisa. »Was genau ist da passiert?«

»Ich war mit meinen Eltern im Gerichtssaal. Wir sind als Nebenkläger aufgetreten. Ich wollte nicht, dass sie hingehen, weil ich Angst hatte, dass es zu viel für sie wird, zumindest für meine Mutter, die in den Wochen davor ständig an Herzattacken litt. Der Arzt hatte gesagt, dass sie psychischer Natur seien und Mama sich schonen solle, aber sie ließ sich nicht davon abbringen, mitzukommen. Es waren drei Tage für den Prozess angesetzt. Die ersten zwei Tage hat Mama sich noch tapfer gehalten, aber nach der Urteilsverkündung ist sie zusammengeklappt. Zum Glück waren Sanitäter vor Ort, die sich sofort um sie gekümmert und sie ins Krankenhaus gebracht haben. Ich bin zu Egner gegangen, der immer noch hinter dem Richterpult stand und den Eindruck erweckte, als würde ihn das, was da gerade vor seinen Augen geschehen war, nicht das Geringste angehen. Ich habe ihn gefragt, ob ihm eigentlich bewusst sei, was sein Urteilsspruch für meine Eltern und mich bedeuten würde. Er hat mich total von oben herab behandelt, was ich mir anmaße, sein Urteil in Frage zu stellen. Ich könne mir diesbezüglich ja nun wirklich keine Meinung erlauben, schließlich sei ich kein Jurist. Als ich sah, wie er den Eltern des Angeklagten zulächelte, bin ich ausgeflippt. Ich hatte in dem Moment den Eindruck, dass die unter einer Decke stecken und sich das milde Urteil bei Egner erkauft haben. Nachdem das mit Leonie passiert war, habe ich mich über die Familie des Todesrasers schlaugemacht. Der Vater ist ein hohes Tier in der Wirtschaft, und die Mutter führt eine Steuerkanzlei. Sie gehören zu den Spitzen der Kieler Gesellschaft, war in einem Artikel zu lesen. Solche Leute können doch alles und jeden kaufen.«

»Wie genau sah dieses Ausflippen aus?«, wollte Bergmann wissen.

»Ich habe Egner einen Fausthieb verpasst, mitten in sein grinsendes Gesicht«, sagte Wesskamp, und es schien so etwas wie Genugtuung in seinen Worten zu liegen.

»Und daraufhin hat er Sie verklagt«, stellte Lisa fest.

»Ich habe eine Geldstrafe erhalten. Das war es mir wert.«

»Sie sind auch in den sozialen Medien sehr umtriebig, was Gerichtsurteile anbelangt, die Ihrer Meinung nach zu milde ausfallen«, warf Bergmann ein. »Wir haben uns die Facebook-Seite angesehen, die Sie zu diesem Zweck eingerichtet haben, und festgestellt, dass viele der von Ihnen kritisierten Urteile niemals an die Öffentlichkeit gelangt sind. Deshalb fragen wir uns natürlich, woher Sie diese Informationen haben.«

Wesskamp schwieg.

»Haben Sie einen Informanten, Herr Wesskamp?«, fragte Bergmann.

»Nein!« Das Wort kam etwas zu schnell, und Wesskamps Körpersprache drückte ebenfalls etwas anderes aus.

»Sie arbeiten seit zehn Jahren als Aufnahmeleiter beim NDR. Da kennen Sie doch sicherlich Gott und die Welt, unter anderem auch Redakteure, Journalisten, Gerichtsreporter.« Wesskamp schwieg erneut, und Bergmann setzte nach. »Wer immer Ihnen diese Informationen zuträgt, begeht eine Straftat, Herr Wesskamp. Das sollten Sie dieser Person klarmachen. Und Sie bewegen sich ebenfalls auf dünnem Eis und riskieren jederzeit eine Klage, wenn Sie Ihre Hetze fortsetzen.«

Als Wesskamp weiterhin schwieg, befragte ihn Lisa zu seinem Alibi für den 21. Oktober.

»Ich bin am Nachmittag zu meinen Eltern gefahren. Nachdem Leonie … also … nachdem sie nicht mehr war.«

»Dann waren Ihre Eltern nicht mit im Krankenhaus?«

»Nein. Sie hatten sich am Vortag von Leonie verabschiedet. Mehr wäre über ihre Kräfte gegangen.«

»Wann sind Sie bei Ihren Eltern angekommen?«

»Das muss so gegen fünfzehn Uhr gewesen sein.«

»Und wann haben Sie sie wieder verlassen?«

»Das weiß ich nicht mehr. Irgendwann am Abend.«

»Können Sie das zeitlich eingrenzen? War es noch hell?«

»Ich weiß es nicht!«, fuhr Wesskamp Lisa an. »Meine Schwester war ein paar Stunden vorher gestorben, und ich habe das zu verantworten, weil ich meinen Eltern zugeredet hatte, den Rat der Ärzte anzunehmen. Ich wollte Leonie ein langes Leiden ersparen, aber ich kam mir trotzdem vor wie ein Mörder. Glauben Sie wirklich, dass man in so einem Fall darauf achtet, ob es draußen hell oder dunkel ist?«

»Wissen Sie, wann Sie zu Hause waren?«

»Keine Ahnung. Nachdem ich von meinen Eltern weg war, bin ich in der Gegend rumgefahren. Und irgendwann war ich zu Hause.«

»Kennen Sie Richter Klaus Harmsen?«

Wesskamp wirkte irritiert angesichts des plötzlichen Themawechsels und benötigte einen Augenblick, bevor er Bergmann eine Antwort gab. »Nein.« Dann runzelte er die Stirn. »Ist der nicht letzte Woche ermordet worden? Da gab es doch irgendeine Meldung …« Er hob den Blick und funkelte Lisa und Bergmann an, plötzlich wütend geworden. »Jetzt verstehe ich! Der Mann war auch einer von diesen Richter-Gnädig-Typen, und Sie versuchen jetzt einen Zusammenhang herzustellen. Wollen Sie mir unterstellen, dass ich ihn ebenfalls umgebracht habe?«

»Wir unterstellen Ihnen überhaupt nichts«, stellte Lisa klar. »Wir führen lediglich unsere Ermittlungen durch.«

»Ich kannte den Mann nicht«, sagte Wesskamp mit Nachdruck. »Ich habe mit seinem Tod ebenso wenig zu tun wie mit dem von Egner.«

Nach dem Gespräch mit Wesskamp suchten Lisa und Bergmann dessen Eltern auf und erfuhren von ihnen, dass ihr Sohn sie am Nachmittag des Vortags aufgesucht habe und irgendwann am Abend wieder gefahren sei. Wann genau, konnten auch sie nicht sagen.

Bereits beim Aufwachen hatte Lea Nordin das dumpfe Gefühl, dass dies nicht ihr Tag werden würde.

Zuerst hatte der Wecker seinen Dienst eingestellt. Nachdem sie aus einem komaähnlichen Schlaf erwachte und das Handy auf ihrem Nachttisch ergriff, stellte sie mit Erschrecken fest, dass es bereits halb neun war. Der Zeitpunkt, zu dem die Obduktion beginnen sollte. Verdammt! Der Kollege Böttcher hatte sie darauf aufmerksam gemacht, dass er noch einige Dinge mit seinem Rechtsmediziner-Kollegen zu besprechen habe und es deshalb mehr Sinn mache, wenn er an der Obduktion teilnähme. Sie hatte abgelehnt, was die ohnehin schon schlechte Stimmung im Team noch mehr in Richtung Gefrierpunkt brachte. Aber was hätte sie sonst tun sollen? Sie hasste Obduktionen, doch nach Falkners Bemerkung vom Vortag wollte sie ihm keine weitere Chance einräumen, sie noch einmal als kleines dummes Frauchen hinzustellen. Sie musste das Heft in der Hand behalten und dieser elenden Männerclique endlich zeigen, wer das Sagen hatte. Doch wie so häufig, seit sie dem Team vorstand, hatte sie es falsch angefasst. Dabei hatte sie einmal eine Menge von Menschenführung verstanden. Aber seit ihrem Wechsel nach Kiel schien nicht mehr viel davon übrig geblieben zu sein. So hätte sie sich am Vortag erst einmal Böttchers Argumente anhören müssen, die mit Sicherheit fundiert gewesen wären, so wie alles, was sie bisher von ihm vernommen hatte. Sie hatte es nicht getan, sondern seinen Vorschlag ohne Begründung abgelehnt und mit dieser Aktion wohl auch den Letzten im Team gegen sich aufgebracht, denn Böttcher war bisher derjenige gewesen, mit dem sie die wenigsten Probleme gehabt hatte. Es fiel ihr schwer, ihn jetzt anzurufen und die Bitte äußern zu müssen, statt ihrer in die Rechtsmedizin zu fahren.

Der Anblick der Küche versetzte ihr einen weiteren Schlag. Sie hatte in der Nacht nicht mehr aufgeräumt und sauber gemacht, weil sie einfach zu fertig gewesen war. Jetzt den klebrigen Küchentisch und die Champagnerflasche zu sehen war im ersten Moment mehr, als sie glaubte ertragen zu können. Sie sehnte sich so unsagbar nach Markus, dass es körperlich weh tat. Warum war er nicht hier bei ihr? Sollte sie ihn anrufen? Nein, besser nicht. Sie wollte auf keinen Fall den Eindruck erwecken zu klammern. Außerdem hatte er ja gesagt, dass er zu einem Einsatz müsse. Womöglich dauerte dieser noch an, und deshalb auf seinem Handy weggedrückt zu werden hätte sie nicht ertragen.

Sie duschte, machte sich fertig und verließ dann die Wohnung. Das Frühstück hatte sie sich gespart, sie bekam sowieso nichts hinunter.

Ihr Fiat Punto, der in einiger Entfernung am Straßenrand geparkt war, wies eine merkwürdige Schräglage auf, wie sie beim Näherkommen feststellte. Als sie den Wagen erreichte, sah sie, dass der rechte Vorderreifen platt war. Mist, das hatte ihr gerade noch gefehlt!

Sie überlegte, auf den Bus umzusteigen, verwarf den Gedanken aber gleich wieder, da sie keine Ahnung hatte, ob sich in ihrer Nähe überhaupt eine Bushaltestelle befand. Also rief sie als Erstes ihre Werkstatt an, die versprach, einen Abschleppwagen zu schicken, stoppte dann ein Taxi, das gerade des Weges kam, und erreichte nach einer halben Stunde endlich das Landespolizeiamt am Mühlenweg, auf dessen Gelände auch das LKA seinen Sitz hatte.

Der Pförtner teilte ihr mit, dass Böttcher noch nicht wieder zurück sei. Sie hatte am Vortag festgelegt, dass das Team nach ihrer Rückkehr von der Obduktion im Besprechungsraum zusammenkommen sollte. Ihr wurde flau bei dem Gedanken, dass mittlerweile alle erfahren haben dürften, dass sie verschlafen hatte. Das würde wieder ein gefundenes Fressen für die Kerle sein.

In ihrem Büro war es kalt. Sie drehte die Heizung bis zum Anschlag hoch, aber sie ahnte, dass ein warmes Zimmer ihre innere Kälte nicht besiegen würde.

Sie zog ihr Handy aus der Tasche und überprüfte, ob ihr Anrufe oder Nachrichten entgangen waren. Nichts. Mit klopfendem Herzen scrollte sie durch die Kontakte und rief Markus' Nummer auf. Ihr Finger verharrte über dem grünen Hörersymbol, dann kehrte sie wieder auf die Startseite ihres Smartphones zurück.

Warum meldete er sich nicht? Sein Einsatz musste mittlerweile doch beendet sein. Das war es! Markus war in seiner Wohnung und holte den fehlenden Schlaf nach. Mit Sicherheit würde er sie sofort anrufen, wenn er wieder wach wäre.

Sie trat ans Fenster und sann darüber nach, ob es Sinn machen würde, vor der Besprechung das Gespräch mit Falkner zu suchen, damit er sie nicht wieder vor den Kollegen vorführte. Allerdings hatte er dies nie zuvor getan, und wenn sie ihn gestern nicht so provoziert hätte, wäre es vielleicht auch nicht dazu gekommen. Es fiel ihr schwer, den Mann, der jetzt ihr Stellvertreter war, einzuschätzen. Natürlich war ihr bekannt, dass er sich Hoffnung auf den Posten gemacht hatte und eine Konkurrentin in ihr sah. Seit ihrem Dienstantritt war Falkners Abneigung einige Male offen zutage getreten, aber er hatte sich immer sehr schnell in den Griff bekommen und war wieder auf die Sachebene zurückgekehrt.

Nicht zum ersten Mal fragte sie sich, ob sie die Problematik dem Team gegenüber thematisieren sollte. So wie es im Moment lief, konnte es nicht weitergehen. Sie gegen alle, alle gegen sie, die Fronten waren von Anfang an verhärtet gewesen. Okay, sie hatte vieles falsch gemacht, aber noch bestand die Möglichkeit, das Ruder herumzureißen, in ihrer aller Interesse und vor allen Dingen im Interesse der Arbeit. Wenn die Männer nicht in der Lage waren, auf sie zuzugehen, dann sollte sie den ersten Schritt tun. Immerhin war sie eine Frau, und Frauen konnten so etwas im Allgemeinen besser. Im nächsten Moment lachte sie bitter auf. Es wäre ein Zukreuzekriechen ohne Aussicht auf Erfolg. Na und, sagte sie sich dann. Es ist eine Geste, mit der du Größe zeigst. Wenn es nur nicht so verdammt schwer wäre.

Die Tür zu Falkners Büro stand einen Spaltbreit offen. Sie hörte ihn telefonieren. Worum es ging, konnte sie nicht verstehen, und sie würde sich auch nicht so weit erniedrigen, jetzt näher zu treten und zu lauschen. Es musste endlich aufhören, dass sie ständig Verrat gegen sich witterte. Wo war nur ihr Selbstvertrauen geblieben?

Sie klopfte an den Türrahmen. Als sie ein Ja vernahm, trat sie ein und begegnete Falkners erstauntem Blick. Nach einem kurzen Zögern bedeutete er ihr mit einer Kopfbewegung, auf dem antiquierten Besucherstuhl Platz zu nehmen, der neben einem Aktenschrank stand. Ohne Eile setzte er sein Gespräch fort, und wenn sie es richtig einordnete, sprach er gerade mit dem Leiter der Mordkommission. Während des Gesprächs nahm er immer wieder Einträge in einem Notizbuch vor, dessen abgegriffener Einband von häufigem Gebrauch zeugte. Als er das Telefonat schließlich beendet hatte, drehte er sich zu ihr herum.

Er sieht aus, als ob er die Nacht durchgearbeitet hätte, schoss es ihr durch den Kopf. Was das anbelangte, konnten sie sich die Hand reichen, denn sie war bis vor Kurzem noch genauso besessen von ihrer Arbeit gewesen wie er. Erst nachdem sie Markus kennengelernt hatte, hatten sich die Prioritäten verschoben.

»Ich habe verschlafen«, platzte sie heraus, ohne groß nachzudenken.

»Das hab ich schon gehört.«

»Tut mir leid … der Wecker …« Sie fühlte sich wie ein unmündiges Kind unter diesem teilnahmslosen Blick.

Ihre Erklärung schien Falkner nicht zu interessieren. Er winkte ab und deutete auf das Telefon. »Das war Södersen. Sie überprüfen gerade zwei Personen, die etwas mit dem Tod von Richter Egner zu tun haben könnten. Das geht genau wie bei dem Opfer von letzter Woche wieder in diese Richter-Gnädig-Richtung. Egner hat sich offensichtlich ebenso wie Harmsen mit seinen milden Urteilen Feinde gemacht. Heute Abend wissen wir hoffentlich mehr.« Unvermittelt stand er auf, um eine Wasserflasche aus einem kleinen Kühlschrank zu holen, und Lea Nordin fiel nicht zum ersten Mal die nervöse Energie auf, die diesen Mann umgab. Falkner wirkte, als stünde er beständig unter Strom.

»Sie auch?«, fragte er.

»Nein danke.«

»Haben Sie das mit den zwei Tätern gestern eigentlich ernst gemeint?«, wollte er wissen, nachdem er sein Glas aufgefüllt und wieder auf dem Stuhl Platz genommen hatte.

»Es wäre eine Option«, sagte sie, »allein schon wegen der unterschiedlichen Tötungsarten.«

»Die bewusst gewählt sein könnten, um uns die Theorie von zwei Tätern schmackhaft zu machen. Vielleicht hat aber auch der Einsatz des Tasers ausgereicht, um den Mann zu töten.«

»Das ist nicht auszuschließen«, pflichtete sie Falkner bei. »Aber Sie wissen genauso gut wie ich, dass wir keinen Aspekt außer Acht lassen dürfen. Deshalb sollten wir diese Theorie auf jeden Fall im Auge behalten.«

Falkner nickte nachdenklich und nahm einen großen Schluck.

»Ich wollte mich entschuldigen«, sagte sie hastig, bevor sie es sich anders überlegen konnte. »Ich habe Sie gestern ziemlich provoziert.«

Falkners Blick drückte Überraschung aus. Damit hatte er offensichtlich nicht gerechnet. »Na ja«, meinte er nach einer Weile, »ich war ja auch nicht gerade nett zu Ihnen.«

Die Obduktion hatte knappe zwei Stunden gedauert und das Ergebnis zutage gefördert, dass Raimund Egner aufgrund eines Herzfehlers durch die Stromschläge, die ihm der Täter mittels eines Tasers beigefügt hatte, zu Tode gekommen war. Nach einem kurzen Gespräch mit Uwe Grothmann war Fehrbach in die Staatsanwaltschaft zurückgefahren, wo es noch einige Dinge aufzuarbeiten galt, bevor er sich mit Södersen in der Pressestelle der Polizei treffen wollte. Grothmann hatte ihm mitgeteilt, dass sie auf zwei Personen aufmerksam geworden waren, die Richter Egner in der letzten Zeit auf die eine oder andere Weise bedroht hatten. Die Kollegen seien zu den Befragungen unterwegs.

Fehrbach hatte erwartet, dass Lisa an der Obduktion teilnehmen würde, da sie ihn über deren Beginn in Kenntnis gesetzt hatte. Als er stattdessen ihren Kollegen gewahrte, hatte er Enttäuschung verspürt. Und auch während der Fahrt durch die Stadt hatten ihn die Gedanken an sie nicht losgelassen. War sie noch mit diesem Maler liiert? Was war mit ihrer Schwester Britt? Hatte sie sie nach Kiel geholt? Fragen, auf die er aller Voraussicht nach keine Antworten erhalten würde.

Beim Anblick der Aktenberge in seinem Büro hätte er am liebsten auf dem Absatz kehrtgemacht. Er setzte den Kaffeebecher, den er auf dem Weg an einer Tankstelle gekauft hatte, auf dem Schreibtisch ab, als sich die Tür öffnete und seine Sekretärin, die bei seiner Ankunft nicht in ihrem Büro gewesen war, den Raum betrat.

»Sie sind wieder da«, stellte sie fest und warf dabei einen missbilligenden Blick auf den Pappbecher. »Ich koche Ihnen frischen.«

Fehrbach hütete sich, sie von ihrem Vorhaben abzuhalten, da dies in der Vergangenheit schon einige Diskussionen nach sich gezogen hatte. Sie hielt nichts von diesem neumodischen Coffee-to-go-Zeugs, wie sie es nannte, und es schien sie zu kränken, dass er überhaupt auf die Idee verfiel, ein solches Gebräu zu sich zu nehmen. Seiner Argumentation, dass sie aufgrund von Sparmaßnahmen ja mittlerweile für mehrere Staatsanwälte zuständig sei und er ihr somit nicht auch noch ein ständiges Kaffeekochen zumuten wolle, war sie nicht bereit gewesen zu folgen.

Zehn Minuten später stand eine große Warmhaltekanne mit frischem Kaffee vor Fehrbach auf dem Schreibtisch. Während er sich eine Tasse einschenkte, begann sein Handy zu klingeln. Barbara.

»Was hältst du davon, wenn ich heute Abend nach Kiel komme? Wir könnten essen gehen und es uns hinterher bei dir gemütlich machen.« Ihre Stimme klang einen Tick zu munter. »Wann machst du Schluss?«

»Das kann ich jetzt noch nicht sagen. Mein Schreibtisch quillt über, und außerdem habe ich einen neuen Fall.« Barbara hatte seine Wohnung stets als unpersönlich empfunden und sich niemals länger als notwendig dort aufgehalten. Wenn sie jetzt vorschlug, es sich dort gemütlich zu machen, war damit zu rechnen, dass sie das Thema Heirat erneut anzuschneiden gedachte.

»Wieso das? Ich denke, du vertrittst Sievers. Wieso hast du da noch Zeit für neue Fälle?«

»Weil der dafür eingeteilte Kollege einen Fahrradunfall hatte und im Krankenhaus liegt.«

»Ach, und da musst natürlich du wieder ran.« Nun klang sie richtig zickig.

»Das ist mein Job, Barbara. Ich kann es nicht ändern.« Und ich will es auch nicht, setzte er in Gedanken hinzu. Notfalls würde ich bis Mitternacht hierbleiben, bloß um endlich Ruhe vor dir zu haben.

Der Gedanke bestürzte ihn. War es tatsächlich schon so weit mit ihnen? Oder war er bloß überarbeitet und reagierte deshalb so gereizt?

»Thomas, wir müssen reden!«

Ein klischeebehafteter Satz, der ihre Situation aber unmissverständlich auf den Punkt brachte. Er musste sich dem Thema Heirat endlich stellen, ein weiteres Hinauszögern wäre eine Belastung für sie beide. Außerdem wäre es feige.

Er entschloss sich zu einem Kompromiss. »Wenn ich es früh genug schaffe, können wir essen gehen. Ansonsten treffen wir uns bei mir, und ich bringe etwas mit. Was hältst du davon?«

Barbara stimmte zu.

Die Teambesprechung hatte erst gegen zwölf Uhr begonnen, da Böttcher noch ein längeres Gespräch mit Dr. Karstens geführt hatte. Mittlerweile war es kurz vor drei.

Falkner hatte sehr wohl realisiert, dass das fast entspannte Verhältnis zwischen Lea Nordin und ihm von seinen Kollegen nicht unbemerkt geblieben war. Sie mochten sich fragen, was dazu geführt hatte und wie lange dieser Zustand wohl andauern würde. Letzteres fragte er sich auch. Mit einer Entschuldigung ihrerseits hatte er im Leben nicht gerechnet. Er hatte in dieser Situation natürlich nicht zurückstehen wollen und versucht, durch eine Entschuldigung seinerseits ebenfalls sein Scherflein beizutragen, in der Hoffnung, dass es ihnen vielleicht doch noch gelingen würde, zu einer besseren Zusammenarbeit zu finden. Für einen Moment hatte er die Befürchtung gehegt, dass sie ihm das Du anbieten würde, und war sehr erleichtert gewesen, dass sie es nicht getan hatte. Er war kein Freund dieser elenden Duzerei, wie sie unter Polizeibeamten häufig Sitte war, egal, ob man den anderen persönlich kannte, mochte oder nicht. Und dass er und Lea Nordin jemals an den zweiten Punkt gelangen würden, bezweifelte er doch sehr.

Die Kollegen der Spurensicherung hatten eine Vielzahl von Fasern, Haaren und weiteren Dingen sichergestellt, deren Auswertung und Abgleich mit den Fundstücken des ersten Tatorts allerdings noch einige Zeit in Anspruch nehmen würden. Als vielversprechendsten Fund hatte man einen abgebrochenen Fingernagel eingestuft, allerdings nur bis zu dem Zeitpunkt, an dem die Datenbank aussagte, dass dessen DNA-Spuren keine Übereinstimmung mit den in ihr gespeicherten Datensätzen aufwiesen. Somit war wieder Warten angesagt.

Falkner ging mit den Kollegen noch einmal die Tathergangsanalyse durch. Lea Nordin hatte sich die meiste Zeit zurückgehalten, was ihn verwunderte. Sie hatte am Besprechungstisch Platz genommen, ihm häufig das Reden überlassen und einfach nur zugehört.

Das ist ein Trick, sagte er sich. Sie will dich in Sicherheit wiegen. Und dann … Ja, was und dann? Wird sie dir einen Dolch in den Rücken stoßen oder wie? Du meine Güte, was für ein Schwachsinn, Alter. Du wirst langsam wirklich paranoid. Schluss jetzt damit, konzentrier dich endlich wieder auf deine Arbeit!

»Annäherung an das Opfer? Irgendwas, das über unsere bisherigen Vermutungen hinausgeht?«, stellte er die erste Frage der Analyse in den Raum.

Ein allgemeines Kopfschütteln folgte. Sie waren bei diesem Punkt noch zu keinem übereinstimmenden Ergebnis gelangt. In beiden Fällen waren die Eingangstüren der Häuser nur ins Schloss gezogen worden, und die Terrassentüren hatten offen gestanden. Keine Einbruchsspuren, was darauf schließen ließ, dass die Opfer den Täter gekannt und arglos ins Haus gelassen hatten. Es bestand allerdings auch die Möglichkeit, dass sich der Täter als Mitarbeiter eines Lieferservices, als Paket- oder Postbote, Handwerker oder eine ähnliche Person ausgegeben hatte, um so Zutritt zum Haus zu erlangen. Was das erste Tötungsdelikt anbelangte, waren die diesbezüglichen Überprüfungen noch nicht abgeschlossen.

»Hat das K1 sein Personal nach dem neuen Fall eigentlich aufgestockt?«, wollte Lea Nordin wissen.

Falkner nickte. »Ja. Södersen hat mir vorhin erzählt, dass er fünfzehn zusätzliche Leute erhalten hat. Falls es allerdings zu einem weiteren Tötungsdelikt kommen sollte, wären sie endgültig am Poller.«

»Beschrei es nicht«, murmelte Prahl.

»Wir können die Augen nicht vor dieser Tatsache verschließen«, sagte Falkner. »Wir müssen darauf gefasst sein, dass der Täter wieder zuschlägt. Das K1 ist gerade dabei, alle in Frage kommenden Richter herauszufiltern und sie dann unter Schutz zu stellen.«

»Ich frage mich, ob der Wochentag eine Bedeutung für den Täter haben könnte«, überlegte Luca Farinelli laut, der sich bisher bei allem noch weitestgehend zurückgehalten hatte. Falkner kannte ihn zu wenig, um einschätzen zu können, ob der neue Kollege nur reserviert war oder ob ihn all das Neue, das in seiner Ausbildung auf ihn einstürmte, einschüchterte. »Es war beide Male ein Dienstag.«

»Vielleicht auch das Datum«, mutmaßte Böttcher, aber es klang nicht sehr überzeugt.

»14. und 21. Oktober. Vielleicht muss auch eine bestimmte Anzahl von Tagen für den Täter dazwischenliegen. Dann wäre der 28. Oktober der nächste Termin«, führte Richter eine weitere Überlegung ins Feld.

»Mensch, Clemens, jetzt lass aber mal gut sein!«, fuhr Prahl seinen Kollegen an. »Du unkst die nächste Tat ja förmlich herbei.«

Richter sah Prahl ungerührt an. »Es ist nicht von der Hand zu weisen, Lorenz, und das weißt du auch.«

»Kollegen, bitte, das bringt doch jetzt nichts. Lassen Sie uns lieber mit der Analyse fortfahren«, sagte Lea Nordin, und ihre Worte hatten so gar nichts mehr von dem herrischen Ton, den sie sonst an den Tag zu legen pflegte.

Falkner pflichtete ihr insgeheim bei, denn die Schwarzseherei seiner Kollegen begann ihm gewaltig auf den Keks zu gehen. Er deutete auf die folgenden drei Worte, die auf dem Whiteboard standen: Angriff – Kontrollgewinnung – Tötung. Hier hatten sie schon etwas mehr zusammengetragen, was er jetzt noch einmal zusammenfasste.

»Wir gehen davon aus, dass der Angriff für die beiden Opfer vollkommen überraschend kam. Sie sahen sich einer Person gegenüber, der sie kein Misstrauen entgegenbrachten. Das mag ein Verwandter, Freund oder ein Bekannter gewesen sein, zumindest aber eine Person, der sie so weit vertrauten, dass sie sie ins Haus gelassen haben. Nachdem der Täter im Inneren des Gebäudes war, hat er die beiden Männer mit einem Taser außer Gefecht gesetzt. Hier dürfte er das Überraschungsmoment genutzt haben, da es bei Harmsen keinerlei Abwehrspuren gab.« Falkner richtete seinen Blick auf Böttcher. »Wie sah es damit bei Egner aus?«

»Ebenfalls Fehlanzeige.«

»Okay. Beide Männer wurden im Flur aufgefunden. Der Täter dürfte also unmittelbar nach Betreten der Häuser zur Sache gekommen sein. Die Tötung war das Leichteste für ihn. Nachdem Harmsen zu Boden gegangen war, wurde er mit einem gezielten Schuss ins Genick getötet. Bei Egner entfiel der Schuss, weil der Mann bereits tot war. Wir suchen also einen Täter, der über medizinische Kenntnisse verfügt, denn andernfalls hätte er das nicht so leicht feststellen können.«

»Lass uns noch mal auf den Schuss zurückkommen«, sagte Böttcher. »Der stützt nämlich deine Vermutung bezüglich der medizinischen Kenntnisse. Ein Laie hätte die Waffe bei Harmsen an die Stirn oder an die Schläfe gesetzt oder meinetwegen auch in den Mund gesteckt, weil er davon ausgegangen wäre, dass ein Kopfschuss auf jeden Fall tödlich ist. Das ist aber eben nicht immer der Fall, und das wusste unser Täter. Deshalb hat er die Waffe so angesetzt, dass der Schusskanal durch den Hirnstamm verlief. So etwas wirkt wie eine Enthauptung.«

Ein übereinstimmendes Nicken folgte den Worten des Rechtsmediziners. Falkner ergänzte den Punkt auf dem Whiteboard. »So«, fuhr er dann fort, »und was sagt uns jetzt das anschließende Verhalten unseres Täters?«

»Da in beiden Fällen die Terrassentüren offen standen, konnte er davon ausgehen, dass es nicht allzu lange mit der Entdeckung der Toten dauern würde«, erklärte Prahl. »Das Haus von Egner steht nicht auf der grünen Wiese, ebenso wenig wie das von Harmsen. An beiden Orten gibt es Nachbarn, die mitbekommen, wenn eine Terrassentür tagelang offen steht.«

»Standen die Terrassentüren bereits beim Eintreten des Täters offen, oder hat er sie geöffnet?«, fragte Falkner.

»Gute Frage, nächste Frage«, seufzte Prahl.

»Die Türen können natürlich offen gestanden haben«, meinte Richter. »Das Wetter war an den beiden Tagen zwar nicht berauschend, aber es soll ja Menschen geben, die hin und wieder lüften.«

»Und wenn die Türen bei der Ankunft des Täters nicht offen standen, hat er sie geöffnet«, zog Falkner das Fazit. »Was sagt uns das?« Sie waren diesen Komplex bereits am Vortag durchgegangen, ohne zu einem abschließenden Ergebnis gelangt zu sein. Falkner hegte die Hoffnung, dass eine Wiederholung ihm und seinen Kollegen auf die Sprünge helfen würde.

»Dass der Täter ein schnelles Auffinden der Toten herbeiführen wollte«, sagte Farinelli.

»Aber warum wollte er das?«, stellte Lea Nordin eine der wichtigsten Fragen in den Raum.

Tja, warum? Falkner richtete seinen Blick auf das Whiteboard, wo bereits einige Antworten vermerkt waren.

- Er folgt einem bestimmten Muster.
- Er handelt unter einem Zwang.
- Er will uns herausfordern.
- Es ist ihm egal.

Um den letzten Punkt hatte es Diskussionen gegeben. Falkner war nach wie vor der Meinung, dass er wichtig war, denn natürlich bestand die Möglichkeit, dass es dem Täter tatsächlich vollkommen egal war, ob und wann seine Opfer gefunden wurden. Zum Beispiel, weil es sich um einen Auftragsmörder handelte, der nur diese beiden Männer auf seiner Liste hatte und schon längst wieder über alle Berge verschwunden war. Diese Vermutung hatte er allerdings bisher für sich behalten und nur den Aufzeichnungen auf seinem privaten Notebook hinzugefügt. Als ihm der Gedanke zum ersten Mal durch den Kopf geschossen war, hatte er ihn als hirnrissig abgetan. Aber nachdem die Überlegung erst einmal gesackt war und sich in seinem Hinterkopf festgesetzt hatte, fand er sie gar nicht mehr so abwegig. Schleswig-Holstein war nicht der Garten Eden, also konnten auch hier Auftragsmörder unterwegs sein.

Falls es also tatsächlich so gewesen sein sollte, blieb jetzt nur noch die Frage nach dem Warum. Was hatten die beiden Opfer getan, das einen solchen Hass hervorrief, dass ein gedungener Täter sie umbrachte?

Das Schlimmste war allerdings im Moment die Befürchtung, dass es weitere Opfer geben würde, wenn sie mit ihrer Arbeit nicht schnell genug waren.

Da die Kollegen Hans Reding am Vormittag nicht zu Hause erreicht hatten, versuchten Lisa und Bergmann am Nachmittag ihr Glück. Aller Voraussicht nach war Reding berufstätig. Hoffentlich mussten sie am Abend keinen weiteren Versuch starten.

Redings Wohnung befand sich im sechsten Stockwerk eines Hochhauses in Mettenhof und legte bereits an der Haustür Zeugnis davon ab, dass hier ein Mensch mit einem ausgeprägten Sicherheitsbedürfnis wohnte – Panzerriegel mit Rosette, zwei übereinander angebrachte Sicherheitsschlösser, ein Türspion. Kein Wunder, dachte Lisa, nach dem, was Reding erlebt hatte. Sie klingelte und nahm nach einiger Zeit eine Bewegung hinter dem Spion wahr.

»Lisa Sanders, Mordkommission Kiel«, sagte sie mit erhobener Stimme und hielt ihren Dienstausweis hoch. Es dauerte einen Augenblick, bis Schließgeräusche zu vernehmen waren und sich die Tür so weit öffnete, wie es der Sperrbügel des Panzerriegels zuließ. Die Silhouette eines Mannes erschien im Türspalt, Jeans, kariertes Hemd, ein von Falten zerfurchtes Gesicht, dessen graue Augen Lisa misstrauisch ansahen. »Hans Reding?«, fragte sie.

»Was wollen Sie?« Die Stimme knarzte, als hätte ihr Besitzer schon länger mit niemandem mehr gesprochen.

»Sind Sie Hans Reding?«, wiederholte Lisa ihre Frage.

Es verging einen Augenblick, bevor der Mann im Türspalt widerwillig nickte.

Lisa wiederholte noch einmal ihren Namen und stellte auch Bergmann vor. »Herr Reding, wir ermitteln in einem Tötungsdelikt.«

»Was geht das mich an?«

»Das Opfer ist Richter Raimund Egner.« Lisa kam nicht dazu, fortzufahren, da Reding ein heiseres Lachen ausstieß, das in einen Hustenanfall mündete. Als er wieder zu Atem kam, stand das Gefühl großer Befriedigung in seinen Augen.

»Schon erstaunlich, dass es manchmal doch noch so etwas wie Gerechtigkeit gibt.«

Lisa ersparte sich eine Antwort. »Dürfen wir reinkommen?«

Reding streckte seine Hand durch den Türspalt. »Erst wenn Sie mir Ihre Dienstausweise gezeigt haben.«

Lisa kam seiner Aufforderung nach. Reding ließ sich Zeit. Er blickte mehrere Male aufmerksam zwischen dem Foto in Lisas Ausweis und ihrem Gesicht hin und her, bis er das Dokument schließlich zurückgab. Im Anschluss daran wiederholte sich dieselbe Prozedur mit Bergmanns Ausweis. Erst dann schien er sein Misstrauen überwunden zu haben, denn er legte den Sperrbügel um und bat sie herein.

Die Wohnung umfasste drei Zimmer, Küche und Bad und sah etwas heruntergekommen aus. Lisa hatte den Unterlagen entnommen, dass Redings Frau vor fünf Jahren gestorben war und er seitdem allein mit seiner zweiundzwanzigjährigen Tochter Maike gelebt hatte.

Reding führte sie in ein Wohnzimmer mit lindgrünen Wänden und hellen Kiefernmöbeln und kam ohne Umschweife zur Sache. »Ich habe Egner nicht getötet, deshalb sind Sie doch sicher hier. Ich kann allerdings auch nicht behaupten, dass mir sein Tod leidtue. Der Mann war ein selbstgerechtes Arschloch, das sich wie so viele seiner Richterkollegen in einer Gutmenschen-Rolle gefiel. Natürlich den Tätern gegenüber, die Opfer haben ihn nicht interessiert.« Er richtete seinen Blick auf Lisa und Bergmann. »Ich gehe davon aus, dass Sie Kenntnis von dem Überfall auf meine Tochter und mich haben.« Als Lisa nickte, fuhr er übergangslos fort. »Nachdem die beiden Täter in dieses Jugendheim verlegt worden waren, bin ich zu Egner gegangen, weil ich wissen wollte, wie er so etwas anordnen konnte. Zuerst kam er mit einer Reihe von Sprüchen, von wegen man dürfe den jungen Männern doch nicht die Zukunft verbauen, was ja der Fall wäre, wenn jetzt ein hartes Urteil gefällt würde und blablabla. Und dann musste ich mir tatsächlich die Frage gefallen lassen, ob Maike die Täter angemacht habe. Junge Männer in dem Alter seien ja noch unreif und weiblichen Provokationen oft hilflos ausgesetzt.« Reding schloss für einen Moment die Augen, dann schaute er Lisa an. »Die beiden Typen sind wie die Wilden über Maike hergefallen, und dieses Arschloch von Richter hat nichts anderes zu tun, als meine Tochter dafür verantwortlich zu machen.« Seine Kiefermuskeln zuckten. Es war unverkennbar, welche Mühe es ihn kostete, die Fassung zu bewahren. »Es ist mir bis heute unverständlich, wieso ich ihm keine reingehauen habe.«

Wenn es wirklich so abgelaufen war, hatte Egner sich eine ungeheuerliche Entgleisung erlaubt, für die er zur Rechenschaft hätte gezogen werden müssen. Aber Reding war allein mit dem Richter gewesen, wie er jetzt weiter ausführte, es hätte also Aussage gegen Aussage gestanden.

»Und selbst wenn ich etwas gesagt hätte ... Eine Krähe hackt der anderen doch kein Auge aus«, schloss Reding bitter.

Da war etwas dran, auch wenn Lisa dies niemals öffentlich eingestehen würde. Auch im Polizeiapparat herrschte bei vielen die Meinung vor, dass man den eigenen Berufsstand nicht beschmutzte, egal, was sich die Kollegen hatten zuschulden kommen lassen.

»Sie haben Richter Egner Drohbriefe geschickt, als die beiden Täter aus dem Jugendheim geflohen sind«, sagte Bergmann.

»Ja«, erwiderte Reding. »Im Nachhinein kann ich sagen, dass ich nicht stolz darauf bin, aber damals brauchte meine Wut einfach ein Ventil.«

»Um wie viele Briefe hat es sich gehandelt?«

Reding überlegte. »Das müssen drei oder vier gewesen sein«, antwortete er dann.

»Richter Egner ist aber nicht gegen Sie vorgegangen, oder?«

Reding schüttelte den Kopf. »Ihm dürfte bewusst gewesen sein, dass er einen großen Fehler gemacht hat. Anders kann ich es mir nicht erklären.«

»Was genau stand in den Briefen?«

»Dass ich ihn fertigmachen würde, falls er mir über den Weg laufen sollte.«

»Haben Sie näher ausgeführt, wie dieses Fertigmachen aussehen würde?«, wollte Lisa wissen.

»Nein.«

»Wie hatten Sie es sich denn vorgestellt?«

»Überhaupt nicht! Ich wollte ihm bloß Angst machen.«

»War der Inhalt in allen Briefen derselbe?«

»Ja.« Reding fuhr sich mit beiden Händen übers Gesicht. »Wie ich schon sagte, ich brauchte ein Ventil. Ich war damals so unglaublich wütend, aber fast noch schlimmer war das Gefühl der Ohnmacht. Da steht man einem Mann gegenüber, der die Staatsmacht vertritt und von dem man sich Gerechtigkeit erhofft, und dann so etwas. Man weiß genau, dass man nicht gegen ihn ankommt, egal, was man unternimmt. In so einer Situation stellt man sich schon mal vor, wie man den Kerl zusammenschlägt. Das befreit, verstehen Sie?«

Lisa nickte fast unmerklich. Ein solches Gespräch war immer eine Gratwanderung. »Ist es bei den Drohbriefen geblieben, oder haben Sie noch andere Aktivitäten gegenüber Richter Egner unternommen?«

»Es waren nur diese Briefe. Ich hätte auch keine Energie für etwas anderes gehabt. Maike war durch die Vergewaltigung schwer traumatisiert. Ich hatte mich für einige Zeit in der Firma beurlauben lassen, weil ich mich um sie kümmern wollte. Aber nach ihrem Suizidversuch musste ich einsehen, dass dies nicht mehr möglich war. Also habe ich ihr einen Heimplatz besorgt. Es war die schwerste Entscheidung meines Lebens. Doch ich musste ja auch wieder Geld verdienen. Das Pflegeheim verschlingt Unsummen, und ich möchte meiner Tochter doch wenigstens ein bisschen Lebensqualität ermöglichen.«

Lisa befragte Reding nach seinem Alibi. Er gab an, zum fraglichen Zeitpunkt zu Hause gewesen zu sein. Allein. Von dem Tötungsdelikt in der vergangenen Woche wollte er nichts mitbekommen haben, obwohl es ein ziemliches Rauschen im Blätterwald verursacht hatte.

Zurück in der Blume, wurden die Ergebnisse der bisherigen Befragungen in einer Telefonkonferenz an die Kollegen der OFA weitergegeben. Für zwanzig Uhr vereinbarte man eine weitere Konferenz, falls bis dahin neue Ergebnisse vorlägen.

Lea Nordin teilte ihnen mit, dass davon auszugehen war, dass der Täter sich an beiden Örtlichkeiten auskannte und seine Opfer aller Voraussicht nach über einen längeren Zeitraum beobachtet hatte. Außerdem bestand die Wahrscheinlichkeit, dass er das schnelle Auffinden der beiden Männer geplant hatte, weil er andernfalls die Terrassentüren geschlossen hätte.

»Warum wollte er, dass die Männer schnell gefunden werden?«, fragte Södersen. Er war extrem gereizt von der Pressekonferenz zurückgekehrt, weil die Fragen der Journalisten teilweise an Dummheit gar nicht mehr zu überbieten gewesen waren, wie er Lisa anvertraut hatte.

»Hier gibt es mehrere Möglichkeiten«, hörten sie Falkners Stimme. »Er hält ein Muster ein, folgt unter Umständen aber auch einem inneren Zwang. Vielleicht will er auch auf sich aufmerksam machen und uns mit dieser Vorgehensweise herausfordern. In den Medien hat bereits der erste Fall einen großen Stellenwert gehabt. Es ist nicht auszuschließen, dass unser Täter auf irgendeinem Weg auch direkt an die Öffentlichkeit treten wird, frei nach dem Motto: Hier bin ich, aber ihr werdet mich nicht kriegen, weil ich schlauer bin als ihr. Ein solches Verhalten wäre nicht ungewöhnlich. Er spielt mit seinen Verfolgern, weil er sich für den Größten hält, dem sowieso niemand auf die Schliche kommen wird. Ein solches Verhalten wäre gut für uns, da es ihn angreifbar macht und er früher oder später einen Fehler begehen wird.« Ein kurzes Zögern in der Leitung. »Es besteht allerdings auch die Möglichkeit, dass ihm die Folgen seiner Taten egal sind.«

»Weil er will, dass man ihn findet?«, mutmaßte Lisa.

»Das wäre eine Möglichkeit«, antwortete Falkner. »Er handelt unter dem bereits erwähnten Zwang, dem er selbst nicht beikommen kann. Also hofft er, dass es andere für ihn tun. Die Polizei zum Beispiel.« Falkner räusperte sich. »Ich hatte allerdings eher an einen Auftragsmörder gedacht, der zwei Jobs erledigt hat und mittlerweile wieder untergetaucht ist.«

Bevor sich Martina Falkner auf den Weg zurück zu ihrem Dienstwagen machte, kaufte sie in der Fischerhütte an der Promenade noch zwei Brötchen, belegt mit Stremellachs und Matjes. Sie hatte seit dem Frühstück nur etwas Obst zu sich genommen, und ihr Magen protestierte mittlerweile lautstark. Aber im Verlauf des Tages war irgendwie nie Zeit zum Essen gewesen, weil die Befragungen Lars und sie in Trab gehalten hatten. Lars hatte zwar eine Mittagspause vorgeschlagen, aber sie hatte keinen Bock darauf gehabt.

Es war schon eigenartig. Bis gestern war sie Lars wie ein folgsames Hündchen hinterhergetrottet, anbetend, bewundernd, hatte an den richtigen Stellen über seine Sprüche gelacht und alles großartig gefunden, was dieser Mann sagte oder tat. Doch dann hatte sich etwas verschoben. Sein häufig gezeigtes Desinteresse an seiner Arbeit hatte zu nerven begonnen, erst recht jetzt, nachdem es diesen aufsehenerregenden Fall gab. Und seitdem sie im Besitz von Hendriks Dateien war, hatte sowieso nichts anderes mehr Platz in ihrem Kopf. Das Einzige, woran sie denken konnte, war die Aussicht, am Abend bei der Durchsicht der Unterlagen endlich herauszufinden, worum es hier eigentlich ging. Es war etwas Großes, so viel zumindest war klar, allein schon wegen der Geheimniskrämerei, die ihr Vater darum betrieb. Und die Befragungen am Schönberger Strand waren ein Teil dieses Falles, weshalb sie ihnen auch mit großer Ernsthaftigkeit nachgegangen war.

Sie waren in den kleinen Badeort gefahren und hatten sich auf Lars' Anweisung hin aufgeteilt, was Martina ziemlich gegen den Strich gegangen war. Aber was sollte man machen, wenn man im Augenblick noch das kleinste aller Lichter mit dem niedrigsten Dienstrang war. Man musste parieren, was ihr überhaupt nicht gefiel, da sie davon ausging, dass Lars versuchen würde, diesen ungeliebten Job so schnell wie möglich hinter sich zu bringen, und ihnen so womöglich wichtige Informationen durch die Lappen gingen. Andererseits hatte er natürlich recht gehabt mit der Behauptung, dass der Zeitfaktor eine wichtige Rolle spiele und sie bei getrennten Befragungen einen größeren Personenkreis abarbeiten könnten. Jetzt waren die Erinnerungen möglicher Zeugen noch frisch, in ein paar Tagen hingegen konnte man sie vergessen.

Als Martina den Streifenwagen erreichte, der in Sichtweite von Egners Haus geparkt stand, war von Lars nichts zu sehen. Sie hatten verabredet, sich um siebzehn Uhr wieder hier zu treffen, und ein Blick auf die Armbanduhr sagte ihr, dass es bereits eine Viertelstunde später war. Sie schaute sich nach allen Seiten hin nach ihm um, aber Fehlanzeige. Also zog sie ihren Notizblock aus der Tasche und las sich die Stichworte durch, die sie bei den einzelnen Befragungen gemacht hatte. Leider war nichts Aufsehenerregendes dabei gewesen, und als ihr Magen sein Recht auf eine angemessene Nahrungszufuhr erneut mit einem lauten Knurren zum Ausdruck brachte, packte sie das erste Fischbrötchen aus, tat einen herzhaften Bissen und hielt dann ihr Gesicht in die späte Nachmittagssonne. Da vernahm sie plötzlich eine Stimme hinter sich.

»Entschuldigung?«

Sie drehte sich um und erblickte eine Frau mittleren Alters in Jeans und Pullover, die zögernden Schrittes auf sie zukam.

»Kann ich Ihnen helfen?«, fragte Martina. Hastig schob sie das Fischbrötchen in die Serviette zurück und klopfte die Brötchenkrümel von der Jacke ihrer dunkelblauen Uniform. Eine Polizeibeamtin hatte ein Vorbild zu sein und sollte nicht Fischbrötchen schlemmend in der Öffentlichkeit erwischt werden. Himmel, das war ja wieder mal so was von peinlich.

Die Frau schien unentschlossen und strich mit fahrigen Bewegungen über ihr kinnlanges aschblondes Haar. »Ich wollte eigentlich mit Ihrem Kollegen sprechen.«

»Mein Kollege ist noch unterwegs.« Verflucht, sie musste jetzt endlich das Fischbrötchen loswerden. »Eine Sekunde.« Mit hochrotem Gesicht öffnete sie die hintere Tür des Streifenwagens und steckte das Brötchen in die Plastiktüte auf dem Rücksitz, der ein intensiver Fischgeruch entstieg. Mist, sie hatte die Tüte in die pralle Sonne gelegt, was dem Stremellachs offensichtlich gar nicht gut bekommen war. Dumm gelaufen, aber nicht mehr zu ändern. Außerdem hatte sie jetzt Wichtigeres zu tun. Hastig säuberte sie die Hände mit einem Feuchttuch, das sie aus einer Packung in der Türablage zog, dann tauchte sie wieder aus den Tiefen des Streifenwagens hervor und wandte sich erneut der Frau zu. »Worum geht es denn?«

»Ja … also …«, druckste die Frau herum, dann gab sie sich einen Ruck. »Ich komm mir ehrlich gesagt ein bisschen blöd vor, und ich möchte auch nicht aufdringlich wirken, aber ich habe Ihrem Kollegen vorhin etwas erzählt, was er nicht besonders ernst zu nehmen schien. Also … es geht um diesen Mord hier …« Ihr Finger zeigte in Richtung von Egners Haus, aus dem Martina bei ihrer Rückkehr zwei Kriminaltechniker hatte herauskommen und wegfahren sehen. Offensichtlich lief die Spurensicherung noch.

»Und was haben Sie meinem Kollegen erzählt?«, wollte Martina wissen, die ihre Befürchtungen vom Vormittag plötzlich bestätigt sah.

»Ich habe Ihren Kollegen darauf hingewiesen, dass es an der Ecke Schlehenkamp/Holunderbusch zwei Häuser gibt, an denen Überwachungskameras angebracht sind.«

Martina hatte das Gefühl, als hätte sie einen Stromschlag versetzt bekommen. Sie hatte mitgekriegt, dass die im Ort angebrachten Webcams überprüft worden waren. Allerdings war nichts Verwertbares dabei rausgekommen. Von Kameras an Privathäusern war ihr nichts bekannt.

»Aber wieso glauben Sie, dass mein Kollege Ihre Aussage nicht ernst genommen hat?«

»Er … Ich weiß auch nicht, wie ich das sagen soll. Es war mehr so ein Gefühl. Ihr Kollege hat während unseres Gesprächs ziemlich abwesend gewirkt und sich auch keinerlei Notizen gemacht. Er hat sich nicht mal die Adressen aufgeschrieben.« Die Frau zupfte an ihrem Ohrläppchen herum. »Ich möchte jetzt nicht den Eindruck erwecken, dass ich übereifrig bin oder zu viele Krimis gesehen habe, aber eine Überprüfung solcher Kameras ist doch wichtig. Deshalb wollte ich Ihren Kollegen noch mal darauf aufmerksam machen, weil ich … ja, wie gesagt … irgendwie das Gefühl hatte, dass er überhaupt nicht bei der Sache war.«

Martina ließ sich die Hausnummern geben und sprach der Frau, die während des Gesprächs immer aufgeregter geworden war, gut zu. »Es ist vollkommen in Ordnung, dass Sie sich darüber Gedanken machen. Wenn ich meinen Kollegen sehe, werde ich ihn gleich darauf ansprechen. Er hat allerdings ein ziemlich gutes Gedächtnis, weshalb ich mir sicher bin, dass er sich die Adressen auch so gemerkt hat. Trotzdem vielen Dank für den Hinweis.«

Lars hatte ein grottiges Gedächtnis, was auch damit zusammenhing, dass er häufig nicht richtig zuhörte und mit seinen Gedanken woanders war. Da hatte die Frau, die sich jetzt eilig verabschiedete, vollkommen recht.

Bevor Martina Lars anfunkte, überlegte sie, wieso die Kameras nicht bereits am Vortag entdeckt worden waren. Es musste sich doch jemand um diese Dinge gekümmert haben, aber sie hatte keine Ahnung, wer das gewesen sein könnte. Sie drückte die Taste an ihrem Funkgerät. »Lars, hörst du mich?« Falls er diese Nachlässigkeit zu verantworten hatte, würde sie ihn grillen. Dazu müsste er es allerdings zugeben, wenn es wirklich so gewesen war, und damit rechnete sie nicht.

Den Hintergrundgeräuschen nach zu urteilen, schien er sich in einem Imbiss oder Restaurant zu befinden, denn sie vernahm Stimmengewirr und das Klappern von Geschirr. »Martina, was gibt's?«

»Wollten wir uns nicht um siebzehn Uhr wieder treffen?«

»Äh … ja … stimmt … Ich bin noch mitten in einer Befragung. Tut mir leid, das wird noch ein bisschen dauern.«

Mitten in einer Befragung, schon klar. Sie unterdrückte eine bissige Bemerkung und gab Lars stattdessen die Anschriften der beiden Häuser durch. »Sagen dir diese Adressen etwas?«

»Sollten sie?«

»Also nein?«

»Im Moment wüsste ich jetzt nicht, nee. Wieso fragst du?«

»Weil du heute Vormittag eine Frau befragt hast, die dich darauf aufmerksam gemacht hat, dass an diesen beiden Häusern Überwachungskameras angebracht sind. Sie hatte den Eindruck, dass dich diese Aussage nicht besonders interessiert.«

Am anderen Ende des Funkgeräts blieb es für einen Augenblick still. Dann hörte sie, wie Lars sich räusperte. »Äh … ja … jetzt … äh … wo du's sagst … stimmt. Ich … äh … ich wollte nachher mal vorbeigucken, ob jemand zu Hause ist, und mir die Dinger … äh … die Speicherkarten, meine ich, aushändigen lassen.«

»Und warum hast du das nicht sofort getan? Die Auswertung dieser Dinger, wie du sie nennst, könnte wichtig sein!«

»Ja … mein Gott … nun mach doch nich so ’nen Terz. Ich hab …ich hab hier schließlich noch ’ne Menge zu tun, und … und … auf ein paar Stunden kommt das ja nun wirklich nicht an.«

Martina war kurz davor, aus der Haut zu fahren. So gut kannte sie Lars mittlerweile, dass sie wusste, wann er log, selbst wenn er ihr nicht Auge in Auge gegenüberstand. In solchen Momenten bekam er sein Stottern, das er normalerweise gut im Griff hatte, nämlich nicht mehr unter Kontrolle.

»Wer war gestern eigentlich dafür verantwortlich, die Umgebung des Tatorts auf Überwachungskameras abzusuchen?«

»Äh …« Ein tiefes Ausatmen folgte, dann war es einen Augenblick lang still. »Keine Ahnung. Ich vermute mal … äh … die Kollegen aus Kiel.«

Soso, er vermutete. Im nächsten Moment war eine Stimme aus dem Funkgerät zu vernehmen, die Martina nur allzu gut kannte.

»Lars? Schatz? Jetzt mach doch endlich mal Schluss.« Ein affektiertes Gekicher folgte, bei dem Martina fast die Galle übergelaufen wäre.

Also hatte sie recht mit ihrer Vermutung gehabt. Lars traf sich wieder mit Sandy, und zwar während der Dienstzeit, und ihr log er die Hucke voll, dass er noch mit Befragungen beschäftigt sei.

»Weißt du was, ich mach jetzt hier Schluss und komm zu dir, dann können wir die Hausbesitzer zusammen aufsuchen.« Lars’ Stimme klang mit einem Mal samtweich, dabei musste ihm doch klar sein, dass sie Sandys Worte gehört hatte. Oder vielleicht gerade deshalb. Hielt er sie eigentlich für minderbemittelt?

»Vergiss es!«, fauchte sie und beendete das Gespräch. Sie holte tief Luft, dann ging sie zu dem ersten Einzelhaus hinüber – roter Backstein, bodentiefe Sprossenfenster –, das genau wie das baugleiche Nachbargebäude einen unbewohnten Eindruck machte. Kein Auto auf der gekiesten Auffahrt, keine offen stehenden Fenster oder Türen. Die Kameras, sechs an der Zahl, waren zu allen Seiten des Hauses unter der Regenrinne angebracht, so gut verborgen, dass man sie erst bei näherem Hinschauen entdeckte, aber doch so geschickt plaziert, dass sie den gesamten Außenbereich und – Martina schickte ein Stoßgebet zum Himmel – hoffentlich auch einen Teil der Straße erfassten.

Auf ihr Klingeln hin erfolgte keine Reaktion. Dasselbe beim zweiten Haus, dessen Kameras ähnlich plaziert waren wie beim Nebengebäude. Martina notierte die Namen neben den Klingelknöpfen und zog dann ihr Handy aus der Tasche, um Lisa anzurufen. Siebert würde sauer sein, wenn er mitbekam, dass sie nicht den offiziellen Dienstweg eingehalten hatte, aber das war ihr schnurzegal. Wenn sie erst wie vorgeschrieben die Leitstelle informierte, würde noch mehr Zeit vergehen, bevor etwas geschah. Außerdem würde Lisa ihr sagen können, wer sich um eventuelle Überwachungskameras in der Nähe des Tatorts hatte kümmern sollen. Falls es Lars gewesen sein sollte, konnte er sich schon mal auf eine deutliche Ansage gefasst machen.

Während Martina darauf wartete, dass Lisa das Gespräch annahm, fasste sie einen Entschluss. Bevor sie Feierabend machte und nach Schönberg zurückfuhr, würde sie sich jedes Haus in diesem Neubaugebiet vornehmen und auf Kameras überprüfen, egal, was Lars davon hielt, sollte er auch irgendwann mal hier auftauchen. Wenn es nach ihr ging, konnte er gerne zu Fuß nach Schönberg zurücklaufen. Aber vielleicht ließ er sich ja auch von Sandy kutschieren, was ihr nur recht gewesen wäre. Sie hatte nämlich das starke Gefühl, dass sie mit dem Typen endgültig durch war.

Um neunzehn Uhr griff Fehrbach zum Handy, um Barbara mitzuteilen, dass er in zwei Stunden in seiner Wohnung sei. Sein Tagespensum wäre somit zwar wieder einmal hinfällig, aber er wollte das Gespräch, das ihm bevorstand, so schnell wie möglich hinter sich bringen. Er bot an, Antipasti mitzubringen.

»Das ist eine gute Idee«, sagte Barbara. »Dann fahre ich jetzt los und stelle schon mal den Prosecco kalt.«

Mit Fehrbachs Konzentration stand es nach diesem Telefonat nicht mehr zum Besten, und so war er froh, als er gegen halb neun endlich sein Büro verlassen konnte.

Die Begrüßung fiel unterkühlt aus, von beiden Seiten, eine knappe Umarmung, ein flüchtiger Kuss auf die Wange. Sie hatten sich seit drei Wochen nicht mehr gesehen, da die Arbeit es Fehrbach nicht erlaubt hatte, die Wochenenden wie gewohnt auf Lankenau zu verbringen. Er vermisste das Gestüt, den Herbst auf dem Land, die Farbenpracht der umgebenen Wälder. Nächstes Jahr werde ich eine Jagd ausrichten, dachte er unvermittelt, so wie Vater es früher getan hat. Vielleicht kann ich mich an einem der nächsten Wochenenden schon einmal mit einigen der dafür zuständigen Personen in Verbindung setzen.

Dann erinnerte er sich wieder an den Grund des jetzigen Treffens, und der Gedanke, ob es überhaupt noch weitere Wochenenden auf Lankenau geben würde, streifte ihn. Sofort rief er sich energisch zur Räson. Was für ein Unsinn! Lankenau war sein Zuhause, und selbst ein Zerwürfnis mit Barbara würde an diesem Zustand nichts ändern. Sie waren erwachsene Menschen, und sie würden sich arrangieren, schließlich führten sie das Gestüt gemeinschaftlich.

Barbara kam ohne Umschweife zur Sache. Kaum waren der Tisch gedeckt, die Antipasti angerichtet und der Prosecco eingeschenkt, schnitt sie das Thema an.

»Du hast mir noch keine Antwort gegeben, Thomas.«

Es wäre kindisch gewesen zu fragen, worauf.

»Ich habe nicht die Absicht, noch einmal zu heiraten, Barbara.«

»Hast du generell nicht die Absicht, oder bezieht sich deine Ablehnung nur auf mich?« Barbara lehnte sich auf ihrem Stuhl zurück und strich einen imaginären Fussel von dem schwarzen Paschminaschal, der ihre Schultern umgab. Sie hatte sich wie immer große Mühe mit ihrem Outfit gegeben, ein dezent schwarz-weiß gemustertes Seidenkleid sowie halbhohe schwarze Pumps vervollständigten das Ensemble.

»Ich habe generell nicht mehr die Absicht zu heiraten. Und ich denke, dass ich dir gegenüber auch niemals diesen Eindruck erweckt habe.«

»Du hast das Thema weiträumig umkreist, würde ich sagen.« Barbaras Finger begannen mit der Gabel neben ihrem Teller zu spielen. »Offensichtlich hast du gehofft, dass es immer so weitergeht mit uns. Aber das tut es nicht, Thomas. Wir sind jetzt seit einem Jahr wieder zusammen, und ich erwarte, dass du dich endlich zu mir bekennst.«

»Aber das habe ich doch immer getan. Eine Heirat würde überhaupt nichts an unserer Situation verändern.«

»Natürlich würde sie das!«

Fehrbach schaute sie aufmerksam an, und Barbara wich seinem Blick nicht aus. Er fragte sich, worum es ihr wirklich ging. Wollte sie die Heirat, weil sie ihn liebte, oder war ihr nur an ihrer finanziellen Absicherung gelegen? Schlimm genug, dass er sich diese Frage stellte, zeigte sie ihm doch, wie sehr sich ihr Verhältnis in den vergangenen Monaten verändert hatte.

Er traute ihr nicht, hatte es, wie es ihm in diesem Augenblick erschien, die ganze Zeit über nicht getan, weil ihr damaliger Verrat einfach zu tief saß.

Barbara war davon ausgegangen, nach dem Tod seines Vaters finanziell abgesichert zu sein, bis Fehrbach feststellen musste, dass sein Bruder Andreas das Gestüt mit einer Reihe von Fehlinvestitionen an den Rand des Ruins getrieben hatte. Der Bankrott hatte abgewendet werden können, allerdings nur dank einer kräftigen Finanzspritze aus Fehrbachs Privatvermögen, das zum überwiegenden Teil aus dem Erbe seiner vor vielen Jahren verstorbenen Mutter stammte. Warum Andreas seinen Teil dieses Erbes nicht zur Rettung des Gestüts eingesetzt hatte, sondern nach der Testamentseröffnung sang- und klanglos verschwunden war und bis heute kein Lebenszeichen von sich gegeben hatte, war Fehrbach nach wie vor ein Rätsel. Andererseits hatte er bis zu seiner Rückkehr nach Kiel fast drei Jahrzehnte lang keinen Kontakt mehr zu seiner Familie gehabt. Barbara hatte seine Wissenslücken in vielen Bereichen auffüllen können, aber auch sie wusste nicht, was Andreas' Verhalten bestimmt hatte. Das hatte sie jedenfalls immer behauptet.

»Warum bist du wieder eine Beziehung mit mir eingegangen?«, riss ihn ihre Stimme aus seinen Gedanken.

Und du?, wollte er fragen, aber er tat es nicht.

»Wolltest du alte Erinnerungen auffrischen, oder war nur gerade keine andere zur Hand?«

»Barbara, bitte!«

»Zum Beispiel diese Kommissarin?«

Barbara schnitt das Thema nicht zum ersten Mal an. Während der Ermittlungen in einem Tötungsdelikt hatte Lisa für einige Tage auf Lankenau gewohnt, und seitdem war sie Barbara ein Dorn im Auge. Mit dem untrüglichen Gespür einer Frau hatte sie offensichtlich schon damals bemerkt, was ihm so lange verborgen geblieben war.

»Liebst du sie?«

»Ja.«

Fehrbach war allein zurückgeblieben. »Ich möchte dich am Wochenende nicht sehen«, hatte Barbara zur Verabschiedung gesagt. »Falls du also beabsichtigst, nach Lankenau zu kommen, gib mir bitte Bescheid, dann werde ich zu einer Freundin fahren.«

»Ich habe mein Apartment im Torhaus«, hatte Fehrbach eingewandt. »Ich werde auch dort essen, wenn du es möchtest. Wir würden uns also überhaupt nicht über den Weg laufen.«

Barbara war ohne eine Erwiderung gegangen.

Und somit war genau das eingetreten, was er hatte vermeiden wollen. Trotzdem verspürte er eine große Erleichterung, dass er es endlich geschafft hatte, seine Gefühle für Lisa einzugestehen. Der falschen Frau gegenüber, zugegeben, aber endlich war er auch ehrlich zu sich selbst gewesen.

Er hatte wieder den Klang von Lisas Stimme im Ohr, die sich am späten Nachmittag bei ihm gemeldet hatte, weil es eine vielleicht erfolgversprechende Spur gab. Eine Beamtin aus Schönberg hatte Überwachungskameras an zwei Privathäusern entdeckt, die an der Straße zu Richter Egners Haus lagen. Lisa hatte deren Besitzer erreichen können, die zum Glück nur unterwegs gewesen waren und versprochen hatten, sofort zu kommen und die Speicherkarten der Kameras auszuhändigen. Fehrbach hätte das Telefongespräch gerne ausgedehnt, aber Lisa hatte gehetzt geklungen und es kurz gemacht. Er konnte sich gut vorstellen, was dieser Fall dem K1 abverlangte. Er beschloss, an einem der nächsten Tage in Lisas Büro vorbeizuschauen, denn das Verlangen, sie wiederzusehen, war mittlerweile übermächtig geworden.

Lea Nordin hatte sich an die Zubereitung des Thai Chicken gemacht, das schon am Vortag geplant gewesen war. Sie blickte auf die Uhr. Bei ihrem Telefonat hatte Markus gesagt, dass er gegen acht komme, und jetzt war es schon nach halb neun.

Irgendwann am Nachmittag hatte sie ihren Vorsatz, nicht hinter ihm herzutelefonieren, über den Haufen geworfen. Allem Anschein nach hatte sie ihn im Büro erwischt, denn im Hintergrund waren Stimmen zu vernehmen gewesen, und außerdem hatte er kurz angebunden reagiert. Wenigstens hatte sie ihm das Zugeständnis abringen können, am Abend vorbeizukommen.

Und nun stand sie hier, in ihrer Küche, an ihrem Herd und mühte sich, die dunklen Gedanken nicht überhandnehmen zu lassen und sich auf das Essen zu konzentrieren. Den Tisch hatte sie bereits in dem kleinen abgetrennten Bereich ihres Wohnzimmers, der ihr als Essecke diente, gedeckt – ihr bestes Geschirr, das Silberbesteck, die weißen Damastservietten und die Kristallgläser, die sie von ihrer Großmutter geerbt hatte, rote Kerzen in massiven Silberhaltern. Sie hatte sich große Mühe gegeben, getrieben von dem Wunsch, alles so schön wie möglich für Markus herzurichten.

Wo blieb er denn nur? Schließlich griff sie nach ihrem Handy, das neben der Herdplatte lag und das sie in der letzten halben Stunde kaum aus den Augen gelassen hatte. Sie verachtete sich für dieses elende Gefühl der Hilflosigkeit, das langsam in Verzweiflung umzuschlagen drohte, je weiter der Zeiger der Küchenuhr vorrückte. Als das Handy plötzlich zu klingeln begann, schrak sie so sehr zusammen, dass es ihr fast aus der Hand gefallen wäre.

»Tut mir leid, aber es ist was dazwischengekommen«, vernahm sie Markus' Stimme. »Vielleicht schaffe ich es morgen Abend.«

Er klang teilnahmslos, als wäre es ihm vollkommen egal, ob er heute, morgen oder überhaupt noch einmal vorbeikommen würde. Lea wurde endgültig von Verzweiflung übermannt. »Aber … was ist denn passiert?«

»Nichts ist passiert.«

»Und warum kannst du dann nicht kommen?«

»Das habe ich dir doch gerade gesagt.« Seine Stimme hatte sich verändert, Abwehr lag jetzt darin. »Weil etwas dazwischengekommen ist.«

Was denn?, wollte sie fragen, aber es gelang ihr unter Aufbietung aller Kräfte, die beiden Worte im letzten Moment zurückzuhalten. Wenn Markus es ihr hätte erklären wollen, hätte er das bereits getan. »Ja«, sagte sie stattdessen und fühlte sich elend und aller Kräfte beraubt.

»Ich melde mich wieder. Mach dir einen schönen Abend.«

Alles in ihr begehrte auf gegen diesen letzten Satz. Was hatte sie Markus getan, dass er sie nicht nur versetzte, sondern auch noch mit Spott überzog? War er denn wirklich so gefühllos, dass er nicht merkte, was seine Absage ihr bedeutete? Oder interessierte es ihn nicht? Interessierte sie ihn nicht mehr?

Sie drückte das Handy fester an ihr Ohr, wollte seinen Namen aussprechen, sich vergewissern, dass er noch in der Leitung war, als sie merkte, dass er das Gespräch beendet hatte.

Wie in Trance stellte sie die Herdplatte ab, auf der das Essen in einem Topf vor sich hin köchelte, und ging hinaus auf den Flur. Orientierungslos blickte sie sich um, das Mobiliar wahrnehmend, die Zimmertüren, als sähe sie alles zum ersten Mal. Die Tür am Ende des Flurs stand einen Spaltbreit offen. Sie setzte sich in Bewegung, öffnete sie ganz – das Wohnzimmer, natürlich. Sie trat ein, ließ einen Blick über die liebevoll hergerichtete Essecke streifen und spürte die Tränen in ihren Augen, auf ihren Wangen, den salzigen Geschmack auf den Lippen. Sie tappte zum Sofa hinüber, sank darauf nieder und hüllte sich in die flauschige Wolldecke, um sich dann in den weichen Kissen zu einer Kugel zusammenzurollen.

Nichts hören, nichts sehen, nichts fühlen.

Ja, vor allem Letzteres. Taub sein, bitte, in allen Gliedmaßen, im Kopf, im Herzen. Ja, dort vor allem.

Sie war wohl eingeschlafen. Als sie erwachte, war das Kissen unter ihrem Kopf nass von Tränen. Mühsam rappelte sie sich hoch.

Das muss ein Ende haben! Das bin doch nicht mehr ich!

Der Weg in das Badezimmer kam ihr wie eine Marathonstrecke vor. Sie stützte sich auf dem Waschbecken ab und hob den Kopf, um in den Spiegel zu schauen. Falten hatten sich um ihren Mund gegraben, die Wangen hingen herab. Das war das Gesicht einer Siebzigjährigen, nicht das einer Frau Anfang vierzig. Mein Gott, sie war immer so stolz auf ihr Aussehen gewesen, darauf, dass die Natur sie mit guten Genen bedacht hatte, was ihr aufwendige Kosmetikbehandlungen ersparte. Alles vorbei. Auf einen Schlag. Kein Wunder, dass Markus nichts mehr mit ihr zu tun haben wollte.

Hör auf damit, verdammt noch mal!

Sie ging ins Wohnzimmer zurück, wickelte sich wieder in die Decke, bevor sie sich erneut auf dem Sofa niederließ, zog die Beine an den Körper heran und versuchte, das innere Frösteln unter Kontrolle zu bekommen.

Wo war ihr Selbstbewusstsein geblieben? Sie hatte davon doch für mindestens drei besessen, wie ihr ein ungeliebter Kollege einmal an den Kopf geworfen hatte.

Ja, das stimmte, und sie war sich immer im Klaren darüber gewesen, dass dieser Charakterzug, wenn er denn eine Frau betraf, bei vielen Menschen nicht besonders geschätzt war. Hauptsächlich bei Männern. Das Rollenverständnis wandelte sich, aber jahrtausendealte Muster waren nicht so einfach auszumerzen.

Dachte Markus ebenso? Fand er sie ebenfalls zu selbstbewusst und damit vielleicht auch abstoßend? Sie wusste es nicht. Ihre Begegnungen waren bisher fast ausschließlich sexueller Natur gewesen. Zuerst hatte ihr das genügt. Sie war so ausgehungert gewesen nach einem Mann, nach diesem Mann, nach seinem Körper, seinen Lippen, seinen Händen, diesem Rausch, in den er sie zu versetzen mochte. Sie hatte noch niemals in ihrem Leben einen Mann so sehr begehrt wie ihn.

Aber in den letzten Wochen hatte sich etwas gewandelt. Sie wollte mehr von Markus, wollte an seinem Leben teilhaben, mit ihm lachen, ins Theater oder Kino gehen, Konzerte oder ein schönes Restaurant besuchen. Sie hatte das Thema mehrere Male angesprochen, aber er hatte sich nur zu einigen Spaziergängen überreden lassen, die er stets kurzzuhalten versuchte. Seitdem hatte sich der Gedanke in ihrem Kopf festgesetzt, dass er aus welchen Gründen auch immer nicht mit ihr in der Öffentlichkeit gesehen werden wollte.

Weil er nicht der Single war, der er zu sein vorgab? Denn welchen anderen Grund sollte seine Weigerung sonst haben?

Sie richtete sich auf. Zwar fühlte sie sich noch immer elend, aber sie hatte das Gefühl, dass zumindest für den Moment etwas von ihrer alten Tatkraft zurückgekehrt war.

Lea würde Markus anrufen und ihn fragen, warum er sie so behandelte, warum er niemals über Nacht blieb und keine Nähe zuließ. Wenn es nicht mit einer Frau oder Familie zusammenhing, musste es einen anderen Grund dafür geben. Sie war überzeugt davon, ja, in diesem Augenblick war sie es tatsächlich wieder, dass sie ihm etwas bedeutete, aber sie wollte es verdammt noch mal auch endlich aus seinem Mund hören. Und wenn er sich nicht dazu durchringen konnte, würde sie ihn zum Teufel jagen.

Sie war so in ihre Gedanken versunken, dass sie das Klingeln an der Tür zunächst überhörte. Als sie es schließlich realisierte, sprang sie auf und lief auf den Flur.

Markus? Vielleicht hatte er es sich anders überlegt.

Er war es tatsächlich.

»Komm rein.« Sie griff nach seiner Hand und zog ihn in die Wohnung. »Ich bin so glücklich, dass du doch noch gekommen bist.«

Lisa hatte die Mitarbeiter der Spurensicherung gebeten, ihr Bescheid zu geben, wenn sie wieder zurück waren. Sie wollte ebenso wie ihre Kollegen dabei sein, wenn die Aufzeichnungen ausgewertet wurden.

Nach dem Anruf von Martina Falkner hatte alle eine nervöse Unruhe erfasst, die mit dem Gefühl verbunden war, dass etwas Entscheidendes bevorstand. Wieder und wieder zermarterte Lisa sich den Kopf, wieso die Kameras nicht bereits am Vortag entdeckt worden waren. Die Kollegen vom K1 hatten die Nachbarschaftsbefragungen zusammen mit der Schutzpolizei aus Schönberg vorgenommen. Wer in welchem Haus gewesen war oder das Gebiet erkundet hatte, entzog sich ihrer Kenntnis. Sie überlegte, ob sie die Sache weiterverfolgen sollte, kam aber zu dem Schluss, dass es sinnlos wäre. Selbst wenn sie den Kollegen ausfindig machen würde, der für das Versäumnis verantwortlich war, blieb immer noch die Frage, ob er es eingestehen würde oder mit einer Ausrede daherkäme.

Bei all diesen Überlegungen hatte sie sogar Falkners Hinweis auf einen eventuellen Auftragsmörder hintangestellt, weil ihr das im Moment doch zu utopisch erschien.

Gegen einundzwanzig Uhr kam dann endlich der erlösende Anruf vom K6, woraufhin sich alle sofort in die Räume der Kollegen aufmachten.

Behring hatte schon alles vorbereitet. Er war höchstpersönlich am Schönberger Strand gewesen, um das – hoffentlich wichtige – Material abzuholen. Die Besitzer, die schnell erreichbar und zum Glück gerade zu Kurzurlauben vor Ort gewesen waren, hatten ihm die Speicherkarten ausgehändigt und darauf hingewiesen, dass die Aufzeichnungen die letzten zwei bis drei Tage umfassten.

Die anfängliche Euphorie, die den fensterlosen Raum mit einer fast elektrischen Spannung aufgeladen hatte, wich allerdings sehr schnell der Ernüchterung, je mehr Material sie zu Gesicht bekamen. Sie beobachteten das Kommen und Gehen der Hausbesitzer, Autos, die vor- und wieder wegfuhren, zwei spielende Kinder in einem der Gärten und mehrere Katzen, die durch die Gegend streunten. Dasselbe an den Tagen davor.

»Das ist alles?«, entfuhr es Lisa schließlich genervt.

»Nee, ich hab noch 'ne weitere Karte. Die hat mir einer der Hausbesitzer beim Abschied in die Hand gedrückt. Er hatte sie in den Müll geworfen, weil er dachte, dass sie kaputt sei, und war sich deshalb nicht sicher, ob wir sie auch haben wollten.« Behring durchwühlte die Taschen seines Jacketts, förderte aber nichts zutage. »Na sag mal, das gibt's doch nicht. Wo ist das Teil denn hin?« Er entledigte sich des Sakkos, durchsuchte die Innenfächer und stülpte die Taschen schließlich nach außen, aber die Speicherkarte blieb verschwunden. »Ich hab sie hier reingesteckt, das weiß ich genau«, beteuerte er und machte sich dann auf den Weg zur Tür. »Ich geh mal eben zum Wagen, vielleicht ist sie ja rausgefallen.«

Eine Viertelstunde später kehrte er mit einem triumphierenden Gesichtsausdruck zu seinen mittlerweile hochgradig angespannten Kollegen zurück. In der rechten Hand hielt er eine Speicherkarte wie einen Siegerpokal hoch in die Luft. Sie sei zwischen die Sitze gerutscht, erklärte er. Dann schob er die Karte in die entsprechende Vorrichtung seines Notebooks und klickte das kurz darauf erscheinende Icon an.

Zunächst hatte es wirklich den Anschein, als ob die Karte schadhaft wäre – grisseliges Bild, Spratzer, Aussetzer, über einen längeren Zeitraum so gut wie nichts zu erkennen. Dann plötzlich, als wäre ein Schalter umgelegt worden, ein Bild von gestochener Schärfe. Behring schaltete wieder auf den großen Wandmonitor um.

»Das ist die Straße zu Egners Haus«, stellte Södersen fest, der auf einem Stuhl neben Lisa Platz genommen hatte und sie mit seinem ständigen Hin- und Herwippen langsam an den Rand des Wahnsinns brachte. »Und das links hinten scheint ein Teil der Friesenmauer zu sein, die den Vorgarten umgibt.«

Behring hatte den entsprechenden Bildausschnitt herangezoomt. Es war tatsächlich die Friesenmauer, und auch die weiße Pforte darin war gut zu erkennen.

Lisa blickte auf die Datums- und Zeitanzeige am rechten unteren Bildrand. 21. Oktober, 19.50 Uhr. Der Tag von Egners Tod. Ihr Körper begann zu vibrieren.

In den folgenden Minuten geschah nichts. Behring hatte den Zoom deaktiviert, so dass sie wieder das vollständige Bild sahen. Kurz vor zwanzig Uhr tauchte auf der rechten unteren Bildseite der Kotflügel eines Wagens auf. Das Bild begann erneut zu ruckeln, woraufhin ein allgemeines Aufstöhnen den Raum erfüllte.

Bitte nicht, schickte Lisa ein Stoßgebet zum Himmel. Es wurde erhört, nur Sekunden später war das Bild wieder klar.

Der Wagen hatte gegenüber von Egners Haus geparkt. Nur der linke Kotflügel war zu erkennen, die Farbe schwer zu bestimmen, Schwarz, Dunkelgrau, vielleicht sogar ein dunkles Blau oder Braun. Was den Wagentyp anbelangte, konnten nicht einmal Mutmaßungen angestellt werden, denn dieser war definitiv nicht zu bestimmen.

»Ein Kennzeichen wäre jetzt schön«, murmelte Malte resigniert. »Warum muss immer …«

»Halt die Klappe!«, schnauzte Uwe ihn an. »Da steigt jemand aus.«

In der Tat war in der Zwischenzeit ein Teil einer Autotür ins Bild gerückt sowie eine in Jeans und ein graues Polohemd gekleidete Gestalt, die ganz offensichtlich aus dem Wagen gestiegen war und jetzt entschlossenen Schrittes auf die Pforte von Egners Grundstück zuging.

Lisa spürte ihren Pulsschlag bis in die Schläfen. »Was trägt der da?«

»Sieht aus wie 'ne größere Umhängetasche«, meinte Uwe.

Die Person drehte ihnen den Rücken zu. Ein Mann, schlanke Figur, vom Bewegungsablauf her jüngeren Alters. Er öffnete die Pforte, trat in den Garten, dann drehte er sich um, um den Durchlass hinter sich zu schließen.

Behring drückte die Stopp-Taste, das Bild fror ein. Es war zwanzig Uhr sechzehn.

Lisa hielt den Atem an und blickte in das Gesicht von Egners Mörder.

Auftragsmörder …

Das Wort begann vor Martinas Augen zu flimmern, so angestrengt starrte sie auf den Bildschirm.

Das wurde ja immer spannender.

Aufgeregt sprang sie von dem Luftbett herunter, das sie am Morgen aus dem Keller geholt und in ihren Wagen geschafft hatte. Sie öffnete das Fenster des noch immer nach Farbe riechenden Raums, der vielleicht einmal ihr Wohnzimmer werden würde. Das Wetter war umgeschlagen, nasskalte Luft strömte herein und überzog ihre nackten Arme mit einer Gänsehaut. Trotzdem ließ sie das Fenster noch einen Augenblick offen, weil sie das Gefühl hatte, dass ihr Kopf einmal kräftig durchlüften musste, um all das einsortieren zu können, was seit gestern auf ihn eingestürmt war.

Die Suche nach weiteren Überwachungskameras in dem Wohnviertel am Schönberger Strand hatte nichts mehr gebracht. Martina hätte gerne auf die Ankunft des Kripo-Kollegen aus Kiel gewartet, aber Lisa hatte ihr in einem zweiten Telefonat mitgeteilt, dass die Besitzer der beiden Häuser mittlerweile ausfindig gemacht worden waren und auf dem Weg seien und sich der Kollege vom K6 nach seiner Ankunft mit ihnen in Verbindung setzen würde. Lisa hatte sich bei ihr bedankt und ihr eine sehr gute Arbeit bescheinigt. Toll, hatte Martina frustriert gedacht, davon kann ich mir jetzt ja echt was kaufen.

Ihre Laune war um weitere Grade gesunken, als sie zurückging und Lars in lässiger Pose an den Streifenwagen gelehnt fand, wo er mit Macho-Sonnenbrille und geöffnetem Hemdkragen einen auf ganz cooler Bulle machte.

Was hatte sie eigentlich an diesem Typen gefunden? Je mehr sie darüber nachdachte, desto unverständlicher erschien es ihr.

Während der Rückfahrt in die Dienststelle hatte Lars Worthülsen von sich gegeben, bis Martinas anhaltendes Schweigen ihn schließlich verstummen ließ. Ihre Verabschiedung auf dem Parkplatz war mehr als frostig ausgefallen.

Nach ihrer Ankunft in der kleinen Zweizimmerwohnung hatte sie die Durchsicht der Dateien von Hendriks Notebook fortgesetzt. Das Gefühl, etwas Verbotenes zu tun, hatte sich dabei immer mehr verflüchtigt und war schließlich ganz verschwunden. Dazu war das, was sie hier zu lesen bekam, einfach zu aufregend.

Auftragsmörder …

Das Wort stand in einem Unterordner, der die Überschrift *Persönliche Notizen* trug. Hier hatte ihr Vater unter einer Reihe von Stichwörtern vermerkt, wie er die beiden Tötungsdelikte einschätzte.

Ein Täter, auch wenn Hendriks neue Vorgesetzte nach dem aktuellen Fall die Überlegung ausgesprochen hatte, dass es sich um zwei handeln könnte. Wie Martina einem weiteren Vermerk entnehmen konnte, war die Nordin allerdings schon wieder weitestgehend von dieser Annahme abgerückt.

Einen großen Teil seiner Anmerkungen hatte ihr Vater der Überlegung gewidmet, warum es nur Richter getroffen hatte, die am Landgericht Kiel tätig gewesen waren. Er hatte die bisherigen Ermittlungsergebnisse des K1 zusammengefasst, in denen von weiteren Richtern die Rede war, die ebenfalls aufgrund ihrer milden Urteile in der Kritik gestanden hatten und somit vielleicht ebenfalls auf der Liste des Täters auftauchten. Die Mordserie könnte sich also unter Umständen fortsetzen.

Martina kaute auf ihrem Daumennagel herum. Das war alles irgendwie merkwürdig.

Ihr Vater hatte es offensichtlich ähnlich empfunden, wie sie beim weiteren Lesen feststellen konnte. »Was, wenn das alles überhaupt nichts mit einem sogenannten Kuschelurteil zu tun hat, sondern der Zusammenhang im persönlichen Bereich zu finden ist?«, hatte er an einer Stelle vermerkt.

Martina scrollte weiter und entdeckte einen Eintrag, der am Vortag um die Mittagszeit erfolgt war. »Gibt es außer der beruflichen auch eine persönliche Verbindung der beiden Richter?« Am Abend dann der Vermerk: »MK hat noch nichts herausfinden können.« Gut möglich, dass sich diese Situation mittlerweile verändert hatte, denn inzwischen waren weitere vierundzwanzig Stunden vergangen. Nach Martinas Einschätzung wäre es äußerst kurzsichtig, diese These ad acta zu legen, denn die Möglichkeit war doch nun wirklich nicht auszuschließen.

Zuletzt blieb ihr Blick dann wieder an dem Wort hängen, das sie so elektrisierte – Auftragsmörder.

Hendrik hatte die Überlegung ganz nüchtern analysiert. Waren die beiden Mordopfer irgendjemandem auf die Füße getreten? Hatten sie etwas gesehen, was sie nicht hätten sehen dürfen? Dienstlich oder privat?

Das war die immer wiederkehrende Frage. Dienstlich oder privat?

Die Gesichtserkennung, die von den Kollegen des LKA vorgenommen worden war, hatte zur großen Erleichterung aller einen Namen ausgespuckt.

Enis Kolgeci, in zweiter Generation in Deutschland ansässiger Albaner, ledig, dreiunddreißig Jahre alt, wohnhaft in Neumühlen-Dietrichsdorf, also auf der Ostuferseite der Landeshauptstadt. Im System erfasst wegen dreier Geschwindigkeitsübertretungen, die insgesamt vier Punkte in Flensburg nach sich gezogen hatten. Seitdem war Kolgeci nicht mehr in Erscheinung getreten.

Da Södersen kein Risiko eingehen wollte, forderte er ein SEK an. Als sie schließlich in der kleinen Sackgasse eintrafen, an deren Ende das Haus von Kolgeci stand, ging es auf Mitternacht zu.

Die Straße lag in nahezu vollkommener Dunkelheit, wenn man von dem funzligen Licht einiger Straßenlaternen absah, welches unheimliche Schatten in die Dunkelheit malte. Die Einzelhäuser zu beiden Seiten stammten aus den Fünfzigerjahren. In keinem von ihnen brannte mehr Licht.

Södersen traf eine kurze Absprache mit Michael Kuhnert, dem Einsatzleiter des SEK, dann begaben sich alle auf ihre Positionen.

Der Zugriff erfolgte mit der Schnelligkeit und Präzision, die die Einsätze des SEK auszeichneten. Trotz aller Anspannung fand Lisa es immer wieder faszinierend, den Kollegen bei ihrer

Arbeit zuzuschauen. Sie hatten sich entschlossen, die mitgebrachte Ramme einzusetzen, mit der es ihnen gelang, die Haustür bereits beim ersten Versuch aufzubrechen. Lisa beobachtete, wie die SEKler ins Haus stürmten, wo sie damit begannen, sich durch die Räume der beiden Etagen durchzuarbeiten. Erst wenn das Haus befriedet war, würden die Beamten des K1 es betreten dürfen.

Das Poltern der Stiefel war bis nach draußen zu vernehmen, wo Lisa und ihre Kollegen neben der Garage Stellung bezogen hatten. Auch sie hielten ihre entsicherten Waffen in den Händen. Als Kuhnert endlich in der Haustür erschien und sie mit den Worten »Alles klar, ihr könnt rein« zu sich winkte, atmete Lisa erleichtert auf.

»Habt ihr ihn?«, fragte Södersen.

Ein kurzes Nicken des Kopfes. »In der Küche.«

Enis Kolgeci, der blaukarierte Boxershorts und ein weißes Unterhemd trug, saß vornübergebeugt an einem weißen Resopaltisch, welcher ebenso wie der Rest der Kücheneinrichtung älteren Datums schien. Seine Hände waren mit Handfesseln auf dem Rücken fixiert. Laut Kuhnert hatten sie ihn aus dem Bett geholt. Kein Wunder um diese Uhrzeit.

Kolgecis Gesicht drückte nackte Panik aus, als er sich auf dem Stuhl aufzurichten versuchte und seinen Blick auf Lisa und ihre Kollegen richtete. »Was soll das? Wieso überfallen Sie mich in meinem Haus?«

»Sind Sie Enis Kolgeci?«, fragte Södersen statt einer Antwort.

Der Mann nickte, Schweiß stand auf seiner Stirn.

Kuhnert drückte Södersen einen Personalausweis in die Hand. »Den haben wir in seiner Brieftasche gefunden.«

Södersen zog den Ausdruck, den sie von der Person auf dem Video gemacht hatten, aus seiner Jackentasche und verglich das

Gesicht darauf mit dem im Personalausweis vorhandenen. Dann reichte er Ausweis und Ausdruck an Lisa weiter, die den Vorgang wiederholte. Sie nickte befriedigt. Der Mann vor ihnen war Enis Kolgeci, und er war die Person aus dem Video.

Södersen zog einen Stuhl heran und nahm Kolgeci gegenüber Platz. Er klärte den Mann über seine Rechte auf und belehrte ihn darüber, dass er jetzt als Verdächtiger im Tötungsdelikt Raimund Egner vernommen werde.

»Wer soll das sein?«, fragte Kolgeci verwirrt.

Ohne darauf zu antworten, stellte Södersen ihm die Frage, wo er am 21. Oktober in der Zeit zwischen neunzehn und zweiundzwanzig Uhr gewesen sei.

Kolgeci musste nicht lange überlegen. »Da war ich in Schönberg in meinem Geschäft. Wie jeden Abend.«

»Was machen Sie beruflich?«

»Ich habe vor einigen Monaten einen kleinen Lieferservice gegründet. Für Pizza und so. Wenn der Laden läuft, möchte ich das Angebot erweitern. Im Moment komme ich noch nicht wirklich über die Runden, und deshalb habe ich auch ziemlich lange Arbeitszeiten. Es kennen mich einfach zu wenig Leute. Dabei habe ich in alle Haushalte in Schönberg und natürlich auch am Schönberger Strand meine Flyer verteilt.«

Das Bild aus der Überwachungskamera tauchte vor Lisas geistigem Auge auf, die große Umhängetasche, die Kolgeci vor seinem Körper getragen hatte. Sie hörte sich wieder fragen: Was trägt der da?

»Waren Sie die ganze Zeit über in Ihrem Geschäft?«, fragte Södersen.

Kolgeci schüttelte den Kopf. »Nein, ich hatte noch drei Auslieferungen.«

»Wohin gingen die?« Lisa konnte sich nicht länger beherrschen.

»Zwei nach Schönberg und eine an den Schönberger Strand.«

»Für wen war die am Schönberger Strand bestimmt?«

Kolgeci zuckte mit den Schultern. »Da müsste ich in meinen Computer schauen.«

Fünf Minuten später hatten sie den Namen des Bestellers und dessen Adresse – Raimund Egner, Weidenweg 2.

Kolgeci gab an, dass auf sein Klingeln hin niemand reagiert habe und er deshalb unverrichteter Dinge wieder von dannen gezogen sei. Dieser Umstand war bei der Aufzeichnung nicht mehr sichtbar gewesen, da die Speicherkarte fünf Sekunden nachdem Kolgeci sein Gesicht der Kamera zugewandt hatte, endgültig ihren Geist aufgegeben hatte.

Lisa hatte die bisher ausgewerteten Angaben von Egners Festnetzanschluss auf ihrem Smartphone gespeichert und stellte nach einer kurzen Überprüfung fest, dass der Richter um neunzehn Uhr fünfundzwanzig tatsächlich Kolgecis Lieferservice angerufen hatte.

Das musste sie jetzt erst mal verdauen.

Statt Egners Mörder hatten sie den Pizzaboten erwischt.

FREITAG, 24. OKTOBER

Er war geblieben. Zum ersten Mal in ihrer dreimonatigen Beziehung war Markus über Nacht geblieben. Lea Nordin hatte noch immer Mühe, es zu begreifen.

Die Stunden mit ihm waren ein einziger Rausch gewesen. Haut an Haut, Herz an Herz waren sie ineinander versunken, die Körper schweißnass, wie vom Fieber erhitzt.

Als Markus weit nach Mitternacht das Bett verließ, dachte sie, dass er auch diesmal wieder gehen würde. Doch er kam zurück und legte ihr eine dünne Silberkette um den Hals, an der ein fein ziselierter Anhänger mit einem Amethysten darin hing. Sie wollte ihm danken, noch so viel mehr sagen, aber er hatte seine Hand auf ihren Mund gelegt und ganz sachte den Kopf geschüttelt. Dann war er wieder ins Bett gekommen und in ihren Armen eingeschlafen.

Und jetzt war er immer noch da. Sie konnte sich nicht sattsehen an ihm, seinem Gesicht, dem sinnlichen Mund, dem Körper, der den Sportler verriet und an dem kein Gramm zu viel war. Behutsam strich sie über die Narbe, die sich fast über die gesamte Länge seines rechten Oberarms zog. Markus zuckte zusammen, dabei hatte sie den Eindruck gehabt, dass er noch tief und fest schlief.

»Nicht«, sagte er, griff nach ihrer Hand und legte sie auf seine nackte Brust. Seine Augen waren noch immer geschlossen. Sie spürte seinen Herzschlag gegen ihre Finger pochen.

Er hatte ihr nicht erzählt, wie es zu der Verletzung gekommen war, und sie hatte nicht nachgehakt. Auch die Frage, warum er am Telefon so abweisend gewesen und dann doch noch gekommen war, hatte sie sich versagt. Sie baute auf die Zeit, darauf, dass es ihrer Liebe gelingen würde, die Mauer, die Markus um sich errichtet hatte, zum Einsturz zu bringen.

Die Zeit …

Sie war eine so unberechenbare Größe und versprach niemals eine Garantie.

An schlechten Tagen fühlte Lea sich wie eine dieser Frauen, die Robin Norwood in ihrem Buch *Wenn Frauen zu sehr lieben* beschrieben hatte. Gehörte sie etwa auch zu ihnen, hatte sie unbewusst nach einem mit Problemen behafteten Mann gesucht, in der Hoffnung, dass nur sie seine Rettung herbeiführen könnte?

An guten Tagen sagte sie sich, dass sie genau das konnte, auch wenn sie nach wie vor kaum etwas von dem neuen Mann an ihrer Seite wusste.

Die Angaben bezüglich seines Jobs hatte sie heimlich überprüft, auch sein Alter – fünfundvierzig Jahre – stimmte. Das war es dann aber auch schon. Ob seine Eltern noch lebten, er Geschwister hatte, Freunde, Hobbys, all diese Dinge waren ihr fremd. Doch im Moment bekümmerte sie nichts davon. Jetzt war sie einfach nur glücklich.

»Ich habe mich noch gar nicht für die Kette bedankt«, sagte sie leise und schmiegte sich noch enger an seinen warmen Körper. »Sie ist wunderschön.«

»Du bedeutest mir sehr viel, Lea.« Seine Stimme war rauh, er sah sie nicht an.

Ihr Herz begann zu rasen. Sie lag reglos da, aus Angst, dass jede Bewegung diesen kostbaren Augenblick zerstören könnte. Ich liebe dich, wollte sie sagen, als ob sie ihm diesen Umstand nicht schon auf tausenderlei Weise bewiesen hätte. Die drei Worte wogen schwer, viel schwerer, als sie gedacht hatte, und dann war der Augenblick, sie auszusprechen, vorbei. Markus hatte sich aufgerichtet. Er drückte einen Kuss in die Innenfläche ihrer Hand, dann stieg er aus dem Bett und suchte seine Sachen zusammen, die verstreut auf dem Fußboden lagen.

»Frühstückst du noch mit mir?«, versuchte sie ihn aufzuhalten.

Er schüttelte den Kopf. »Ich muss los.«

Als er aus dem Bad kam, stand sie im Flur. Sie hatte sich ihren Morgenmantel übergeworfen und sah zu, wie er seine Schuhe überstreifte und die Lederjacke anzog. Als er fertig war, hob er den Blick und sah sie an.

Sie trat auf ihn zu, schob ihre Hände unter seine Jacke und drückte sich an seinen Körper.

»Sehen wir uns heute Abend?« Ihre Stimme klang jämmerlich, das flehende Betteln darin.

Markus antwortete nicht. Er drückte ihr einen Kuss auf die Stirn, dann schob er sie sachte von sich und öffnete die Wohnungstür. Bevor sie noch etwas sagen konnte, war die Tür hinter ihm ins Schloss gefallen.

Hendrik Falkner hatte eine weitere kurze Nacht hinter sich und war dementsprechend müde und darüber hinaus aufs Äußerste gereizt aus dem Bett gestiegen. Letzteres deshalb, weil ihm die Kollegen vom K1 am Vorabend zwar mitgeteilt hatten, dass es Bilder von Überwachungskameras gebe, mit deren Auswertung sie jetzt begännen, danach aber kein Anruf mehr gekommen war, sondern nur eine kurze SMS von Södersen, dass man noch in der Nacht eine verdächtige Person überprüfen werde. Die dann ja offensichtlich von einer der Kameras aufgenommen worden war. Anders konnte es nicht sein. Und wenn sich bis jetzt noch niemand bei ihm gemeldet hatte, lag eben noch kein Ergebnis vor.

Falkner zwang sich zur Geduld, eine Eigenschaft, mit der er definitiv nicht auf die Welt gekommen war, aber nun einmal für den Job unerlässlich und somit mühsam über viele Jahre antrainiert.

»Ruhig, Brauner, ruhig.« Martinas Lieblingsspruch, wenn er mal wieder kurz vor einem Ausbruch stand, der allerdings lange nicht so gut funktionierte, wenn er sich selbst damit zu beschwichtigen versuchte. Er begab sich ins Bad und duschte erst heiß, dann kalt, wodurch wenigstens seine Müdigkeit verflog. Bevor er sich auf den Weg in die Küche machte, klopfte er an Martinas Zimmertür und öffnete sie einige Augenblicke später, nachdem er keinen Laut aus dem Inneren vernommen hatte.

Leer.

Den Bruchteil einer Sekunde schaute er sich verdutzt um, dann fiel ihm ein, dass seine Tochter ja bei einer Freundin hatte übernachten wollen.

Falls diese Aussage stimmte. Er hegte eher den Verdacht, dass sie wieder einen Freund hatte. Der Gedanke machte ihm … Ja, was? Angst? Seine Tochter war jetzt vierundzwanzig, der Auszug in eine eigene Wohnung mehr als überfällig. Vom Standpunkt des gesunden Menschenverstands aus gesehen, der sein Vaterherz bisher allerdings noch nicht außer Gefecht hatte setzen können.

Falkner ging in die Küche, setzte Kaffee auf und starrte den leeren Tisch an. Normalerweise hätte er ihn jetzt gedeckt, hätte Butter und Brot, Marmelade, Käse und Wurst herausgeholt und etwas Obst bereitgestellt. Das gemeinsame Frühstück mit seiner Tochter war ihm wichtig, auch wenn er nicht immer die Zeit dafür aufbrachte, die er sich gewünscht hätte. Aber heute war Martina nicht da, also lohnte sich der Aufwand nicht.

Der Kaffee war durchgelaufen. Falkner goss sich eine Tasse ein. Schwarz wie die Nacht, geeignet, Tote aufzuwecken. Martina bevorzugte Milchkaffee mit viel Zucker. Ich bin eben eine Süße, meinte sie lachend, wenn er sie wieder einmal über die nachteiligen Folgen von Zucker und Süßwaren aufzuklären versuchte.

Wie ihre Mutter …

Er stellte die Tasse ab und trat auf den kleinen Küchenbalkon hinaus. Sie lebten jetzt seit dreiundzwanzig Jahren in diesem Haus mit fünf Eigentumswohnungen mitten im grünen Düsternbrook. Einhundertzehn Quadratmeter, normalerweise unerschwinglich mit einem Polizistengehalt und seinerzeit nur dank des Erbes einer kaum gekannten Tante realisierbar gewesen. Sie wollten raus aus der Innenstadt, ihrem Kind ein Aufwachsen im Grünen ermöglichen. Sechs Jahre hatte Inka es hier ausgehalten, dann hatte sie ihn und Martina im Stich gelassen und war nach Berlin gezogen. Es sei ihr zu eng hier, hatte sie gesagt, die Stadt und dieses ganze bräsige Schleswig-Holstein würden sie erdrücken. Sie brauche Leben um sich herum, Action, Menschen, all das, was ihm zuwider sei.

Falkner hatte nicht versucht, sie aufzuhalten, denn auch wenn sie ihm ständig vorwarf, wie unsensibel er sei und wie wenig Einfühlungsvermögen er besitze, hatte er schon lange gemerkt, dass sich seine Frau immer mehr von ihm zu entfernen begann. Er hatte es hingenommen, hilflos und gefangen in einer Sprachlosigkeit, die Inka immer wieder auf die Palme trieb und ihn mit der Frage zurückließ, was eigentlich nicht mit ihm stimmte. Ob es wirklich so war, dass sein Beruf an erster Stelle rangierte, danach eine ganze Zeit lang gar nichts kam und erst dann seine Familie.

Nach Inkas Auszug hatte er sich geschworen, es besser zu machen, nur um bei nächster Gelegenheit feststellen zu müssen, dass es eine Sache war, sich Dinge vorzunehmen, deren Realisierbarkeit aber auf einem ganz anderen Blatt stand. Er war nun ein alleinerziehender Vater einer siebenjährigen Tochter, die zwar schon recht selbständig für ihr Alter war, aber trotzdem nicht den ganzen Tag sich selbst überlassen werden konnte. Er aber musste Geld verdienen, konnte sich nicht einmal eine Freistellung für einige Monate erlauben, wenn er die Wohnung halten wollte. Und das wollte er, nicht für sich, nein, nach Inkas Auszug war ihm so ziemlich alles egal gewesen, aber für Martina, die nach der Mutter nicht auch noch den Verlust ihrer gewohnten Umgebung und die Trennung von ihren Freunden erleben sollte.

Zum Glück hatten seine Eltern sich bereit erklärt, auf Martina aufzupassen. Trotzdem hatte er versucht, seine Arbeitszeit zu reduzieren, was ihm bei dem Kampf um das Sorgerecht zugutegekommen, im beruflichen Bereich aber von Nachteil gewesen war. Da sich das Dezernat der Rauschgiftkriminalität im LKA gerade im Umbruch befand, was nichts anderes bedeutete, als dass immer mehr Arbeit auf immer weniger Personal verteilt wurde, hatte er irgendwann die Reißleine gezogen und sich um die Ausbildung zum Fallanalytiker beworben, ein Bereich, dem er schon immer großes Interesse entgegengebracht hatte. Dass er bei einem Wechsel vom Regen in die Traufe kommen würde, war ihm erst hinterher bewusst geworden. Die Arbeitszeiten waren zwar regelmäßiger als in seinem vorherigen Job, aber was brachte das, wenn man nie gelernt hatte, die Arbeit nach Feierabend hinter sich zu lassen.

Als er den Klingelton seines Handys vernahm, ging Falkner in die Küche zurück. Ein Blick auf das Display zeigte ihm den Namen der Anruferin – Lisa Sanders. Sein Pulsschlag beschleunigte sich. Hatten sie den Täter gefasst?

»Lisa? Habt ihr ihn?«

»Moin, Hendrik«, drang eine sehr müde Stimme an sein Ohr. »So viel Zeit muss sein.«

»Ja, moin, verdammt! Also?«

»Nein, wir haben ihn nicht.«

»Aber ich denke … Ralf hat mir doch eine SMS geschickt, dass ihr letzte Nacht eine verdächtige Person überprüfen wolltet. Ich nehme mal an, dass ihr die auf den Bildern der Überwachungskameras gesehen habt.«

»Das ist richtig. Aber die Person war leider nicht unser Täter.«

»Sondern?«

Als Falkner die Antwort vernahm, dachte er im ersten Moment, sich verhört zu haben. Dann stieg ein Glucksen in seiner Kehle hoch, das sich schließlich in einem heftigen Lachkrampf entlud, der Tränen in seine Augen trieb. Kurzfristiger Stressabbau, ganz eindeutig.

»Das ist nicht dein Ernst, oder? Ihr habt den Pizzaboten erwischt? Du meine Güte, wie peinlich ist das denn?«

Der Anblick seiner Haushaltshilfe kam unerwartet für Fehrbach. Er hatte gerade das Frühstücksgeschirr in die Spülmaschine geräumt, als die resolute Mittfünfzigerin, die er als ein Geschenk des Himmels betrachtete, zur Wohnungstür hereinkam.

»Frau Hansen? Was machen Sie denn hier?«, brachte er verblüfft heraus.

»Ihre Wohnung in Ordnung bringen?«, kam es mindestens ebenso irritiert zurück.

»Aber Sie waren doch schon am Mittwoch hier.«

»Wie kommen Sie denn da drauf?« Ilka Hansen stellte ihre Tasche auf der Arbeitsplatte ab und band sich die mitgebrachte Schürze um. »Ich komme doch immer am Freitag.«

»Sie waren nicht am Mittwoch hier?«

»Nein.« Sie holte drei Weckgläser und zwei Saftflaschen aus der bunten Stofftasche und stellte alles auf dem Tisch ab. »Pflaumenchutney, Himbeer- und Birnengelee und Fliederbeersaft. Ich wollte noch Grießklöße mitbringen, damit Sie mal wieder so 'ne richtig schöne Fliederbeersuppe zu essen bekommen, aber die hat mein Mann gestern Abend vertilgt. Wenn man einmal nicht zu Hause ist …« Sie seufzte ergeben, setzte aber gleich wieder eine muntere Miene auf. »Dafür bekommen Sie nächste Woche die doppelte Portion.«

Fehrbach lächelte sie dankbar an. »Wenn ich Sie nicht hätte, Frau Hansen …«

»Ja klar, und die dicken Kartoffeln«, unterbrach sie ihn schmunzelnd.

»Danke schön!«

Als Ilka Hansen ihn das erste Mal mit ihren selbstgemachten Köstlichkeiten überrascht hatte, hatte Fehrbach nicht gewusst, wie er reagieren sollte und ihr aus purer Hilflosigkeit Geld in die Hand drücken wollen. Sie hatte voller Empörung abgelehnt, und nachdem sie sich etwas besser kennengelernt hatten, war ihm klargeworden, dass sie es liebte, diejenigen, die sie mochte, zu betüddeln. So etwas hatte er vorher nicht gekannt. Eva und er hatten immer Haushaltshilfen gehabt, aber zu diesen war niemals eine Art von persönlicher Beziehung entstanden. Er war stets darauf bedacht gewesen, ein paar Worte mit den Frauen zu wechseln, und hatte stets darauf geachtet, dass sie zu Weihnachten nicht nur ein unpersönliches Geldgeschenk, sondern auch einen großen Präsentkorb aus einem der besten Feinkostgeschäfte Frankfurts erhielten. Eva hatte dies für eine vollkommen überflüssige Geldausgabe gehalten, und die Angestellten waren dieser Geste mit Verlegenheit begegnet.

Ilka Hansen hingegen hatte sich sehr gefreut, nachdem Fehrbach sie das erste Mal damit überrascht hatte. Sie hatte das Herz auf dem rechten Fleck, und er ertappte sich immer häufiger dabei, wie er am Freitagmorgen noch ein wenig länger am Frühstückstisch verweilte, um sich mit dieser lebensklugen Frau über Gott und die Welt zu unterhalten.

Ilka Hansen faltete die Tasche zusammen und schaute Fehrbach fragend an. »Wieso glauben Sie, dass ich am Mittwoch schon hier war?«

Er erzählte ihr von den geöffneten Jalousien und kam sich plötzlich paranoid vor.

»Sie arbeiten einfach zu viel, Herr Fehrbach«, sagte sie mit einem besorgten Gesichtsausdruck. »Da kann man schon mal in 'nen Tüddel kommen, was man so alles gemacht hat oder gemacht haben will. Das hab ich mir letzte Woche schon gedacht.«

Fehrbach blickte sie verständnislos an.

»Ich bin doch letzten Freitag wegen eines Arzttermins erst am Nachmittag gekommen«, klärte sie ihn auf. »Da stand die Tür zur Dachterrasse in Ihrem Schlafzimmer weit offen, und auf dem Fußboden lag eine tote Taube. Die sah ziemlich zerrupft aus. Überall lagen Federn herum, als ob ein Kampf stattgefunden hätte. Einen weiteren Vogel habe ich allerdings nicht entdeckt. Ich war im ersten Moment ein bisschen erschrocken, denn ich konnte mir nicht vorstellen, dass Sie vergessen haben, die Tür zuzumachen.«

»So etwas vergesse ich auch nicht«, sagte Fehrbach und fragte sich noch im selben Moment, ob dem wirklich so war. Er arbeitete jetzt seit Monaten am Limit, fühlte sich an manchen Tagen so erschöpft, dass er am liebsten im Bett geblieben wäre, und hatte festgestellt, dass er nicht mehr so funktionierte wie sonst. Das Schließen von Türen und Fenstern vor dem Verlassen der Wohnung waren routinemäßige Handgriffe, über die er nicht weiter nachdachte. Vielleicht hatte er es am Freitag letzter Woche tatsächlich vergessen. »Glaube ich jedenfalls«, fügte er hinzu. Ein jähes Gefühl von Angst streifte ihn.

»Na ja, ich gehe mal davon aus, dass Sie es tatsächlich vergessen haben, denn wie sollte das Vieh sonst hier reingekommen sein? Ich werde Ihnen nächste Woche mal einige von diesen Plastikraben mitbringen und an Ihrem Balkongitter befestigen. Wir haben uns die Dinger auch angeschafft, als wir vor ein paar Jahren plötzlich eine Taubenplage in der Wohnanlage bekamen. Seitdem ist unser Balkon wieder taubenfrei.«

Später auf dem Weg in die Staatsanwaltschaft dachte Fehrbach noch einmal über den von Ilka Hansen erwähnten Vorfall nach. Er war bisher immer davon ausgegangen, dass Vögel, die sich in eine Wohnung verirrten, von alleine nicht mehr den Weg nach draußen fanden. Aber in diesem Fall musste es ja so gewesen sein, denn sie hatte von einem zerrupften Vogel und vielen Federn um ihn herum gesprochen. Dafür konnte nur ein anderer Vogel verantwortlich gewesen sein, der nach dem Kampf das Weite gesucht hatte.

Irgendwie eine seltsame Angelegenheit.

Lisa verspürte noch immer das übermächtige Verlangen, alles kurz und klein zu schlagen.

Wie ihre Kollegen hatte auch sie in der vergangenen Nacht keine Minute geschlafen, denn obwohl sie davon ausgingen, dass Kolgeci wirklich nur eine Pizza an Egner ausgeliefert und nichts mit dem Tötungsdelikt zu tun hatte, hatten sie den Mann natürlich auf Herz und Nieren überprüft. Ohne Ergebnis. Bis auf die im System erfassten Geschwindigkeitsübertretungen hatte Kolgeci eine blütenweiße Weste. Für das Zeitfenster, das dem ersten Tötungsdelikt zugrunde lag, konnte er ein Alibi vorweisen. Er hatte an der VHS einen Workshop zum Thema Existenzgründung besucht, der von neunzehn bis zweiundzwanzig Uhr gegangen war. Seine Anwesenheit war sowohl von seiner Kursleiterin als auch von anderen Teilnehmern des Kurses bestätigt worden.

Also alles wieder auf Anfang. Was unter anderem auch bedeutete, dass diejenigen Richter des Landgerichts, die von den Kollegen in mühevoller Kleinarbeit als potenzielle weitere Opfer ausgemacht worden waren, gewarnt werden mussten. Zum Glück handelte es sich nur um sechs Personen, die im Lauf des Vormittags aufgesucht werden sollten. Dies würden einige der zusätzlichen Kollegen übernehmen. Außerdem war Personenschutz für die Betroffenen angeordnet worden.

Lisa hatte gerade wieder vor ihrem Computer Platz genommen, weil eine bisher vage Überlegung Gestalt in ihrem Kopf anzunehmen begann, als Södersen ihr Zimmer betrat.

»So, Mädchen, du fährst jetzt nach Hause und legst dich für ein paar Stunden aufs Ohr.«

»Das kommt überhaupt nicht in Frage!« Södersen hatte bereits Frank, Uwe und Malte heimgeschickt, die ebenfalls bei dem nächtlichen Einsatz dabei gewesen waren. Andere Kollegen hatten übernommen, und obwohl jede Faser in Lisas Körper nach Schlaf schrie, wollte sie sich jetzt sofort daranmachen, ihrem neuen Gedanken nachzugehen.

»Das war keine Bitte, Lisa, sondern eine dienstliche Anordnung, der du jetzt augenblicklich nachkommen wirst.«

Södersen hatte dunkle Ringe unter den Augen und musste sich mindestens ebenso erschöpft fühlen wie sie. Auch wenn er gesundheitlich wiederhergestellt war, sah sich Lisa in der Pflicht, ihm in der momentanen Situation beizustehen. Immerhin war sie seine Stellvertreterin, von der freundschaftlichen Verbundenheit ganz zu schweigen. »Nee, Ralf, tut mir leid, aber dieser Anweisung werde ich nicht nachkommen. Wenn ich dich so ansehe, hast du ein paar Stunden Schlaf nötiger als ich. Ich will nicht, dass du noch mal zusammenklappst. Deine Gesundheit ist mir nämlich wichtig. Und dir sollte sie es auch sein.« Sie wollte ihm noch nichts von ihrer Überlegung verraten, denn dann hätte sie ihn nie aus dem Büro bekommen. Södersen zögerte, ein sicheres Zeichen dafür, dass er am Anschlag war. »Nun komm schon«, setzte sie nach. »Ich arbeite jetzt noch ein paar Stunden, und wenn du am Nachmittag zurückkommst, begebe ich mich sofort auf den Weg in mein Bett. Großes Indianerehrenwort!«

Södersen focht unübersehbar einen Kampf mit sich aus, aber schließlich gab er klein bei. »Okay, um vierzehn Uhr bin ich wieder hier.«

Lisa nickte zufrieden, und nachdem er ihr Büro verlassen hatte, schloss sie die Tür und stellte die Kaffeemaschine an. Während das extrastarke Gebräu durchlief, versuchte sie ihre Gedanken zu sortieren.

Sie war inzwischen der festen Überzeugung, dass die beiden Tötungsdelikte einen privaten Hintergrund hatten, auch wenn sich das im Moment noch an nichts festmachen ließ. Es war ein reines Bauchgefühl, und das hatte sie bisher nur selten getrogen. Sie nahm die Akten zur Hand, um die Aussagen der Richterkollegen von Harmsen und Egner sowie die des privaten Umfelds der Opfer durchzulesen. Die befragten Richter hatten ausnahmslos angegeben, dass ihre Kontakte zu den beiden Getöteten rein dienstlicher Natur gewesen seien. Ob es private Kontakte zwischen Harmsen und Egner gegeben hatte, war ihnen angeblich nicht bekannt. Auch im privaten Umfeld der beiden Männer war eine solche Aussage nicht gefallen. Gut, das musste nicht unbedingt etwas bedeuten. Falls zum Beispiel eine Freundschaft zwischen Harmsen und Egner existiert hatte, konnte das dem beruflichen und privaten Umfeld durchaus verborgen geblieben sein.

Sie spann den Gedanken weiter. Die Richter waren angesehene Mitglieder der Gesellschaft gewesen, warum hätten sie eine private Freundschaft verbergen sollen? Der Aspekt der Homosexualität konnte hier nicht ausgeklammert werden, selbst wenn bisher keine einzige Spur in diese Richtung wies. Vielleicht hatte die beiden Toten auch ein finsteres Hobby verbunden, das vor der Außenwelt verborgen bleiben sollte. Oder ging hier gerade ihre Fantasie ganz gewaltig mit ihr durch?

Lisa schenkte sich einen Becher Kaffee ein und verzog das Gesicht, nachdem sie den ersten Schluck getrunken hatte. Normalerweise bevorzugte sie Tee, aber wenn sie die nächsten Stunden wach bleiben wollte, benötigte sie zusätzliche Adrenalinschübe.

Sie überlegte, wo sie ansetzen konnte. Im Netz, denn das Netz vergaß nie. Allerdings war schon eine Reihe von Kollegen dieser Arbeit nachgegangen, ohne dass ein nennenswertes Ergebnis zutage gefördert worden war. In den sozialen Netzwerken waren Harmsen und Egner nicht vertreten. Egners Name tauchte höchstens auf der Facebook-Seite von Christoph Wesskamp auf, wenn dieser wieder mal ein Urteil des Richters kommentiert hatte. Einträge über Harmsen waren auf dieser Seite nicht gefunden worden. Ansonsten kamen Harmsen und Egner im Netz in vereinzelten Artikeln vor, in denen ihre Gerichtsurteile kommentiert worden waren. Es gab auch einige wenige Fotos der beiden, die aber nur im Zusammenhang mit den Artikeln entstanden waren.

Lisa griff zum Telefonhörer und wählte die Nummer eines Kripokollegen, der sich mit zwei weiteren Beamten ausschließlich um die Internetauswertung gekümmert hatte. »Habt ihr bei Facebook eigentlich nur nach den Klarnamen der beiden Opfer gesucht?«, fragte sie ihn.

»Wonach hätten wir sonst suchen sollen?«, kam es verwundert zurück.

»Es ist dort ja nicht jeder mit seinem richtigen Namen unterwegs. Da gibt es ...« Lisa überlegte und rief blitzschnell das Facebook-Wissen ab, das sie in den drei Monaten ihrer eigenen Zugehörigkeit erworben hatte. »Da gibt es Pseudonyme oder Abkürzungen der Namen oder Gruppen, die nicht in allen Fällen geschlossen sind, oder sogenannte Seiten, die einen kommerziellen Charakter haben. Seid ihr da auf irgendwas gestoßen?«

»Nein«, antwortete der Kollege. »Wie denn auch, wenn wir nicht wissen, wonach wir suchen sollen?«

»Man könnte zum Beispiel mit den Namen herumspielen, den Anfang oder das Ende weglassen oder Vor- und Nachnamen zusammenziehen. Mir ist klar, dass das ziemlich zeitaufwendig ist, aber man müsste einfach mal ein bisschen herumexperimentieren.«

»Ich wusste nicht, dass man uns zum Experimentieren zu euch abgestellt hat«, entgegnete er unfreundlich. »Arbeitet ihr etwa immer so?«

»Nein, das tun wir nicht«, sagte Lisa erbost, weil ihr die Gleichgültigkeit des Kollegen langsam auf die Nerven zu gehen begann. »Wir besitzen allerdings Kreativität, denn ohne die geht es in unserem Job nun mal nicht.« Sie beendete das Gespräch und trug sich für einen Moment mit dem Gedanken, Malte aus dem Bett zu klingeln, beschloss dann aber, es erst einmal ohne den Computerexperten der Abteilung zu versuchen, jedenfalls was Facebook anbelangte. Twitter, Instagram et cetera überließ sie jedoch gerne Malte.

Als Erstes gab sie die Namen der beiden Opfer ein, um sicherzugehen, dass diese wirklich keine Profile unter ihren Klarnamen besaßen. Das Ergebnis bestätigte das, was sie bereits von den Kollegen erfahren hatte. Anschließend probierte sie es mit unterschiedlichen Abkürzungen der Namen von Harmsen und Egner, ein nahezu aussichtsloses Unterfangen, wie sie nach einiger Zeit frustriert feststellen musste. Dann kam ihr eine neue Idee, die sie zunächst wieder verwarf, weil eine derartige Überprüfung eigentlich logischer Bestandteil der von den Kollegen vorgenommenen Aufgaben hätte sein müssen. Da diese sich ja aber bereits als *Experten* ausgewiesen hatten, hielt sie es für besser, nachzufragen, und hatte nach kurzer Wartezeit erneut den Kollegen von vorhin am Ohr, der beim Hören ihres Namens eine Spur unfreundlicher wurde. Was denn nun noch sei.

Lisa ließ sich nicht aus der Ruhe bringen. »Haben Sie auch die Namen der Richterkollegen von Harmsen und Egner im Netz überprüft? Zum Beispiel auf Facebook?«, fragte sie freundlich.

»Sie immer mit Ihrem Facebook«, giftete er. »Sind wohl 'n Fan von diesem ganzen Scheiß, oder?«

»Haben Sie nun oder haben Sie nicht?«

»Nein, haben wir nicht. Dazu hatten wir keine Anweisung. Außerdem lag uns keine Namensliste vor. Und selbst wenn, was hätte das bringen sollen?«

»Querverbindungen?«, sagte sie, nun auch nicht mehr um Freundlichkeit bemüht.

»Quatsch«, kam es zurück. »Dieser ganze neumodische Kram ist doch eh für die Katz. Früher ging es doch auch ohne.«

»Früher hatten wir auch einen Kaiser!« Wenn Lisa etwas auf den Tod hasste, dann waren es Kollegen, die ihre Unfähigkeit damit zu erklären versuchten, dass sie dies und das oder jenes früher doch auch nicht hätten durchführen müssen. »Und ich bin mir sicher, dass Sie auch früher nicht auf den Gedanken gekommen wären, einmal Ihr Gehirn einzuschalten und über den Tellerrand, sprich Anweisungen, hinauszudenken!«

»Also hören Sie mal, was erlauben Sie sich?«, schnaubte er.

»Geschenkt!« Bevor sie den Hörer aufknallte, fügte sie noch hinzu: »Die Namensliste liegt Ihnen übrigens seit gestern Abend vor, aber da sind Sie wohl lieber nach Hause gegangen, anstatt einen anständigen Job zu machen.« Sie wusste nicht, wer wem welche Anweisungen gegeben hatte, aber das zu überprüfen war jetzt nicht mehr von Belang. Fakt war, dass die Kollegen einen für die Ermittlungen wichtigen Punkt unberücksichtigt gelassen hatten, obwohl ihnen eine vollständige Namensliste vorlag.

Lisa führte sich eine weitere Tasse Kaffee zu Gemüte, auch diese schwarz wie die Nacht, und loggte sich wieder ins Internet ein.

Wenn man nicht alles selber machte …

Martina Falkner hatte eine weitere unruhige Nacht hinter sich, da ihr das Gelesene unentwegt durch den Kopf gegangen war. Mehr als alles andere wünschte sie sich, an diesem Fall mitzuarbeiten, und ihr erster Gedanke nach dem Aufwachen am Morgen galt der Überlegung, wie sie das über die Befragungen hinaus anstellen sollte. Aber wie schon am Vortag fiel ihr einfach nichts ein, womit sie sich weiter hätte einbringen können. Es war zum Verzweifeln.

Missmutig packte sie ihre Sachen zusammen, wobei sie sich Zeit ließ, da sie heute Spätdienst hatte und erst um zwölf auf der Dienststelle erscheinen musste. Bevor sie die Wohnung verließ, machte sie noch eine letzte Runde durch die Räume.

Die Wohnung war klasse, gar keine Frage – frisch renoviert, sogar das Duschbad hatte neue Kacheln bekommen, ruhig in einer grünen Seitenstraße gelegen und darüber hinaus noch bezahlbar. Allerdings lag Schönberg am Arsch der Welt, denn in der Probstei war nun wirklich der Hund begraben. Andererseits war sie nicht der Typ für Discobesuche und durchtanzte Nächte. Was also würde ihr hier fehlen? Sie neigte doch eh zum Einzelgängertum und wollte vor allen Dingen beruflich vorankommen, was zurzeit allerdings nur durch das Studium von Fachliteratur zu den unterschiedlichen Themenbereichen von Kriminologie bis hin zur Kriminalistik möglich war. Im Job musste sie sich hochdienen, das war ihr klar, und dieses Wissen führte zu mancherlei Frust, aber sie baute darauf, dass ein Aufstieg schneller gelingen würde, wenn sie sich das nötige Rüstzeug dafür schon einmal in ihrer Freizeit aneignete.

Ihr Vater würde ihr fehlen. Ihr war klar, dass es allerhöchste Zeit wurde, sich abzunabeln, aber sie wusste nicht, wie ihr das gelingen sollte, ohne in ein tiefes Loch zu fallen. Bisher hatte sie sich vor sich selbst immer damit gerechtfertigt, dass sie ihn nicht allein lassen könne, dass es ihm nach ihrem Auszug schlecht gehen würde. Mittlerweile konnte sie sich eingestehen, dass sie damit genauso wenig klarkommen würde, jedenfalls in der ersten Zeit. Wenn die Beziehung mit Lars geklappt hätte, würde es vielleicht anders aussehen, weil sie abgelenkt wäre und andere Dinge in den Vordergrund träten. Aber diese Verbindung funktionierte nicht, und sie war froh, dass sie es noch rechtzeitig bemerkt hatte und somit ohne seelische Verletzungen aus der Sache rausgekommen war. Jetzt musste sie nur noch Lars klarmachen, dass es zu Ende war, aber der hatte sich ja sowieso wieder mit Sandy zusammengetan, also dürfte es ihm herzlich egal sein.

Sollte sie die Wohnung trotzdem nehmen? Jetzt erst recht, dachte sie in einer plötzlichen Aufwallung von Trotz. Alle glauben, dass ich es nicht schaffe. Es ist an der Zeit, euch das Gegenteil zu beweisen. Und wenn es schiefgeht, kann ich immer noch zu Hendrik zurück.

Was für ein erbärmliches Hintertürchen. War sie wirklich so feige?

»Nein, das bin ich nicht!«, sagte sie laut, und ihre Worte hallten in dem leeren Raum wider. Und um sofort den Beweis für das Gesagte anzutreten, zog sie ihr Handy aus der Hosentasche, drückte nach einer kurzen Suche im Adressbuch die Nummer des Vermieters und teilte ihm mit, dass sie die Wohnung zum nächsten Ersten nehme.

Auf der Dienststelle angekommen, begab sich Martina als Erstes in den Keller, wo sie im Umkleideraum in ihre Uniform schlüpfte, bevor sie in die Räume im Erdgeschoss hinaufging, in denen heute reger Betrieb herrschte. Zwei ältere Frauen mit Rollator wollten eine Anzeige erstatten und gaben lautstark zu Protokoll, dass ihre im Garten zum Trocknen aufgehängte Wäsche über Nacht gestohlen worden sei. Vier männliche Autobesitzer zeigten unterschiedliche Sachbeschädigungen an ihren Karossen an, die vom abgebrochenen Außenspiegel bis hin zu Kratzspuren im Lack alle in der vergangenen Nacht erfolgt sein mussten. Die Männer waren stinksauer und überboten sich mit Vermutungen, wer für diese schändlichen Taten verantwortlich sein könnte, wobei sie es mühelos schafften, die auch nicht eben zarten Stimmen der beiden Seniorinnen zu übertönen. Martina hatte das Gefühl, in einem Irrenhaus gelandet zu sein. Eine Empfindung, die bis zum Nachmittag anhielt, da sich weitere geschädigte Autobesitzer einfanden, die ihrem Unmut genauso Luft machten wie mehrere Frauen aus der Umgebung, aus deren Gärten in der vergangenen Nacht ebenfalls Wäsche gestohlen worden war.

»Vielleicht hat den Typen die Wäsche ja nicht gefallen, und deshalb haben sie ihren Frust an den Autos abgelassen«, meinte Lars grinsend, nachdem der Ansturm sich gelegt hatte und er neben Martina an der Kaffeemaschine auftauchte. Bei der Begrüßung vorhin hatte er so getan, als wäre zwischen ihnen alles in Butter. »Die eine Tussi hat mir was von Unterhosen in Größe 50 erzählt. Auf den Schock müsste ich mir auch eine Ersatzbefriedigung suchen.« Er wollte seinen Arm um Martinas Taille schlingen, aber sie wich zur Seite, wobei etwas von dem Kaffee aus ihrer Tasse auf seine Uniformhose tropfte. »Sag mal, geht's noch?« Er starrte erst seine Hose und dann Martina wütend an. »Wie bist du denn drauf?«

»Lass mich in Ruhe!«, zischte sie.

»Auf einmal? Bis gestern konntest du doch gar nicht genug von mir kriegen.«

»Und heute habe ich die Schnauze voll von dir!«

Lars war so perplex, dass ihm im ersten Moment keine Erwiderung einfiel. Er starrte Martina nur mit offenem Mund an und wirkte einigermaßen fassungslos. Dann fand er seine Stimme wieder. »Was ist denn seit gestern passiert?«

Martina hatte wieder an ihrem Schreibtisch Platz genommen und tippte ohne etwas zu erwidern mit verbissenem Gesichtsausdruck eine Aussage ab.

»Ist es wegen dieser dämlichen Kameras? Weil ich die Aussage dieser Tussi angeblich nicht ernst genommen habe? Mensch, Martina, ich musste noch was anderes erledigen, aber danach hätte ich mir die Sache angesehen.«

»Ach, hättest du?«

»Ja, hätte ich!«

Bevor Lars zu einer weiteren Rechtfertigung ansetzen konnte, fuhr Martina fort. »Hör auf! Ich glaube dir kein Wort! Es ist nämlich nicht das erste Mal, dass du dein Desinteresse an deiner Arbeit offen raushängen lässt. Wenn dich das alles hier so anödet, dann lass dich doch endlich an eine andere Dienststelle versetzen. Hier wird dich niemand vermissen!«

Nachdem sie die Worte ausgesprochen hatte, war ihr leichter ums Herz. Der Ärger über Lars' lasche Arbeitsauffassung hatte sie getrieben und, das gestand sie sich ein, auch eine plötzlich aufwallende Trauer, dass wieder eine Beziehung gescheitert war. Aber das letzte Gefühl hielt zum Glück nur kurz an, der Ärger überwog. Trotzdem würde sie ihre Anklage nicht fortsetzen. Dafür wäre ihr Dienststellenleiter zuständig, der sich mittlerweile allerdings zu einer größeren Vorsorgeuntersuchung im Krankenhaus befand. Sein Stellvertreter war vor einiger Zeit in seinem Büro im Nebenraum verschwunden. Die Tür war geschlossen, er schien nichts mitbekommen zu haben. Falls doch, würde sie eine Standpauke über sich ergehen lassen müssen, die sich gewaschen hätte. Aber das wäre ihr die Sache wert gewesen.

Lisa schreckte zusammen, als ein Klopfen an ihrer Bürotür erklang, so vertieft war sie in ihre Internetrecherche gewesen. Ein verblüffter Ausdruck trat in ihr Gesicht, als sie Södersen erblickte. Sie schaute auf die Wanduhr über der Tür. Du meine Güte, tatsächlich schon kurz vor zwei. Sie hatte überhaupt nicht bemerkt, wie die Zeit vergangen war.

Ihr Vorgesetzter wirkte um einiges ausgeruhter. Er schien also tatsächlich geschlafen zu haben, was während einer laufenden Ermittlung, zumal einer so großen, nicht immer einfach war. Freizeit wurde zur Nebensache, und wenn man tatsächlich einmal die Möglichkeit fand, sich für einige Stunden auszuruhen, warf man sich häufig stundenlang im Bett hin und her, weil einen die Gedanken nicht zur Ruhe kommen ließen.

»Wachablösung«, sagte Södersen und winkte sie hinaus.

»Noch nicht«, protestierte Lisa. »Ich hab hier gerade was am Wickel.«

»Dann sag mir, was, und ich mache weiter.« Södersens Ausdruck ließ keinen Zweifel daran, dass er dieses Mal nicht mehr mit sich handeln lassen würde.

Lisa gab klein bei und klärte ihn darüber auf, was die zusätzlichen Kollegen versäumt hatten.

»Na, denen werde ich was erzählen«, polterte Södersen los. »Die hatten klare Anweisungen, was sie tun sollten, und seit gestern Abend auch eine Namensliste der Richterkollegen von Harmsen und Egner. Faule Bande.«

»Hast du etwa doch nur Ausschussware bekommen?«

»Sieht ganz danach aus. Von meinen Wunschkandidaten standen nur vier zur Verfügung, beim Rest hatte ich keine Auswahlmöglichkeiten.« Er machte sich auf den Weg zur Tür. »In spätestens fünf Minuten will ich dich nicht mehr hier sehen.«

»Warte noch mal!« Lisa fuhr ihren PC herunter, dann stand sie auf. »Wir haben von den sechs Richtern, die ebenfalls in Gefahr sein könnten, nur fünf erreicht. Sie werden jetzt rund um die Uhr bewacht. Der sechste ist in Urlaub und kehrt erst Mitte nächster Woche in den Dienst zurück. Der Mann heißt Rüdiger Lenz und wohnt in Strande. Von seinen Kollegen wusste niemand, wo er seinen Urlaub verbringt und wann genau er wieder zurückkommt. Ebenso wenig seine Nachbarn. Angehörige oder Freunde, die uns weiterhelfen könnten, haben unsere Leute noch nicht aufgetan. Wenn wir einen Urlaubsort hätten, könnten wir versuchen, etwas über die Fluggesellschaften herauszubekommen, aber so ... Ich habe einen Brief mit einem Warnhinweis und der Bitte, sich umgehend mit uns in Verbindung zu setzen, an Lenz geschrieben. Ein Kollege hat ihn in seinen Briefkasten geworfen. Mehr können wir im Moment nicht tun.«

Södersen nickte gedankenvoll. »Okay.« Er verließ den Raum.

Lisa packte ihre Sachen zusammen und überlegte, ob sie wirklich alles getan hatten, um die sechs möglichen Anschlagsopfer zu schützen. Ja, sagte sie sich dann energisch. Mehr geht nicht. Aber der Gedanke an Lenz verursachte ihr trotzdem großes Unbehagen.

Als sie Södersens Büro passierte, vernahm sie ein Fluchen hinter der halb geöffneten Tür. »Verdammtes Internet!«

Sie warf einen Blick um die Ecke. »Was ist?«

»Hat gerade seinen Geist aufgegeben«, murrte er. »Es ging ja 'ne Meldung rum, dass am Wochenende irgendwelche Hardware ausgetauscht werden soll. Offensichtlich hat der Dienstleister jetzt schon damit begonnen, hier geht nämlich gar nichts mehr.« Unvermittelt schlug er mit der flachen Hand auf den

Schreibtisch. »Kannst du mir sagen, wie man so arbeiten soll?« Er deutete ihren Blick richtig. »Komm ja nicht auf die Idee, von zu Hause aus weiterzumachen. Du gehörst ins Bett!« Er schaute auf seine Armbanduhr. »Die Jungs sind um achtzehn Uhr wieder da. Es reicht, wenn du um zweiundzwanzig Uhr dazukommst.«

Lisa nickte und machte sich auf den Weg Richtung Treppenhaus. Sie brannte zwar darauf, an den heimischen PC zu gelangen, beschloss aber trotzdem, den Wagen stehen zu lassen und den Heimweg zu Fuß zurückzulegen. Wenn sie jetzt nicht endlich etwas frische Luft bekam, würden ihre grauen Zellen über kurz oder lang den Dienst verweigern. Sie beschloss, zur Förde hinunterzugehen und ein Stück des Weges am Wasser zurückzulegen, dessen Anblick ihre gereizten Nerven stets zu beruhigen vermochte.

Auf Höhe der Seegartenbrücke wurde sie auf Hans Reding aufmerksam, der in kurzer Entfernung vor ihr eine junge Frau in einem Rollstuhl schob. Lisa vermutete, dass es sich um seine Tochter handelte. Gut möglich, dass er eine Fördefahrt mit ihr unternehmen wollte. Kurzentschlossen heftete sie sich an seine Fersen. Eine private Begegnung war häufig um einiges lockerer, und wenn sie Glück hatte, erfuhr sie noch mehr über ihn und seine Tochter.

Am Anleger versperrte ihr eine Truppe laut schnatternder Touristen, dem Dialekt nach aus Franken stammend, den Weg. Es ging zu wie im Taubenschlag, und sie hatte einige Mühe, sich einen Weg durch die Horde zu bahnen. Schließlich erreichte sie das Schiff und stellte fest, dass Reding und seine Tochter bereits an Bord gegangen waren. Sie löste ein Ticket, spazierte einige Schritte auf dem Deck hin und her, als ob sie auf der Suche nach einem guten Sitzplatz wäre, und tat dann so, als würde sie erst jetzt auf Reding aufmerksam werden, der mit seiner Tochter mittschiffs saß. »Hallo, Herr Reding.«

Reding stutzte und schien sie im ersten Moment nicht zu erkennen.

Lisa trat neben ihn. »Lisa Sanders. Sie erinnern sich?«

Reding wirkte irritiert, aber nach einigen bangen Sekunden bot er Lisa einen Platz neben sich an. »Ich wollte mit Maike einen Ausflug machen. Sie hat diese Fahrten früher immer so geliebt.« Der Rollstuhl stand ihm zugewandt, aber als Lisa sich neben ihn setzte, sah sie, dass der Blick der jungen Frau darin nicht auf ihren Vater gerichtet war, sondern sich in der Ferne verlor.

»Maike?«, sprach Reding seine Tochter an. »Schau mal, wir haben heute eine Begleitung auf unserer Fahrt.« Er wies auf Lisa. »Das ist Frau Sanders. Sie arbeitet bei der Polizei.«

Maike erwiderte nichts, und sie machte auch keine Anstalten, Lisa anzusehen. Reding hob die Schultern in einer entschuldigenden Geste. »So ist das meistens. Körperlich ist Maike anwesend, aber ihr Geist …«

Lisa nickte und schaute hilflos auf die junge Frau, deren schmaler Körper in einer modischen Jeans und einem farbenfrohen T-Shirt steckte. Auf den ersten Blick war Maike keine geistige Behinderung anzumerken. Erst wenn man den leeren Ausdruck ihrer Augen bemerkte, wurde einem bewusst, dass sich ihr Geist in einer anderen Sphäre bewegte. Dem Anschein nach allerdings nicht dauerhaft, denn als die fränkische Touristengruppe das Schiff betrat, schreckte Maike hoch. Ein Blick voller Panik richtete sich auf die Menschen, die plötzlich das Deck fluteten und in ihrer lauten Poltrigkeit alles mit Beschlag belegten.

»Achte nicht auf sie«, sagte Reding und griff nach der Hand seiner Tochter. »Sie tun dir nichts.«

Lisa fragte sich, ob Maike die Bedeutung der Worte erfasst hatte. Die nächsten Sekunden ließen sie das Gegenteil vermuten. Maike begann am ganzen Leib zu zittern. Reding hatte Mühe, sie zu halten, damit sie nicht aus dem Rollstuhl kippte.

Lisa kam ihm zu Hilfe und redete ebenfalls beruhigend auf sie ein, aber erst als das Schiff ablegte, hörte ihr Zittern endlich auf.

Lisa nahm wieder neben Reding Platz. Der Fahrtwind zerzauste Maikes Haar, und auf einmal begann sie unartikulierte Laute auszustoßen.

Reding drehte sich zu Lisa. »Jetzt geht es ihr wieder gut.« Der Hauch eines Lächelns trat in seine Augen, als er Lisas ungläubigen Blick gewahrte. »Ja, wirklich, das habe ich auch erst lernen müssen. Dieses Quietschen und Grunzen ist ein Ausdruck großer Freude, wie die Ärzte sagen.«

Lisa fiel auf, dass Reding die Blicke der anderen Passagiere mied, was nicht verwunderlich war. Mitleid und Ablehnung standen darin, in manchen unverhohlene Neugierde.

»Was ist?«, fuhr sie einen in Lederhosen gekleideten Mann älteren Jahrgangs an, der ihnen gegenübersaß und mit offenem Mund glotzte. »Warum starren Sie die Frau so an?«

»Also hören Sie mal«, empörte er sich. »Ich kann doch wohl hingucken, wo ich will.«

Lisa verkniff sich eine weitere Bemerkung, funkelte ihn aber weiterhin böse an, bis er schließlich den Blick auf das Wasser der Förde lenkte. Auch die Augen der Umsitzenden, die den Vorfall verfolgt hatten, wandten sich nach und nach ab.

»Danke«, sagte Reding leise.

»Das ist ja …« Lisa war immer noch aufgebracht, ihr fehlten die Worte.

»Das ist normal«, erklärte Reding. »Wenn ich mit Maike unterwegs bin, erlebe ich häufig diese Reaktionen. Die wenigsten Menschen können mit Behinderten umgehen, weil deren Anblick ihnen ihre eigene Angst und Hilflosigkeit vor so einem Zustand aufzeigt. Entweder glotzen sie wie dieser Mann eben, oder aber sie ziehen es vor, den Zustand zu ignorieren und totzuschweigen. Und irgendwann ist niemand mehr da, der mit einem spricht.«

»Aber was ist mit Ihrem Umfeld, mit Ihren Freunden? Mit denen können Sie doch sicherlich darüber reden.«

»Meine Freunde?« Reding lachte bitter auf. »Wollen Sie wirklich wissen, was meine Freunde tun? Sie ziehen sich zurück. Schon längst besucht mich keiner mehr, und auch die Telefonanrufe werden immer weniger. Und wenn sich doch mal einer meldet, wird kurz nach Maikes Befinden gefragt, und dann wendet man sich sofort anderen Themen zu.« Reding fuhr sich mit den Händen über die Augen, sein Blick wurde starr. »Ich habe das Gefühl, keinen von ihnen zu kennen. Mit vielen bin ich seit Jahrzehnten befreundet, aber mir ist, als würde ich erst jetzt in ihr wahres Gesicht schauen. Sie haben Maike aufwachsen sehen, meine Tochter hat mit ihren Kindern gespielt, doch plötzlich zählt das nichts mehr. Solange alles Friede, Freude, Eierkuchen war, war die Welt in bester Ordnung. Wir haben gelacht, gefeiert und sind häufig sogar zusammen in Urlaub gefahren.« Er blickte Lisa an. »Als meine Frau vor fünf Jahren starb, habe ich es zum ersten Mal bemerkt. Alle haben einen auf wahnsinniges Mitleid gemacht, aber dann wurden die Einladungen immer weniger, bis zum Schluss keine mehr kamen.« Redings Gesicht wurde hart. »Das war so verlogen. Ich habe mich gefragt, wie ich mit solchen Menschen befreundet sein konnte. Ich habe mir immer etwas auf meine Menschenkenntnis eingebildet, aber bei meinen Freunden scheint sie mich vollkommen im Stich gelassen zu haben.«

»Ihre Freunde brauchen sicher nur etwas Zeit, um sich an den neuen Zustand zu gewöhnen.« Eine Floskel, ausgesprochen aus purer Hilflosigkeit.

»O nein«, sagte Reding. »Den Glauben daran habe ich schon lange verloren.«

Eine Weile saßen sie schweigend da, jeder in seine Gedanken versunken. Lisa scheute sich, unter den gegebenen Umständen weitere Fragen zu stellen. Es wäre taktlos gewesen, und auch wenn Reding gute Gründe gehabt hatte, Egner zu hassen, konnte sie sich einfach nicht vorstellen, dass er etwas mit dem Mord an dem Richter zu tun hatte. Von Harmsen ganz zu schweigen, hier gab es überhaupt kein Motiv.

Schließlich verabschiedete Lisa sich von Reding und überzeugte den Kapitän der Fähre unter Vorzeigen ihres Dienstausweises und mit dem Hinweis auf einen dringenden Einsatz, sie an der Admiralsbrücke an Land zu setzen. Von dort aus war es nur ein kurzer Fußmarsch bis zu ihrer Wohnung in der Beselerallee.

Der flotte Spaziergang und der Wind hatten ihr gutgetan und ihre Lebensgeister wieder geweckt. Sie brannte darauf, ihre Internetrecherche fortzusetzen. Schlafen konnte sie auch später noch.

Lea Nordin hatte Mühe gehabt, der Teamsitzung zu folgen, da die Gedanken an Markus immer wieder ihre Aufmerksamkeit beanspruchten. Zum Glück war die Besprechung aufgrund fehlender neuer Erkenntnisse nur kurz gewesen, und so hatte sie erleichtert aufgeatmet, als sie eine Stunde später wieder in ihr Büro zurückkehren konnte.

Um achtzehn Uhr verließ sie das Haus und begab sich auf den Weg zum Pförtner, um ein Taxi zu bestellen. Der Meister der Autowerkstatt hatte angerufen, dass ihr Wagen fertig sei und sie ihn abholen könne.

Während sie wartete, stoppte ein schwarzer Volvo neben ihr. Als sie aufschaute, gewahrte sie Falkners Gesicht hinter der halb heruntergelassenen Scheibe.

»Kann ich Sie irgendwohin mitnehmen?«

»Ich muss mein Auto aus der Werkstatt holen«, sagte sie zögerlich. Auch wenn im Moment eine Art Waffenstillstand zwischen Falkner und ihr herrschte, war sie sich nicht sicher, ob es eine gute Idee wäre, sein Angebot anzunehmen.

»Wo müssen Sie denn hin?«

Sie gab sich einen Ruck und nannte ihm die Adresse. Vielleicht lag sie ja in der entgegengesetzten Richtung. Und falls nicht ... Falkner war ein unzugänglicher Typ, also bestand wohl kaum die Gefahr, dass er sie während der Fahrt mit übermäßigem Small Talk behelligte. Private Dinge hatten sie bislang nicht voneinander erfahren, und sie hatte auch nicht die Absicht, diesen Zustand zu ändern.

Falkner nickte. »Liegt auf meinem Weg. Steigen Sie ein.«

Lea Nordin kämpfte noch einen Augenblick mit sich, bestellte dann aber das Taxi beim Pförtner wieder ab und kam Falkners Aufforderung, die schon fast wie ein Befehl geklungen hatte, nach. Sie verließen das Gelände des Landespolizeiamtes, fuhren ein Stück den Mühlenweg hinauf und reihten sich dann in den Verkehr auf der Eichhofstraße ein. Als ein paar Straßen weiter eine Parklücke vor einem Pizzashop auf der rechten Seite in Sicht kam, bremste Falkner ab.

»Wie lange hat Ihre Werkstatt geöffnet?«

»Bis neunzehn Uhr«, antwortete Lea Nordin verdutzt. Er wollte sie doch nicht etwa auf eine Pizza einladen? So weit war ihr Verhältnis nun wirklich nicht gediehen. Außerdem war ihr Pizza zuwider.

»Das schaffen wir«, sagte Falkner nach einem schnellen Blick auf die Uhr im Armaturenbrett und scherte in die Parklücke ein.

»Ich habe keinen Hunger«, protestierte sie.

»Ich hatte auch nicht vor, mit Ihnen essen zu gehen. Meine Tochter hat vorhin angerufen, dass wir nichts mehr im Kühlschrank haben und ich Pizza mitbringen soll.« Er stellte den Motor ab und löste den Gurt. »Bin gleich wieder da.«

Du meine Güte, wie peinlich. Lea Nordin spürte, wie Röte Gesicht und Hals überzog. Bloß gut, dass Falkner den Wagen mittlerweile verlassen hatte.

Er lebte also mit seiner Tochter zusammen. Sie fragte sich, ob es auch eine Ehefrau dazu gab. Falls ja, war sie sicherlich ebenfalls berufstätig, ansonsten würde sie sich ja um das Abendessen kümmern. Dann schüttelte sie irritiert den Kopf. Was gingen sie die Familienverhältnisse der Falkners an?

Wenig später kehrte Falkner mit einer großen Tüte zurück, die er auf der hinteren Sitzbank abstellte. Ein verführerischer Duft erfüllte das Wageninnere, und Lea Nordins Magen, der bisher nur eine Banane und einen Apfel bekommen hatte, meldete sich mit einem protestierenden Laut.

»Entschuldigung.« Irgendwie war heute jedes Fettnäpfchen das ihre.

»So viel zum Thema ich habe keinen Hunger«, meinte Falkner lakonisch. »Wollen Sie 'n Stück abhaben? Ist genug da.«

»Nein«, wehrte sie ab. »Ich habe wirklich keinen Hunger.«

»Wie Sie meinen.« Falkner startete den Motor und scherte aus der Parklücke aus.

»Geht Ihre Tochter noch zur Schule?«, rutschte es ihr nach einer Weile heraus. Es war nicht zu fassen. Zu Beginn der Fahrt hatte sie Bedenken gehabt, dass Falkner womöglich versuchen würde, ihr Dinge zu entlocken, und jetzt versuchte sie etwas Ähnliches mit ihm.

»Nein, meine Tochter ist schon vierundzwanzig.«

Und wohnt trotzdem noch mit Papi zusammen. Dann gab es in diesem Haushalt anscheinend wirklich keine Ehefrau.

»Martina arbeitet übrigens auch in unserem Verein«, fuhr Falkner fort. »Sie ist Schutzpolizistin in Schönberg. Sie hat die Leiche von Richter Egner aufgefunden.«

»Oh«, entfuhr es Lea Nordin. »Ihre erste Leiche?«

Falkner nickte, und als sie einen kurzen Seitenblick riskierte, bemerkte sie einen sorgenvollen Ausdruck auf seinem Gesicht. »Martina hat unglaublich cool getan, als wäre das nicht weiter der Rede wert, aber ich habe mittlerweile etwas in der Richtung gehört, dass sie sich die Seele aus dem Leib gekotzt haben soll.«

»Das haben doch viele von uns. Vielleicht nicht unbedingt bei der ersten Leiche, aber ich glaube, es ist noch viel schlimmer, wenn man sich bereits abgehärtet glaubt.« Sie erinnerte sich, dass es ihr mittlerweile dreimal passiert war, das letzte Mal während des Anblicks einer Wasserleiche in der Rechtsmedizin. Die hämischen Blicke der sie umgebenden Personen, bei denen es sich ausschließlich um Männer gehandelt hatte, würde sie ihr Lebtag nicht vergessen.

»Jedenfalls hat Martina mir nichts davon erzählt.«

»Weil sie sich schämen dürfte.«

»Aber doch nicht vor ihrem Vater!«

Sie wollte erwidern, dass auch Väter nur Männer waren und Männer so etwas nun einmal gerne ins Lächerliche zogen, weil es ihnen ein Gefühl der Überlegenheit verlieh. Aber sie verkniff sich die Bemerkung, da sie auf das Werkstattschild aufmerksam geworden war, das in kurzer Entfernung auf der rechten Seite vor ihnen auftauchte. »Da ist es.«

Falkner bremste ab, bog auf die Auffahrt ein und hielt vor dem kleinen Bürogebäude. »Hoffentlich wird's nicht so teuer.«

»Ja.« Sie stieg aus und beugte sich dann noch einmal ins Wageninnere zurück. »Danke fürs Mitnehmen.«

»Da nich für«, kam es zurück. »Bis morgen.«

Nachdem alles geregelt war und sie die Rechnung beglichen hatte, begab sie sich zu ihrem Wagen, der in einer Reihe mit weiteren Fahrzeugen stand. Sie schlüpfte hinter das Steuer, zog ihr Smartphone aus der Jackentasche und rief die Nummer von Markus auf. Auch heute hatte sie bis zuletzt mit einem Anruf gewartet, weil sie sich so sicher gewesen war, dass die letzte Nacht etwas in ihrer Beziehung verändert hatte, dass sie nicht immer wieder hinter ihm hertelefonieren müsste, sondern er sich jetzt auch einmal bei ihr melden würde. Um ihr zu sagen, dass er sie liebte, dass er Sehnsucht nach ihr hatte und wünschte, jetzt bei ihr sein zu können. Aber er hatte sie auch diesmal wieder enttäuscht.

Nach dem zehnten Klingelton ging er endlich ran. »Ich bin's«, sagte sie zaghaft und fragte sich im selben Moment, warum sie sich nach dem, was geschehen war, und seinem Eingeständnis, dass sie ihm sehr viel bedeute, noch immer so hilflos und seiner unsicher fühlte. »Sehen wir uns heute?«

»Nein!«

Sie zuckte zusammen. Da war er wieder, dieser knappe und abweisende Ton, mit dem er sie so häufig auf Distanz zu halten versuchte. Sie schluckte, blinzelte die aufsteigenden Tränen weg und wartete auf eine Erklärung, die nicht kam.

»Musst du arbeiten?«, fragte sie schließlich und hörte das Zittern in ihrer Stimme.

»Nein, ich möchte einfach nur allein sein.« Seine Stimme klang hart, jedes Wort trieb schmerzende Pfeilspitzen in ihren wehrlosen Körper.

»Aber ich dachte …«

»Was?«

»Es war so schön letzte Nacht … und was du gesagt hast …« Sie fühlte sich hilflos und elend und wusste nicht, wie sie fortfahren sollte. Warum kam er ihr kein Stück entgegen? War denn alles nur eine Lüge gewesen?

»Lea, bitte!« Ein tiefer Seufzer folgte seinen Worten. »Vergiss, was ich gesagt habe. Es war nicht ernst gemeint.«

Ihr Herzschlag setzte für einen Moment aus, und sie spürte, wie ihr Mund trocken wurde. Was sagte er da? Das konnte doch nicht sein. Sicher hatte sie etwas falsch verstanden. »Markus, ich …« Ein Rauschen erfüllte ihren Kopf, ihr war, als würde sie im nächsten Moment ohnmächtig werden. Krampfhaft hielt sie sich mit der Hand am Lenkrad fest. »Markus, bitte …« Sie presste das Handy ans Ohr, aber da war nichts mehr. »Markus … Markus …«

Er hatte aufgelegt.

Natürlich hatte Jegor Stepanow für jegliche Art von Schmutzarbeit seine Leute. Bei Dingen, die ihm besonders am Herzen lagen, begab er sich allerdings stets selbst vor Ort, um die geplante Operation zu überwachen.

So wie jetzt, wo er einige Geschäftstermine in Kiel mit der endgültigen Vernichtung von Thomas von Fehrbach zu verbinden gedachte.

Stepanow hatte ein Gefühl großer Befriedigung verspürt, als er zum ersten Mal in Fehrbachs Wohnung stand. Der Gedanke, hier jederzeit rein und raus spazieren zu können, hatte ihn fast ein wenig berauscht. Wie ein exquisiter Champagner, den man nur zu ganz besonderen Gelegenheiten trank.

Es war ein Kinderspiel gewesen, hineinzukommen, und die Vorarbeit hatte er bereits von St. Petersburg aus erledigt. Die Sicherheitsfirma, die in der exklusiven Wohnanlage Dienst tat, hatte einen neuen Mitarbeiter gesucht, wie Stepanow durch einen seiner Kieler Strohmänner erfuhr. Er hatte sich für Hans entschieden, den blonden Deutschen mit der Bodybuilder-Figur, der ihm in der Vergangenheit schon häufiger treue Dienste geleistet hatte. Mit den notwendigen Papieren und Leumundszeugnissen ausgestattet, war es für Hans ein Leichtes gewesen, eine Anstellung in der Firma zu erhalten. Den Einsatz in der Wohnanlage hatte dann sein Charme besorgt, mit dem er die Tochter des Firmeninhabers umgarnte.

Im Augenblick war der Platz hinter dem Empfangstresen verwaist. Stepanow steckte die Keycard, die ihm Einlass in das

Gebäude gewährt hatte, in seine Jackentasche zurück und betätigte die Klingel, die auf der polierten Teakoberfläche stand. Nur Sekunden später vernahm er ein Geräusch hinter der rückwärtigen Wand, und der Mann, mit dem er verabredet war, trat hinter der Abtrennung hervor.

Hans begrüßte ihn mit einem leichten Nicken. Stepanow hatte den Umgang mit ihm stets als angenehm empfunden, da der Mann über Bildung verfügte und in seinem Verhalten so gar nichts Devotes lag, wie er es von den meisten seiner anderen Angestellten kannte.

»Lass uns hochfahren«, sagte Stepanow und machte eine auffordernde Kopfbewegung in Richtung Fahrstuhl.

Hans nickte, trat zu den geschlossenen Metalltüren und drückte EG auf dem auf halber Höhe befindlichen Tastenfeld. Als die Türen nach kurzer Zeit aufschwangen, ließ er Stepanow den Vortritt und zog eine Keycard aus der Hosentasche, nachdem er ebenfalls die Kabine betreten hatte. Das Lämpchen auf dem Transponder, der neben dem Nummernfeld der Stockwerke angebracht war, blinkte rot, wechselte allerdings augenblicklich auf Grün, nachdem er die Keycard davorgehalten hatte. Er drückte die Nummer vier, und der Fahrstuhl setzte sich in Bewegung.

Das Schließsystem der Wohnanlage entsprach dem vieler Luxushotels. Der Fahrstuhl konnte nur mit einer entsprechenden Keycard in Betrieb genommen werden, die auch dann vonnöten war, wenn man vom Treppenhaus in die einzelnen Stockwerke gelangen wollte. Um Zutritt zu Fehrbachs Wohnung zu erlangen, hatte Hans, der ebenfalls ein leidenschaftlicher Hacker war, eine Lücke im Sicherheitssystem genutzt.

Die Fahrt verstrich in einvernehmlichem Schweigen, bis der Fahrstuhl schließlich im vierten Stockwerk zum Halten kam. Fehrbachs Wohnungstür befand sich am Ende eines ganz in

Grau gehaltenen Flurs, dessen dezente Beleuchtung durch die Bewegungsmelder in Gang gesetzt wurde. Es war die einzige Wohnung in diesem Stockwerk, was die Sache für Stepanow und Hans einfacher machte, da sie bei allem, was sie bisher getan hatten und noch zu tun gedachten, vor den Blicken neugieriger Nachbarn geschützt waren.

An Fehrbachs Wohnungstür steckte Hans die Keycard in das über dem Türknauf angebrachte Schließsystem.

»Bitte sehr.« Er öffnete die Tür und ließ Stepanow ein weiteres Mal den Vortritt.

»Danke.«

Stepanow betrat die Wohnung und machte sich sofort daran, jedes Zimmer genauestens in Augenschein zu nehmen. Nach einer Viertelstunde hatte er seine Inspektion beendet und nickte Hans, der im Wohnraum zurückgeblieben war, anerkennend zu. »Wo hast du sie angebracht? Ich konnte keine einzige entdecken.«

Ein befriedigtes Lächeln überzog das Gesicht des Deutschen. »Überall«, sagte er, und Stepanow stellte fest, dass ihm diese Antwort genügte. Hans war ein Experte auf dem Gebiet von Überwachungskameras, und die Modelle, die er ihm vor kurzem gezeigt hatte, waren die neuesten auf dem Markt. Kleiner als alles, was er bisher zu Gesicht bekommen hatte, und somit für den zu Beobachtenden nicht auszumachen. Das Geschehen in den Räumen dieser Wohnung würde ab sofort direkt auf die Notebooks von Stepanow und Hans übertragen werden, damit sie jederzeit wussten, was dort vor sich ging.

Stepanow bedauerte, dass die Kameras aufgrund von Lieferschwierigkeiten nicht schon eher hatten angebracht werden können, denn er hätte zu gern Fehrbachs Reaktion auf die tote Taube und die Angelegenheit mit den Jalousien gesehen. Ursprünglich hatte er weitere Aktionen dieser Art geplant, den

Gedanken dann aber wieder verworfen, da er ihm zu riskant erschienen war. Fehrbach war intelligent und glaubte mit Sicherheit nicht, dass Stepanow ihn abgeschrieben hatte. Gut möglich, dass er bereits von dem Mord an Lew erfahren hatte und jetzt besonders misstrauisch war. Und vorsichtig.

»Sehr gut«, sagte Stepanow und blickte Hans anerkennend an. Er deutete Richtung Wohnungstür. »Lass mich bitte noch einen Augenblick allein.«

Fehrbachs Wohnung hatte Stepanow vom ersten Moment an gereizt. Sie war bei weitem nicht so groß wie die Häuser und Dependancen in Russland und dem Ausland, die er sonst sein Eigen nannte, aber von der Lage her ein Juwel. Hoch über der Förde gelegen, einem Adlernest gleich, von dem aus man alles überblicken konnte. Solche Aussichten hatten Stepanow schon immer begeistert. Danilo würde sie ebenfalls gefallen, davon war er überzeugt. Das Penthouse sollte sein Geschenk zu Danilos zwanzigstem Geburtstag werden. Schließlich brauchte sein Sohn eine angemessene Unterkunft, wenn er Ende des Jahres für einige Zeit nach Kiel kommen würde, um dort in verschiedene Geschäfte eingearbeitet zu werden.

Bei der Einrichtung würde er Danilo gewähren lassen. Sein Sohn bevorzugte den puristischen Stil, für seinen Geschmack etwas zu sehr, aber er würde ihm mit Sicherheit nicht in Einrichtungsfragen reinreden.

Stepanows Anwalt war bereits über den geplanten Kauf informiert und würde sich nach Fehrbachs Tod mit der Immobilienfirma in Verbindung setzen. Erst einmal eine Anfrage starten, ganz unverbindlich Interesse signalisieren, und dann zu gegebener Zeit den Vertrag über einen Decknamen abschließen, ohne dass Stepanow irgendwo in Erscheinung trat.

Der Gedanke daran und an das, was er Fehrbach anzutun gedachte, milderte Stepanows Trauer um seinen Bruder ein wenig. Aber er wusste auch, dass er erst wieder Ruhe finden würde, wenn es endlich vorüber war.

Auge um Auge, Zahn um Zahn …

Nach einer Stunde am heimischen PC fielen Lisa dann doch die Augen zu. Ihr Körper forderte seinen Tribut, also ergab sie sich ihm und ging zu Bett. Als gegen zwanzig Uhr das Telefon zu klingeln begann, hatte sie gerade mal drei Stunden geschlafen und fühlte sich wie durch den Wolf gedreht. Wer immer der Anrufer war, sie würde ihn abwimmeln. Allerdings ließ sich dieser Vorsatz nicht in die Tat umsetzen, da es sich bei der Anruferin um ihre Mutter handelte, die sie bereits seit Tagen darum bat, einmal vorbeizuschauen, da sie etwas mit ihr zu besprechen habe. Bis jetzt hatte Lisa sich mit dem Hinweis auf den aktuellen Fall herausgeredet, da sie ahnte, um was es in dem Gespräch gehen würde. Britt, wieder einmal. Seit der Rückkehr der verlorenen Schwester in den Schoß der Familie schien es kein anderes Thema mehr zu geben.

»Hast du etwas gegessen?«, war der erste Satz, kaum dass sie Gerdas Wohnung betreten hatte.

Lisa drückte ihr einen Kuss auf die Wange und unterdrückte ein Gähnen. Wieso hatten Mütter eigentlich immer Angst, dass ihr Nachwuchs den Hungertod erleiden könnte? »Nein. Ich wusste ja, dass ich hier etwas bekommen würde.« Sie ging in die Küche und hob den Deckel eines großen Topfes an, der auf einer der Herdplatten stand. »Hm, Kartoffelsuppe.«

»Sie ist fertig.« Gerda füllte einen Suppenteller und stellte ihn vor Lisa ab, die am Küchentisch Platz genommen hatte. »Noch einen Löffel Crème fraîche?«

»Unbedingt!« Lisa sah zu, wie ihre Mutter den Sauerrahm aus dem Kühlschrank holte, den Deckel aufriss und einen großen Klacks der festen weißen Masse auf die Suppe gab. Erst jetzt wurde ihr bewusst, wie hungrig sie war. Das Frühstück war ihre bisher einzige Mahlzeit gewesen, hastig und im Stehen hinuntergeschlungen, wie an den Tagen zuvor. Die Zeit saß ihnen im Nacken, die Angst, dass es weitere Opfer geben würde und sie nicht genug getan hatten, um das zu verhindern.

»Du siehst müde aus.« Gerda hatte ein Würstchen erwärmt und schnitt es in kleine Stücke, während sie immer wieder besorgte Blicke zu Lisa hinüberwarf. »Seid ihr denn schon ein bisschen weiter?«

Lisa schüttelte den Kopf und rührte den Sauerrahm unter, bevor sie das Würstchen in die Suppe gab. Sie hatte ihrer Mutter einzelne Dinge am Telefon erzählt, die über die in den Medien veröffentlichten Informationen hinausgingen. Gerda war keine Plaudertasche, die Auskünfte waren bei ihr gut aufgehoben, und Lisa war es leichter ums Herz gewesen, nachdem sie einiges losgeworden war. »Wir treten auf der Stelle. Es gibt einfach nichts, wo wir ansetzen können.«

Gerda nickte gedankenvoll, hakte aber nicht weiter nach, wofür Lisa ihr dankbar war. Sie war einfach zu erschöpft, um das Thema zu vertiefen. »Worüber wolltest du mit mir sprechen?«, fragte sie stattdessen und führte einen vollen Löffel zum Mund. Die Suppe erfüllte ihren Körper mit einer wohligen Wärme, verstärkte aber auch ihre Müdigkeit.

»Über Britt.«

Also hatte sie recht gehabt mit ihrer Vermutung. »Was ist mit ihr?« Die Frage kam aggressiver heraus, als sie es beabsichtigt hatte. Eine unheilvolle Ahnung bemächtigte sich ihrer, ihr ganzer Körper wurde von einem nervösen Kribbeln erfasst. Sie mied Gerdas Blick und versuchte den Anschein zu erwecken, ausschließlich auf ihr Essen konzentriert zu sein.

»Es geht ihr nicht gut.«

Erzähl mir doch mal was Neues, wäre es Lisa beinahe herausgerutscht. Seitdem Britt wieder in Kiel ist, höre ich nämlich nichts anderes mehr.

Es geht Britt nicht gut, weil sie auf Entzug ist.

Es geht Britt nicht gut, weil die Therapie so hart ist.

Es geht Britt nicht gut, weil sie sich schämt.

Es geht Britt nicht gut, weil ihre Freunde ihr fehlen.

Jede dieser Rechtfertigungen und das offen zutage tretende Verständnis dahinter hatten Lisa in den vergangenen Monaten zunehmend auf die Palme gebracht. Sie hatte Gerda erzählt, unter welchen Umständen sie und Fehrbach im Februar ihre seit knapp vier Jahren vermisste Schwester aufgefunden hatten. Auf Sylt, ihrer Heimatinsel, in der Nacht der Biike. Sie hatte von den *Freunden* gesprochen, die Britt mit Drogen versorgt und fast mit K.-o.-Tropfen umgebracht hatten. Von dem Sumpf, in dem ihre Schwester wieder versunken war und in den sie sich mit Sicherheit auch dieses Mal freiwillig begeben hatte. Verdrängte Gerda das eigentlich alles? Es musste wohl so sein, denn ansonsten hätte sie kaum diese ständigen Entschuldigungen für das Verhalten ihrer jüngeren Tochter ins Feld geführt.

»Es tut mir leid, Gerda, aber ich kann dieses ›Es geht Britt nicht gut‹ langsam nicht mehr hören.«

»Ich glaube, dass deine Schwester viel durchgemacht hat.«

Britt hatte kein Wort darüber verloren, was sie in der Zeit ihres Verschwindens getrieben hatte. Sie hatte zwar die beiden Anrufe bei Gerda im Februar zugegeben, nicht aber, was es mit ihren Worten »Hilf mir, Mama« auf sich gehabt hatte. Gerda war nach wie vor davon überzeugt, dass Britt sich damals in einer Notsituation befunden hatte, aber warum sie die Anrufe umgehend wieder beendet hatte, konnte sie sich auch nicht erklären. Lisa wusste nicht, was sie glauben sollte. Die Untersuchungen im Krankenhaus hatten ergeben, dass Britt bereits seit längerer Zeit wieder Drogen nahm. Vielleicht waren die Anrufe im Drogenrausch erfolgt und hatten nicht den geringsten Hintergrund. Vielleicht hatte Britt aber Gerda einfach auch nur ängstigen wollen. Spielchen spielen, wie sie es in der Vergangenheit häufiger getan hatte. Böse Spiele, die immer auf Kosten anderer gingen und auf ein, wie Lisa vermutete, übersteigertes Aufmerksamkeitsbedürfnis schließen ließen. Nach der Auskunft der Mediziner hatte Lisa sich gefragt, ob ihre Schwester erneut auf den Strich ging, um an das nötige Geld für die Drogen zu kommen, denn eine Arbeit übte Britt nicht aus. Der Gedanke machte Lisa krank.

»Hör bitte auf, sie ständig in Schutz zu nehmen. Was immer sie durchgemacht hat, hat sie sich selber zuzuschreiben. Sie war clean, niemand hat sie gezwungen, wieder mit den Drogen anzufangen.«

»Sie ist an die falschen Leute geraten.«

»Sie gerät immer an die falschen Leute! Vielleicht sollte sie endlich mal lernen, sich auf die richtigen einzulassen!« Erbost schob Lisa den noch halbvollen Teller beiseite. Wenn es etwas gab, das ihr gründlich den Appetit verdarb, dann war es Britt.

»Sei nicht so hart, Lisa.« Gerda schaute sie bittend an und machte eine Geste, als ob sie ihre Hand ergreifen wollte. Zum Glück tat sie es nicht, denn so gereizt, wie Lisa sich langsam fühlte, hätte sie ihr diese sofort entzogen. »Deine Schwester braucht unsere Unterstützung.«

»Aber die hat sie doch. Und das nutzt sie weidlich aus. Oder hast du schon vergessen, wie wild sie es in deiner Wohnung getrieben hat?«

Gerda ging nicht auf die Anspielung ein. »Ich glaube, sie ist sehr allein.« Sie zögerte einen Augenblick, dann richtete sie einen flehenden Blick auf Lisa. »Kannst du sie nicht eine Zeitlang zu dir nehmen, bis sie wieder stabil ist? Du gehst anders mit ihr um, du bist nicht so nachgiebig wie ich. Britt braucht eine starke Hand, das habe ich mittlerweile begriffen, aber einer Mutter fällt so etwas nun einmal schwer.«

Lisa hatte etwas in der Art befürchtet und sich dagegen gewappnet. »Damit sie auch mich mit ihren ständigen Launen schikaniert und meine Wohnung in ein Schlachtfeld verwandelt? Das kommt überhaupt nicht in Frage! Britt hat eine Wohnung, und ich bin nicht zum Händchenhalten gemacht!«

Britt hatte ihren Entzug auf Sylt begonnen und in Kiel zu Ende gebracht, wo Gerda ihre verlorene Tochter mit Freuden bei sich aufgenommen hatte. Schon nach kurzer Zeit hatte der Haussegen schief gehangen. Britt war launisch und unberechenbar, Folgen des Entzugs, die sie immer wieder an ihrer Mutter ausließ. Gerda hatte den ständigen Stimmungsschwankungen nichts entgegenzusetzen. Sie war einfach nur froh, ihre Tochter endlich wiederzuhaben, und mit dem Aufzeigen von Grenzen jedweder Art schlichtweg überfordert, aus Angst, dass jede Anordnung, jedes harte Worte Britt sofort wieder rückfällig werden ließen. Eine Situation, die Britt geschickt auszunutzen verstand. Sie brachte ihre neuen Freunde mit und feierte laute Partys, wenn Gerda bei ihrem Partner Jakob Solberg übernachtete. Was diese immer häufiger tat, weil sie sich in ihrer eigenen Wohnung zunehmend unwohler fühlte. Bis Lisa irgendwann der Kragen geplatzt war und sie Britt die Meinung gegeigt hatte. Lisa hatte ihrer Schwester den Schlüssel für eine Einzimmerwohnung in die Hand gedrückt, die sie eine Woche zuvor für sie angemietet hatte und in der sie am Vortag endlich mit den Renovierungsarbeiten zu Ende gewesen war. »Hier«, hatte sie gesagt, »lern endlich, auf deinen Füßen zu stehen, und leb dein eigenes Leben. Und hör auf, unsere Mutter für deine Zwecke auszunutzen.«

Britt hatte die Standpauke zu Lisas großem Erstaunen widerspruchslos hingenommen. Zwei Tage später war sie bei Gerda ausgezogen, hatte vorher allerdings noch einmal richtig Party gemacht und die Wohnung ihrer Mutter in einem chaotischen Zustand hinterlassen.

»Sie hatte das Gefühl, dass wir sie vor die Tür setzen«, sagte Gerda hilflos.

»Und damit rechtfertigst du ihre Handlungen?« Lisa schnappte nach Luft. »Deine Wohnung war ein Saustall, als du am nächsten Tag zurückgekommen bist. Überall lagen Essensreste und Kippen herum, ganz zu schweigen von deinem Lieblingsteppich, den diese Bande offensichtlich mit einer Bierdusche ruiniert hat. Wir haben einen ganzen Tag gebraucht, bis wir die Schweinerei wieder beseitigt hatten.«

Lisa hatte Britt holen wollen, damit sie die Hinterlassenschaften ihrer Party selbst entfernte. Sie hätte sie notfalls an den Haaren in Gerdas Wohnung gezerrt, so wütend war sie auf ihre Schwester gewesen. Aber auf ihr Klingeln an der Tür der neuen Wohnung hatte niemand geöffnet. Das Ganze lag jetzt drei Monate zurück, und seitdem hatte Lisa nicht mehr mit ihrer Schwester gesprochen.

»Du willst sie also nicht zu dir nehmen?«

Die Sorge in Gerdas Stimme, die ihre ganze Hilflosigkeit ausdrückte, tat Lisa weh. Aber sie wusste, dass sie hart bleiben musste, denn Britt würde niemals auf die Füße kommen, wenn sie ihr ständig zu Willen waren.

»Nein, das will ich nicht! Und du tust es auch nicht, das musst du mir versprechen. Ich kann ja verstehen, dass du dir Sorgen um sie machst, aber sie muss endlich lernen, allein zurechtzukommen. Himmel, sie ist eine erwachsene Frau und hat noch nichts in ihrem Leben auf die Reihe gekriegt. Ich verstehe das nicht. Sie hatte doch die gleichen Startmöglichkeiten wie ich. Warum hat sie ihr Leben bis jetzt so versaut?«

»Weil sie nicht deine Stärke hat. Sie war immer schwächer als du, und das war ihr bewusst. Sie hat dich bewundert, sie wollte dir nacheifern, aber sie ist nie gegen dich angekommen.«

»Was soll das denn jetzt heißen? Dass ich sie unterdrückt habe? Und womöglich noch schuld daran bin, dass sie abgerutscht ist, weil sich ihr armes, zartes Seelchen nicht gegen die Überschwester behaupten konnte?« Lisa versuchte ihre zunehmende Verärgerung in den Griff zu bekommen. Wenn sie sich jetzt nicht am Riemen riss, würde dieses Gespräch in kürzester Zeit in eine handfeste Auseinandersetzung münden, und das wollte sie nicht. Es reichte, wenn sie Stress mit ihrer Schwester hatte, da brauchte sie nicht noch zusätzlichen mit Gerda. Sie stand auf. »Ich kann nachvollziehen, dass du Britt beschützen möchtest, aber du tust ihr mit deiner Überfürsorge und ständigen Nachgiebigkeit keinen Gefallen. Sie muss lernen, für sich selbst zu sorgen und für das, was sie tut, einzustehen. Das kannst du ihr nicht abnehmen.« Sie ging auf den Flur hinaus und nahm ihren Rucksack von der Garderobe.

Gerda war ihr gefolgt. »Kannst du denn wenigstens hin und wieder mal nach ihr sehen? Sie hat mir gesagt, dass du nicht mehr mit ihr sprichst, und hat Angst, dass du nichts mehr von ihr wissen willst. Sie vermisst dich.«

Das bezweifelte Lisa doch sehr. Sie hatte viel eher den Verdacht, dass Britt versuchte, Gerda und sie gegeneinander auszuspielen.

»Ich will sehen, was ich tun kann. Im Moment lassen mir die beiden Tötungsdelikte keine Zeit für andere Dinge.«

»Aber sie ist deine Schwester!«

»Und da draußen läuft ein wild gewordener Typ Amok und bringt Menschen um. Das hat Priorität, nicht meine angeblich so hilflose Schwester, die meiner Meinung nach ganz gezielt versucht, einen Keil zwischen dich und mich zu treiben.«

»So etwas würde Britt nie tun!«

»O doch, sie ist ja schon munter dabei, und du merkst es nicht oder willst es nicht merken.« Lisa atmete tief durch, dann beugte sie sich hinunter, um ihrer Mutter einen Abschiedskuss zu geben, wie sie es immer tat. Als Gerda den Kopf wegdrehte, wurde ihr bewusst, wie tief Britt den Keil bereits eingerammt hatte. Sie beschloss, den Besuch bei ihrer Schwester keinen Tag länger aufzuschieben.

Im Wetterbericht, der aus dem Autoradio plärrte, war von einer herannahenden Sturmfront die Rede, die am Abend die Landeshauptstadt erreichen sollte. Als Rüdiger Lenz gegen zwanzig Uhr dreißig bei seinem Haus in Strande angekommen war, hatte der Wind bereits kräftig aufgebrist und brachte das Laub auf Straßen und Gehwegen zum Tanzen.

Lenz hatte keinen Blick für die bunte Herbstpracht. Er war genervt von der langen Autofahrt, die diesmal fast vier Stunden gedauert hatte. Bereits die Umgehungsstraßen am Hamburger Flughafen waren voll gewesen, die A 7 mit ihrer Dauerbaustelle namens Ausbauarbeiten war nur noch die Pest. Auf dem letzten Stück nach Kiel hatte er dann endlich seinen berüchtigten Bleifuß einsetzen können, der ihm allerdings kurz vor der Landeshauptstadt schon wieder amputiert worden war. Der nächste Stau, nichts mehr mit Asphaltcowboy. Bis er die B 503 erreichte, verging noch eine halbe Stunde. Auf den nächsten Kilometern hatte er mit weiteren Widrigkeiten zu kämpfen, zu denen unter anderem auch zwei dahinzuckelnde Opis gehörten, von denen einer eine umhäkelte Klorolle und der andere einen Wackeldackel auf der hinteren Ablagefläche spazieren fuhr. Keine Chance zu überholen. Es war zum Auswachsen!

Bei Lenz' Ankunft in Strande wurde es bereits dunkel, über der Förde türmten sich dunkle Wolkengebilde auf. Er stellte seinen Wagen in der Auffahrt des Einfamilienhauses am Bülker Weg ab, ging zum Haus hinüber und schloss die Eingangstür auf.

Die Post lag auf der Kommode im Flur. Eine Nachbarin hatte sich während seines Urlaubs darum gekümmert. Lenz sortierte die Umschläge in wichtig / unwichtig, wobei nur ein einziger Brief in die erste Rubrik zu fallen schien, weil durch den Fenstereinsatz so etwas wie ein Stempel zu erkennen war. Er kniff die Augen zusammen. Dummerweise hatte er die Lesebrille im Koffer verstaut. Hoffte er jedenfalls, denn im Handgepäck war sie nicht, was ihm allerdings erst im Flugzeug aufgefallen war.

Das Schreiben sah nach einer Behördensache aus, na super. Wenn er Pech hatte, näherte sich sein Punktekonto in Flensburg jetzt endgültig dem Höchststand. Er rechnete nach – dreimal geblitzt in den letzten zwei Monaten. Man konnte ihm ja wirklich einiges vorwerfen, aber wenn es um die finanzielle Unterstützung seines Bundeslandes ging, stand er definitiv in vorderster Reihe. Zum Glück war es bisher noch zu keinem Führerscheinentzug gekommen, als Richter hatte man ja so seine Kontakte. Allerdings war er sich darüber im Klaren, dass er beim nächsten Mal fällig wäre.

Lenz legte den Brief beiseite. Den Tatsachen ins Auge sehen konnte er später immer noch, und überhaupt musste er jetzt erst einmal seine Brille finden, vorher ging sowieso nichts.

Der Rollkoffer kam ihm schwerer vor als beim Urlaubsantritt, was nicht sein konnte, da er um ein ausgelatschtes Paar Schuhe ärmer war. Trotzdem brauchte er einige Zeit, bis er ihn in sein Schlafzimmer im ersten Stock befördert hatte.

Eine halbe Stunde später war der Koffer leer und die Schmutzwäsche in der Waschmaschine verstaut. Die Brille allerdings blieb verschwunden. Das fehlte noch, dass er sie irgendwo liegen gelassen hatte. Er ging ins Erdgeschoss zurück und durchwühlte noch einmal sein Handgepäck. Nichts. Mist, sie war definitiv nicht mehr da. Tja, dumm gelaufen, aber nicht zu ändern. Zum Glück musste er erst am Mittwoch wieder zur Arbeit, hatte also Zeit, vorher noch einen Optiker aufzusuchen.

Oder … Moment mal, war da nicht noch irgendwo eine Ersatzbrille gewesen? Er durchforstete die Schubladen im Wohnzimmer, und, ha, da war sie ja! In der Schreibtischschublade. Nun ja, wenn man es recht bedachte, ein äußerst sinnvoller Ort zur Aufbewahrung.

Wieder mit der Welt versöhnt, überlegte Lenz, ob er sich jetzt den Brief vornehmen sollte, gab dann aber erneut seiner Feigheit und einem nagenden Hungergefühl nach. Seine letzte Mahlzeit war das Frühstück im Hotel auf Kreta gewesen. Den Fraß im Flugzeug, den die Stewardess hochtrabend Mittagessen genannt hatte, hatte er nach einem kurzen Blick darauf dankend abgelehnt. Er ging in die Küche und stand wenig später einem zwar akkurat gereinigten, dafür aber umso leereren Kühlschrank gegenüber. Wieso hatte die Brenders denn nicht eingekauft? Das wurde doch sonst auch immer erledigt, wenn sie wusste, dass er aus dem Urlaub zurückkam. Falsch, korrigierte er sich, er hatte den Termin seiner Rückkehr offengelassen.

Lenz schwankte einen Augenblick zwischen Essen bestellen und essen gehen, dann entschied er sich für Letzteres. Die kleine Kneipe an der Ecke hatte bis dreiundzwanzig Uhr geöffnet, und bei dem Gedanken an das leckere Bauernfrühstück lief ihm das Wasser im Mund zusammen – plus Cola und Tiramisu. Wenn schon Kalorienzufuhr, dann aber richtig. Er konnte es sich leisten, denn er hatte mit knapp fünfzig Jahren immer noch eine vorzeigbare Figur, wie ihm nicht nur sein Spiegel, sondern auch die Damenwelt freundlicherweise bescheinigte.

Bevor er aufbrach, warf er noch einen kurzen Blick in den Garten, wo sich eine Menge Laub angesammelt hatte. Darum würde er sich morgen kümmern. Zurück im Haus, betrachtete er erneut mit gerunzelter Stirn den Brief und beschloss dann endgültig, mit der Lektüre bis nach dem Essen zu warten. Wenn es sich bei dem Inhalt wirklich um das handelte, was zu befürchten stand, würde ihm ein voller Magen besser helfen, die Angelegenheit zu verdauen. Im wahrsten Sinne des Wortes.

Als er die Eingangstür öffnete, prallte er zurück. »Du meine Güte, haben Sie mich erschreckt.« Weiter kam er nicht, denn die ganz in Schwarz gekleidete Person, in die er fast hineingelaufen wäre, trat mit einer schnellen Bewegung in den Hausflur und stieß die Tür hinter sich zu. Bevor Lenz zu einem Protest ansetzen, geschweige denn schreien konnte, verspürte er ein Brennen auf dem linken Unterarm, und sein Körper begann unkontrolliert zu zucken. Dann wurde die Welt um ihn herum schwarz.

Britt Sanders' Wohnung befand sich im ersten Stock eines Mehrfamilienhauses in der Körnerstraße. Lisa hatte sich gefreut, als sie seinerzeit den Zuschlag erhielt, immerhin war sie eine von knapp vierzig Interessenten gewesen. Die Polizei im Haus zu wissen ist immer gut, hatte der Vermieter gemeint, dann aber fast einen Rückzieher gemacht, als er erfahren musste, dass die Wohnung für ihre Schwester gedacht war. Nur mit viel Charme war es ihr gelungen, ihn schließlich zu überzeugen.

Als Lisa die Treppen emporstieg, ging es bereits auf zweiundzwanzig Uhr zu. Sie fühlte sich zu Tode erschöpft, aber sie wollte die Angelegenheit jetzt endlich hinter sich bringen.

»Na, so was aber auch, meine Polizistenschwester.« Britt hatte die Tür erst nach lang anhaltendem Klingeln geöffnet. Ihr Gesicht wirkte blass im Licht der Treppenhausbeleuchtung, ihre Augen lagen tief in den Höhlen. »Welch hohe Ehre.« Sie trat einen Schritt zurück und bat Lisa mit einer übertriebenen Verbeugung in die Wohnung.

Auf dem Weg war Lisa mit sich ins Gericht gegangen. Ja, es stimmte, dass sie Britt gegenüber hart war, wie Gerda es ihr vorgeworfen hatte. Es war die einzige Möglichkeit, sich gegen das ständig im Hintergrund lauernde schlechte Gewissen zu schützen. Wenn sie damals nicht diesen Streit vom Zaun gebrochen hätte, wäre Britt nicht verschwunden und all das, was seitdem passiert war und ihre Schwester wieder in diesen Sumpf getrieben hatte, vielleicht zu verhindern gewesen. So einfach war das, auch wenn alle Welt ihr seitdem zu vermitteln suchte, dass es nicht ihre Schuld gewesen war. Es gab aber noch einen zweiten Grund für ihre Härte, und der war weitaus schwerer einzugestehen. Britt war ihre kleine Schwester, seit ihrer Geburt heiß geliebt und immer beschützt, schmerzlich vermisst seit ihrem Verschwinden. Und jetzt? Jetzt war eine Frau in ihr Leben zurückgekehrt, die Lisa nicht kannte. Eine fremde Person, zu der sie keinen Zugang mehr fand, eine Person, die ihr gegenüber dasselbe Misstrauen an den Tag legte, das auch sie empfand, dieselbe Verachtung. Lisa schämte sich ihrer Gefühle, doch sie konnte sie nicht beiseiteschieben und auch nicht ins Gegenteil verkehren. Als sie Britt wiedergefunden hatte, war sie überglücklich gewesen. Aber schon bald hatte sie festgestellt, dass sie ihre Schwester abzulehnen begann. Britts verändertes Wesen, ihre häufig so vulgäre Sprache, die Primitivität, die sie in so vielen Dingen an den Tag legte, alles stieß Lisa ab. Da war nichts mehr von ihrer vertrauten Schwester, da war nur noch eine Frau, die ihr an manchen Tagen regelrecht zuwider war und mit der sie nichts mehr verband. Sie schämte sich dieser Gefühle, suchte verzweifelt nach Anknüpfungspunkten, die es ihnen ermöglichen würden, wenigstens etwas von ihrer alten Verbundenheit wieder aufleben zu lassen, aber sie hatte keine gefunden und mittlerweile auch die Hoffnung aufgegeben, dass es ihr jemals gelingen würde. Vielleicht würde es helfen, wenn sie mit jemandem darüber reden und sich Rat einholen könnte, doch wer sollte das sein? Mit Frank Bergmann verband sie zwar mittlerweile eine Freundschaft, und er kannte auch die Geschichte mit Britt, aber trotzdem schreckte sie davor zurück, ihm ihre doch allzu dunklen Gedanken zu offenbaren. Luca vielleicht, kam es ihr auf einmal in den Sinn. Er war seit vielen Jahren ein guter Freund, und sie war glücklich, dass er wieder nach Kiel zurückgekommen war. Ja, Luca würde einen Rat wissen, da war sie sich plötzlich sicher. Sie würde ihn ansprechen, wenn sie den Täter gefunden hatten und wieder ein wenig mehr Zeit wäre.

Während Lisa ihrer Schwester ins Wohnzimmer folgte, sah sie sich unauffällig um. Sie hatte die Wohnung seinerzeit im Alleingang renoviert, hatte dafür extra einige Tage Urlaub genommen, um zu tapezieren und zu streichen, das Parkett abzuschleifen und notwendige Reparaturarbeiten vornehmen zu können. Sie hatte schon immer ein Händchen für handwerkliche Dinge gehabt, und das Ergebnis konnte sich auch diesmal sehen lassen. Sie hatte einen neuen Kühlschrank gekauft und eine Waschmaschine und auch vorgehabt, Britt beim Einrichten der Wohnung finanziell unter die Arme zu greifen. Nach dem Streit hatte sie dann allerdings auf stur geschaltet, was auch damit zusammenhing, dass sie Kenntnis von einem Sparbuch erlangte, auf dem fast zwanzigtausend Euro lagen und das ihrer Schwester gehörte. Da Lisa ein Konto bei derselben Bank besaß, hatte ein Sachbearbeiter die Adressen vertauscht und den entsprechenden Brief über die Eröffnung des Sparbuches an sie geschickt. Lisa hatte den Brief in einen neuen Umschlag gesteckt und Britt ausgehändigt, ihre Schwester jedoch nicht darauf aufmerksam gemacht, dass sie ihn gelesen hatte. Sie hatte allerdings durch eine unverfängliche Frage in Erfahrung gebracht, dass das Geld nicht von Gerda stammte, und grübelte seitdem darüber nach, wieso ihre Schwester über so viel Geld verfügte, woher es wohl stammen mochte und was sie damit womöglich vorhatte.

In die Wohnung hatte Britt jedenfalls keinen Cent davon gesteckt. Mit einigem Entsetzen stellte Lisa fest, dass ihre Renovierungsarbeiten für die Katz gewesen waren. Es war kaum vorstellbar, aber in nur drei Monaten hatte Britt es geschafft, die Wohnung in ein Dreckloch zu verwandeln. Die einstmals weißen Wände waren an vielen Stellen verschmutzt, das Parkett unter ihren Füßen verschrammt. Der Flur wurde von einer nackten Glühbirne an der Decke erhellt, was auch für das Wohnzimmer galt. Die Einrichtung sah aus, als hätte Britt sie vom Sperrmüll zusammengeklaubt – ein abgeschabtes Ledersofa, dessen Farbe irgendwo zwischen Dunkelgrün und Kackbraun schwankte, ein Schaukelstuhl mit einer Rückenlehne aus Bast, die größtenteils zerrissen war, mehrere Obstkisten, die offensichtlich als Tische oder weitere Sitzmöglichkeiten dienten. Keine Jalousien oder Gardinen, dafür zwei große quadratische Tücher mit dunkelrotem Batikdruck an die Wände gespannt, deren weiße Farbe mit schwarzer übermalt worden war. Eine Höhle, dachte Lisa beklommen, düster und abschreckend, woran auch die zahlreich angezündeten Kerzen nichts zu ändern vermochten. Wie konnte ein Mensch so leben? Sie war nur froh, dass Gerda diese Wohnung noch nicht zu Gesicht bekommen hatte. Ihre Mutter hatte mehrere Anläufe unternommen, Britt zu besuchen, doch diese hatte stets abgeblockt.

»Was willst du?« Britt lümmelte auf dem Sofa und warf Lisa einen provozierenden Blick zu. »Mama hat dich geschickt, oder? Denn aus eigenem Antrieb hättest du dich wohl kaum auf den Weg gemacht.«

Lisa zog eine der Obstkisten heran und setzte sich. »Wir wollten wissen, wie es dir geht.«

»Wir?« Sie stieß ein höhnisches Lachen aus. »Na, du ja wohl kaum, liebste Polizistenschwester. Dir geht es doch am Arsch vorbei, wie es mir geht.«

»Nein, das tut es nicht«, erwiderte Lisa, merkte aber, dass es ihrer Stimme an Überzeugungskraft mangelte.

»O doch, liebste Polizistenschwester. Wenn dich das wirklich interessieren würde, hättest du dich in den vergangenen drei Monaten ja wohl mal gemeldet. Mama ruft wenigstens an, aber du hast ja offensichtlich beschlossen, mich endgültig abzuhaken.«

»Ich bin davon ausgegangen, dass du mich ebenso wenig wie Gerda hier haben willst. Und wenn ich mich so umsehe, weiß ich auch, warum.«

»Ach, der Polizistenschwester gefällt meine Wohnung nicht. Tut mir ja echt leid, dass deine ganze Arbeit umsonst war, aber ich habe nun mal meinen eigenen Stil.«

»Hör auf, mich Polizistenschwester zu nennen!«

»Aber das bist du doch. Meine große Polizistenschwester, immer an vorderster Front im Kampf gegen das Verbrechen. Unbestechlich, unbeirrbar und unermüdlich im Einsatz gegen solche wie mich.«

»Gegen solche wie dich? Sag mal, was sollen diese bescheuerten Sprüche?«

»Na, etwa nicht? Ihr seid doch ständig hinter uns her, damit ihr uns von der Straße bekommt. Damit wir nicht die kleinen Kinderchen anfixen und eure Statistik gut aussieht.«

»Soll das bedeuten, dass du wieder rückfällig geworden bist?« Lisa war sich nicht sicher, ob sie eine ehrliche Antwort erhalten würde beziehungsweise sie hören wollte. Dem äußeren Anschein nach deutete alles darauf hin, dass Britt wieder Drogen nahm. Die heruntergekommene Wohnung, das gezeichnete Gesicht, die offen zutage tretende Aggressivität.

»Das geht dich einen Scheißdreck an!«

»Britt, bitte ... Ich bin in bester Absicht gekommen, und du hast nichts Besseres zu tun, als mich zu provozieren und dumm anzumachen.«

»Oh, du bist in bester Absicht gekommen? Da muss sich das Dummchen ja geschmeichelt fühlen. Was für Absichten hast du denn, Polizistenschwester? Willst du meine Wohnung auf Drogen untersuchen, wo du ja vermutest, dass ich wieder rückfällig geworden bin?« Britt setzte sich aufrecht hin, und Lisa sah mit Erschrecken, dass so etwas wie Hass in ihren Augen aufzuglimmen begann. »Hoffst du etwas zu finden, um mich einbuchten zu können? Damit Mama und du mich wieder los seid?« Sie erhob sich mit einer geschmeidigen Bewegung und trat ganz nah an Lisa heran. »Weißt du was, Polizistenschwester? Dir würde ich sogar zutrauen, dass du mir was unterjubelst, damit ich wieder aus deinem Leben verschwinde.«

Lisa sprang auf. Sie ballte die Hände zu Fäusten, als ihr bewusst wurde, dass sie kurz davor stand, Britt die Verachtung mit einem kräftigen Hieb aus dem Gesicht zu schlagen.

»Aber hallo, Polizistenschwester, du wirst doch nicht etwa handgreiflich werden? Dafür seid ihr Polizeischweine ja bekannt. Alles niedermachen, was sich euch in den Weg stellt.« Häme machte sich auf Britts Gesicht breit und ließ es noch abstoßender erscheinen.

Doch, wollte Lisa schreien, ich möchte dich windelweich prügeln. Aber plötzlich stand ihr wieder die Szene am Strand von Westerland vor Augen. Damals hatte sie die Beherrschung verloren und trug seitdem schwer an dieser Schuld. Das würde ihr kein zweites Mal passieren. Sie drehte sich um und verließ wortlos die Wohnung.

SAMSTAG, 25. OKTOBER

Gegen Morgen war Lea Nordin dann doch noch in einen unruhigen Schlaf gefallen, aus dem sie bereits zwei Stunden später wieder hochschreckte.

Sie drehte sich auf den Rücken und starrte zur Decke empor. Der Rauchmelder blinkte in regelmäßigen Abständen, ein kleines Stück daneben tanzte eine dünne Spinnwebe in einem schwachen Luftzug.

Sie rührte sich nicht, ihr Körper schien taub und bar jeder Empfindung. Aus der Richtung des gekippten Schlafzimmerfensters waren Geräusche zu vernehmen – Straßenlärm, eine näher kommende Sirene, das Stottern eines kaputten Auspuffs, das Abbremsen eines Fahrrads, das offensichtlich vor der Haustür zum Stehen kam, das Poltern von Stiefeln im Treppenhaus, dem kurze Zeit später ein »Hey, da bist du ja!« von draußen folgte. Jenny aus der Nachbarwohnung, sechzehn Jahre alt, wurde wie jeden Morgen von David abgeholt, mit dem sie sich dann auf den Weg zur Schule machte. Und mittendrin das fröhliche Gezwitscher eines Vogels, unbeirrbar, hartnäckig, lebensfroh. Kein Gestern, kein Morgen, nur der heutige Tag schien für ihn zu existieren, den es in all seiner Schönheit zu zelebrieren galt.

Schwerfällig drehte Lea Nordin sich zur Seite und warf einen Blick auf den Digitalwecker, der auf dem Nachttischschrank stand. Neun Uhr. Sie musste Falkner Bescheid geben, dass sie heute nicht kommen würde, denn sie hatten vereinbart, das Wochenende durchzuarbeiten. Aber so, wie sie sich im Moment fühlte, konnte sie keinen Fuß ins LKA setzen.

Mit einer letzten Kraftreserve richtete sie sich auf und hob die Beine über die Bettkante.

Wo war das Handy? Auf dem Nachttisch lag es nicht. Ihr Blick irrte durch das Schlafzimmer.

Nach dem gestrigen Telefonat mit Markus hatte sie es auf den Beifahrersitz geworfen, daran erinnerte sie sich noch. Sie hatte hinter dem Steuer gesessen, aber sie war nicht losgefahren. Erst ein Klopfen an der Fensterscheibe brachte sie wieder zu sich. Es war der Inhaber der Werkstatt, der sie mit einem verärgerten Blick darauf aufmerksam machte, dass er jetzt schließen wolle und sie bitte das Gelände verlassen möge.

Wie sie nach Hause gekommen war, wusste sie nicht, nur dass sie irgendwann in ihrer Wohnung gestanden hatte. In dem Bemühen zu vergessen hatte sie die letzte Weißweinflasche geleert, die sie im Küchenschrank gefunden hatte. Sie hatte den Inhalt wie Wasser in sich hineingeschüttet und war irgendwann in Richtung Bett gewankt, wo sie sich stundenlang hin und her gewälzt hatte, bis gegen Morgen endlich der ersehnte Schlaf und damit wenigstens für kurze Zeit das Vergessen gekommen waren.

Das Handy! Wo war das Handy? Sie durchwühlte ihre Handtasche, fand es aber weder dort noch in der Tasche ihres Blazers. Hatte sie es im Wagen liegen lassen? Eine wilde Hoffnung keimte in ihr auf, dass Markus versucht hatte, sie anzurufen, und sie es nur deshalb nicht mitbekommen hatte, weil ihr Handy sonst wo lag.

Voller Hast schlüpfte sie in Jeans und T-Shirt und lief auf die Straße hinaus. Dass sie vergessen hatte, Schuhe anzuziehen, wurde ihr erst bewusst, als sie sich auf dem Bürgersteig wiederfand und schmerzhafte Bekanntschaft mit einem spitzen Stein machte. Scheiß drauf, es war nicht wichtig. Ihr suchender Blick glitt über die Umgebung, und sie entdeckte ihren Wagen, der schräg gegenüber der Eingangstür des Mehrfamilienhauses auf der anderen Straßenseite stand. Sie konnte sich nicht erinnern, das Auto dort geparkt zu haben. Ohne auf den Verkehr zu achten, rannte sie auf die Straße und wäre fast unter die Räder eines Busses gekommen, der ihr im letzten Moment ausweichen konnte. Ein wütendes Hupen folgte ihrer Aktion, aber zu ihrer großen Erleichterung fuhr der Bus weiter.

Das Handy lag immer noch auf dem Beifahrersitz. Hektisch griff sie danach und schluchzte laut auf, als sie feststellen musste, dass es keine neuen Nachrichten enthielt.

Warum tat Markus ihr das an? Was hatte sie falsch gemacht?

Sie sank auf den Sitz und starrte das Gerät in ihren Händen an. Falkner. Sie musste ihn endlich informieren, dass sie nicht kommen konnte. Sollte sie anrufen oder besser eine Nachricht schicken? Nach kurzer Überlegung entschied sie sich für Letzteres, da sie ihrer Stimme nicht traute.

»Hab mir eine schwere Erkältung eingefangen, kann heute leider nicht kommen. Geben Sie mir bitte Bescheid, wenn es neue Entwicklungen gibt.«

Ihr Finger verharrte über dem Button *Senden*. War es richtig, dass sie der Dienststelle fernblieb, gerade jetzt, bei ihrem ersten wichtigen Fall in Kiel? Es würde ihr Ansehen im Team weiter untergraben. Falkner würde wieder Oberwasser bekommen und versuchen, die Chefposition endgültig an sich zu reißen.

Sicherlich ging es ihr morgen wieder besser. Sie brauchte einfach einen Tag Ruhe, um das Geschehene zu verarbeiten.

Die Tränen begannen zu fließen. Sie schniefte und suchte nach einem Taschentuch in ihrer Hosentasche. Im Handschuhfach fand sie dann endlich eine angebrochene Packung, zog ein Taschentuch heraus und wischte sich über das nasse Gesicht.

Nein, sie würde es nicht verarbeiten. Markus hatte sie belogen und eiskalt abserviert. Warum hatte er ihr das angetan? Brachte es ihm Spaß, mit ihr zu spielen und sie zu quälen? Auch wenn sie ihn noch nicht lange kannte und er sie häufig mies behandelt hatte, hätte sie niemals geglaubt, dass er zu einem solchen Verhalten fähig sein würde. In der vorletzten Nacht hatte er sich ihr mit Haut und Haaren ausgeliefert. Das konnte doch nicht alles nur gespielt gewesen sein.

Eine zaghafte Energie begann durch ihren Körper zu pulsieren, wurde stärker, und sie griff nach dem Anhänger auf ihrer Brust, den sie sich in einem ersten Impuls gestern hatte vom Hals reißen wollen. Jetzt war sie froh, dass sie es nicht getan hatte, denn der Stein schien ihr Kraft zu verleihen.

Sie musste Markus zur Rede stellen. Wenn sie es nicht tat, würde sie keine Ruhe mehr finden. Sie hatte keine Ahnung, wo er wohnte, aber sie kannte seine Dienststelle, das Revier der Wasserschutzpolizei an der Kiellinie. Dort würde sie auf ihn warten.

Sie nahm wieder ihr Handy zur Hand und sandte die Nachricht an Falkner ab.

Nachdem Lisa am Vorabend ihre Schwester verlassen hatte, hatte sie Södersen angerufen. Das Gespräch mit Britt hatte sie dermaßen aufgewühlt, dass ihre Müdigkeit auf einen Schlag verflogen war. Wenn das Internet im Büro wieder funktionierte, würde sie bis zum Morgen durcharbeiten, allein schon, um ihre Gedanken wieder in eine andere Richtung zu lenken.

»Du kannst zu Hause bleiben«, hatte Södersens Antwort gelautet. »Die IT-Kollegen sind dran, können aber im Moment noch keine Prognose abgeben, wann das System wieder laufen wird.« In seiner Stimme lag unverhohlener Ärger. »Ich bin morgen beim Chef, denn so was ist doch untragbar. Wir haben den brisantesten Fall seit langem, die Medien sitzen uns im Nacken, und wir können nicht unserer Arbeit nachgehen, weil diese tollen IT-Experten hier gerade überhaupt nichts auf die Reihe kriegen. Ich mag gar nicht daran denken, wie das werden soll, wenn wir auf schnelles Internet umgestellt werden. Mit dieser Gurkentruppe, die für unsere IT zuständig ist, wird das doch im Leben nichts! In diesem Bundesland wird irgendwann noch mal alles kaputtgespart!«

Das Thema war ein ganz heißes Eisen, weil jeder davon ausging, dass die Umstellungsphase auf schnelles Internet von Pannen, Pleiten und Verzögerungen geprägt sein würde, wie es die schleswig-holsteinische Landespolizei bereits aus den Jahren der Umstellung von Analog- auf Digitalfunk kannte. Zwei einer Vielzahl weiterer Reizthemen für die Polizei des nördlichsten Bundeslandes, denen das Innenministerium allerdings stets unbeeindruckt begegnete.

Lisa hatte noch einen Augenblick überlegt, ob sie ihre Facebook-Recherche zu Hause fortsetzen sollte, war dann aber doch ins Bett gegangen, um den fehlenden Schlaf nachzuholen. Ein großes Weizenbier hatte ihr das Einschlafen erleichtert. Die Entscheidung hatte sich als vernünftig erwiesen und ihr einen tiefen, erholsamen Schlaf von immerhin sieben Stunden beschert. Als sie um acht Uhr in der Blume erschien, begab sie sich voller Tatendrang an die Arbeit, da das Internet wunderbarerweise wieder funktionierte.

Eine Stunde später fand sie endlich den lang ersehnten Hinweis. Sie war allein im Büro, ihre Kollegen waren zu weiteren Befragungen unterwegs, und Södersen hatte sich für ein paar Stunden auf dem Feldbett im Keller zur Ruhe gelegt, um keine Zeit mit der Fahrt nach Hause zu verschwenden. Am Nachmittag erwartete er Fehrbach, dem sein Arbeitsvolumen auch kein Wochenende zugestand, wie er Södersen am Telefon anvertraut hatte.

Lisa hatte sich ein weiteres Mal bei Facebook eingeloggt und die Liste mit den Namen aller Richter am Landgericht zur Hand genommen, um das zu tun, was die zusätzlichen Super-Kollegen bisher versäumt hatten.

Als Erstes waren die sechs Richter an der Reihe gewesen, die womöglich ebenfalls auf der Liste des Richter-Killers standen, wie die Presse den Attentäter mittlerweile so überaus einfallsreich getauft hatte. Vier von ihnen hatten ein Profil, welches drei allerdings nur mit Freunden teilten, so dass Lisa hier nicht weiterkam. Beim vierten hatte sie mehr Glück, denn hier handelte es sich um Rüdiger Lenz, dessen Profil zwar auch eingeschränkt war, bei dem sie aber eine Gruppe entdeckte, die den Namen Speedboot-Junkies trug. Die Gruppe war geschlossen, so dass sie keine Chronik-Einträge, wohl aber die Namen der Mitglieder sehen konnte. Es waren dreißig Personen, und außer Lenz kannte sie keinen. Der Administrator, über den man sich anmelden musste, wollte man Zutritt zu dieser Gruppe erlangen, um Diskussionen, Beiträge und Kommentare sehen zu können, hieß Walter Hillers.

»Ja!« Lisa stieß die rechte Faust in die Luft und hätte beinahe einen Triumphschrei ausgestoßen. Endlich hatten sich die beiden Wochenenden ausgezahlt, an denen sie in Autodidakten-Manier einen Facebook-Crashkurs absolviert hatte. Sie hatte sich seinerzeit eher aus einer Trotzreaktion heraus bei dem sozialen Netzwerk angemeldet, weil sie langsam, aber sicher das Gefühl bekam, dass ihre männlichen Kollegen ihr gewaltig den Rang abliefen, was Social Media betraf. Jetzt hatte sie dieses Gefühl nicht mehr.

Außerdem hatte sie eine Idee, die sie sofort mit Södersen besprechen würde, wenn dieser wieder wach geworden war. Sie würde ein gefälschtes Profil unter einem Männernamen anlegen und auf diese Weise versuchen, sich Zugang zu den Speedboot-

Junkies zu verschaffen. Sie hatte nämlich das untrügliche Gefühl, dass sie dort auch etwas über Harmsen und Egner erfahren würde.

Fehrbach hatte ein sehr spätes Mittagessen in der Kantine des Landgerichts zu sich genommen und machte sich im Anschluss daran auf den Weg in die Bezirkskriminalinspektion, wo er mit Södersen verabredet war. Er fand einen Parkplatz direkt vor dem Eingang. Als er aus seinem Wagen stieg, wurde er auf Lisa aufmerksam, die gerade das Gebäude verließ. Sie machte einen gehetzten Eindruck und starrte auf ihr Smartphone. Wenn er nicht ihren Namen gerufen hätte, wäre sie an seinem Wagen vorbeigelaufen.

»Oh … hallo«, sagte sie mit abwesendem Blick, um sofort wieder ihr Smartphone zu fixieren. Immerhin war sie stehen geblieben. »Sorry, aber das ist eine Nachricht der OFA-Kollegen, die muss ich eben beantworten.«

Während sie einen kurzen Text eingab, strichen Fehrbachs Augen über ihr Gesicht, und ein warmes Gefühl der Zärtlichkeit stieg in ihm auf. Sie wirkte weniger erschöpft, als er vermutet hatte. Ihm war bekannt, dass die Beamten des K1 und deren zusätzliche Kollegen seit dem zweiten Tötungsdelikt in wechselnden Schichten rund um die Uhr arbeiteten. Der Fall verlangte ihnen alles ab, und die Medien übten einen Druck aus, wie Fehrbach ihn selbst in Frankfurt nur selten erlebt hatte. Mittlerweile dürfte jeder von ihnen am Anschlag sein, auch wenn es bei Lisa im Moment nicht den Anschein erweckte. Aber vielleicht war sie auch einer Sache auf der Spur, dann fiel die Erschöpfung häufig von ihr ab. Er hatte diesen Zustand bereits erlebt.

»So, erledigt.« Lisa steckte das Smartphone in die Tasche ihrer Lederjacke.

»Gibt es etwas Neues?«, wollte Fehrbach wissen.

»Vielleicht.« Lisa erzählte ihm, dass sie bei Facebook einen der gefährdeten Richter entdeckt habe, der einer geschlossenen Gruppe namens Speedboot-Junkies angehöre. Sie plane, einen männlichen Fake-Account anzulegen, in der Hoffnung, auf diese Weise Zutritt zu dieser Gruppe zu erlangen und dort vielleicht auch irgendeine Erwähnung über Harmsen und Egner zu finden. Fehrbach verstand immerhin so viel von dem sozialen Netzwerk, dass er ihren Ausführungen folgen konnte. Als ihr Magen laut und vernehmlich zu knurren begann, sah sie ihn peinlich berührt an. »Tut mir leid, aber ich wollte gerade was essen gehen. Wie man hört, hängt mein Magen in den Kniekehlen.« Sie deutete mit dem Kopf zur BKI. »Der Chef ist in seinem Büro.«

»Darf ich Sie begleiten?«

Lisa wirkte erstaunt. »Ich denke, Sie sind mit Södersen verabredet.«

»Das stimmt, aber ich habe auch noch nicht zu Mittag gegessen und bin ehrlich gesagt ziemlich hungrig.« Die Lüge kam ohne Schwierigkeiten über seine Lippen. »Wenn es Sie nicht stört, würde ich mitkommen.«

»Warum sollte mich das stören?«

»Okay.« Fehrbach schickte Södersen eine WhatsApp-Nachricht, dass er sich um circa eine Stunde verspäte. »Macht nichts«, kam es einen Augenblick später zurück. »Ich komme hier noch lange nicht raus.«

Lisa schlug einen Italiener vor, der zwei Straßen entfernt lag. Fehrbach stimmte zu. Das Lokal war klein und gemütlich. Sie fanden einen Zweiertisch mit Blick in einen bepflanzten Innenhof, in dem es sich an warmen Sommertagen bestimmt wunderbar ausspannen ließ.

Lisa orderte eine Lasagne, Fehrbach entschied sich für einen Pasta-Garnelen-Auflauf. Nachdem der Kellner die Bestellung aufgenommen hatte und gegangen war, entstand ein verkrampftes Schweigen. Lisa spielte mit ihrer Armbanduhr, Fehrbach blickte auf die Kübel mit Oleander im Innenhof, ohne sie wirklich wahrzunehmen.

Schließlich war Lisa die Erste, die das Schweigen brach. »Wie läuft es auf Lankenau?«

»Gut, sehr gut sogar.« Fehrbach erzählte von dem Hotel, das im Torhaus untergebracht war und sich mittlerweile zu einem Geheimtipp entwickelt hatte. »Wir haben überhaupt nicht viel Werbung gemacht, doch unsere Gäste haben uns weiterempfohlen, und mittlerweile sind wir fast immer ausgebucht, selbst jetzt im Herbst und auch im kommenden Winter. Das hätte ich nicht erwartet. Ich habe mit einer Anlaufzeit von mindestens zwei Jahren gerechnet, aber so kann man sich irren.«

»Es ist ja auch sehr schön auf Lankenau. Ich kann verstehen, dass es die Menschen dorthin zieht. Es ist ein wunderbarer Rückzugsort.«

»Kommen Sie doch wieder mal vorbei. Ich würde mich sehr darüber freuen.«

Die Rückkehr des Kellners, der ihre Getränke brachte, enthob Lisa einer Erwiderung. Nachdem der Mann gegangen war, schnitt Fehrbach ein anderes Thema an, da er das Gefühl hatte, Lisa mit einer erneuten Einladung in die Enge zu treiben. »Wie geht es Ihrer Mutter? Und Ihrer Schwester?«

Ein Schatten flog über Lisas Gesicht.

»Entschuldigung«, sagte Fehrbach, »ich wollte nicht indiskret sein.« Ihr Blick traf ihn bis ins Mark.

»Ich bitte Sie«, sagte sie, und ihre Stimme klang belegt. »Wir beide haben Britt seinerzeit gefunden. Ohne Ihre Unterstützung wäre ich damals durchgedreht. Sie haben alles Recht der Welt, mich nach meiner Schwester zu fragen. Das hat doch nichts mit Indiskretion zu tun.« Sie legte ihre Hände auf dem Tisch übereinander, als wollte sie sich selbst beschwichtigen.

»Tut mir leid, ich wollte Sie nicht anblaffen, ich bin nur langsam am Poller, was meine Schwester angeht. Und meine Mutter auch, und das macht mich fast noch mehr fertig.«

»Möchten Sie darüber reden?«

Lisas Handy begann zu klingeln, aber nach wenigen Sekunden brach der eingehende Anruf wieder ab. Sie nahm das Smartphone zur Hand, und einen Augenblick später folgte das gleiche Spiel. Verständnislos schüttelte sie den Kopf. »Was soll das denn?«

Fehrbach wurde klar, dass die Chance vertan war. Wenn er Pech hatte, und genau danach sah es aus, wurde Lisa irgendwo gebraucht.

»Hier scheint irgendwas mit dem Netz nicht in Ordnung zu sein«, sagte sie und steckte das Handy wieder ein. »Aber wenn ich es richtig gesehen habe, war das Södersen, der gerade versucht hat, mich zu erreichen.« Sie blickte Fehrbach entschuldigend an. »Ich geh besser mal zurück. Tut mir leid.«

»Sie haben einen aktuellen Fall, so ist das nun mal.« Fehrbach bemühte sich um Gelassenheit, die er nicht empfand. »Was machen wir mit dem Essen?«

»Wieso?«

»Ich habe ja auch eine Verabredung mit Ihrem Chef. Da kann ich theoretisch gleich mitkommen.«

»Doggy bag?«, sagte Lisa, und bei dem feinen Lächeln, das ihr Gesicht für einen kurzen Moment überzog, krampfte sich Fehrbachs Herz schmerzhaft zusammen. »Wir essen es heute Abend.«

Gemeinsam?, lag ihm auf der Zunge, aber er schreckte im letzten Moment zurück. Es war der falsche Zeitpunkt.

Er fragte sich, ob es für sie jemals den richtigen geben würde.

Auf dem Weg zur Bezirkskriminalinspektion erzählte Lisa Fehrbach gerade von ihrer Facebook-Recherche und den damit verbundenen weiteren Überlegungen, als ihr Handy von neuem zu klingeln begann. Diesmal kam die Verbindung zustande. Bei Södersens Worten stockte ihr der Atem. »O mein Gott, ich bin sofort bei euch.« Sie steckte das Handy ein und warf Fehrbach einen kurzen Blick zu. »Es hat den Richter erwischt, den wir nicht erreichen konnten, Rüdiger Lenz. Ich muss sofort nach Strande.«

»Ist er tot?«

»Ja.«

Sie rannten los. An der Ecke zur Gartenstraße kamen ihnen zwei Dienstwagen mit quietschenden Reifen entgegen. Im ersten öffnete sich die Tür der Beifahrerseite, und Lisa erblickte Bergmanns angespanntes Gesicht. Södersen saß am Steuer. »Steig ein!«, ordnete er an, dann bemerkte er Fehrbach. »Wollen Sie mit?« Fehrbach nickte und nahm auf der Rückbank neben Lisa, die Malte und Uwe im zweiten Wagen entdeckt hatte, Platz.

»Was ist passiert?«, fragte sie, nachdem Södersen das Blaulicht aufs Wagendach geknallt hatte und sich der Audi wieder in Bewegung setzte.

»Lenz ist offenbar gestern aus dem Urlaub zurückgekommen. Eine Bekannte hat ihn vorhin tot in seinem Haus aufgefunden.« Södersens Kiefer war zusammengepresst. Er blickte starr auf die Straße vor sich. Es brauchte nicht viel Fantasie, um zu ermessen, was gerade in seinem Kopf vor sich ging.

Ein weiterer Mensch war zu Tode gekommen, und sie hatten es nicht verhindern können. So etwas war das Schlimmste, was einem Polizeibeamten passieren konnte. Wäre Lenz doch nur vor Ort gewesen, dann hätten sie ihn wie seine Kollegen unter Schutz stellen können. Lisa wusste, dass es nichts brachte, so zu denken, denn sie hatten alles Menschenmögliche getan. Und trotzdem …

Dank des Einsatzes des Sondersignals bewältigten sie die Strecke in der Hälfte der sonst üblichen Zeit, was ebenso für den nachfolgenden Wagen galt, den Malte nur Sekunden nach ihnen vor dem schmucken Einfamilienhaus im Bülker Weg zum Stehen brachte.

Beim Aussteigen stellte Lisa fest, dass die Szenerie auf erschreckende Weise an die der letzten beiden Tötungsdelikte erinnerte. Ein Schauer lief ihr über den Rücken. Streifenwagen, Notarzt- und Rettungswagen, Leichenwagen, der blaue VW-Bus der Spurensicherung, der silberfarbene Mercedes des Rechtsmediziners, Menschen in Uniform und in Zivil. Neu waren heute jedoch die Gaffer, von denen es an den ersten beiden Tatorten keine gegeben hatte. Nahezu alle hielten ein Smartphone in den Händen, begierig darauf, das Ereignis festzuhalten und anschließend sofort ins Internet zu stellen. Auch einige Pressevertreter hatten bereits Wind von der Sache bekommen und hielten ihre Kameras gezückt, um nur ja nichts zu verpassen. Als Södersen auf eines der Absperrgitter auf der gegenüberliegenden Straßenseite zuging, hinter dem ein größerer Menschenpulk Stellung auf dem Fußweg bezogen hatte, wurden ihm mehrere Mikrofone entgegengestreckt.

»Ist es wieder ein Richter?«

»Was tut die Polizei, um den Killer endlich zu fassen?«

»Wieso konnten Sie diese Tat nicht verhindern?«

»Ruhe!«, donnerte der Södersen, und Lisa schrak zusammen, denn eine solche Reaktion hatte sie noch nie von ihm erlebt. Sie beobachtete, wie er auf einen der Handyfilmer zuging, und ahnte Böses. »Haben Sie eigentlich überhaupt keinen Anstand im Leib?«, fuhr er den jungen Mann von vielleicht Anfang zwanzig an, dessen magere Gestalt in einer zerlöcherten Jeans und einem schmuddeligen T-Shirt steckte. Unwillkürlich trat dieser einen Schritt zurück, machte allerdings keine Anstalten, mit seinem Tun aufzuhören. »Her mit dem Ding!«, forderte Södersen ihn auf und streckte die Hand aus.

»Ich denk nicht dran!«, sagte der Typ und setzte ein herausforderndes Grinsen auf. »Ihr könnt mir gar nichts. Das ist ein freies Land, ich kann aufnehmen, was und wen ich will.«

»Nein, das kannst du nicht!« Ehe der Typ sich's versah, hatte Södersen ihm das Mobilfunkgerät aus der Hand gerissen. »Das Handy ist konfisziert.«

»Hey, Alter, hast du sie noch alle?« Er krallte seine Hände um das Absperrgitter, und seine Augen blitzten angriffslustig. Im nächsten Moment setzte er über das Hindernis hinweg, wurde allerdings von zwei Streifenbeamten festgehalten, bevor er die Chance erhielt, auf Södersen loszugehen.

»Personalien aufnehmen«, ordnete dieser an und scherte sich nicht um das einsetzende Protestgeschrei, als die beiden Schutzpolizisten den Gaffer zum Streifenwagen führten. In der Menge setzte empörtes Stimmengewirr ein.

Lisa beschloss, dazwischenzugehen, bevor die Sache eskalierte. Sie hatte volles Verständnis für das Verhalten ihres Vorgesetzten, aber im Moment musste sie ihn vor sich selbst schützen.

Sie trat auf Södersen zu und nahm ihn beiseite. »Lass mich das hier machen«, sagte sie leise und hoffte inständig, dass er ihrer Bitte nachkommen und sie nicht als Bevormundung seiner Arbeit empfinden würde.

»Die sind doch das Letzte!« Södersen atmete tief aus.

»Ja, das sind sie«, pflichtete Lisa ihm bei. »Aber wir müssen aufpassen, dass wir ihnen keine Steilvorlage liefern. Du weißt doch, wie schnell das geht. Am Ende sind immer wir die Dummen.«

»Ja, du hast ja recht«, brummte er. »Ich glaub, ich werd langsam zu alt für den Kram. Das wäre mir früher nicht passiert.« Er wandte sich in Richtung Haus. »Ich geh rein. Da kann ich wenigstens kein Unheil anrichten.«

Die Resignation in seinem letzten Satz schnürte Lisa die Kehle zu. Södersen hatte sich nach seiner Krankheit gut erholt, aber die Freude an seinem Beruf und die Motivation schienen ihm immer häufiger abhandenzukommen. Ihre Befürchtung, dass er vorzeitig hinschmeißen würde, hatte sich in der letzten Zeit verstärkt. Sie war noch nicht bereit, seine Nachfolge anzutreten, ja, immer häufiger fragte sie sich, ob sie es überhaupt jemals wäre, aber viel wichtiger war ein ganz anderer Aspekt. Sie würde Södersen vermissen, ganz schrecklich sogar, seine Klugheit, seine Besonnenheit, seinen Rat, seine Freundschaft, die nicht enden würde, wenn er in den Ruhestand ginge, aber vielleicht an Intensität verlor, wenn man sich nicht mehr an mindestens fünf Tagen in der Woche sah.

Schlechtes Timing, Lisa, dachte sie, ganz schlechtes Timing, um jetzt darüber nachzudenken. Sie schüttelte die trüben Gedanken ab und ging zu der Absperrung hinüber, von der sie ihren Vorgesetzten gerade weggelotst hatte. Dahinter wurde unverdrossen weitergefilmt, und wenn sie Pech hatten, würden die Geschehnisse der letzten Minuten unter dem Stichwort *Polizeiwillkür* innerhalb kürzester Zeit im Internet auftauchen. Der Gedanke daran machte sie fuchsteufelswild, aber sie zwang sich zur Ruhe. »Schnappt euch bitte eure Kollegen«, wies sie zwei Schutzpolizisten an, die an dem Sperrgitter positioniert waren. »Ich will, dass die Absperrung erweitert wird«, sie warf einen Blick in die Runde, »und zwar auf zwanzig Meter in beide Straßenrichtungen und auf dieser Seite bis hinunter zum Wasser.« Das hatte sie nämlich schon bei ihrer Ankunft gestört. Auf der gegenüberliegenden Straßenseite gab es keine Bebauung, sondern nur einen breiteren Rasenstreifen, an den ein Fußweg grenzte, der am Strand entlangführte. Wieso die Beamten der Schutzpolizei diesen Bereich nicht vollständig abgesperrt und somit eine größere Menschenansammlung zumindest in direkter Nähe zum Tatort verhindert hatten, war für sie nicht nachvollziehbar.

Aus der Menge, die in den letzten Minuten immer mehr Zulauf erfahren hatte, waren vereinzelte wütende Ausrufe zu vernehmen. Aber Lisa war noch nicht fertig. Sie wandte sich jetzt direkt an die Menschen, die sie mit teils neugierigen, teils aufgebrachten Blicken musterten. »Sie werden jetzt den Anweisungen meiner Kollegen Folge leisten und diesen Platz verlassen. Bevor das geschieht, werden wir Ihre Handys einziehen. Sie können sie morgen früh ab zehn Uhr in der Bezirkskriminalinspektion in der Blumenstraße in Kiel wieder abholen.« Sie schaute auffordernd in Richtung der Kollegen, die sich sofort daranmachten, ihre Anweisung in die Tat umzusetzen.

Ein wütendes Protestgeschrei hob an und verfolgte sie auf dem Weg zu Rüdiger Lenz' Haus. Sie stieß die Hände in die Taschen ihrer Jacke, denn andernfalls hätte sie dem Mob hinter sich zwei Mittelfinger gezeigt.

Vor der Haustür traf sie auf Fehrbach, der genau wie Södersen, der etwas abseits stand und telefonierte, darauf wartete, dass die Kollegen vom K6 sie hereinließen. »Am liebsten würde ich jeden dieser elenden Typen anzeigen«, machte sie ihrem Ärger Luft, während sie den Schutzanzug überstreifte.

»Was haben Sie denen gesagt?«, wollte Fehrbach wissen. »Die wirkten plötzlich so aufgebracht.«

»Dass die Absperrung erweitert wird und die Kollegen ihre Handys einziehen.« Sie begegnete Fehrbachs Blick. »Ich weiß, was Sie jetzt sagen wollen. Das ist rechtlich …«

»Das ist rechtlich vollkommen in Ordnung«, fiel er ihr ins Wort. »Falls es Ärger geben sollte, sagen Sie Bescheid.«

Ein warmes Gefühl durchflutete Lisas Körper, und für einen kurzen Moment verlor sie sich in Fehrbachs Blick.

»Moin!« Der Gruß von Hendrik Falkner brachte sie in die Gegenwart zurück. Der OFA-Kollege nickte allen Umstehenden zu, bevor er sich an Södersen wandte, der sein Telefonat beendet hatte und zu ihnen getreten war. »Wir sind heute nicht ganz vollzählig. Die Chefin hat sich krankgemeldet.«

Was weder ihn noch den Rest seiner Kollegen, die gerade zu ihnen herüberkamen, sonderlich traurig zu stimmen schien. Ohne Lea Nordin wirkte die Truppe wieder homogen. Auch Luca schien sich gut eingefügt zu haben. Lisa erwiderte sein Lächeln und bedauerte insgeheim, dass es ihnen aus Zeitmangel bisher nur gelungen war, zwei kurze Mails auszutauschen. Für ein Telefongespräch oder gar ein Treffen hatte es leider noch nicht gereicht.

»Ihr könnt rein.« Behring war in der Haustür erschienen und winkte ihnen kurz zu.

Der Leichnam von Rüdiger Lenz befand sich im Flur, den zwei Scheinwerfer in gleißendes Licht getaucht hatten. Lenz war mit einer schwarzen Jeans und einem dunkelgrauen T-Shirt bekleidet. Er lag auf dem Rücken. Unter seinem Kopf war ein Kissen mit einem floralen Druck plaziert. Es wirkte fehl an diesem Ort des Grauens. Neben der Leiche kniete Dr. Karstens, der sich jetzt erhob und einmal kurz in die Runde nickte.

»Und?«, fragte Södersen.

»Bis jetzt habe ich nur Strommarken in der rechten Armbeuge feststellen können. Näheres …«

»Ja, ja«, Södersen winkte ungeduldig ab, »nach der Obduktion, ich weiß.« Er beugte sich zu Lenz hinunter. »Aber wie es aussieht, hat der Täter sich auch diesmal den Schuss gespart. Das kann ja selbst ich erkennen.«

Karstens Miene behielt ihren stoischen Ausdruck auch im Angesicht von Södersens unverhohlenem Sarkasmus bei. »Das ist richtig.«

»Können Sie schon etwas zum Todeszeitpunkt sagen?«, fragte Lisa.

Karstens zog die Augenbrauen hoch.

»Wenigstens ungefähr?«, versuchte sie es ein weiteres Mal.

Karstens stieß einen tiefen Seufzer aus. »Ich gehe davon aus, dass es wieder in den Abendstunden geschehen ist. Mehr werden Sie von mir jetzt nicht zu hören bekommen.«

Besser als gar nichts. Lisa wandte ihren Blick ab und nahm den Toten in Augenschein. Ende vierzig, ein kantiges Gesicht, zunehmendes Grau in den schwarzen Haaren. Der Richter war allem Anschein nach gut in Form gewesen, wovon der schlanke Körper und die muskulösen Oberarme zeugten. Und trotzdem war auch er offensichtlich nur durch die Stromstöße eines Tasers getötet worden, denn Lisa ging davon aus, dass ein solcher auch diesmal wieder zum Einsatz gekommen war.

Auf der Kommode unter dem Spiegel entdeckte sie zwei Poststapel. Der Brief, den sie durch einen Kollegen hatte ausliefern lassen, lag zuoberst auf dem rechten Stapel. Der Umschlag war nicht geöffnet. Erneut wurde sie von einem Schuldgefühl übermannt, und wieder versuchte sie es abzustreifen, weil es völlig irrational war. Sie hatten keine Möglichkeit gehabt, sich mit Lenz in Verbindung zu setzen. Niemand hatte sein Urlaubsziel gekannt, wo also hätten sie ansetzen sollen? Verwandte und Freunde hatten in der Kürze der Zeit noch nicht ausfindig gemacht werden können. Und trotzdem blieb das Gefühl zurück, nicht alles getan zu haben.

»Ich will jetzt Lenz' Freundin befragen«, vernahm Lisa Södersens Stimme neben sich. »Komm bitte dazu.«

Marie Kerstan war eine mittelgroße, schlanke Blondine von vielleicht vierzig Jahren, die sich mittlerweile wieder etwas gefangen hatte. Bei ihrem Eintreffen hatte sie in Tränen aufgelöst im Wohnzimmer gesessen, aber schon zu diesem Zeitpunkt ein Gespräch mit einem Mitarbeiter des Kriseninterventionsteams abgelehnt. Sie komme alleine klar. Als Lisa und Södersen jetzt zu ihr traten, richtete sie sich im Sessel auf.

»Fühlen Sie sich in der Lage, uns einige Fragen zu beantworten?«, fragte Södersen.

»Ja … natürlich …« Sie deutete auf die dunkelbraune Couchgarnitur aus genarbtem Leder. »Nehmen Sie doch bitte Platz.«

»Frau Kerstan, in welchem Verhältnis stehen Sie zu Herrn Lenz?«, begann Södersen die Befragung, nachdem er und Lisa sich gesetzt hatten.

»Ich bin seine Lebensgefährtin …«, sie geriet ins Stocken, »… also ich war … ich war seine Lebensgefährtin.«

»Seit wann kennen Sie sich?«

»Seit ungefähr zwei Jahren.«

»Und wo haben Sie sich kennengelernt?«, wollte Lisa wissen.

»In einem Restaurant in Kiel. Rüdiger war dort mit einer Bekannten, und als er am Büfett neben mir stand, hat er mir ein Schälchen mit roter Grütze über mein Kleid geschüttet. Aus Versehen natürlich, aber ich hätte ihn umbringen können.« Als ihr bewusst wurde, was sie gerade gesagt hatte, schlug sie eine Hand vor den Mund, und ihre Augen füllten sich erneut mit Tränen. Sie brauchte einen Moment, bis sie sich gesammelt hatte und weitersprechen konnte. »Rüdiger hatte mitbekommen, dass ich mit der Restaurantleiterin bekannt war. Er hat ihr meine Adresse entlockt und stand am nächsten Abend mit einem großen Blumenstrauß vor meiner Tür. Seitdem sind wir zusammen.«

»Wohnen Sie ebenfalls hier?«

Marie Kerstan schüttelte den Kopf. »Nein, ich wohne in Kiel. Rüdiger und ich haben in letzter Zeit aber häufiger darüber gesprochen, zusammenzuziehen.«

»Was machen Sie beruflich?«

»Ich arbeite als Sachbearbeiterin in einer Versicherung.«

»Wissen Sie, wer sich während des Urlaubs um die Post von Herrn Lenz gekümmert hat?«

»Er sagte etwas von einer Nachbarin.«

»Kennen Sie deren Namen?«

»Leider nicht.«

»Hat diese Frau einen Schlüssel für das Haus, oder hat sie die Post bei sich aufbewahrt?«

»Soweit ich mich erinnere, hat sie hier die Blumen gegossen, und die Post wird sie dann ja auch mit reingenommen haben.« Marie Kerstan schluchzte auf. »Ich hatte Rüdiger angeboten, mich darum zu kümmern, aber er hat gemeint, dass ich deshalb nicht ständig von Kiel hierherkommen müsse.«

Die nächste Frage war heikel, Lisa überlegte sich ihre Worte genau. »Frau Kerstan, ich muss Sie das jetzt fragen. Welchen Grund hatte es, dass Sie nicht zusammen mit Herrn Lenz in Urlaub geflogen sind? Als Paar verreist man doch meistens gemeinsam.«

Marie Kerstan schien nicht irritiert. »Ja, meistens, aber in diesem Fall leider nicht, denn ich konnte aufgrund zweier Krankheitsfälle in der Firma keinen Urlaub bekommen. Und Rüdiger bekam zu keiner anderen Zeit frei. Er wollte zuerst hierbleiben, aber ich habe ihn überredet zu fliegen. Er hatte in letzter Zeit sehr viel zu tun und brauchte dringend Erholung.«

»Frau Kerstan, wissen Sie, ob Herr Lenz in letzter Zeit bedroht wurde?«

Sie schüttelte den Kopf. »Nein … nein, das glaube ich nicht. Wer sollte ihn denn bedrohen? Er hat doch niemandem etwas getan.« Ihre Augen weiteten sich, als wäre ihr plötzlich etwas bewusst geworden, und sie sah Lisa voller Schrecken an. »Glauben Sie etwa, dass Rüdigers Tod auch auf das Konto dieses Richter-Killers geht?«

»Es ist noch zu früh, dazu etwas zu sagen«, wiegelte Södersen ab. »Wussten Sie, wann Herr Lenz aus dem Urlaub zurückkommen würde?«

»Ja, natürlich.«

»Hat er sich nach seiner Rückkehr bei Ihnen gemeldet?«

»Er hat von unterwegs angerufen. Wir wollten uns eigentlich noch sehen, aber er steckte im Stau und wusste nicht, wann er zu Hause sein würde. Heute Morgen musste ich trotz Wochenende noch einmal in die Firma, und so bin ich erst vorhin hergekommen.«

»Wo war Herr Lenz in Urlaub?«

»Er ist nach Kreta geflogen.«

»Ist Ihnen bekannt, ob er etwas von den Tötungsdelikten an seinen beiden Kollegen wusste? Oder haben Sie es ihm erzählt? Sie haben doch sicherlich während seines Urlaubs miteinander telefoniert.«

»Ja, wir haben einige Male telefoniert. Aber Rüdiger hat mit Sicherheit nichts davon gewusst. Er ist nicht der Typ, der sich im Urlaub ständig die neuesten Nachrichten über das Internet reinzieht. Das interessiert ihn nicht, im Urlaub will er abschalten. Deshalb habe ich ihm auch nichts davon erzählt, ich wollte ihn ja schließlich nicht beunruhigen.«

»Erzählen Sie uns bitte genau, was Sie seit Ihrem Eintreffen gemacht haben.«

»Ich hab die Tür aufgeschlossen, und da sah ich Rüdiger auf dem Boden liegen. Ich bin sofort zu ihm hin, weil ich dachte, dass er vielleicht ohnmächtig geworden ist. Aber er rührte sich nicht, obwohl ich immer wieder seinen Namen gerufen und ihn geschüttelt habe. Da habe ich den Notarzt verständigt. Und der ...«, ein Schluchzen erstickte ihre Stimme, »... der hat Rüdiger untersucht und gesagt, dass er tot ist.« Sie schlug die Hände vors Gesicht.

»Was haben Sie gemacht, während Sie auf den Notarzt gewartet haben?«, fragte Lisa, nachdem das Schluchzen wieder abgeebbt war.

»Ich habe ein Kissen aus dem Wohnzimmer geholt und unter Rüdigers Kopf gelegt. Dann habe ich mich neben ihn auf den Fußboden gesetzt und seine Hand gehalten.«

»Was war mit der Eingangstür? War sie bei Ihrem Eintreffen abgeschlossen?«

Marie Kerstan dachte angestrengt nach. »Ich glaube, sie war nur ins Schloss gezogen.«

»Standen irgendwelche Fenster und Türen offen?«

»Darauf habe ich nicht geachtet, ich musste mich doch um Rüdiger kümmern.«

Die Beamten vom Kriminaldauerdienst hatten angegeben, dass bei ihrer Ankunft sämtliche Fenster und Türen geschlossen gewesen waren.

»Haben Sie bei Ihrem Eintreffen jemanden in der Umgebung des Hauses gesehen?«

Marie Kerstan schüttelte den Kopf. »Nein, mir ist niemand aufgefallen. Ich hab da aber auch nicht weiter drauf geachtet.«

»Gut, Frau Kerstan, das war's fürs Erste«, beendete Södersen die Befragung, als er sah, dass die Frau zu zittern begann.

Lisa stand auf und ging hinaus, um dem Notarzt Bescheid zu geben, der vorsichtshalber noch vor dem Haus gewartet hatte. »Ich glaube, Sie werden jetzt doch gebraucht.« Als sie ins Haus zurückkehrte, sah sie, dass Karstens seine Untersuchung der Leiche beendet hatte und dem Bestatter ein Zeichen gab. Sie blickte sich nach Fehrbach um, konnte ihn aber nirgends entdecken. Also wandte sie sich an Bergmann, der mit Uwe den Außenbereich des Hauses unter die Lupe genommen hatte und gerade zurückgekommen war. »Weißt du, wo Fehrbach ist?«

»Der hat sich ein Taxi gerufen, um in die Staatsanwaltschaft zurückzufahren«, sagte ihr Kollege. »Er meinte, dass eine zweite Pressekonferenz am Montag wohl unumgänglich sei, und wollte sich schon mal vorbereiten. Malte ist mitgefahren, der wollte mit den Nachforschungen über Lenz beginnen.«

Bei den Nachbarschaftsbefragungen kam nicht allzu viel heraus. Rüdiger Lenz hatte keinen Kontakt gesucht, und man hatte sich ihm nicht aufgedrängt, als er vor sechs Jahren in das seit Monaten leerstehende Haus gezogen war. Eine Nachbarin wusste allerdings von häufig wechselndem Damenbesuch zu berichten.

»Er hatte öfter mal Frauen zu Besuch, das habe ich schon gemerkt. Unterschiedlichen allerdings.« Ein missbilligender Ausdruck überzog das Gesicht der drallen Rothaarigen, die im Nachbargarten gerade Laub zusammenharkte.

»Kannten Sie eine dieser Frauen?«, fragte Lisa.

»Nein. Ich hab das auch immer nur zufällig mitbekommen, ich bin nämlich keine von denen, die ihren Nachbarn hinterherspioniert.«

»Fand dieser Damenbesuch denn auch noch in der letzten Zeit statt?«

»Ja, das war häufig ein munteres Kommen und Gehen. Ich hab immer zu meinem Mann gesagt, der Typ nebenan, der hat 'nen Harem.«

Das hörte sich ja ganz so an, als ob Lenz neben Marie Kerstan noch weitere Frauen beglückt hätte. Ob sie davon gewusst hatte? Falls ja, läge hier ein Motiv vor, auch wenn auf den ersten Blick wieder alles auf den Richter-Killer hindeutete.

Lisa stellte noch eine letzte Frage. »Uns wurde gesagt, dass sich eine Nachbarin um die Blumen von Herrn Lenz und seine Post gekümmert hat. Wissen Sie, um wen es sich da handelt? Wir würden nämlich gerne mit ihr sprechen.«

»Ach, das ist die Gesa«, meinte die Rothaarige. »Die wohnt ein paar Häuser die Straße rauf. Die hatte aber auch keinen regelmäßigen Kontakt zu Lenz. An die hat er sich immer nur erinnert, wenn er in Urlaub wollte und ihrer Dienste bedurfte.« Die letzten Worte wurden von einem verächtlichen Schnauben begleitet. Wie es aussah, war Lenz nicht besonders beliebt gewesen.

»Wo genau wohnt Frau …?«

»Brenders«, half die Rothaarige nach. »Gesa Brenders. Sie wohnt dort.« Ihr Zeigefinger wies auf ein Haus am Ende der Straße. »Gesa ist aber nicht da, die ist vorgestern zu ihrer kranken Mutter nach Aschaffenburg gefahren.«

»Haben Sie da eine Adresse?«

»Nee, aber ich hab Gesas Handynummer«, sagte sie grinsend.

Gesa Brenders bestätigte, dass sie sich um die Post von Rüdiger Lenz gekümmert habe, das letzte Mal am Tag ihrer Abfahrt. Sie habe alles auf der Kommode im Flur abgelegt. An welchem Tag genau er aus dem Urlaub zurückkommen wollte, habe er offengelassen, irgendwann zwischen Freitag und Montag, habe er gemeint. Deshalb habe sie auch keine Lebensmittel für ihn eingekauft, was sie sonst immer tue. Außerdem habe sie dringend zu ihrer kranken Mutter gemusst. Die Frage, ob ihr während Lenz' Abwesenheit etwas Verdächtiges aufgefallen sei oder sie irgendwelche Besonderheiten in seinem Haus wahrgenommen habe, verneinte sie. Es sei alles wie immer gewesen.

Nach dem Gespräch mit Gesa Brenders sahen sich Lisa und Södersen noch einmal ausführlich im Haus des toten Richters um, bevor sie nach einer kurzen Besprechung mit den Kollegen vom K6 entschieden, in die BKI zurückzufahren. Uwe und Bergmann hatten sich bereits auf den Weg gemacht, um die fünf unter Personenschutz stehenden Richter aufzusuchen, deren Bewacher schon über das neue Tötungsdelikt informiert worden waren.

»Ein weiser Entschluss«, meinte Behring, als sie sich von ihm verabschiedeten. »Hier steht ihr doch nur im Weg herum.«

Auf dem Rückweg erzählte Lisa Södersen, dass sie bei Facebook ein Profil von Rüdiger Lenz entdeckt habe, und von ihrem geplanten Vorhaben. »Was hältst du davon?«

»Mach es«, meinte er und wirkte resigniert. »Wir müssen nach jedem Strohhalm greifen.«

»Alles okay mit dir?«

»Ja!« Er starrte auf die Straße vor sich, und seine kurze Antwort signalisierte, dass weitere Fragen unerwünscht waren.

Irgendwas ist mit ihm, dachte Lisa, und das hat nichts mit dem Fall zu tun.

In der Blume wurden sie bereits ungeduldig von Malte erwartet, der in der Zwischenzeit einiges herausgefunden hatte.

»Also«, hob er bedeutungsvoll an, nachdem sie sich im Besprechungsraum versammelt hatten, »in Lenz' letzten beiden Fällen ging es um Kindesmissbrauch sowie einen Fall von häuslicher Gewalt. Bei dem Kindesmissbrauch war das erste Opfer ein siebenjähriger Junge, der von einem Fremden in das Düsternbrooker Gehöft gelockt und dort sexuell missbraucht worden ist. Die Staatsanwaltschaft hatte Untersuchungshaft beantragt, allein schon wegen einer möglichen Wiederholungsgefahr. Richter Lenz hatte dies abgelehnt, weil er keinen dringenden Tatverdacht sah. Als der Mann zwei Wochen später einen weiteren Jungen missbrauchte, hat Lenz umgehend dem von der Staatsanwaltschaft beantragten Haftbefehl stattgegeben.« Malte scrollte weiter. »Die Eltern der beiden Jungen haben ihrer Verzweiflung in den Medien Luft gemacht. Wir sollten sie in jedem Fall überprüfen.«

»Und der zweite Fall?«, wollte Södersen wissen.

»Hier ging es um häusliche Gewalt, allerdings mal andersherum. Ein Mann hatte seine Ehefrau angeklagt, ihn seit Jahren auf das Schwerste zu misshandeln. Obwohl das Gesicht des Mannes von Schlägen entstellt war, soll Lenz in schallendes Gelächter ausgebrochen sein, als der Staatsanwalt mit den Fotos des Opfers vor ihm stand und Haftbefehl beantragt hat. Einige Tage später hat Lenz den Haftbefehl aufgrund massiven Drucks von der Staatsanwaltschaft dann doch abgenickt. Allerdings hat er für die Tatverdächtige, die wohl so aussah, als könnte sie kein Wässerchen trüben, während des Prozesses große Sympathie gezeigt. Obwohl die Beweise gegen sie erdrückend waren, ist sie mit einer fünfmonatigen Bewährungsstrafe davongekommen.«

»Gab es hier irgendwelche Aktionen gegen Lenz?«, fragte Lisa.

»Davon ist nichts bekannt. Wir sollten uns den Ehemann aber trotzdem ansehen.«

Lisa berichtete von dem Gespräch mit Lenz' Nachbarin und seinem wechselnden Damenbesuch. »Wenn Marie Kerstan davon gewusst hat, hat sie ein Motiv. Ich kann mir allerdings nicht vorstellen, dass sie die Tat begangen hat, und noch weniger, dass es diesmal eine Einzeltat gewesen sein soll.«

»Hoffen wir mal, dass die Kollegen von der KT etwas finden«, meinte Södersen. »In der Zwischenzeit nehmt euch bitte diese beiden Elternpaare und den misshandelten Ehemann vor.«

»Fehrbach meinte vorhin, dass ihr wohl wieder 'ne Preko macht«, sagte Malte.

»Da wird uns leider nichts anderes übrigbleiben. Allerdings nicht vor Montag«, brummte Södersen und begab sich in sein Büro.

Lisa nahm einen weiteren Schluck Kaffee und starrte nachdenklich in den blauen Becher mit dem weißen MOIN-Schriftzug, als läge die Lösung des Falles darin verborgen. »Je länger ich darüber nachdenke, umso sicherer bin ich mir, dass wir es mit nur einem Täter zu tun haben und der Hintergrund für die drei Tötungsdelikte im privaten Umfeld der Richter zu finden ist.«

»Aber Rüdiger Lenz fällt auch wieder in die Richter-Gnädig-Kategorie«, wandte Malte ein.

»Das ist richtig, doch …« Lisa schüttelte den Kopf und sah ihren Kollegen an. »Wir kennen jetzt mehrere Urteile der drei

Richter, mit denen eine Reihe von Personen nicht einverstanden waren. Aber der Unmut oder auch die Wut dieser Menschen bezog sich doch jeweils auf nur ein Urteil. Diese Leute haben sich doch nicht dafür interessiert, was der von ihnen gehasste Richter noch für Urteile fällt, geschweige denn für die anderer Richter.«

»Wesskamp schon«, meinte Bergmann. »Denk an seine Facebook-Seite. Da hat er zumindest weitere Urteile von Egner kommentiert.«

»Stimmt«, gab Lisa zu. »Aber mit Sicherheit haben ihn nicht die Urteile interessiert, die Harmsen oder Lenz gefällt haben. Es ist doch sogar wahrscheinlich, dass er die beiden Richter gar nicht gekannt hat.«

»Also doch ein selbsternannter Rächer, der zum Rundumschlag ausgeholt hat«, sagte Uwe, stand auf und gab Malte ein Zeichen. »Lass uns die Elternpaare und den Ehemann überprüfen. Dieses elende Spekulieren bringt uns keinen Schritt weiter.«

Hendrik Falkner legte das Mobiltelefon zur Seite und blickte in die Runde seiner Kollegen, die um den Besprechungstisch Platz genommen hatten. »Nichts zu machen. Beim Handy geht immer nur die Mailbox ran und auf dem Festnetzanschluss der AB. Meine Mail hat sie offensichtlich auch nicht gelesen, jedenfalls kam keine Lesebestätigung zurück.«

Nachdem sie den Tatort in Strande verlassen hatten, waren Falkner und seine Kollegen ins LKA gefahren. Falkner konnte gar nicht mehr sagen, wie oft er versucht hatte, Lea Nordin zu erreichen, zehnmal bestimmt. Hinzu waren mehrere SMS und WhatsApp-Nachrichten gekommen, und vor zwei Stunden hatte er ihr dann eine Mail geschickt. Keine Reaktion. Langsam reichte es ihm.

»Versuch's doch später noch mal«, meinte Prahl. »Vielleicht hat sie einfach nur alles abgestellt, weil sie nicht gestört werden will. Immerhin ist sie krank.«

Die SMS am Vormittag hatte Falkner irritiert. Lea Nordin war nicht der Typ, der sich während eines aktuellen Falles krankmeldete. Jedenfalls schätzte er sie nicht so ein. Er hatte es auch äußerst merkwürdig gefunden, dass sie ihn nicht angerufen, sondern nur eine Nachricht geschickt hatte. Irgendwas stimmte da nicht, aber was ging ihn das eigentlich an? Wenn sie glaubte, sich so kurz nach Antritt ihres neuen Jobs und während der Ermittlungen in einem Fall von äußerster Brisanz krankmelden zu können, dann war das ihre Sache. Ihr musste klar sein, dass ihre Vorgesetzten so etwas nicht gerne sahen, aber offensichtlich war ihr das egal. Und trotzdem gab es da eine kleine hartnäckige Stimme in seinem Hinterkopf, die sagte, dass er sich kümmern müsse, dass das Gefühl der Verantwortung, das zwischen ihm und seinen Kollegen bestand, jetzt auch ihre neue Vorgesetzte mit einschloss. Himmel, dachte er genervt, ich bin doch kein Kindermädchen. Die Frau ist erwachsen und kann sich ja wohl gut um sich selbst kümmern. Aber die Selbstbeschwichtigung wollte heute nicht funktionieren, und so beschloss er, es mit einem weiteren Anruf zu versuchen, sobald sie hier fertig waren. Er teilte seinen Kollegen seine letzte Überlegung mit und sagte dann: »Und jetzt an die Arbeit, Männer. Wir waren ja bereits nach den ersten beiden Fällen der Meinung, dass wir es mit einer Serie zu tun haben. Diese Einschätzung gilt jetzt doch erst recht, oder was meint ihr?«

Eine Serie im Sinne der OFA-Qualitätsstandards, die zuletzt im Jahr 2009 durch eine Bund-Länder-Projektgruppe entwickelt und festgeschrieben worden waren, umfasste immer mindestens zwei Fälle.

»Ich denke schon«, meinte Prahl, und die anderen pflichteten ihm bei.

»Gut. Dann sollten wir jetzt zusehen«, erklärte Falkner, »dass wir weitere Übereinstimmungen erkennen, aber auch die Unterschiede zwischen den drei Taten nicht aus den Augen verlieren.«

Diese Punkte gehörten zu den Grundbestandteilen einer vergleichenden Fallanalyse, wie sie bei Serien angewandt wurde, und waren von ihnen bereits nach den ersten beiden Tötungsdelikten in Angriff genommen und auf einem weiteren Whiteboard aufgelistet worden.

»Alle Opfer sind Richter am Landgericht Kiel und aufgrund ihrer milden Urteile häufig angefeindet worden«, fuhr Falkner fort. »Im ersten Moment sieht es so aus, als ob das der Hintergrund sein könnte. Allerdings erscheint es unwahrscheinlich, dass unser Täter mit allen dreien zu tun gehabt hat. Hier erscheint mir die These vom selbsternannten Rächer denkbarer.«

»Er könnte die drei willkürlich oder gezielt ausgesucht haben«, spann Richter den Gedanken weiter. »Er hat ihre Adressen ausfindig gemacht und gewusst, wann er sie in ihren Häusern antreffen würde, denn er wird an den Mordabenden nicht einfach so hingefahren sein. Das heißt, dass er sie über einen längeren Zeitraum beobachtet haben muss.«

»Schließt das eine Berufstätigkeit aus?«, überlegte Farinelli laut.

»Nicht unbedingt«, meinte Böttcher. »Die Tatorte befinden sich zwar in unterschiedlichen Gebieten, liegen jetzt aber auch nicht so weit auseinander. Und der Tatzeitraum war immer am Abend, da dürfte eine längere Beobachtung nach Dienstschluss zwar zeitaufwendig, aber nicht unmöglich gewesen sein.«

»Das könnte bedeuten, dass der Täter allein lebt und niemandem darüber Rechenschaft ablegen muss, wenn er abends länger wegbleibt«, sagte Farinelli.

»Das wäre eine Möglichkeit«, kam es von Lorenz. »Oder er arbeitet im Schichtdienst und kann sich für einige Zeit von seinem Arbeitsplatz wegstehlen.«

Ein kurzes Schweigen entstand, in dem jeder seine Überlegungen anstellte.

»An Übereinstimmungen hatten wir bisher folgende Punkte festgestellt«, fuhr Falkner fort, als nichts weiter kam, und deutete mit einem dicken Filzstift auf die Notizen auf dem Whiteboard. »Die Opfer wurden zuerst mit einem Taser außer Gefecht gesetzt. Das erste Opfer wurde danach durch einen Genickschuss hingerichtet. Das zweite Opfer kam aufgrund eines bei der Obduktion festgestellten Herzfehlers bereits durch die Stromstöße zu Tode. Hier stellt sich die Frage, ob dem Täter dieser Herzfehler bekannt war und er demzufolge wusste, dass der Einsatz des Tasers ausreichen würde, um den Richter zu töten.«

»Das würde unter Umständen eine persönliche Bekanntschaft voraussetzen«, warf Prahl ein.

Falkner nickte. »Genau. Es besteht natürlich auch die Möglichkeit, dass der Täter aufgrund vorhandener medizinischer Kenntnisse festgestellt hat, dass Egner bereits nach den Stromstößen tot war. Eine weitere Übereinstimmung besteht in der Tatzeit, da die Angriffe jeweils zwischen neunzehn und zweiundzwanzig Uhr erfolgten. Außerdem scheint der Täter jedes Mal problemlos ins Haus gekommen zu sein.«

»Im Verlassen des Hauses bestehen allerdings Unterschiede«, hob Böttcher hervor. »An den ersten beiden Tatorten standen die Terrassentüren offen, beim letzten nicht. Also ein abweichendes Nachtatverhalten.«

»Aber die Haustür war auch beim letzten Opfer nur ins Schloss gezogen worden«, erinnerte Falkner und ging zu seinem Computer hinüber, auf dem ein kurzes Signal den Eingang einer

Mail angezeigt hatte. »Das K1 hat die Protokolle der ersten Vernehmungen geschickt. Lasst uns die jetzt erst mal durchschauen, bevor wir hier weitermachen.« Er betätigte das Druckersymbol, woraufhin das Gerät eine Vielzahl von Seiten auszuspucken begann. Diese ordnete er und teilte sie unter ihnen auf.

Die Mitarbeiter eines OFA-Teams führten keine Befragungen oder Vernehmungen durch. Was sich bei der Ermittlungsarbeit von Vorteil erweisen konnte, da eine persönliche Begegnung zwischen Ermittlern und Zeugen oder Tatverdächtigen immer die Gefahr barg, durch bestimmte Verhaltensweisen im Auftreten des polizeilichen Gegenübers in der klaren Wahrnehmung beeinflusst zu werden. Dem sollte natürlich der professionelle Ermittlerblick standhalten können, aber auch Polizisten waren nur Menschen und somit Einflüssen ausgesetzt, ob diese nun bewusst oder unbewusst abliefen.

Nachdem die Fleißarbeit erledigt war, arbeiteten sie noch zwei Stunden konzentriert weiter und ergänzten ihre Aufstellungen um die neu gewonnenen Erkenntnisse. Danach kamen sie überein, für das Wochenende Schluss zu machen. Böttcher hatte fünfzehnten Hochzeitstag, und Falkner wusste, dass seine Frau ihm die Hölle heißmachen würde, falls er sich um die größeren Feierlichkeiten, die sie für dieses Wochenende geplant hatte, drücken würde. Dienst hin oder her, da kannte sie kein Erbarmen. Richter stand der Besuch der Schwiegermutter ins Haus, die laut seiner Aussage sehr unangenehm werden konnte, wenn er versuchte, dies zu ignorieren, was in der Vergangenheit bereits häufiger der Fall gewesen war. Farinelli war zu irgendeinem Geburtstag in seiner Großfamilie eingeladen. Prahl werkelte zwar noch immer als Strohwitwer herum, aber Falkner verordnete auch ihm eine Ruhepause, weil er die über das dritte Tötungsdelikt zusammengetragenen Informationen noch einmal in aller Ruhe und vor allen Dingen allein durchgehen wollte. Außerdem brauchte er dringend ein paar Sporteinheiten, an die in den letzten Tagen aufgrund des Arbeitsanfalls nicht zu denken gewesen war. Am Montagmorgen wollten sie dann wieder zusammenkommen.

Lisa hatte sich nach der Zusammenkunft wieder in ihr Büro zurückgezogen, das sie mit Bergmann teilte. Sie wollte jetzt endlich ihr Facebook-Vorhaben in die Tat umsetzen, nachdem Södersen ihm zugestimmt hatte.

»Warum willst du das Fake-Profil unter einem Männernamen anlegen?«, fragte Bergmann. »Meinst du nicht, dass du eher in diese Gruppe aufgenommen wirst, wenn du als sexy Blondine mit einem entsprechenden Foto daherkommst?«

»Und woher soll ich das nehmen?«

»Woher wolltest du denn ein Männerfoto nehmen? Da kannst du doch auch keines von irgendeinem Typen reinsetzen, den du kennst.«

Ja, vor allen Dingen kannte sie ja auch so viele Typen und hatte natürlich von all diesen attraktiven Kerlen Fotos zu Hause herumliegen.

»Lisa? Hallo? Jemand zu Hause?«

»Ja, doch!« Sie hob die Beine auf den Schreibtisch und legte sie übereinander. Denkerpose, wie Bergmann es immer nannte. Tatsächlich hatte sie noch nicht die leiseste Idee, was für ein Foto sie in das gefälschte Profil stellen sollte. Sie war sich allerdings sicher, dass entgegen Bergmanns Vermutung eine männliche Identität ihr den Zutritt zu dieser Gruppe erleichtern würde. »Ich glaube, dass ich als Mann größere Chancen habe, aufgenommen zu werden. Unter den Fotos in dieser Gruppe habe ich keine einzige Frau entdeckt. Vielleicht ist das ein reiner Männerclub. So nach dem Motto: Speedbootfahren ist nichts für Weiber und Weicheier, wir wollen echte Kerle.«

»Also so jemanden wie mich«, sagte Bergmann nach ein paar Sekunden des Nachdenkens. Sein Gesicht war auf einmal ernst geworden.

»Wie jetzt …?«

»Nimm ein Foto von mir.«

»Ist das dein Ernst?«

»Ja.«

»Aber … aber …« Sie hatte vergessen, was sie sagen wollte, so perplex war sie von diesem Angebot.

»Kein Grund zu stottern«, meinte Bergmann, dem die Angelegenheit zunehmend Spaß zu bereiten schien.

»Das geht nicht«, fand Lisa ihre Sprache wieder. »Da braucht dich doch bloß einer aus der Gruppe zu kennen, und das war's.«

Bergmann rollte mit dem Schreibtischstuhl neben sie und drehte den Monitor ein Stück zu sich herum. »Zeig mir doch mal die Fotos der Mitglieder.«

Lisa rief die Gruppe auf. Bergmann rückte näher heran und kniff die Augen zusammen.

»Wie wär's mal mit einer Brille?«

»So was braucht ein echter Kerl nicht.«

Lisa lachte und knuffte ihn in die Seite. »Lass das, ich muss mich konzentrieren.«

Bergmann ließ sich Zeit und studierte ausführlich die Fotos der Gruppenmitglieder. Schließlich sagte er: »Ich kenn keinen von denen. Hätte mich auch gewundert. So lange bin ich ja schließlich noch nicht in der Gegend.« Er zog die Tastatur zu sich heran und gab Lisa ein Zeichen, zur Seite zu rücken. »Dann wollen wir doch jetzt mal so ein richtig schönes Fake-Profil erstellen.«

Auf der einen Seite war Lisa erleichtert, dass Bergmann ihr half, auf der anderen Seite hatte sie Skrupel, ihn in diese Angelegenheit mit hineinzuziehen. Was, wenn er in die Gruppe aufgenommen wurde und die anderen ihn persönlich kennenlernen wollten? Das schienen aktive Speedbootfahrer zu sein, die tauschten sich mit Sicherheit nicht nur über das Internet aus. Es war damit zu rechnen, dass sie in Schleswig-Holstein ansässig waren und sich regelmäßig in ihrer Freizeit trafen. Und vielleicht nicht nur zum Speedbootfahren, sondern auch zum Feiern und weiß der Geier was. Verdammt, so weit hatte sie überhaupt nicht gedacht. Sie sprach ihre Befürchtungen aus.

»Dann ermitteln wir undercover in dieser Truppe, und du kommst als meine Freundin mit.«

Das musste man Bergmann lassen, er war selten um eine Idee verlegen.

Kurze Zeit später hatte er über Lisas Account ein gefälschtes Profil unter dem Namen Sven Holtkamp angelegt. Für das Profilbild nahm Lisa ein Foto von ihm mit ihrem Smartphone auf, und als Titelbild wählten sie die Ablichtung eines Speedboots aus dem Netz.

»Was sagst du, wenn dich jemand fragen sollte, warum nur ein Eintrag in deiner Chronik steht?«

Bergmann hatte einen kleinen Text über seine angebliche Beteiligung an einem Speedboot-Rennen in der Ostsee gepostet.

»Erst mal muss ich ja aufgenommen werden«, bremste er sie. »Wenn mich dann jemand fragen sollte, behaupte ich einfach, dass ich bis jetzt keinen Bock auf Social Media hatte. Solche Menschen soll es ja tatsächlich noch auf dieser Welt geben.« Er drückte auf *Gruppe beitreten*. »Dann wollen wir doch mal schauen.«

»Hoffentlich müssen wir nicht so lange warten«, sagte Lisa. »Ich bin so was von hibbelig.«

»Dann trink doch zur Abwechslung mal einen Saft und nicht immer so viel Kaffee«, meinte Bergmann trocken und rollte mit seinem Stuhl hinter seinen Schreibtisch zurück. »Vielleicht kommst du dann ja wieder runter.«

Sie mussten nicht lange warten. Nach einer knappen Stunde hatte der Administrator der Gruppe Bergmanns Anfrage angenommen und ihn als neues Mitglied begrüßt. Lisa stöhnte auf, als sie sich durch die Chronik scrollte, die jetzt einsehbar war. »Du liebe Güte, sind das viele Einträge. Und alle so lang. Da brauchen wir ja ewig.«

»Vertraust du mir?«

»Natürlich.« Was für eine Frage!

»Wenn du mir dein Passwort gibst, logge ich mich ebenfalls ein und wir kommen schneller voran.«

Lisa zögerte keine Sekunde und schrieb ihm ihr Passwort auf.

»Noch umständlicher ging's nicht, oder«, murrte Bergmann, während er das aus Sonderzeichen, Zahlen sowie Groß- und Kleinbuchstaben bestehende Passwort aufschrieb. »Lass dir mal ein weniger kompliziertes einfallen, wenn wir hier durch sind.«

»Ich habe doch gesagt, dass ich dir vertraue. Warum soll ich mir dann ein neues zulegen? Ich bin froh, dass ich das hier endlich im Kopf habe.«

Bergmann loggte sich ein. »Ich könnte entführt werden und dann unter Androhung von Gewalt verraten, dass deine Mutter dich«, er kroch beinahe in den Bildschirm hinein, dann prustete er los, »Püppi nennt.«

»Bitte?« Lisa wechselte in ihr Profil, und dann sah sie es auch. Den obersten Eintrag in ihrer Chronik. »Tut mir leid, Püppi, dass wir gestern Stress miteinander hatten. Ruf doch mal an, wenn du Zeit hast.«

Bergmann bemühte sich um Ernsthaftigkeit. »Ja, sorry, aber da kann ich nun wirklich nichts für, wenn das so prominent plaziert ist.« Er nickte anerkennend. »Find ich ja toll, dass deine Mutter auch bei dem Verein ist.«

»Sie ist ja schließlich noch nicht vergreist. Immerhin ist sie erst neunundsechzig.«

»Ja, dann …«

Lisa konnte nicht anders, sie fiel in sein Lachen ein. »Los jetzt, an die Arbeit«, sagte sie, nachdem sie sich wieder beruhigt hatten.

»Aye, aye, Chefin!«

Während er weiterarbeitete, beobachtete Lisa ihn unauffällig. Es war schön, ihn so unbeschwert zu erleben, denn in den ersten Monaten seiner Zeit im K1 hatte sie gedacht, dass es ihm nach dem Amoklauf, dem seine Frau und sein Sohn zum Opfer gefallen waren, niemals mehr gelingen würde, wieder ins Leben zurückzufinden und daran teilzuhaben. Sie erinnerte sich an eine Vielzahl düsterer Augenblicke, in denen sie versucht hatte, ihm beizustehen und ihn wieder aufzurichten. Wie oft hatte sie gedacht, dass es ihr niemals gelingen würde, ihn aus der Schwermut, die ihn umfangen hielt, herauszuholen. Umso mehr freute sie sich, dass es in der letzten Zeit immer häufiger Momente wie diesen hier gab.

Martina Falkner war heilfroh, dass sie an diesem Wochenende dienstfrei hatte. Eine weitere Begegnung mit Lars, der ihr nach ihrer Kritik am Vortag mit eisigem Schweigen begegnet war, brauchte sie nicht. Ab Montag wäre er erst einmal für zwei Wochen in Urlaub, was sie mit großer Erleichterung erfüllte. Danach würden sie es dann hoffentlich schaffen, wie zwei erwachsene Menschen miteinander umzugehen.

Hendrik hatte wissen wollen, ob es nett bei ihrer Freundin gewesen sei. Für einen aberwitzigen Moment hatte sie das Gefühl gehabt, dass er ihre Lüge durchschaut und womöglich sogar bei Bianca nachgefragt hatte. Ein schneller Anruf bei ihr hatte ergeben, dass dies zum Glück nicht der Fall gewesen war.

Ihm von dem geplanten Auszug zu erzählen hatte sie wieder nicht geschafft. Aber für heute hatte sie es sich fest vorgenommen.

Ihr Vater war gegen achtzehn Uhr heimgekommen und als Erstes zum Joggen verschwunden. Sie hatte versprochen, mit dem Essen auf ihn zu warten, was sie jetzt, knapp zwei Stunden später, bitter bereute. Sie hatte einen mordsmäßigen Hunger, und wenn er sie jetzt noch länger warten ließ, würde sie ohne ihn anfangen. Da hörte sie den Schlüssel in der Wohnungstür und lief hinaus auf den Flur. »Da bist du ja endlich!«

Hendrik sah ziemlich kaputt aus, sehr wahrscheinlich hatte er sich bis an seine Grenzen ausgepowert. Man kann es auch übertreiben, dachte sie, aber sie sagte nichts.

»Ich geh dann mal duschen«, teilte er ihr mit und verschwand im Bad. Nachdem er zwanzig Minuten später in frischen Kleidungsstücken und mit trockengerubbeltem Haar in der Küche erschienen war und vor dem Teller mit buntem Nudelsalat Platz genommen hatte, stocherte er nun lustlos in dem Abendessen herum, mit dem Martina sich so viel Mühe gegeben hatte. Er nahm ein paar Bissen zu sich, dann schob er den Teller beiseite. »Tut mir leid, aber mir ist heute der Appetit vergangen.«

»Der Durst aber wohl nicht, oder?«, sagte Martina, als er aufstand und zum Kühlschrank ging, um sich das nächste Bier herauszuholen. »Ist was passiert?«

Falkner setzte sich wieder, ploppte das Flens auf und nahm einen tiefen Schluck direkt aus der Flasche. Dann richtete er einen nachdenklichen Blick auf sie. »Hast du tatsächlich keine Ahnung? Es kam doch schon im Radio.«

Martina wusste sofort, wovon ihr Vater sprach, auch wenn sie heute noch nicht in den Medien unterwegs gewesen war. Es hatte einen neuen Anschlag gegeben. »Ist wieder ein Richter umgebracht worden?«

Falkner nickte.

»Ich hab wirklich nichts mitbekommen. Ich hab den ganzen Tag … äh … gechillt.« Sie hatte noch einmal die Dateien durchgeackert, in der Hoffnung, dort irgendetwas Wichtiges zu entdecken, was ihr beim ersten Lesen entgangen war. Leider ohne Erfolg.

»Und wo ist es passiert?«

»In Strande.«

»War es wieder dieselbe Vorgehensweise?« Oh, Vorsicht jetzt, dass sie sich nicht verplapperte und irgendetwas ausplauderte, was sie gar nicht hätte wissen dürfen.

Prompt runzelte Falkner dann auch die Stirn. »Wieso? Was weißt du von der Vorgehensweise in den ersten beiden Fällen?«

»Nichts«, beeilte Martina sich zu sagen. »Woher sollte ich da etwas wissen? Du erzählst mir ja nichts. Ich bin aber auch Polizistin, falls du das vergessen haben solltest. Und deshalb sind mir gewisse Dinge logischerweise geläufig. Bei eurem Fall scheint es sich ja um einen Serientäter zu handeln, und die legen doch häufig dieselbe Vorgehensweise an den Tag.«

»Soso, tun sie das?« Falkner nahm einen weiteren Schluck. Dann stand er auf und sah auf sie hinab. Seine Augen waren müde. »Ich muss noch ein bisschen arbeiten. Tut mir leid, dass wir im Moment so wenig Zeit füreinander haben, aber es kommen auch wieder bessere Tage.«

Nachdem sie allein zurückgeblieben war, verputzte Martina als Erstes die übrig gebliebene Essensportion von ihrem Vater, damit sich das Loch in ihrem Magen endlich füllte. Danach räumte sie das Geschirr in die Spülmaschine, stellte das Gerät an und begab sich dann wieder in ihr Zimmer, wo sie sich auf das Bett warf.

Wie konnte sie an Informationen kommen, die diesen neuen Fall betrafen? Die Chance, dass es ihr ein zweites Mal gelingen würde, Hendriks Dateien zu kopieren, tendierte gen null.

»Ich bin noch mal kurz weg«, hörte sie da die Stimme ihres Vaters auf dem Flur. Sie erhob sich und ging hinaus. Er zog gerade seine Schuhe an.

»Was ist los?«

»Ach, ich weiß auch nicht. Die neue Chefin hat sich heute Morgen krankgemeldet, was uns alle ziemlich verwundert hat. Ich versuche schon die ganze Zeit, sie zu erreichen, um sie über das neue Tötungsdelikt zu unterrichten, aber ich krieg sie einfach nicht zu fassen. Ich hab's grad wieder versucht. Ich fahr lieber mal kurz bei ihr vorbei. Kann ja sein, dass irgendwas mit ihr ist.«

Martina warf einen erstaunten Blick zur Wohnungstür, die sich gerade hinter ihrem Vater schloss. Das waren ja mal ganz neue Töne. Bis jetzt hatte er doch kein gutes Wort an der Neuen gelassen, und jetzt war er plötzlich in Sorge um sie. Lief da womöglich was?

Sie grübelte noch einen Augenblick über diese Möglichkeit nach, dann wurde ihr bewusst, welche Chance seine Abwesenheit ihr gerade eröffnet hatte. Sie atmete tief durch, sprach sich innerlich Mut zu und betrat sein Arbeitszimmer.

Das Notebook stand eingeschaltet auf dem Schreibtisch. Martina konnte ihr Glück kaum fassen. Er musste mit den Gedanken wirklich ziemlich weit weg gewesen sein. Sie setzte sich auf den Arbeitsstuhl und realisierte, dass eine Excel-Tabelle aufgerufen war, deren Inhalt sie zum Teil schon kannte. Sie wollte weiterlesen, aber dann hielt sie es doch für besser, erst einmal alles auf ihren Stick zu kopieren. Es war ja gut möglich, dass Hendrik schnell wieder zurückkam.

Der Kopiervorgang kam ihr wie schon beim ersten Mal endlos vor. Angestrengt lauschte sie auf den Flur hinaus und erwartete, jeden Moment wieder den Schlüssel im Schloss zu hören. Aber sie hatte Glück und konnte ihre Tätigkeit problemlos zu Ende bringen. Sie brachte den Stick in ihr Zimmer und legte ihn in eine der Schreibtischschubladen. Dann ging sie ins Wohnzimmer, wo sie sich vor den Fernseher setzte in der Hoffnung auf eine Sondersendung. Im ersten Programm war nichts angekündigt, offensichtlich waren drei tote Richter aus Schleswig-Holstein keinen *ARD-Brennpunkt* wert. Das NDR-Fernsehen allerdings hatte ein *NDR-aktuell* ins Programm genommen.

Gebannt starrte Martina auf den Bildschirm, aber ihre Hoffnung auf spannende Infos erfüllte sich nicht. Der Reporter stellte die üblichen dummen Fragen, der Pressesprecher der Polizei rückte nur mit spärlichsten Informationen heraus und verwies auf eine Pressekonferenz am nächsten Tag, und der vermeintliche Experte im Studio schwafelte etwas von Serientätern, steuerte dann den üblichen Psychoquatsch bei, der bei einer solchen Sache natürlich nicht fehlen durfte, und gefiel sich ansonsten darin, der noch sehr jungen Moderatorin besserwisserisch ins Wort zu fallen.

Wenn er jetzt gleich noch etwas von einem terroristischen Hintergrund ablässt, kriege ich einen Schreikrampf, dachte Martina und schaltete den Fernseher wieder aus. Sie ging zurück in ihr Zimmer, wo sie einen Augenblick unentschlossen herumstand und dann den Stick wieder aus der Schublade holte. Entschlossen stöpselte sie ihn in die entsprechende Buchse in ihrem Notebook.

Solange Hendrik noch nicht wieder zurück war, wollte sie in Erfahrung bringen, was denn nun genau passiert war.

SONNTAG, 26. OKTOBER

Lisa und Bergmann hatten sich für acht Uhr verabredet, um ihre Recherche bezüglich der Speedboot-Junkies fortzusetzen, der Södersen am Abend des Vortags mit den unmissverständlichen Worten »Jetzt ist Schluss, ab nach Hause und schlafen« ein abruptes Ende gesetzt hatte. Nach ihrer Ankunft begannen sie unverzüglich damit, die Chronik weiter zu durchforsten, und nach einer halben Stunde fiel Bergmann in einem Post über die Namen der drei Richter. »Ich hab sie«, sagte er, und ein leiser Triumph klang in seiner Stimme durch. »Hier ist ein Eintrag, in dem die drei erwähnt werden.«

Lisa sprang wie elektrisiert auf und stand auch schon neben ihm. »Wo?«

Bergmann deutete mit dem Finger auf einen Post, unter dem ein Foto zu sehen war.

»Klick das mal an.«

Die Vergrößerung zeigte drei Männer in Siegerpose, die auf einem Podest standen. Mit stolzem Gesicht streckte der mittlere einen überdimensionalen und ziemlich hässlichen Pokal in die Höhe.

Rüdiger Lenz.

Klaus Harmsen stand links neben ihm, Raimund Egner auf der rechten Seite.

»Was steht im Text?«, wollte Lisa wissen. »Ich kann das von hier aus nicht lesen.«

»Wie wär's mal mit 'ner Brille?«, fuhr Bergmann eine Retourkutsche und grinste sie an.

»Ja, du mich auch«, versetzte sie ungeduldig. »Was steht denn jetzt da?«

Bergmann blickte auf den Eintrag neben dem Foto. »Unser Kieler Dreamteam«, las er vor. »Rüdi, Klaus und Raimund haben den Pott geholt. Jungs, wir sind sehr stolz auf euch!« Bergmann deutete auf das Datum. »Das war vor zweieinhalb Jahren.«

Lisa setzte sich auf die Kante von Bergmanns Schreibtisch. »Die sind Speedboot-Rennen gefahren. Ist das nicht illegal?«

»Ich bin mir nicht sicher«, entgegnete er. »Ich hab schon mal was von genehmigten Rennen gelesen, aber auch von illegalen. Jedenfalls gibt's wohl häufiger Unfälle, wenn Speedbootfahrer unterwegs sind.«

Lisa ging zu ihrem Schreibtisch zurück. »Lass uns weitermachen. Vielleicht finden wir noch mehr.«

Nach einer Stunde hatten sie die Chronik der Speedboot-Junkies durchgesehen und eine Reihe weiterer Einträge aufgetan, in denen die drei Richter erwähnt wurden. Lisa zog ein Fazit. »Harmsen, Egner und Lenz waren begeisterte Speedbootfahrer, die mit anderen Mitgliedern der Gruppe auch häufig Rennen gefahren sind. Die Gruppe besitzt zwei Boote, die über jeweils 750 PS verfügen. Der Standort liegt zwischen Neustadt und Pelzerhaken. Sie treffen sich zweimal im Monat zu Ausfahrten, die häufig hoch in dänische Gewässer gehen. Danach gibt's Ringelpiez mit Anfassen, wobei offensichtlich die Sau rausgelassen wird, wie man auf mehreren Fotos unschwer erkennen kann.« Sie sah Bergmann mit gerunzelter Stirn an. »Und wenn nun irgendwo in diesem Bereich das Tatmotiv zu suchen ist?«

»Das ist gut möglich.«

Lisa stand auf und begann eine Wanderung durch das Zimmer. »Wir haben die ganze Zeit nach einer privaten Verbindung von Harmsen und Egner gesucht. Und jetzt finden wir sie über das dritte Opfer.«

»Worauf willst du hinaus?«

»Weiß ich selbst noch nicht so genau. Lass mich einfach mal laut denken.« Sie setzte sich wieder auf ihren Stuhl und begann vor und zurück zu wippen. »Unter Kollegen weiß man doch normalerweise einiges voneinander, und zwar unabhängig davon, ob man miteinander befreundet ist oder nicht. Man kennt den Familienstatus, vielleicht auch einige Hobbys, bevorzugte Urlaubsziele und andere Dinge. Über so etwas redet man im Büroalltag doch.«

»Es sei denn, man heißt Uwe Grothmann.«

Lisa winkte ab. »Klar, Außenseiter gibt es überall, aber die sind ja nun nicht unbedingt der Normalfall.« Sie nahm ihren Gedanken wieder auf. »Dieses Miteinander dürfte doch auch auf die Richter am Landgericht zutreffen. Aber was Harmsen und Egner anging, konnte uns keiner irgendwelche näheren Auskünfte über deren Privatleben geben. Das Einzige, was bekannt war, war der Familienstand. Ledig. Und was Lenz anbelangt, wussten seine Kollegen ja nicht mal, wohin er in Urlaub gefahren war. Über so etwas spricht man doch im Kollegenkreis. Sicher nicht mit jedem, aber ein, zwei Leute hätten es doch wissen müssen.«

»Vielleicht wollte Lenz es geheim halten.«

»Möglich, auch wenn ich das nicht verstehe. Ich glaube aber mittlerweile, dass diese Speedboot-Begeisterung geheim gehalten werden sollte, und ich würde gerne den Grund dafür erfahren. Es wäre doch völlig normal gewesen, auch einmal mit seinen Kollegen darüber zu sprechen. Das tun wir doch auch.« Sie stand erneut auf. »Wir wissen zum Beispiel, dass der Chef ein begeisterter Segler ist, Malte betreibt Kickboxen, du joggst regelmäßig …«

»… und du hältst es mit Churchill«, feixte Bergmann.

»Genau!« Sie legte die Stirn in Falten. »Vielleicht werden in dieser Gruppe ja wirklich illegale Rennen gefahren. Dann ist es natürlich verständlich, dass die Richter ihr Hobby geheim halten wollten.«

»Wir müssen die Gruppe überprüfen, da geht kein Weg dran vorbei.«

»Ich glaube kaum, dass wir da auf dem offiziellen Weg etwas rausbekommen. Wenn die was zu verbergen haben, werden die mauern.«

»Dann müssen wir eben doch die Undercover-Nummer fahren.« Bergmann blickte erneut auf den Bildschirm. »Die haben dieses Wochenende wieder ein Treffen. Heute Abend ist große Party.« Er schüttelte den Kopf. »Ludenparty, genauer gesagt. Du meine Güte!«

»Obwohl gerade drei Männer aus ihrer Gruppe getötet worden sind? Das ist ja nun wirklich mehr als pietätlos.«

»Du sagst es. Aber uns kommt es doch gut zupass.« Ein schneller Blick auf die Wanduhr folgte. »Wenn wir uns gleich auf den Weg machen, sind wir gegen Mittag da.« Er stand auf und blickte an Lisa und sich hinunter. »Klamottentechnisch müssten wir uns allerdings noch ein bisschen aufrüschen.«

Lisa schwante Böses. »Wieso, Jeans und T-Shirt sind doch okay.«

»Aber nicht für die Party.«

»Das ist nicht dein Ernst!«

»Wenn wir etwas über die Truppe rauskriegen wollen, dürfte uns das am ehesten auf dieser Party gelingen. Du hast doch die Bilder gesehen, da scheint reichlich Alkohol zu fließen. Und der lockert nun mal am besten die Zungen. Wir fahren jetzt da hin, schauen uns ein bisschen um und sehen zu, dass wir eine Einladung für die Party bekommen.«

Ludenparty, das hatte ihr gerade noch gefehlt. »Und was soll ich da anziehen?«

»Na, du wirst doch wohl irgendwelche sexy Teile in deinem Kleiderschrank haben.«

Nee, hatte sie nicht. Was das anging, war sie wirklich kein Mädchen. Sie krauste die Nase und rief sich die Tiefen ihres Kleiderschranks in Erinnerung. Irgendwo musste da noch ein schwarzer Spitzen-Bustier stecken, den sie vor vielen Jahren einmal für eine Faschingsfete gekauft hatte. Blieb allerdings die Frage, ob er überhaupt noch passen würde, falls sie ihn fand. Es war aber auch gut möglich, dass sie ihn bereits in die Kleidersammlung gegeben hatte.

»Und«, fragte Bergmann, »hast du was, oder müssen wir noch was kaufen?«

»Heute ist Sonntag«, erinnerte sie ihn mit einem leisen Hoffnungsschimmer, dass wenigstens dieser Kelch an ihr vorübergehen würde.

»Aber nicht für die Geschäfte an der Küste. Da werden wir bestimmt was für dich finden.«

So weit kam es noch, dass Bergmann jetzt den Boutiquenbegleiter für sie machte und ihr die sexy Outfits in die Umkleidekabine lieferte. Da käme sie sich ja sonst wie vor. »Ich glaub, ich hab noch was zu Hause.«

Bergmann reichte ihr auffordernd die Hand. »Dann nix wie los.«

»Moment mal!«, stoppte sie ihn. »Bevor hier irgendwas losgeht, holen wir uns erst mal das Okay von unserem Chef.«

Vielleicht sagt er ja nein, dachte sie mit einem allerletzten Anflug von Hoffnung. Södersen war überkorrekt, was solche Einsätze anbelangte, und sie konnte sich nicht vorstellen, dass ihm die Aussicht behagte, zwei seiner Mitarbeiter undercover auf einer Party ermitteln zu lassen. Andererseits hatte Bergmann natürlich recht. Wenn sie etwas herausbekommen wollten, dann wäre die Party, zu der er mittlerweile eine Einladung über Facebook erhalten hatte, mit Sicherheit die beste Gelegenheit dafür.

Nachdem sich Fehrbach am Nachmittag des Vortags mit Södersen bezüglich einer weiteren Pressekonferenz besprochen hatte, war er kurzentschlossen nach Lankenau aufgebrochen. Er brauchte dringend einen Tapetenwechsel. Außerdem war Wochenende, und da konnte er sich wenigstens ein paar Stunden Ruhe gönnen. Allerdings hatte auch eine latente Unruhe zu seinem Entschluss beigetragen, die er seit dem letzten Gespräch mit Barbara einfach nicht in den Griff bekam. Sie konnte ihm den Aufenthalt auf Lankenau nicht verwehren, niemand konnte das, immerhin gehörte ihm ein Drittel des Gestüts. Der Gedanke war vollkommen irrational und zeigte auf, dass ihm sein ansonsten klares Denkvermögen in manchen Dingen zu entgleiten schien.

Barbara war ihm aus dem Weg gegangen. Bei seiner Ankunft hatten sie sich kurz begrüßt. Zum Abendessen war er dann in einen nahe gelegenen Gasthof gefahren.

Der Ausritt am Morgen brachte ihn wie immer auf andere Gedanken, zwei Stunden bis hinunter an den Ostseestrand bei Hohwacht, bei kühlem, aber strahlendem Herbstwetter. Nachdem er geduscht und sein Frühstück in dem für die Hotelgäste vorgesehenen Raum zu sich genommen hatte, traf er sich mit dem Vorarbeiter des Gestüts, um die in nächster Zeit anliegenden Dinge zu besprechen. Er war froh, dass sie den Mann, der sich als äußerst zuverlässig erwiesen hatte, seinerzeit eingestellt hatten, da durch ihn ein Großteil an Arbeit erledigt wurde, der ansonsten auf Fehrbachs Schultern gelastet hätte.

Als er sich gegen Mittag wieder auf den Weg zu seinem Apartment im Torhaus begab, kam Barbara ihm über den Hof entgegen. Sie war wieder perfekt gekleidet, heute in Designerjeans und einer weißen Seidenbluse. Die Absätze ihrer hochhackigen Pumps knallten auf dem Kopfsteinpflaster, und Fehrbach fragte sich nicht zum ersten Mal, wie es ihr gelang, mit Schuhen von einer solchen Absatzhöhe unfallfrei durchs Leben zu gehen.

»Andreas hat gerade angerufen und seine Rückkehr angekündigt.«

Fehrbach starrte sie an, wie vom Donner gerührt. »Andreas kommt zurück?«

»Das sagte ich doch gerade.«

Er brauchte einen Augenblick, bis sich die Nachricht in seinem Bewusstsein verankert hatte. Dann begann eine Flut widersprüchlichster Gedanken seinen Körper zu durchströmen. Freude, dass er seinen Bruder endlich wiedersehen würde. Hoffnung, dass es ihnen gelingen würde, einen neuen Anfang zu finden. Angst, dass genau das nicht eintreten würde. Misstrauen, das vor allem, großes Misstrauen.

Wieso gerade jetzt? War es möglich, dass Barbara dahintersteckte? Sie hatte stets beteuert, dass Andreas seit seinem übereilten Aufbruch keinen Kontakt zu ihr aufgenommen habe. Dass sie nicht wisse, wo er sich aufhalte. Fehrbach hatte sich immer schwer damit getan, ihr das zu glauben. Soweit ihm bekannt war, hatten die beiden ein gutes Verhältnis zueinander gehabt, ganz im Gegensatz zu dem, das zwischen seinem Bruder und ihm herrschte. Aber er hatte sie nie darauf angesprochen, weil es sein Misstrauen allzu deutlich offenbart hätte.

Barbaras Gesicht war regungslos und ließ keinerlei Rückschlüsse zu. Fehrbach konnte nicht anders, er musste es jetzt endlich wissen. »Hast du seit Andreas' Abreise jemals ein Lebenszeichen von ihm erhalten?«

»Nein! Natürlich nicht! Glaubst du nicht, dass ich dir das gesagt hätte?« War ihre Empörung echt?

»Doch … schon …«

»Nein, du glaubst es nicht, sonst hättest du diese Frage nämlich nicht gestellt.« Sie drehte sich um und ging mit weit ausholenden Schritten zum Herrenhaus zurück.

»Barbara, warte!« Sie reagierte nicht, also folgte Fehrbach ihr. An der Eingangstür hatte er sie eingeholt, ergriff ihren Arm und zwang sie so, stehen zu bleiben. Er trat vor sie, und sie sah ihn hocherhobenen Hauptes an. »Es kommt mir nur seltsam vor, dass du mir mal eben so mitteilst, dass mein Bruder zurückkommt, als ob er gerade erst gestern das Haus verlassen hätte. Was hat er gesagt, wo er war? Warum kommt er gerade jetzt zurück?«

»Gerade jetzt?« Sie schüttelte seine Hand ab. »Was meinst du mit gerade jetzt?«

Gerade jetzt, wo es aus ist zwischen uns, dachte er, wo dich vielleicht Ängste plagen, dass du hier etwas aufgeben musst.

Er brauchte die Worte nicht auszusprechen, denn sie hatte begriffen. »Ach, jetzt verstehe ich, was du meinst, mein lieber Thomas. Du glaubst, dass ich mir Andreas zur Unterstützung an die Seite hole, weil ich Angst habe, dass du mich nach unserer Trennung vor die Tür setzt.«

»Hör auf mit dem Blödsinn!«, fuhr er sie schärfer als beabsichtigt an. »Wieso sollte ich dich vor die Tür setzen? Immerhin gehört ein Teil von Lankenau dir. Und eine Trennung bedeutet doch nicht, dass man nicht mehr miteinander redet und sich spinnefeind ist. Barbara, bitte. Egal, was war, es muss uns doch gelingen, wie erwachsene Menschen miteinander umzugehen. Wir führen das Gestüt gemeinsam, und das wird auch weiterhin so sein.«

»Nein, in Zukunft werden wir das Gestüt zu dritt führen.«

Täuschte er sich oder stand auf einmal so etwas wie Triumph in ihren Augen?

Lea Nordin hatte sich am Vortag tatsächlich auf den Weg zur Station der Wasserschutzpolizei an der Kiellinie gemacht, war aber bereits kurze Zeit nach ihrem Eintreffen zu der Erkenntnis gelangt, dass diese Idee völlig hirnrissig gewesen war. Selbst wenn es hier irgendwo eine Sitzbank gegeben hätte, was nicht der Fall war, hätte sie dort nicht stundenlang ausharren und den Eingang im Auge behalten können. Sie wusste ja nicht einmal, ob Markus an diesem Tag überhaupt Dienst hatte. Immerhin war Wochenende.

Also hatte sie sich in ihren Wagen gesetzt und war aus der Stadt gefahren, ziellos, ruhelos und zu keinem klaren Gedanken fähig. Schließlich fand sie sich vor ihrem Wohnblock wieder und vermochte auch diesmal nicht zu sagen, wie sie dorthin gekommen war.

Im Bett verkriechen war keine Lösung, aber zu mehr hatte sie keine Kraft gehabt. Wilde Träume hatten sie gepeinigt, immer wieder hochschrecken und danach stundenlang nicht einschlafen lassen, und als sie jetzt erwachte, fühlte sie sich zerschlagener denn je.

Ihr erster Griff galt wieder dem Handy, das auf dem Nachttisch lag. Von Markus war keine Nachricht eingegangen, dafür hatte Falkner diverse Male versucht, sie zu erreichen. Sie hörte seine Mitteilungen ab, die nahezu identisch waren, was ebenso für die Textnachrichten galt.

»Falkner hier. Wir haben einen dritten Toten. Wieder ein Richter. Melden Sie sich!«

Beim Festnetzanschluss verhielt es sich ähnlich. Auch hier keine Nachrichten von Markus, dafür mehrere von Falkner.

Sie überlegte. Irgendwann am Vorabend glaubte sie im Halbschlaf ein Klingeln an der Tür vernommen zu haben. Sie hatte sich hochgerappelt, mühevoll, aber als sie schließlich die Tür geöffnet hatte, hatte niemand davorgestanden. Sie war nach unten gelaufen, in der Hoffnung, dass es Markus gewesen war, aber auch vor dem Haus hatte sich niemand aufgehalten. Jetzt kam ihr der Gedanke, dass es Falkner gewesen sein könnte.

Sie tappte zum Bett zurück und ließ sich auf die Kante fallen. Blicklos starrte sie aus dem Fenster, hinter dem der aufdringliche Piepmatz von gestern zu einem erneuten Jubelgeschrei anhob.

Ein weiteres Mordopfer. Das war der Super-GAU. Man würde über sie und das Team herfallen, warum sie es nicht hatten verhindern können. Polizeiführung, Presse, die Bevölkerung, in so einem Fall waren sich auf einmal alle einig. Sie hatte etwas Ähnliches vor Jahren in Hamburg erlebt.

Aber wie hätten sie es abwenden können, bei den wenigen Informationen, die ihnen bisher zur Verfügung gestanden hatten? Für das Erstellen einer Fallanalyse brauchte man Zeit und mehr Material, aber sie hatten weder das eine noch das andere gehabt.

Sie horchte in sich hinein und suchte nach Empfindungen wie Entsetzen, Trauer und Wut, nach einem Gefühl des Versagens, aber ihr Körper war noch immer seltsam empfindungslos. Selbst der Gedanke, dass sie jetzt an vorderster Front stehen müsste, wollte sie Falkner nicht endgültig das Feld überlassen, konnte sie nicht zum Aufstehen bewegen. Lasst mich doch alle in Ruhe, war das Einzige, was sie denken konnte.

Sie kroch wieder ins Bett zurück und zog die Decke bis über die Ohren.

Södersen war zunächst nicht begeistert von der Undercover-Idee gewesen, aber nachdem Lisa sich entschlossen hatte, Bergmanns Argumentation zu unterstützen, gelang es ihnen schließlich, ihren Vorgesetzten von ihrem Vorhaben zu überzeugen.

Bevor sie sich auf den Weg machten, legten sie Zwischenstopps bei ihren Wohnungen ein, um das Party-Outfit zu holen. Lisa fand tatsächlich noch das Bustier und kombinierte es mit einer engen schwarzen Jeans. Das Anprobieren sparte sie sich. Falls die Sachen nicht mehr passen sollten, würde sie eben so bleiben, wie sie war, egal, was Bergmann davon hielt. Das wäre ihr sowieso lieber.

»Und was ist mit High Heels?«, lautete Bergmanns Kommentar, nachdem sie ihm das Outfit gezeigt hatte. Ihr Gesichtsausdruck gab ihm die Antwort. »Du hast keine.«

»High Heels sind was für Tussis«, sagte sie verächtlich, »aber ganz bestimmt nicht für mich.«

Bergmann zwinkerte ihr zu. »Da muss ich dir recht geben. Außerdem würdest du dir auf den Dingern wahrscheinlich die Haxen brechen.«

Sein Party-Outfit bestand aus einer schwarzen Lederhose und einem aquamarinblauen Muscle-Shirt. »Das trage ich zum Joggen«, sagte er zur Rechtfertigung, als Lisa nicht mehr an sich halten konnte und zu lachen begann.

Während sie in Bergmanns Wohnzimmer darauf gewartet hatte, dass er die Sachen raussuchte, hatte sie einen interessierten Blick durch den Raum schweifen lassen. Er war nüchtern eingerichtet, und wie im Flur dominierten auch hier Chrom und Edelstahl. Eine typische Männerwohnung, hatte sie gedacht, in der die persönliche Note noch fehlte, was damit zusammenhängen mochte, dass er erst vor kurzem in die Dreizimmerwohnung in der Holtenauer Straße gezogen war.

Nachdem sie die Party-Klamotten in Lisas Wagen verstaut hatten, machten sie sich auf den Weg nach Neustadt. Sie nahmen die B 76 über Plön und erreichten das kleine Ostseestädtchen in gut siebzig Minuten. Als sie sich dem Hafengebiet näherten und schließlich die Straße Vor dem Brückentor überquerten, kam linker Hand der Pagodenspeicher ins Blickfeld, ein ehemaliger Getreidespeicher, dessen rechteckiges eingeschossiges Fachwerkgebäude aus rotem Backstein an eine fernöstliche Pagode erinnerte. Auf der rechten Seite erstreckte sich die Hafenenge von Neustadt mit ihrem Gewerbegebiet und einer Reihe unterschiedlichster Lokalitäten sowie Ausflugsschiffen und Privatbooten.

Lisa folgte der Waschgrabenallee und bog dann vom Rettiner Weg in den Sandgrabenweg ein, der aus Neustadt hinaus Richtung Pelzerhaken und Rettin führte, wo sich das Quartier der Speedboot-Junkies auf einem eingezäunten Areal zwischen den beiden Ostseebadeorten befand. Sie parkte den Wagen auf einem kleinen Sandplatz vor der Umzäunung, dann stiegen Bergmann und sie aus. »Nicht viel los hier«, meinte er, nachdem sie sich umgesehen hatten.

»Das würdest du im Sommer nicht sagen«, entgegnete Lisa. »Da trampeln sich hier an der Küste die Touris tot.«

»Hier auch?«, zweifelte Bergmann an.

»Hier sind natürlich nicht so viele wie in Timmendorf oder Scharbeutz, aber für meinen Geschmack immer noch zu viel.«

»Auf der einen Seite braucht man die Touris, weil sie das Überleben vieler sichern, auf der anderen Seite würde man sie am liebsten in die Wüste schicken.« Bergmann setzte sich in Bewegung und blieb schließlich vor der Tür stehen, die in den Zaun eingelassen war. Lisa folgte ihm.

Die Einfriedung war an die zwei Meter hoch und bestand aus massiven dunkelbraunen Holzelementen, die jeden Durchblick verwehrten. Neben der Tür hing eine Messingglocke, deren volltönender Klang Tote aufgeweckt hätte.

Sie mussten nicht lange warten, bis sich die Tür öffnete. Ein Mann stand dahinter, mittelgroß, mittelschlank, wenn man von dem Schmerbauch unter seinem karierten Hemd absah, und mit Sicherheit schon einige Jahre jenseits der sechzig. Das graue, gewellte Haar war entschieden zu lang, aber vielleicht sah er sich als Bohemien.

Bergmann stellte sich vor. »Moin, ich bin Sven Holtkamp. Und das ist meine Freundin Lisa Sandberg.« Wie zur Bestätigung seiner Worte fasste er Lisa um die Taille und zog sie zu sich heran. »Ich hatte gehofft, Walter Hillers hier zu treffen.«

»Und was willst du von ihm?«

»Er hat mich heute Morgen in eure Facebook-Gruppe Speedboot-Junkies aufgenommen und zur Party heute Abend eingeladen. Und da wir hier in der Nähe wohnen, haben wir gedacht, wir kommen jetzt schon mal vorbei und gucken uns ein bisschen um. Wir sind nämlich sehr gespannt auf eure Boote.« Bergmann deutete auf Lisa. »Meine Freundin hätte übrigens auch Interesse, der Gruppe beizutreten.«

Nicht auch noch das! Lisa hätte Bergmann am liebsten einen Schlag in die Rippen versetzt, denn das war bisher kein Thema gewesen. Wie kam er darauf, dass sie in so ein Höllengefährt steigen würde, wenn sie hier womöglich zu einer Fahrt eingeladen wurden? Undercover-Recherche hin oder her, irgendwo war Schluss. Die Boote rasten mit einer Höchstgeschwindigkeit von einhundertzehn Stundenkilometern über das Wasser, und das war eindeutig zu viel für sie. Sie hatte Internetseiten von offiziellen Anbietern studiert, wo darauf hingewiesen wurde, dass man im Falle von Diabetes, Herzbeschwerden, Asthma oder akuten Bandscheibenvorfällen nicht an Fahrten teilnehmen durfte. Nicht, dass sie an irgendeiner dieser Krankheitsformen litt, toi, toi, toi, aber diese Hinweise zeigten doch, wie gefährlich das Ganze war.

Aber der Schein musste gewahrt bleiben, und so rückte sie noch etwas näher an Bergmann heran. »Ich hätte sogar großes Interesse, allerdings dürfte meine Bandscheibe im Moment etwas dagegenhaben.« Sie drückte eine Hand auf den Rücken und verzog gequält das Gesicht. »Bandscheibenvorfall. Bin gerade erst aus dem Krankenhaus entlassen worden.«

Bergmann hatte keine Chance auf eine Erwiderung, da der Mann ihm zuvorkam. »Ich bin Walter Hillers.« Er drückte Bergmann die Hand und nickte Lisa kurz zu. »Und damit ihr's gleich wisst, wir nehmen keine Frauen auf.«

Machoarschloch, dachte Lisa und bemühte sich, ihre Abneigung nicht deutlich werden zu lassen.

»Aber als schmückendes Beiwerk sind sie doch sicher zugelassen«, erwiderte Bergmann grinsend, und Lisa hätte ihm für diese Dreistigkeit am liebsten eine gescheuert. »Wenn ich mir da so die Fotos auf eurer Facebook-Seite anschaue …«

Jetzt grinste auch Hillers, und die anfängliche Skepsis über den unerwarteten Besuch schien verflogen. »Kommt rein.«

Das Clubhaus lag auf einem grasbewachsenen Gelände, das sanft zum Ostseestrand hin abfiel. Eine rustikale Holzhütte, über deren Eingang das Wahrzeichen der Speedboot-Junkies hing – ein stilisiertes Speedboot in voller Fahrt, umgeben von aufspritzender Gischt, aggressives Rot auf schwarzem Untergrund und darüber der Name, ebenfalls in Rot. Eine hölzerne Veranda umgab das Clubhaus an den beiden Längsseiten und zur Seeseite hin. Auf dem Rasen waren vier Männer damit beschäftigt, lange Holztische mit den dazugehörigen Bänken aufzubauen. Auf der Veranda mühten sich zwei weitere Männer mit vier Bierfässern ab, von denen jedes der Größe nach zu urteilen an die zwanzig bis fünfundzwanzig Liter beinhalten dürfte. Schmückendes Beiwerk war nirgendwo zu erblicken, die Damen tauchten wohl erst am Abend auf, wenn hier alles hergerichtet war.

Hillers deutete zu den Männern an den Bänken hinüber. »Das sind Manne, Hartmut, Conni und Max.« Die vier waren auf sie aufmerksam geworden. Hillers legte einen Arm um Bergmanns Schultern und rief in ihre Richtung: »Das sind Sven und seine Freundin Lisa, die Interesse an unserer Truppe haben.« Die Männer nickten, schienen aber nicht sonderlich an den Neuankömmlingen interessiert, sondern wandten sich wieder ihrer Arbeit zu. »Die werdet ihr heute Abend noch richtig kennenlernen. Und jetzt könnt ihr gleich mal ein bisschen mit anpacken.«

»Wir wollten uns eigentlich die Boote anschauen«, entgegnete Lisa.

»Die liegen nicht hier, sondern in Neustadt«, sagte Hillers. »Die zeig ich euch ein anderes Mal. Im Moment haben wir Wichtigeres zu tun.«

»Gibt's einen speziellen Grund für die Party, oder feiert ihr einfach nur gern?«, fragte Bergmann.

»Beides«, antwortete Hillers kurz angebunden.

Während sie darauf wartete, dass das Teewasser zu kochen begann, hatte Martina sich im Wohnzimmer vor ihrem Notebook niedergelassen, um die neuen Einträge in Hendriks Dateien durchzusehen. Dazu war sie am Vorabend nämlich nur kurz gekommen, da ihr Vater früher als erwartet zurückgekehrt war mit der Erklärung, dass bei seiner Chefin niemand die Tür öffne und er nun wirklich keine Lust mehr habe, ständig hinter ihr herzuhökern. Dann hatte er vorgeschlagen, entweder ins Kino zu gehen oder sich auf dem heimischen Sofa eine DVD anzusehen. Martina hatte sich für Letzteres entschieden, weil sie plötzlich das Bedürfnis verspürte, wieder ein bisschen Zeit mit ihrem Vater zu verbringen, allerdings nicht in einem womöglich ausverkauften Kinosaal, wo sie immer sofort Platzangst bekam, weil sie Menschenansammlungen hasste. Am Ende des Films hatte Hendrik auf dem Sofa vor sich hin geschnarcht, und sie war in ihr Bett gegangen, weil sie sich ebenfalls vor Müdigkeit kaum noch aufrecht halten konnte.

Vor einer knappen Stunde hatte sich ihr Vater wieder zum Joggen aufgemacht und vorgeschlagen, nach seiner Rückkehr nach Laboe oder Stein zu fahren und sich dort bei einem langen Spaziergang den Wind um die Nase wehen zu lassen. Was sie davon halte. Viel, hatte sie geantwortet, schließlich sähen sie sich im Moment ja wirklich nur noch zwischen Tür und Angel. Außerdem wäre so ein kleiner Ausflug eine gute Möglichkeit, Hendrik endlich ihre Umzugsabsichten mitzuteilen, hatte sie insgeheim gedacht.

Aus der Küche war ein zischendes Geräusch zu vernehmen, das sich mit jeder Sekunde verstärkte.

»Scheiße!«, stieß Martina hervor und sprang auf. Hatte sie den Wasserkocher etwa wieder zu voll gefüllt? Tatsächlich. Das Wasser war übergelaufen und hatte sich auf die Arbeitsplatte ergossen. Bei dem Versuch, den Kocher vom Untersatz zu nehmen, rutschte er ihr aus der Hand und fiel mit einem lauten Poltern in die Spüle. Sie unterdrückte einen weiteren Fluch und griff nach dem Geschirrtuch, um das Wasser aufzuwischen.

»Was ist passiert?«

Martina zuckte zusammen, als sie plötzlich die Stimme ihres Vaters hinter sich vernahm. »Ich hab den Wasserkocher zu voll gefüllt, und jetzt ist er übergekocht.«

»Komm, ich helf dir.«

»Lass!«, wehrte sie ihn ab und begann mit dem Aufwischen des Wassers. »Ich mach das schon.«

»Na gut, wenn du meinst.«

Martina wrang das Tuch aus und wollte gerade den Rest des Wassers aufwischen, als ihr der Schreck in die Glieder fuhr. Das Notebook! Verdammt, sie musste verhindern, dass Hendrik ins Wohnzimmer ging. Wieso war er überhaupt schon wieder hier, er hatte doch was von mindestens zwei Stunden gesagt. Aber schon auf dem Flur wurde ihr klar, dass sie zu spät kam.

»Martina, kommst du mal!«

Das war's dann wohl, dachte sie resigniert und schlich mit eingezogenem Kopf ins Wohnzimmer hinüber.

Falkner hatte vor dem Notebook Platz genommen und klickte sich durch die aufgerufenen Dateien. Der Blick, den er jetzt auf sie richtete, war fassungslos. »Kannst du mir bitte mal erklären, was das ist?«

»Das weißt du doch«, sagte sie angriffslustig und bereute es augenblicklich. In einem Fall wie diesem war Angriff definitiv nicht die beste Verteidigung, denn Hendrik hatte jetzt allen Grund, auf sie wütend zu sein.

»Und ob ich das weiß! Das sind Dateien aus meinem Notebook, Dateien zu den aktuellen Tötungsdelikten. Kannst du mir bitte mal erklären, wie du daran kommst?«

»Ich hab sie kopiert«, murmelte sie und wich seinem Blick aus.

»Wie bitte?«

»Ich hab sie kopiert.«

»Was heißt, du hast sie kopiert? Von welchem Rechner?«

Als ob er das nicht wüsste. Aber nein, es machte ihm ja offensichtlich Spaß, sie hier vorzuführen. Vielleicht sollte sie doch zu einem Gegenangriff starten.

»Ich hab die Dateien von deinem Notebook kopiert«, sagte sie mit fester Stimme und schaffte es endlich, ihn anzusehen.

»Aha.« Er schwieg eine Weile und erwiderte ihren Blick. »Wie kommst du dazu?«, fragte er schließlich.

»Ich ... ich ...« Das mit dem Gegenangriff würde nichts werden, denn mit diesem Blick hatte ihr Vater es bisher noch immer geschafft, sie einzuschüchtern. »Ich wollte doch so gern an diesem Fall mitarbeiten. Ich hab gedacht ... dass ich euch vielleicht helfen kann. Es ist doch irgendwie auch mein Fall. Immerhin habe ich ja den zweiten Toten gefunden ...« Ihre Stimme verlor sich angesichts der Wut, die sie in seinen Augen aufflackern sah.

»Sag mal, bist du verrückt geworden?« Falkner erhob sich und trat auf sie zu. »Du gehst an mein Notebook und knackst mein Passwort, um an meine Dateien zu kommen?«

»Ich habe dein Passwort nicht geknackt«, wandte sie kleinlaut ein. »Dein Notebook war an, und die Dateien waren geöffnet.«

»Halt den Mund!«, herrschte er sie an. »Wenn mein Notebook in Betrieb ist, dann, weil ich mich hier in meinen eigenen vier Wänden befinde, wo ich nicht Gefahr laufen muss, dass irgendjemand einen Blick hineinwirft. Dass du einen Blick hineinwirfst. Weil ich dir nämlich gesagt habe, dass mein Rechner für dich tabu ist. Eigentlich eine Selbstverständlichkeit, findest du nicht?«

Martina fiel keine Erwiderung ein, da er ja mit jedem Wort recht hatte.

»Und dann reicht es dir nicht, nur einen Blick hineinzuwerfen. Nein, mein Fräulein Tochter leistet gleich ganze Arbeit und kopiert sämtliche Dateien, die ich in Zusammenhang mit den drei Tötungsdelikten erstellt habe, weil sie gedacht hat, dass sie uns helfen kann, weil sie ja die Superexpertin mit ihren gerade mal sechs Monaten Polizeidienst ist. Polizeimeisterin Martina Falkner schnappt den Richter-Killer. Wo Mordkommission und OFA versagen, leistet eine Berufsanfängerin ganze Arbeit.« Sein Gesichtsausdruck war kalt. »Hast du es dir so vorgestellt? Hast du deshalb mein Vertrauen missbraucht?«

»Papa, bitte!«

Falkner schüttelte den Kopf, als könnte er nicht glauben, was geschehen war. Die Wut in seinen Augen war einem Ausdruck der Enttäuschung gewichen, der fast noch schwerer zu ertragen war. Er machte auf dem Absatz kehrt und verschwand in seinem Arbeitszimmer. Mit einem lauten Knall fiel die Tür hinter ihm ins Schloss.

Lisa hatte sich mit dem Hinweis auf ihren gerade erst überstandenen Bandscheibenvorfall um den körperlich schweren Teil der Partyvorbereitungen gedrückt und stattdessen die Tische im Außenbereich mit an Scheußlichkeit nicht zu überbietenden Papiertischdecken geschmückt und dann mit Tischklammern befestigt, damit sie nicht davonflogen. Im Anschluss daran hatte sie Bier-, Wein- und Allzweckgläser auf einem Tisch im Clubhaus plaziert und auf einem anderen das Plastikgeschirr nebst Plastikbesteck arrangiert.

Bergmann baute derweil zusammen mit den anderen Männern weitere Tische und Bänke auf, und als sie zum letzten Mal nach draußen geschaut hatte, war er gerade unter Zuhilfenahme eines Hammers mit dem Einpflocken eines Herings beschäftigt, der zusammen mit seinen Artgenossen einem Party-Zelt, das jetzt noch schlaff an der Seite lag, Halt geben sollte. Irgendwann, in ferner Zukunft, wenn es Bergmann gelingen würde, statt seines Fußes auch einmal den danebenliegenden Hering zu treffen. Also vielleicht nie. Das herzhafte Fluchen ihres Kollegen amüsierte Lisa sehr, und sie hatte nicht das geringste Mitleid mit ihm. Schließlich hatte er darauf gedrungen, dass sie auf diese Party gingen, da konnte er vorher ruhig noch ein bisschen leiden.

Als endlich alles erledigt war, ging es auf neunzehn Uhr zu. Lisa hatte während ihrer Aufbautätigkeiten mehrfach versucht, mit Hillers, der sich immer mal wieder im Clubhaus sehen ließ, ins Gespräch zu kommen, allerdings ohne Erfolg. Sie bekam einfach keine unverfängliche Unterhaltung mit ihm zustande, bei der sich vielleicht die eine oder andere Zwischenfrage ergeben hätte.

Während einer kurzen Verschnaufpause im Freien hatte sie allerdings mehr Glück gehabt. Sie war zum Strand hinuntergegangen und hatte dort die Bekanntschaft mit einem Hünen namens Jörg gemacht, der ebenfalls zu den Speedboot-Junkies gehörte und ihr bereitwillig verriet, dass die Party am Abend zu Ehren von drei Kumpels stattfinde. Drei toten Kumpels, hatte er dann ergänzt und hinzugefügt, dass er sich freue, sie zu sehen. Sie seien alle ziemlich durch den Wind, da könnten sie eine Aufmunterung in Form einer schönen Frau vertragen. Während des Rückwegs zum Clubhaus und der Fortsetzung der dortigen Arbeiten gab er auf Lisas Nachfragen dann allerdings nur einsilbige und nichtssagende Antworten, ließ aber nicht nach in seinem Bemühen, sie anzubaggern.

So war sie froh, als Bergmann irgendwann in der Tür stand und sagte: »Lass uns nach Hause gehen und umziehen, Schatz.« Sie hatte zwar keine Ahnung, an welchen Ort er da dachte, aber sie folgte ihm bereitwillig.

Als sie an dem Zelt vorbeikamen, hob sie anerkennend den Daumen. »Du hast es ja doch noch geschafft. Respekt!«

Bergmann warf ihr einen kurzen Blick von der Seite zu, verlor aber kein Wort. An Lisas Wagen angekommen, legte er beide Hände auf das Dach und versuchte einige Streckübungen, wobei er mehrere Male gequält aufstöhnte.

»Rücken?«, fragte Lisa scheinheilig.

»Ja, was wohl sonst?«, blaffte er.

»Das ist aber schade. Dann kannst du heute Abend ja gar keine flotte Sohle mit mir aufs Parkett legen. Wo du dich doch so auf die Party gefreut hast.«

»Und ob ich das kann!« Er hievte sich auf den Beifahrersitz.

Lisa nahm hinter dem Steuer Platz. »Sag mal, Schatz, wo liegt denn jetzt eigentlich unser Zuhause, in dem wir uns umziehen wollen?«

»Fahr einfach zu irgendeinem Restaurant, da können wir das dann auf dem Klo erledigen.«

Lisa erinnerte sich an ein Fischrestaurant in Rettin, in dem sie vor einigen Jahren gegessen hatte. Auf der Fahrt dorthin erzählte sie Bergmann von ihrer Begegnung mit Jörg.

»Das hört sich ja so an, als ob die Party zu Ehren der drei toten Richter veranstaltet würde«, sagte er. »Das ist ja nun wirklich mehr als geschmacklos, denn auf der Facebook-Seite stand doch was von einer Ludenparty.«

»Wer weiß, was die für Sitten und Gebräuche in ihrer Gruppe pflegen. Diesen Jörg und Hillers fand ich jedenfalls schon mal ziemlich grenzwertig.«

Als Lisa die Damentoilette des kleinen Restaurants in Rettin betrat, in dem sie und Bergmann gerade zu Abend gegessen hatten, merkte sie, dass die Sache ihr Spaß zu machen begann. Sie schloss sich in einer der Kabinen ein, zog ihre Tagesklamotten aus und das Party-Outfit an. Das Bustier passte noch immer wie angegossen. Nur die Hose kniff, und sie vermutete, dass sich ihr Po mehr als deutlich darin abzeichnete. Aber eine andere hatte sie für diesen Zweck nun mal nicht gehabt.

»Na, du Sexbombe«, sagte sie grinsend zu ihrem Spiegelbild, nachdem sie die Toilettenkabine wieder verlassen und sich vor den Waschbecken aufgebaut hatte. Auf der einen Seite kam sie sich fremd vor, auf der anderen ungeheuer lasziv, denn das Bustier betonte nicht nur ihre Brüste äußerst vorteilhaft, sondern gewährte auch einen gnadenlos tiefen Einblick. »Wer hat, der hat«, fügte sie noch hinzu und schickte einen Schmollmund in Richtung Spiegel, dem allerdings etwas fehlte, um vollkommen zu sein. Der Lippenstift, wie ihr nach kurzer Überlegung klar wurde. Pech nur, dass sie keinen besaß. Schon lange nicht mehr, bestenfalls konnte sie mit einem Labello aufwarten. Egal, sie beschloss, sich auch ohne Lippenrot atemberaubend zu finden.

»Bist du endlich fertig?«, war Bergmanns Stimme hinter der Tür zu vernehmen.

»Aber natürlich, mein Schatz!« Sie öffnete die Tür mit einem Schwung und baute sich vor ihrem Kollegen auf. »Genüge ich so deinen Ansprüchen?« Sie drehte sich einmal um die eigene Achse.

»Wow!«

Als sie sich Bergmann erneut zuwandte, gewahrte sie einen Ausdruck von Begehren in seinen Augen, der ihr ausgesprochen guttat. Im Kreis ihrer männlichen Kollegen kam sie sich nämlich immer wie der gute Kumpel oder wie ein Neutrum vor. Die Frau in ihr schien noch niemand wahrgenommen zu haben. Offensichtlich gelang dies erst mit dem passenden Outfit, was ja eigentlich auch kein Wunder war, denn bekanntermaßen konnten Männer nun mal besser gucken als denken.

»Jetzt du«, sagte sie, um den Moment nicht in Peinlichkeit enden zu lassen.

»Was ich?« Offensichtlich waren die Synapsen noch auf Guck-Modus geschaltet.

»Dreh dich!«

»Ach so.« Bergmann kam ihrer Aufforderung nach, und Lisa musste sich eingestehen, dass er verdammt gut in Form war. Er hatte abgenommen, seitdem er sein regelmäßiges Lauftraining absolvierte. Die Lederhose lag eng um seine schmalen Hüften, und unter dem Muscle-Shirt spannten sich ein wohlgeformter Brustkorb und kräftige Schultern.

»Ebenfalls wow!«

Er lachte, etwas verlegen, wie ihr schien, und bot ihr dann ganz gentlemanlike seinen Arm. »Also auf in die Höhle der Löwen!«

Gegen Abend hatte sich dichter Nebel über die Landschaft gesenkt, der von Stunde zu Stunde undurchdringlicher wurde. Trotzdem unternahm Fehrbach gegen dreiundzwanzig Uhr einen letzten Spaziergang über das Gestüt, auch wenn er dabei kaum noch die Hand vor Augen sehen konnte. Eine Tradition, die er, ohne es seinerzeit zu wissen, von seinem Bruder übernommen hatte.

Ein weiteres Gespräch mit Barbara hatte Fehrbach nicht gesucht. Die Fronten waren verhärtet, von ihrer Seite sowieso, aber mittlerweile auch von seiner, da sich immer mehr der Gedanke in ihm verfestigte, dass sie für Andreas' Rückkehr verantwortlich war. Vielleicht hatte sie nicht die ganze Zeit seiner Abwesenheit in Kontakt mit ihm gestanden, aber zumindest dürfte sie gewusst haben, wie sie ihn erreichen konnte.

Wenn Andreas zurückkehrte, konnten sein Bruder und Barbara ihn bei allem, was anfiel, überstimmen. Bis jetzt hatten er und Barbara Hand in Hand gearbeitet und alle Entscheidungen, die das Gestüt betrafen, gemeinsam getroffen. Nach Andreas' Rückkehr konnte sich diese Situation ganz schnell verändern, weil sein Bruder und Barbara dann über eine Zweidrittelmehrheit verfügen würden.

Als Fehrbach ins Torhaus zurückkehrte, war ihm kalt, von der klammen Feuchtigkeit, durch die er spaziert war, aber mehr noch von einer dumpfen Vorahnung. Er entfachte ein Feuer im Kamin, holte ein Wasser aus dem Kühlschrank und setzte sich in den großen, ledernen Ohrensessel, der schon einen Platz im Arbeitszimmer seines Großvaters gehabt hatte. Ein mit vielen Erinnerungen behaftetes Erbstück, das er während der Renovierungsarbeiten in einer der Scheunen zwischen einer Vielzahl anderer ausrangierter Möbelstücke gefunden hatte.

Er starrte in das prasselnde Feuer und fragte sich erneut, ob es richtig gewesen war, Barbara seine Gefühle für Lisa einzugestehen, ob es auch dann zu einer Trennung gekommen wäre, wenn Barbara das Thema Heirat nicht angeschnitten hätte.

Wieder beantwortete er beide Fragen mit Ja. Ja, er hätte sich so oder so von Barbara getrennt. Ihre erneute Affäre war ein großer Fehler gewesen, und er wünschte mittlerweile inständig, dass er im vergangenen Jahr mehr Verstand besessen und nicht seiner Sentimentalität oder Einsamkeit nachgegeben hätte oder was auch immer ihn damals bewogen hatte, sich wieder mit ihr einzulassen.

Und was seine Empfindungen für Lisa anging, die konnte und wollte er nicht länger leugnen, nicht vor sich und nicht vor Barbara, die eine ehrliche Antwort auf ihre Frage verdient hatte, auch wenn sie ihm gegenüber in anderer Hinsicht aller Wahrscheinlichkeit nach unaufrichtig gewesen war.

Der Gedanke, dass Andreas wieder in die Geschicke Lankenaus eingreifen würde, behagte Fehrbach nicht. Sein Bruder hatte das Gestüt bereits einmal fast in den Ruin getrieben, aus welchen Gründen auch immer. Ein zweites Mal würde er dies um jeden Preis zu verhindern trachten. Wenn es allerdings hart auf hart käme … Nein, es brachte nichts, jetzt schon darüber nachzudenken. Vielleicht kehrte Andreas wirklich nur deshalb zurück, weil er Heimweh nach Lankenau hatte, weil ihm leidtat, was er angerichtet hatte. Sehr wahrscheinlich sehe ich nur weiße Mäuse, versuchte Fehrbach sich zu beschwichtigen. Trotzdem beschloss er, auf der Hut zu sein.

Lisa hatte nicht erwartet, sich auf der Party der Speedboot-Junkies zu amüsieren. Der Besuch war eine dienstliche Angelegenheit, bei der die berechtigte Hoffnung bestand, etwas in Erfahrung zu bringen. Da war kein Platz für Spaß und Augenblicke der Entspannung.

Dass sich dann doch beides einstellte, hing mit ihrer Begleitung zusammen, denn Frank Bergmann erwies sich als begnadeter Tänzer, dem keine Musikrichtung fremd schien.

»Wir sind dienstlich hier«, erinnerte sie ihn irgendwann flüsternd, denn nachdem Hillers sie nach ihrer Ankunft mit einigen Leuten bekannt gemacht hatte, hatten sie erst einmal so richtig abgetanzt. So etwas hatte Lisa schon seit Jahren nicht mehr getan, und sie gab sich voller Genuss dieser lang entbehrten Leichtigkeit hin, die die fetzige Musik in ihr auslöste.

Die Anflüge von schlechtem Gewissen, die sie zwischendurch immer wieder überkommen hatten, hatte sie unterdrückt. Ja, sie waren an dem mit Sicherheit schlimmsten Fall der letzten Jahre dran. Einem Fall, der jedem von ihnen naheging und sie Tag für Tag über ihre Belastungsgrenzen hinausführte. Und gerade deshalb waren kleine Ablenkungen zwischendurch so wichtig, damit die Seele eine Atempause erhielt. Allerdings lief es meistens darauf hinaus, dass sie sich diese Regeneration in einer solchen Zeit schon allein aus Zeitgründen nicht leisten konnten. Umso wichtiger, die Chance zu ergreifen, wenn sie sich einem bot.

Bergmann nickte, entließ sie aber erst am Ende der Pop-Ballade aus seinen Armen. Während sie sich von der Tanzfläche entfernten, deutete er fast unmerklich zu einem runden Tisch hinüber, an dem zwei Paare mittleren Alters saßen. »Mit dem Typen links hab ich mich heute Nachmittag kurz unterhalten«, flüsterte er an ihrem Ohr. »Er hat eine Andeutung gemacht, dass er diese Party für absolut daneben hält.«

Der erwähnte Mann und die Frau neben ihm trugen im Gegensatz zu allen anderen ihre Alltagskleidung und wirkten nicht nur dadurch, sondern auch durch ihre versteinerten Mienen fehl am Platz.

»Aber er hat nicht gesagt, warum, oder?«

Bergmann schüttelte den Kopf. »Ich denke, dass seine Bemerkung etwas mit dem Tod der drei Richter zu tun hat. Denn dieser Jörg hat doch zu dir gesagt, dass die Party zu Ehren von drei toten Kumpels stattfindet. Damit können ja nur die Richter gemeint sein. Und so etwas findet bestimmt nicht jeder passend. Ist ja auch mehr als grenzwertig.« Sie hatten den Tisch erreicht. »Dürfen wir uns zu euch setzen?«, fragte er, und Lisa ergänzte mit einer Handbewegung zu den anderen Tischen. »Da ist es überall so voll.«

»Natürlich«, sagte die zweite Frau am Tisch, ein Vollweib. »Wir rücken zusammen.«

Letzteres war eindeutig an Bergmanns Adresse gerichtet, den ein unverhohlen lüsterner Blick traf. Er schob Lisa auf die Bank und nahm am Rand Platz.

»Feigling«, flüsterte sie ihm zu. Dann stellte sie sich und Bergmann den anderen vor. »Ich bin Lisa, und das ist …«, Himmel, beinahe hätte sie Frank gesagt, »das ist Sven.«

»Hallo.« Bergmann grüßte in die Runde.

»Bea«, sagte das in rotes Latex gekleidete Vollweib mit einem betörenden Lächeln in Bergmanns Richtung, wobei sie Lisa zu ignorieren suchte, und deutete dann etwas weniger euphorisch auf den Mann neben sich, der trotz martialischer Tätowierungen an den Oberarmen irgendwie mickrig wirkte mit seiner schlaffen Gesichtshaut, den schütteren Haaren und den Hängeschultern. »Und das ist Karl.« Der Genannte richtete sich kurz auf, gab eine widerwillige Winkbewegung von sich und grunzte etwas, das wie hallo klang, bevor er erneut in sich zusammensackte. Das Vollweib nahm es mit einem strafenden Blick zur Kenntnis und zeigte dann auf das Paar, das ihnen gegenübersaß. »Das da sind Dorli und Hartmut.«

Dorli … Lisa unterdrückte ein Glucksen, hatte sie doch bisher gedacht, dass dieser Name nur Wellensittichen vorbehalten war. So konnte man sich irren.

»Hallo.« Sie nickte den beiden zu.

»Wir haben uns heute Nachmittag doch schon kennengelernt«, schickte Bergmann in Hartmuts Richtung hinterher.

»Stimmt«, sagte dieser, schien aber nicht die Absicht zu haben, dem einen Wort weitere hinzuzufügen.

Lisa musterte ihn. Er war blass und nichtssagend, ebenso wie Dorli, die mit einem fast ängstlichen Blick auf die fröhliche Partygesellschaft vor ihren Augen schaute.

»Schöne Party«, meinte Bergmann.

»Das ist eine Scheißparty«, brach es aus Hartmut heraus. »Und diese Typen hier, ich könnte kotzen.« Abrupt stand er auf und eilte zum Ausgang hinaus.

»Entschuldigung«, sagte Dorli, und ihr Gesicht drückte pure Verzweiflung aus. »Meinem Mann geht es im Moment nicht so gut. Er hat gerade drei gute Kumpels verloren.« Sie sprang auf und rannte Hartmut hinterher.

»Oh, das tut mir leid«, entgegnete Bergmann mit bedrückter Miene. »Ich wollte nicht taktlos sein.«

»Das konntest du ja schließlich nicht wissen.« Bea wirkte auf einmal deprimiert und rang die manikürten Hände, die sie auf den Tisch gelegt hatte.

Lisa überlegte krampfhaft, ob sie nachhaken oder abwarten sollte, bis Bea etwas preisgab. Die Sekunden verrannen, das Schweigen dehnte sich aus, als Bea plötzlich zu sprechen begann.

»Die Männer sind ermordet worden«, sagte sie leise.

»Das ist ja schrecklich!«, stieß Lisa aus und kam sich für einen Moment schäbig vor bei dieser Schauspielerei. »Was ist denn passiert?«

»Diese Morde an den Richtern«, fuhr Bea fort. »Ihr habt doch sicher davon gehört.«

»Natürlich«, sagte Bergmann. »Es gibt im Moment ja kein anderes Thema. Und das waren Freunde von Hartmut?«

Bea nickte bekümmert. »Hartmut ist völlig fertig. Kein Wunder.«

»Wir alle hier sind völlig fertig«, ließ sich Karl plötzlich vernehmen, »auch wenn es im Moment nicht danach aussieht.« Er hatte sich vorgebeugt und die Unterarme auf den Tisch gelegt. Der kurze Blick, den er Bea zuwarf, drückte Unmut aus. »Die drei gehörten nämlich zu unserer Truppe hier und waren gute Kumpels von uns allen.«

»Oh.« Lisa ließ ihren Blick über die Menschen im Clubhaus schweifen, die sich alle prächtig zu amüsieren schienen. »Und dann macht ihr hier Party?« Zwei aufreizend gekleidete junge Frauen kamen am Tisch vorbei, die auf jedem Straßenstrich der Renner gewesen wären. »Noch dazu eine Ludenparty? Ganz ehrlich, das finde ich ziemlich geschmacklos.«

»Das ist es auch«, sagte Bea, und sie wirkte tatsächlich beschämt. »Aber die Jungs haben abgestimmt und mit Mehrheit beschlossen, die Party wie geplant stattfinden zu lassen. Sie haben gemeint, das wäre auch im Sinne unserer drei Ehrenwerten. Die waren nämlich keine Kinder von Traurigkeit.«

»Es ist eine Schande.« Karl schlug mit der geballten Faust auf den Tisch. Sein Blick war starr auf die Tanzfläche gerichtet, die so voll war, dass sich die ersten Pärchen im Raum zu verteilen begannen, um wenigstens etwas Bewegungsfreiheit zu haben. Der Alkohol floss in Strömen, der Geräuschpegel nahm stetig zu.

»Dann hast du mit Sicherheit dagegen gestimmt«, sagte Bergmann mit erhobener Stimme, um zu Karl durchzudringen.

»Natürlich habe ich das! Und einige andere mit mir. Aber dieses primitive Volk hier war ja anderer Meinung, und wir gehören nun mal zusammen.« Er richtete seinen Blick auf Bergmann. »Unsere Truppe existiert jetzt seit mehr als zehn Jahren, und ich bin genau wie unsere toten Kumpels von Anfang an dabei gewesen. Die ersten Jahre waren toll, da war ein wahnsinniger Zusammenhalt, wir hatten viel Spaß miteinander. Aber dann wurde dieser Walter unser Vorsitzender, und seitdem geht das Ding den Bach runter.«

»Warum?«, wollte Bergmann wissen.

»Weil er die falschen Leute hier reingelassen hat. In den ersten Jahren ging das nur durch Mundpropaganda, und über eine Mitgliedschaft musste einstimmig abgestimmt werden. Seitdem das Ganze über Facebook läuft, sind die Anfragen natürlich gestiegen, weil es nicht viele Clubs wie unseren gibt. Hillers als Administrator fällt die erste Entscheidung über eine Mitgliedschaft. Wessen Nase ihm passt, den lädt er zu einer Fahrt oder zu einer Party ein. So wie euch. Er guckt sich die Interessenten an und zieht Erkundigungen über sie ein. Wenn ihm gefällt, was er erfährt, spricht er mit uns. Aber mehrheitliche Entscheidungen über eine Mitgliedschaft gibt es schon lange nicht mehr. Bei den Neumitgliedern geht es nur noch darum, wie viel Geld die haben und ob sie bereit sind, etwas in den Club und vor allem in neue Boote zu investieren.«

»Na, dann kann ich mir eine Mitgliedschaft wohl abschminken«, sagte Bergmann. »Bei mir ist nun wirklich nichts zu holen.«

»Was machst du beruflich?«

»Ich bin Tischler. Selbständig.«

Karl nickte verständnisvoll. »Ja, dann …«

»Welche Investitionen werden von den Mitgliedern denn erwartet?«, wollte Lisa wissen.

»Wir investieren natürlich in die Boote. Das ist ja auch okay, doch jetzt soll plötzlich ein neues Boot angeschafft werden.«

»Aber ihr habt doch schon zwei, wie man mir sagte«, meinte Bergmann.

»Das ist richtig, doch die haben jeweils nur«, beim letzten Wort malte Karl Gänsefüßchen in die Luft, »750 PS. Und Walter und einige andere haben sich in den Kopf gesetzt, dass wir unbedingt noch ein Boot mit 1000 PS haben müssen. Da hat aber die Mehrheit von uns nicht mitgemacht. Ein solches Boot kostet je nach Typ und Firma mehrere zehntausend Euro, und wir sind nicht bereit, eine solche Investition vorzunehmen. Zumal bei den beiden vorhandenen Booten Reparaturen anstehen, von denen zumindest eine nicht ganz billig werden dürfte. Ich habe Walter vorgeschlagen, mit den Booten Touren anzubieten, damit ein bisschen Geld reinkommt, aber das hat er abgelehnt. Und weil er dieses 1000-PS-Boot unbedingt haben will, sucht er jetzt zahlungskräftige Neuzugänge.«

»Und wie haben eure drei Freunde dazu gestanden?«, wollte Lisa wissen. Die Frage war heikel, aber Karl und auch Bea hatten dem Alkohol in der Zwischenzeit kräftig zugesprochen, was ihre Zungen löste.

»Die waren dafür«, gab Bea zur Antwort. »Die drei waren echte Geschwindigkeits-Junkies.«

Karl nickte und starrte auf den Tisch. »Ja, die Jungs musste man manchmal ein bisschen bremsen, damit sie keinen Unfug anrichteten. Aber sie waren in Ordnung, schwer in Ordnung.« Eine Träne stahl sich aus seinem Auge.

»Fahrt ihr eigentlich auch Rennen?«, fragte Bergmann, der gerade eine neue Runde Bier an den Tisch gebracht hatte.

»Selten«, antwortete Karl. »Das ist ja immer so ’n Hickhack, bis du da mal ’ne Genehmigung kriegst.«

»Na ja, dann veranstaltet man halt ein kleines Privatrennen ohne Genehmigung«, sagte Lisa und zwinkerte Karl dabei zu.

»Nee, nee, wenn man da erwischt wird, kriegt man höllischen Ärger. Das ist die Sache nicht wert.«

»Aber unsere drei Ehrenwerten hätten schon gerne«, warf Bea ein. »Hast du jedenfalls immer erzählt.«

Karl reagierte nicht. Er starrte wieder auf den Tisch und schien in tiefe Gedanken versunken.

Die folgenden Stunden verrannen zähflüssig. Das Einzige, was sie noch in Erfahrung bringen konnten, war die Mitgliederzahl der Gruppe. Fünfzig Personen, also zwanzig mehr als auf der Facebook-Seite angegeben. Lisa war die Lust aufs Tanzen mittlerweile vergangen, und Bergmann schien es ebenso zu ergehen. Das Gespräch über die drei Richter hatte ihrer beider Stimmung merklich gedämpft. Sie mischten sich unter das Volk, wechselten hier und dort noch einige Worte, aber der Lärmpegel war mittlerweile ebenso wie der Alkoholpegel viel zu hoch, als dass dabei irgendwelche brauchbaren Ergebnisse herausgekommen wären.

Als gegen Mitternacht eine Art Tusch erklang und die Menge in laute »Auf unsere drei Ehrenwerten«-Rufe ausbrach, beschlossen Lisa und Bergmann zu gehen. Die Anzahl der Schnapsleichen nahm stetig zu, hier würden sie definitiv nichts mehr erfahren.

Während des Rückwegs nach Kiel stellten sie zunächst weitere Überlegungen an, verstummten aber bald, weil die Müdigkeit sie überkam. Als sie Kiel endlich erreichten und Lisa Bergmann bei seiner Wohnung absetzte, hatte sie das Gefühl, dass ihr im nächsten Moment die Augen zufallen würden, und das sah man auch.

»Geht's noch?«, fragte Bergmann.

»Muss ja«, sagte Lisa, der es nicht mehr gelang, ein Gähnen zu unterdrücken. Ihre Kieferknochen knackten laut.

»Ich hab ein Gästezimmer«, bot Bergmann an.

»Danke, aber ich hab's ja nicht mehr weit«, lehnte sie ab.

»Na gut, wenn du meinst.« Bergmann stieg aus. Bevor er die Tür schloss, warf er noch einen Blick zurück in das Wageninnere. »Hat Spaß gemacht mit dir.«

MONTAG, 27. OKTOBER

Die Morgenbesprechung stand im Zeichen von Lisas und Bergmanns Besuch bei den Speedboot-Junkies. Nachdem sie alles berichtet hatten, informierte Lisa Hendrik Falkner.

Die Meinung, ob es sich hier um eine vielversprechende Spur handeln könnte, war unterschiedlich. Uwe ging nicht davon aus. Er ließ nur eine höhnische Bemerkung über Kollegen, die sich einen schönen Abend machten, während andere schuften mussten, vom Stapel. Malte war sich nicht sicher. Bergmann bewertete das, was sie am Vorabend erfahren hatten, als wichtig. Und ebenso Lisa, die darauf drang, sämtliche Mitglieder der Speedboot-Junkies plus Anhang zu überprüfen.

Södersen wog ab und ordnete schließlich an, dass Uwe und Malte sowie die zusätzlichen Kollegen ihr Hauptaugenmerk auf das Umfeld von Rüdiger Lenz richten und weiterhin überprüfen sollten, ob etwaige Verbindungen zu den ersten beiden Tötungsdelikten bestanden. Die am Vortag aufgesuchten Personen waren mittlerweile befragt worden und wiesen allesamt ein Alibi auf. »Und ihr macht mit diesen Speedboot-Heinis weiter«, sagte er in Lisas und Bergmanns Richtung, bevor er sich wieder in sein Büro zurückzog.

Gegen Mittag schlug Bergmann vor, kurz eine Kleinigkeit essen zu gehen. »Was hältst du davon?«

Lisa lehnte ab, weil sie weiterarbeiten wollte. Bergmann hatte in der Zwischenzeit Walter Hillers angerufen, sich allerdings nicht zu erkennen gegeben, und um eine Liste mit den Anschriften sämtlicher Mitglieder der Gruppe gebeten, da die Polizei diese im Zuge der Ermittlungen befragen müsse. Hillers war ziemlich irritiert gewesen, hatte die Liste aber mittlerweile gemailt und zugesagt, am Nachmittag in die BKI zu kommen. »Bring mir irgendwas mit«, bat sie. »Am besten einen Salat, ich habe dieses Junkfood langsam satt.«

»Alles okay?«, fragte Bergmann.

»Was soll nicht okay sein?« Lisa hörte nur mit halbem Ohr zu, weil sie gerade dabei war, einen Interneteintrag zu studieren.

»Ich weiß nicht«, sagte er unschlüssig und räusperte sich. »Bin ich dir gestern zu nahe getreten?«

Jetzt war sie voll da und sah ihn erstaunt an. »Wie kommst du denn darauf?«

»Ich weiß auch nicht. Vielleicht weil …«

Bergmann war ihr auf der Tanzfläche körperlich nah gekommen, sehr nah sogar. Wie schon zuvor im Restaurant hatte sie realisiert, dass er sie als Frau wahrnahm. Und wie schon zuvor hatte sie es auch diesmal genossen. Bergmann war ein attraktiver Mann, und ihr Körper hatte auf ihn reagiert wie seiner umgekehrt auf den ihren. Aber sie würde für diese flüchtige sexuelle Anziehungskraft niemals die Freundschaft aufs Spiel setzen, die mittlerweile zwischen ihnen gewachsen war. Und sie hoffte, dass dies ebenso für ihn galt, denn etwas anderes würde ihre zukünftige Arbeit ziemlich erschweren.

»Du bist mir nicht zu nahe gekommen.« Sie hielt seinem Blick mit einem Lächeln stand.

»Dann ist es ja gut«, sagte er nach einem kurzen Zögern. Er schien noch etwas hinzufügen zu wollen, wandte sich dann aber zur Tür und öffnete sie. »Salat pur oder mit irgendwas drin?«, hörte sie ihn fragen.

»Mit Pute, wenn's geht. Mach dir aber bitte keine Umstände, ich esse ihn auch pur.«

Kurze Zeit nachdem Bergmann gegangen war, betrat Södersen das Büro. »Ich hab dir eine Mail von Behring weitergeleitet. Wenn ich von der Pressestelle zurück bin, werden wir eine Besprechung abhalten.«

»Dann muss die Mail ja wichtig sein.«

»Das ist sie in der Tat.«

Eine Stunde später hatten Lisa und Södersen die Kollegen im Besprechungsraum versammelt und blickten in erwartungsvolle Gesichter.

»Fang an«, sagte Södersen zu ihr, als sein Handy wieder einmal klingelte und er sich auf den Weg zur Tür machte.

»Behrings Leute haben einen Safe im Haus von Rüdiger Lenz entdeckt, in dem sich unter anderem auch eine Festplatte befand«, begann Lisa ihre Ausführungen. »Die Auswertung läuft noch, sie sind aber bereits auf eine Art elektronisches Tagebuch gestoßen. Aus den Aufzeichnungen geht hervor, dass Lenz, Harmsen und Egner vor zwei Jahren einen schweren Unfall mit einem Speedboot in dänischen Gewässern verursacht haben. Die Männer haben ein Segelboot gerammt, auf dem sich ein Mann und eine Frau befanden. Die Frau ging über Bord, der Mann wurde bei dem Zusammenstoß schwer verletzt.« Lisa warf einen Blick auf den Monitor und begann eine Textpassage vorzulesen. »›Die Frau schien untergegangen zu sein, und der Mann lag bewusstlos an Deck. Alles war voller Blut. Raimund ist völlig hysterisch geworden. Wir hatten Mühe, ihn zu beruhigen. Ich hab dann mit Klaus beratschlagt, was wir machen, und wir sind übereingekommen, abzuhauen. Der Vorfall hätte unsere Existenz zerstört. Raimund hat sich schließlich auch wieder eingekriegt und eingesehen, dass es für uns alle das Beste ist.‹« Lisa blickte auf. »Es gibt noch zwei weitere Einträge zu diesem Vorfall, beide ebenso kurz und ebenso gnadenlos. Es scheint die Richter nicht im mindesten interessiert zu haben, was mit den beiden Personen war. Es geht immer nur darum, dass sie mit heiler Haut aus der Sache rauskommen.«

»Du meine Güte, was für Schweine«, sagte Malte erschüttert.

»Ich hab mich mit den dänischen Kollegen in Verbindung gesetzt«, fuhr Lisa fort. »Die Segeljacht hat einem deutschen Ehepaar gehört, Markus und Sanna Krohn. Das Schiff wurde gegen fünfzehn Uhr von der Mannschaft eines dänischen Fischerboots entdeckt, die den Unfall aus einiger Entfernung beobachtet hatte. Die Männer waren allerdings zu weit weg gewesen, um irgendwelche Kennzeichen am Boot ausmachen zu können, geschweige denn die Anzahl der Personen darauf. Die dänischen Kollegen haben daraufhin sämtliche Liegeplätze in dem betreffenden Seegebiet abgeklappert. Als Erstes Höruphav, wo die Krohns ihr Segelboot liegen hatten, denn die Unfallstelle war ganz in der Nähe. Es ist allerdings nichts dabei rausgekommen. Weder am Unfalltag noch in den Wochen davor waren in irgendeinem Hafen Speedboote gemeldet. Die Kollegen sind deshalb zu der Überzeugung gelangt, dass es sich um einen Tagesausflügler gehandelt hat, der von weiter her gekommen ist, vielleicht sogar aus Deutschland.« Lisa sah wieder auf den Monitor. »Markus Krohn wurde schwer verletzt und bewusstlos aufgefunden. Der Leichnam seiner Frau wurde einen Tag später aus dem Wasser geborgen. Sanna Krohn war hochschwanger. Ihr Mann wurde in ein dänisches Krankenhaus eingeliefert, wo er zwei Wochen im Koma gelegen hat. Als er aufwachte, konnte er sich an nichts erinnern. Retrograde Amnesie.« Lisa hob den Blick und schaute alle der Reihe nach an, denn das, was sie jetzt zu sagen hatte, würde keinem von ihnen gefallen. »Markus

Krohn ist ein Kollege. Er arbeitet bei der Wasserschutzpolizei hier in Kiel.«

Stille senkte sich über den Raum. »Puh«, sagte Malte nach einer Weile. »Ausgerechnet.«

»Ich hab schon bei der WaPo angerufen«, fuhr Lisa fort. »Krohn hat einige Tage Urlaub genommen, angeblich wegen einer dringenden Familienangelegenheit.«

»Angeblich?«, fragte Uwe und warf ihr einen empörten Blick zu. »Dann ist er für dich also schon der Täter?«

»Das habe ich damit nicht andeuten wollen. Wir können die Möglichkeit aber auch nicht ausschließen, bloß weil er ein Kollege ist. Immerhin hat er ein sehr starkes Motiv. Außerdem ist er bisher die einzige Person, bei der wir einen persönlichen Bezug zu allen drei Richtern ausmachen können.«

»Mensch, Lisa«, sagte Uwe erregt. »Ich kenne Krohn zwar nicht, aber er ist ein Kollege. So jemand geht doch nicht hin und bringt kaltblütig drei Menschen um.«

»Wir können es nicht ausschließen, Uwe«, wiederholte Lisa. Ihr fiel es ebenfalls schwer, so etwas zu glauben, aber sie hatte in ihrem Job einfach schon zu viel erlebt, um es in das Reich der Fantasie zu entsorgen.

Bergmann hatte ihre Ausführungen bisher schweigend verfolgt und meldete sich jetzt zu Wort. »Falls Krohn unser Täter ist, muss er die Richter gekannt haben, entweder schon vorher oder er hat ihre Identität hinterher rausgefunden. Aber warum ist er dann nicht zur Polizei gegangen und hat Anzeige erstattet?«

Lisa überlegte. »Wir wissen ja nicht, was bei diesem Unfall genau passiert ist. Vielleicht hat Krohn das Speedboot und dessen Insassen bereits vorher gesehen, und nachdem sein Erinnerungsvermögen wieder intakt war, hat er sich an die Gesichter erinnert. Wenn er die Richter oder vielleicht auch nur einen oder zwei von ihnen bereits hier aus Kiel kannte, dürfte er ja gewusst haben, wo er sie suchen musste. Falls er keine Ahnung hatte, um wen es sich handelte, muss er es irgendwie herausbekommen haben. Und warum er dann keine Anzeige erstattet hat, wenn er es denn war«, sie hob ratlos die Schultern, »ich weiß es nicht.«

»Ist bekannt, wie lange er in diesem dänischen Krankenhaus gelegen hat?«, wollte Bergmann wissen.

Lisa konsultierte wieder ihren Computer. »Fast zwei Monate. Als er entlassen wurde, soll sein Erinnerungsvermögen allerdings noch nicht zurückgekehrt gewesen sein. Das kann er natürlich auch nur vorgetäuscht haben.«

»So, Leute, Schluss jetzt!«, ordnete Södersen an, der in der Zwischenzeit wieder reingekommen war und den Rest ihrer Überlegungen mitbekommen hatte. »Wir können hier jetzt noch drei Tage rumsitzen und spekulieren, ohne der Lösung auch nur einen Schritt näher zu kommen. Markus Krohn hat nach unserem jetzigen Ermittlungsstand das stärkste Motiv. Schreibt ihn zur Fahndung aus.«

Eiszeit!

Martina konnte sich nicht erinnern, dass zwischen ihrem Vater und ihr jemals eine solch frostige Stimmung geherrscht hatte. Natürlich hatte es immer mal wieder Auseinandersetzungen gegeben, das brachte das Zusammenleben von Menschen nun einmal mit sich. Aber das war alles nichts gewesen im Vergleich zu den Minusgraden, die seit dem vergangenen Tag angesagt waren.

Seit gestern hatte sie ihn nicht mehr zu Gesicht bekommen. Er hatte sich in seinem Zimmer verschanzt und war den Geräuschen nach zu urteilen am Vorabend noch einmal in der Küche gewesen, um sich etwas zu essen zu machen. Zum Frühstück am Morgen war er schon weg gewesen.

Der Zustand wäre um einiges erträglicher gewesen, wenn Martina sich nicht so verdammt mies gefühlt hätte, wenn das Zerwürfnis nicht ihre Schuld gewesen wäre. Aber das war es nun mal. Sie hatte ihren Vater hintergangen, und ihr Fehlverhalten war nicht mit einem lapidaren *Tut mir leid, Papa* zu entschuldigen.

Am Vorabend war sie einige Male kurz davor gewesen, an Hendriks Zimmertür zu klopfen und das Gespräch mit ihm zu suchen. Ihm ihre Unzufriedenheit zu erklären, ihren Frust, dass sie sich hochdienen musste und darüber Jahre ins Land gehen würden, egal, wie sehr sie ihre Fähigkeiten auch unter Beweis stellen mochte. Und die Angst, dass sie vielleicht trotzdem niemals das heißersehnte Ziel erreichen würde, Ermittlerin in einer der vier Mordkommissionen von Schleswig-Holstein zu werden, weil keine Stelle frei war, sie bei Beförderungen übergangen würde, irgendjemandem ihre Nase nicht passte oder, oder, oder … Es gab so viele Stolpersteine auf dem Weg, so viele Unwägbarkeiten.

Sie hatte nie mit Hendrik über diese Dinge gesprochen, weil sie wusste, wie sehr er ihre Berufswahl immer noch ablehnte. Sie hätte ihm gerne erklärt, dass die Gründe für ihren Entschluss, zur Polizei zu gehen, dieselben waren wie bei ihm seinerzeit – ein tief verwurzeltes Gerechtigkeitsempfinden, das Bedürfnis, Schwächeren zu helfen, die Hoffnung, diese Welt wenigstens ein Stückchen besser zu machen. Ein klitzekleines Stückchen, wie ihr mittlerweile bewusst geworden war, wenn überhaupt, aber trotzdem würde sie sich ihren Idealismus nicht kaputt machen lassen.

Werte, die ihr Vater ihr vorgelebt hatte …

Sie stützte den Kopf auf die Hände und sah zum Bürofenster hinaus, hinter dem der Nebel einfach nicht weichen wollte. Die Stimmung da draußen passte zu ihrer eigenen. Alles grau in grau, nichts, was einem Freude bereiten und einen auf andere Gedanken bringen konnte.

Martina war so in ihre Grübeleien versunken, dass sie zuerst gar nicht mitbekam, dass eine Mail auf ihrem Computer eingegangen war. Erst als sie den Kopf hob, wurde sie darauf aufmerksam. Sie öffnete die Mail und las den Text aufmerksam durch.

»Im Zusammenhang mit den Tötungsdelikten zum Nachteil von Klaus Harmsen, Raimund Egner und Rüdiger Lenz wird der 45-jährige Polizist Markus Krohn gesucht. Krohn ist 1,84 groß, von schlanker Statur und hat dunkelbraune, halblange Haare. Sein letzter Aufenthaltsort ist nicht bekannt.

Achtung, Kollegen! Markus Krohn wird als gefährlich eingestuft! Achtet auf eure Eigensicherung!«

Dem Text war eine Datei beigefügt, die Martina als Nächstes öffnete. Das Foto des Gesuchten. Sie starrte es an und furchte in angestrengtem Nachdenken die Stirn. Sie kannte diesen Mann, da war sie sich hundertprozentig sicher. Aber woher?

»Da ist was Wichtiges reingekommen«, sagte sie, als der stellvertretende Stationsleiter das Büro betrat, und deutete auf ihren Bildschirm.

»Hab's schon gesehen«, sagte er und schwenkte demonstrativ zwei DIN-A4-Blätter in der Hand, auf denen sie das Foto von Krohn und die Nachricht erkannte.

»Kennen Sie den Kollegen?«, fragte Martina.

»Nee, der ist mir bisher noch nicht über den Weg gelaufen.« Er befestigte die Blätter an der Pinnwand und ging in sein Büro zurück.

Martina erhob sich, steckte die Hände in die Taschen ihrer Hose und ging zur Wand hinüber, wo sie vor Krohns Foto stehen blieb.

Verdammt noch mal, woher kannte sie diesen Mann?

Falkner hatte sich nicht mehr gemeldet, und am Vortag war Lea Nordin dankbar dafür gewesen, hätte doch jede weitere Nachricht von ihm sie daran erinnert, dass es ihre Aufgabe war, ins Büro zu gehen und ihren Job zu machen. Egal, was geschehen war, das Privatleben musste in einem Fall wie diesem zurückstehen. Allerdings wäre sie nicht dazu in der Lage gewesen. Erst jetzt, gegen Mittag, als es ihr endlich gelang, die Augen länger als fünf Minuten offen zu halten, spürte sie so etwas wie Energie durch ihren Körper pulsieren und beschloss, sich dem Tag und dem, was geschehen war, zu stellen.

Allerdings streikte ihr Kreislauf, als sie aufzustehen versuchte. Kein Wunder, hatte sie doch am gestrigen Tag nur eine Banane und ein Butterbrot hinuntergewürgt und viel zu wenig getrunken. Und auch ihre Beine versagten den Dienst, und sie sank kraftlos auf das Bett zurück. Beim zweiten Versuch ließ sie es langsamer angehen und erlangte schließlich festen Stand. Sie machte sich auf den Weg ins Bad, nahm eine heiße Dusche und schlüpfte nach dem Abtrocknen in frische Wäsche. Danach begab sie sich in die Küche, mit tapsigen Schritten zwar, aber es ging. Hunger hatte sie keinen, und der Blick in ihren Kühlschrank war auch nicht dazu angetan, ihn zu wecken. Einige Scheiben Brot in einer Tupperdose, ein kleines Stück Käse, zwei Tomaten. Dann doch lieber etwas Obst, davon hatte sie zum Glück immer reichlich im Haus.

Sie griff nach einer Banane und einem Apfel und ging ins Wohnzimmer zurück, wo sie ihr Notebook einschaltete. Während das Gerät hochfuhr, beschloss sie, erst am nächsten Tag wieder ins Büro zu gehen. Ein halber Tag war eh schon vorüber. Außerdem hatte sie so die Chance, sich bis dahin über den Fall zu informieren, denn mit Sicherheit würde das Internet einiges in dieser Beziehung hergeben. Und sie würde Falkner bitten, ihr die bisher zusammengetragenen Informationen zu mailen.

Sie würde den Tag nutzen, um sie mit denen der vorangegangenen beiden Fälle abzugleichen, dann wäre sie morgen bei ihrer Rückkehr ins Büro auf dem neuesten Stand und müsste sich nicht erst alles erklären lassen, was den Eindruck von Unprofessionalität noch mehr verstärken würde.

Diesmal rief sie Falkner an. Er meldete sich umgehend, seine Stimme klang gereizt. »Ja?«

»Lea Nordin. Guten Tag, Herr Falkner.«

»Moin«, kam es mürrisch zurück.

»Ich wollte Ihnen Bescheid geben, dass ich morgen wieder zum Dienst erscheinen werde. Heute geht es leider noch nicht, ich fühle mich noch ziemlich hinfällig.« Was sollte diese Erklärung, schließlich war sie ihm keine Rechenschaft schuldig. Das war wieder so ein typisch weibliches Verhaltensmuster, das sie eigentlich abgelegt geglaubt hatte. Immer für alles rechtfertigen, wenn das doch umgekehrt auch einmal ein Mann täte. Sie schluckte und versuchte, Markus aus ihren Gedanken zu verdrängen.

»Lassen Sie sich Zeit. Eine Erkältung dauert nun mal.«

Klar, dass er das sagte. Je länger sie dem Büro fernblieb, desto besser für ihn. Aber den Gefallen würde sie ihm nicht tun.

»Morgen bin ich wieder da«, sagte sie noch einmal mit fester Stimme. »Mailen Sie mir bitte alles, was Sie bisher über das dritte Tötungsdelikt an Infos haben, dann kann ich mir schon mal ein Bild machen.«

Falkners Entgegnung kam mit ein paar Sekunden Verzögerung. »Ich denke, es geht Ihnen noch nicht gut. Dann sollten Sie auch konsequent sein und die Arbeit Arbeit sein lassen.«

Eine scharfe Erwiderung lag ihr auf der Zunge, aber sie hatte keine Chance, sie loszuwerden, da sie ein Rauschen in der Leitung hörte.

Falkner hatte aufgelegt. Sie fasste es nicht. Sie war seine Vorgesetzte, und er würgte sie einfach so ab. Was dachte dieser

Mann sich eigentlich? Waren denn alle Männer in ihrem Umfeld gestört?

Viel hätte nicht gefehlt, und sie hätte erneut seine Nummer gedrückt, um ihn zur Schnecke zu machen und noch einmal darauf hinzuweisen, dass er ihr die erbetenen Infos schicken solle. Aber dann besann sie sich, denn was würde es bringen? Falkner würde es mit Hinweis auf ihre Krankheit erneut ablehnen, und sie würde weder betteln noch anweisen. Es musste dann eben ohne diese Informationen gehen, bestimmt würde sie im Internet fündig werden.

Was in der Tat der Fall war, wie sie nach einer Stunde feststellen konnte. Einige Journalisten hatten bereits damit begonnen, tiefer zu bohren.

Mal sehen, was sie herausfinden würde. Eines jedenfalls war ihr in der letzten Stunde klargeworden. Die Arbeit lenkte sie von den Gedanken an Markus ab. Und das war gut so.

Die Pressekonferenz war nach Absprache mit der Pressestelle so kurz wie möglich gehalten worden, was den Unmut der anwesenden Journalisten hervorrief, die sich natürlich eine Fülle interessanter Details erhofft hatten. Im Anschluss daran begleitete Fehrbach Södersen ins K1, weil er über einige Ermittlungsergebnisse noch ausführlichere Auskünfte benötigte. Außerdem wollte er Lisa sehen.

Sie lief ihm jedoch nicht über den Weg, und nachdem Södersen seine Wissenslücken aufgefüllt hatte, fiel ihm kein Grund mehr ein, der ihn am Gehen hinderte. Und einfach so in ihr Büro reinzuschneien widerstrebte ihm. So verabschiedete er sich schweren Herzens von Södersen und ging.

Auf dem Weg zum Treppenhaus war plötzlich Gelächter zu hören, das aus dem Besprechungsraum zu kommen schien. Lisa, eindeutig. Fehrbach überlegte nicht lang und lenkte seine

Schritte dorthin. Die Tür stand einen Spaltbreit offen. Wieder erklang Gelächter, und kurz darauf waren Stimmen zu vernehmen.

»Bin ich nicht!« Bergmann.

»Bist du wohl!« Lisa.

Fehrbach trat näher heran.

»Ich bin dir kein einziges Mal auf die Füße getreten!«

Lisas Lachen schallte zu Fehrbach heraus. »Mensch, Frank, ich hab doch bloß Spaß gemacht. Natürlich bist du mir nicht auf die Füße getreten, dazu bist du ein viel zu begnadeter Tänzer.«

»Na ja, also begnadet …«

»Ja, begnadet. Das Kompliment kannst du jetzt ruhig mal annehmen. Ich war in meiner Jugend oft und gerne tanzen, aber ich hatte nie solche Tanzpartner wie dich. Die meisten Typen waren stocksteif und hampelten zum Gotterbarmen herum, aber du hast die Musik im Blut.«

»Jetzt hör aber mal auf, du machst mich ja ganz verlegen.« Das Schieben eines Stuhls war zu vernehmen. »Du warst übrigens auch nicht schlecht, liebe Kollegin. Was du allerdings noch üben müsstest, ist der Salsa-Grundschritt. Da bist du noch viel zu langsam.«

»Hoppala«, sagte Lisa überrascht. »Du willst doch nicht etwa jetzt …?«

»Doch«, fiel Bergmann ihr ins Wort. »Ich will jetzt. Ich muss mich mal einen Moment auf etwas anderes konzentrieren als das eben Gehörte, das macht mich nämlich gerade ziemlich fertig. Und die Notizen können wir auch noch ein paar Minuten später vervollständigen.«

»Ich kann das aber nicht ohne Musik.«

»Jetzt hab dich nicht so, es geht auch ohne. Achte einfach auf mich. Ich mache mit links einen schnellen Schritt vorwärts, du gehst dementsprechend mit rechts zurück. Dann belaste ich meinen hinteren rechten Fuß und du deinen vorderen linken. Schnell, wohlgemerkt.«

»Ja, aber wie soll das denn gehen? Wir stehen doch in dem Moment. Kann man auch schnell stehen?« Sie begann zu kichern.

»Himmel«, war Bergmanns Aufstöhnen zu vernehmen. »Gestern hast du das doch auch hingekriegt.«

»Ich denke, ich war zu langsam.« Sie gluckste.

»Warst du ja auch. Also los jetzt.«

Als das Scharren von Schritten auf dem Fußboden zu vernehmen war, hielt es Fehrbach nicht länger in seiner Lauscherposition. Er öffnete die Tür. »Oh … Tanzstunde …«

Bergmann hielt Lisa im Arm. Bei Fehrbachs Eintreten stoppten die beiden abrupt in der Tanzbewegung und blickten zu ihm hinüber. Wie zwei ertappte Kinder, schoss es Fehrbach durch den Kopf.

»Herr Fehrbach!« Lisa löste sich als Erste aus der Erstarrung und trat einen Schritt von ihrem Kollegen zurück. Sie wirkte verlegen, ganz im Gegensatz zu Bergmann, der Fehrbach mit einem fast herausfordernden Ausdruck in die Augen blickte, während er ihm die Hand reichte.

»Hallo, Herr Fehrbach. Was führt Sie zu uns?«

»Ich hatte noch einige Dinge mit Ihrem Vorgesetzten zu besprechen, und da wollte ich nicht gehen, ohne Hallo zu sagen. Ich hatte Ihre Stimmen gehört.« Er verwünschte sich, nicht weitergegangen zu sein und diese peinliche Situation herbeigeführt zu haben.

»Das ist aber nett«, erwiderte Bergmann, und Fehrbach fragte sich, ob er sich den Spott in dessen Stimme nur einbildete.

Was lief hier? War das Verhältnis zwischen Lisa und Bergmann jetzt schon so eng, dass sie miteinander tanzen gingen?

Fehrbach fühlte sich auf einmal schrecklich deprimiert und wollte nur noch raus. »Einen schönen Tag noch!« Er machte auf dem Absatz kehrt und verließ den Raum, wobei er die Tür mit einer heftigen Bewegung hinter sich zuzog.

Wenn es nach Falkner gegangen wäre, hätte seine neue Chefin ruhig noch länger dem Büro fernbleiben können. Ohne sie konnten er und seine Kollegen endlich wieder befreit arbeiten.

Lea Nordin hatte nicht so geklungen, als ob eine Erkältung sie in den Klauen halten würde. Das hörte sich anders an, da hustete und schnupfte man, hatte eine belegte oder heisere Stimme, kurzum, man klang einfach völlig k. o. Jedenfalls ging es ihm so, wenn es ihn denn einmal erwischte, was zum Glück nur selten der Fall war. Aber wenn, dann war Arbeit das Letzte, an das er dachte.

Klar, dass sie die neuesten Infos haben wollte, damit sie morgen nicht dumm dastand. Aber da hatte sie sich geschnitten. Falls sie ihn darauf ansprechen sollte, warum er ihr die erbetenen Dateien nicht geschickt hatte, würde er sich damit herausreden, dass solche brisanten Dinge nichts auf einem Privatrechner zu suchen hätten. Dass der seine voll damit war, wusste sie ja nicht.

Die neuen Nachrichten vom K1 hatten die Auseinandersetzung mit Martina und dem, was sie getan hatte, in den Hintergrund gedrängt. Allerdings war sich Falkner darüber im Klaren, dass sie ihn heute Abend in der Einsamkeit der Wohnung dafür umso heftiger heimsuchen würden, denn er ging davon aus, dass es Martina unter den gegebenen Umständen vorzog, bei ihrer Freundin zu übernachten. Oder ihrem Freund, was wusste er.

Die Informationen über die Speedboot-Gruppe und Lisas Überzeugung, dass das Motiv für die drei Tötungsdelikte irgendwo in diesem Bereich liege, waren nicht von der Hand zu weisen. Die Sache mit dem Kollegen, der eventuell als Täter in Frage kam und jetzt zur Fahndung ausgeschrieben war, mussten er und seine Kollegen allerdings erst einmal verdauen.

Natürlich war jedem von ihnen bewusst, dass es auch bei der Polizei schwarze Schafe gab. Aber ein dreifacher Mörder? Puh, das wäre wirklich eine harte Nummer.

»Haben die vom K1 schon jemanden von diesen Speedboot-Typen vernommen?«, wollte Prahl wissen.

Falkner schüttelte den Kopf. »Sie wollten im Lauf des Tages damit beginnen, da sie einige schon per Telefon erreicht haben, aber Lisa ist der Meinung, dass dabei nicht viel rauskommen wird, weil die drei Ermordeten den Unfall mit Sicherheit geheim gehalten haben.«

»Oder auch nicht«, warf Richter ein.

»Natürlich haben sie das«, erklärte Falkner. »Die mussten davon ausgehen, dass sie zwei Menschenleben auf dem Gewissen haben. Mit so etwas geht man doch nicht hausieren.«

»Das ist nicht gesagt«, gab Richter zurück. »Wir wissen überhaupt nicht, wie die getickt haben. Die haben sich doch allem Anschein nach unantastbar gefühlt, und in so einem Fall kann es schon mal sein, dass man mit einer solchen Tat sogar angibt.«

Falkner zuckte mit den Schultern und blickte zum Whiteboard hinüber, wo in großen Druckbuchstaben die Kurzzusammenfassung eines möglichen Täterprofils stand.

Männlich, 30 bis 50 Jahre, vermutlich ledig beziehungsweise allein lebend, Bezug zu Kiel und vielleicht auch der näheren Umgebung, Beruf?

Mein Gott, es war so erbärmlich, was sie bisher zusammengetragen hatten. Sie betrieben hier gerade etwas, was verdammt nah an Sterndeuterei herankam, aber was sollten sie machen, wenn sie so wenige Fakten hatten.

Der Fahndungsaufruf nach Markus Krohn, der natürlich auch über die sozialen Medien verbreitet worden war, hatte wie erwartet die üblichen Spinner auf den Plan gebracht. Während ihn die einen in unterschiedlichen Bereichen der Kieler Innenstadt gesehen haben wollten, war er anderen auf einer Fähre, beim Ehrendenkmal in Laboe, in Preetz und in weiteren Orten über den Weg gelaufen. Ein Anrufer hatte sogar stur und steif behauptet, dass er den Gesuchten gerade in einem Café auf Amrum entdeckt habe, wo er in aller Seelenruhe einen Pharisäer schlürfe. Ob es denn eine Belohnung gebe.

Lisa war heilfroh, dass die zusätzlichen Kollegen die Anrufe entgegennahmen, denn ihre Geduld war bei dieser Art von Arbeit immer sehr schnell erschöpft. Sie fand es erschreckend, wie viele Menschen ein offensichtlich trostloses Dasein fristeten, da sie es nötig hatten, auf diese Art und Weise die Aufmerksamkeit anderer zu erregen.

Aufgrund des neuen Ermittlungsstands war die Befragung der Mitglieder der Speedboot-Junkies um einiges wichtiger geworden. Es erschien zwar unwahrscheinlich, dass die Richter etwas über den Unfall hatten verlauten lassen, aber ausschließen konnte man es nicht. Mindestens ebenso wichtig war die Frage, ob Markus Krohn in der Truppe bekannt war. Mittlerweile waren die Vorladungen an diejenigen, die sie nicht telefonisch erreicht hatten, auf dem Postweg rausgegangen. Jetzt hieß es warten, in der Hoffnung, dass sich die Angeschriebenen so schnell wie möglich melden würden.

Kurz nachdem Fehrbach gegangen war, bekam Lisa den Anruf des Wachhabenden, dass ein Walter Hillers eingetroffen sei.

»Hillers ist da«, informierte sie Bergmann, der gerade mit einem Stapel Fotokopien zurückgekommen war. »Willst du ihn abholen?« Die Besucher der BKI, die zu einem der dort arbeitenden Beamten wollten, wurden von dem betreffenden Kollegen stets beim Pförtner abgeholt.

Bergmann legte die Unterlagen auf seinem Schreibtisch ab. »Sehr gerne«, sagte er und warf einen fragenden Blick zu ihr hinüber. »Wollen wir ihn zu zweit befragen?«

»In jedem Fall!«

Bergmann machte sich auf den Weg zur Tür. »Ich sag Bescheid, wenn Hillers im Vernehmungsraum sitzt.«

Während sie wartete, sann Lisa darüber nach, wie lange sich die Vernehmungen der Speedboot-Junkies hinziehen würden. Je nach Wohnort dürften die Vorladungen am kommenden Tag oder dem darauffolgenden bei den entsprechenden Personen eingehen. Wenn sich allerdings jemand stur stellte und die Befragung verweigerte, würde das Spiel von vorne losgehen, diesmal allerdings mit einer Vorladung der Staatsanwaltschaft, der man im Gegensatz zu einer von der Polizei geschickten in jedem Fall Folge zu leisten hatte. Falls es dazu kommen sollte, würden weitere kostbare Tage verlorengehen.

Mitten in ihre Überlegungen platzte Bergmann ins Büro. »Hillers sitzt im Vernehmungsraum. Wenn du willst, können wir loslegen.«

Lisa erhob sich. »Wie hat er denn bei deinem Anblick reagiert?«

»Er ist patzig geworden und hat gemeint, dass sich die Polizei mittlerweile wohl für keine Methode mehr zu schade sei.«

»Na, dann wollen wir mal sehen, was er sagt, wenn er mich jetzt auch noch zu Gesicht bekommt«, meinte Lisa mit einem Grinsen.

»Das sind doch Stasi-Methoden, mit denen hier gearbeitet wird. Sich bei unbescholtenen Bürgern einschleichen und sie aushorchen, und hinterher bekommt man dann die Quittung serviert.«

Walter Hillers' Stirn glänzte, sein Gesicht hatte einen ungesunden Rotton angenommen, und seine Hände strichen unentwegt durch die grauen Haare, denen eine Wäsche gutgetan hätte. Der Mann war nervös, was er mit einer lauten Poltrigkeit zu kaschieren suchte. Sein unruhiger Blick huschte zwischen Lisa und Bergmann hin und her. »Verdammt noch mal, was wollt ihr von mir? Ich hab doch nichts mit dem Tod der drei Richter zu tun.«

»Das behauptet auch niemand«, sagte Lisa. »Wir haben Sie zu uns gebeten, weil wir in Erfahrung gebracht haben, dass die drei Richter vor zwei Jahren einen schweren Unfall in dänischen Gewässern verursacht haben. Dabei wurde eine Person getötet und eine andere schwer verletzt. Die Richter haben sich aus dem Staub gemacht, obwohl sie gesehen haben, was passiert war.«

Hillers' Gesicht hatte die Farbe gewechselt, der Mann sah jetzt erschreckend blass aus. »Das ist ja furchtbar. Sind Sie sich da ganz sicher? Ich kann mir das nicht vorstellen.«

»Im Haus von Rüdiger Lenz wurde eine Festplatte mit einem elektronischen Tagebuch sichergestellt. Er hat den Vorfall dort notiert.«

Hillers knetete die Hände, seine Fassungslosigkeit wirkte echt. »Und Sie glauben jetzt, dass die Morde an den dreien mit diesem Unfall zusammenhängen?«

»Es besteht die Möglichkeit«, sagte Bergmann. »Haben die Richter irgendwann einmal in Ihrem Kreis darüber gesprochen?«

»Nein.« Hillers schüttelte den Kopf. »So etwas hängt man ja nun wirklich nicht an die große Glocke.«

»Normalerweise nicht«, sagte Lisa. »Andererseits ist nicht auszuschließen, dass bei einer Feier in Verbindung mit Alkohol vielleicht doch einmal eine Bemerkung gefallen ist.«

»Nein«, wiederholte Hillers. »Also mir ist da nie was zu Ohren gekommen.«

»Sagt Ihnen der Name Markus Krohn etwas?«, fragte Bergmann.

»Ist das der Mörder?«

»Beantworten Sie doch bitte einfach meine Frage.«

Hillers stützte das Gesicht auf seine zusammengefalteten Hände und schien angestrengt nachzudenken. »Nein, der sagt mir überhaupt nichts«, erklärte er dann.

Auch die weitere Befragung von Hillers brachte keine Ergebnisse, so dass Lisa und Bergmann den Mann schließlich entließen.

»Das wird in einer Sackgasse enden«, unkte Bergmann. »Die Richter sind doch nicht blöd gewesen, die haben kein Wort über die Angelegenheit verlauten lassen. Da werden wir auch von den anderen nichts erfahren.«

»Es wäre aber interessant zu wissen, ob einer aus dieser Gruppe Krohn gekannt hat«, sagte Lisa. »Wir müssen das jetzt durchziehen, noch geb ich die Hoffnung nicht auf.« Insgeheim stimmte sie Bergmann allerdings zu.

Was um alles in der Welt war bloß in seine Tochter gefahren, dass sie sich zu einer solchen Aktion hatte hinreißen lassen?

Den ganzen Tag über war es Falkner gelungen, diese Frage in den hintersten Winkel seines Kopfes zu verbannen, aber jetzt kam er nicht mehr dagegen an.

Hing Martinas Verhalten damit zusammen, dass er nie einen Hehl daraus gemacht hatte, wie sehr ihm ihre Berufswahl missfiel? Wollte sie ihm beweisen, dass er sich mit seiner Ablehnung geirrt hatte, indem sie jetzt trotz Verbots versuchte, sich auf irgendeine Weise in die Aufklärung der drei Tötungsdelikte einzumischen? Wollte sie ihm so aufzeigen, dass sie eine gute Polizistin war? Egal, was dahintergesteckt hatte, es rechtfertigte auf keinen Fall einen solchen Vertrauensbruch.

Falkner schob die zur Hälfte verspeiste Mettwurststulle zur Seite, ihm war der Appetit vergangen. Er holte eine Wasserflasche aus dem Kühlschrank und trug sie zusammen mit einem Glas ins Wohnzimmer, wo er sie auf den Couchtisch stellte und sich dann auf dem Sofa niederließ und die Füße hochlegte. Während er in die Stille der Wohnung lauschte, wurde ihm zum ersten Mal bewusst, dass Martina und er ihre Berufswahl nie ernsthaft ausdiskutiert hatten. Seine Tochter hatte ihn irgendwann vor vollendete Tatsachen gestellt, wohl wissend, dass er ihre Entscheidung nicht gutheißen würde. Er hatte seine Ablehnung kundgetan, sie hatte dagegengehalten, dass er sie nicht von ihrem Entschluss abbringen würde. Martina hatte seine Gründe wissen wollen und sie dann mit einer Handbewegung abgetan, nachdem er von Dingen wie zu gefährlich, keine geregelten Arbeitszeiten, schlechte Bezahlung, wenig Zeit für eine Beziehung gesprochen hatte. So war es einige Male hin und her gegangen, aber es war nie zu Gesprächen gekommen, in denen sie den Versuch einer Annäherung hätten unternehmen können. Den Versuch, offen über das Für und Wider des Polizeiberufs zu sprechen und einen Kompromiss zu finden, mit dem sie beide leben konnten.

Der Hauptgrund für seine Ablehnung war tatsächlich die Angst gewesen, dass Martina während eines Einsatzes etwas zustoßen könnte, dass sie verletzt werden könnte oder sogar getötet. Polizeibeamte waren mittlerweile für eine Vielzahl von Menschen zum Feindbild geworden und liefen in Ausübung ihres Berufs immer häufiger Gefahr, Opfer einer Gewalttat zu werden. Bereits eine vermeintlich harmlose Verkehrskontrolle konnte tödlich enden. Wann immer es zu solchen Fällen kam, waren die Politiker sofort zur Stelle, um ihre üblichen Beschwichtigungsformeln abzusondern. Man werde der Gewalt entschlossen entgegentreten, hieß es dann. Von mehr Neuanstellungen war auf einmal die Rede, von besserer Ausrüstung und vielem mehr. Hehre Worte, denen allerdings nur selten Taten folgten.

Vor diesen Dingen hatte Falkner seine Tochter bewahren wollen. Jetzt wurde ihm klar, dass er nicht immer nur seine Ablehnung, sondern auch seine Ängste hätte aussprechen müssen. Trotz allem war er stolz auf Martina und überzeugt davon, dass sie es zu etwas bringen würde. Das sollte er ihr vielleicht aber auch endlich einmal sagen.

Am Vorabend war er Martina aus dem Weg gegangen, und auch an diesem Morgen war er noch immer nicht in der Lage gewesen, ihr gegenüberzutreten. Aber wenn sie heute nach Hause kam, würde er es tun. Hoffentlich übernachtete sie nicht wieder woanders. Wenn er sich recht entsann, hatte Martina Spätdienst. Zur Sicherheit warf er noch einmal einen Blick auf den Plan, der an der Pinnwand in der Küche hing. Es stimmte, und das bedeutete, dass sie erst gegen dreiundzwanzig Uhr zu Hause sein würde. Er hoffte, dass das Gespräch friedlich ablief, auch wenn er sie zur Herausgabe des USB-Sticks auffordern und erneut darauf hinweisen würde, dass sie sich aus den Ermittlungen rauszuhalten hatte.

Als sein Handy den Eingang einer SMS verkündete, zog er es aus der Tasche seiner Jeans. »Übernachte bei Bianca«, lautete die Nachricht. So viel zu meinen guten Vorsatzen, dachte er resigniert und steckte das Mobiltelefon wieder ein. Nach einigen Minuten des Nachdenkens beschloss er, ins Bett zu gehen und sich endlich einmal wieder auszuschlafen.

DIENSTAG, 28. OKTOBER

Auch an diesem Morgen klingelte der Wecker viel zu früh. Während sie sich aus dem Bett quälte, gähnte Lisa herzhaft und räkelte sich ausgiebig. Hoffentlich waren die Fälle bald gelöst. Dann würde sie sich eine Woche lang im Bett verkriechen und schlafen.

Die Dusche machte sie keinen Deut munterer, das abschließende kalte Abbrausen ließ sie nur frösteln. Kein Gedanke daran, dass es ihre Müdigkeit vertreiben würde.

Die Autofahrt zur Bezirkskriminalinspektion war wie immer ein Geduldsspiel, dem ihre Nerven heute Morgen so gar nichts entgegenzusetzen hatten. »Jetzt fahr doch endlich, du Blödmann!«, herrschte sie den Fahrer des vor ihr stehenden Wagens an, der sich trotz tiefgrüner Ampel nicht dazu bequemen konnte, sich in Bewegung zu setzen. »Grüner wird's nicht!« Sie hupte aufgebracht und bemerkte, wie er sie in seinem Rückspiegel musterte. Ein Panzer wäre jetzt schön, dachte sie missmutig, oder ein Dienstwagen mit sämtlichen Sonderzeichen in Betrieb.

Für die Strecke zur BKI benötigte sie je nach Verkehrslage zwischen zehn und fünfzehn Minuten. Seitdem die Straßen der Stadt allerdings einer Grundsanierung unterzogen wurden und Kiel deshalb wie so viele andere Ecken von Schleswig-Holstein immer mehr einer Großbaustelle glich, war sie trotz Benutzung von Schleichwegen häufig das Dreifache dieser Zeit unterwegs.

Sie hätte mit Freuden auf das Auto verzichtet, aber sie brauchte es nun einmal, für den Fall, dass alle Dienstwagen unterwegs oder – wie in letzter Zeit immer häufiger – in der Werkstatt waren. Ein weiteres Indiz dafür, dass es an allen Ecken und Enden in diesem Bundesland krankte.

Wenigstens gab ihr die auf diese Weise aufgezwungene Zeit die Möglichkeit, über die merkwürdige Situation zwischen Fehrbach, Bergmann und ihr am gestrigen Tag nachzudenken. Etwas, was sie bisher erfolgreich vermieden hatte.

Im Nachhinein konnte sie nicht mehr sagen, wieso sie und Bergmann noch einmal auf ihr Tanz-Intermezzo während der Party der Speedboot-Junkies zu sprechen gekommen waren. Sie hatten einige Notizen auf dem Whiteboard ergänzt, dabei ein bisschen gefrotzelt, wie sie es häufiger taten, und irgendwann hatte ein Wort das andere ergeben, und sie hatte begonnen ihren Kollegen aufzuziehen. Kein Gedanke an Flirt, auch bei Bergmann nicht, wofür sie dankbar gewesen war. Ein Spaß unter Freunden, ein kleines Stück Entspannung in ansonsten mit Stress angefüllten Tagen.

Fehrbachs Eintreffen hatte die Situation dann allerdings grundlegend verändert. Lisa hatte sich peinlich berührt gefühlt, dass er sie und Bergmann bei ihrem kindischen Tun ertappte. Bergmann hatte es offensichtlich nicht so empfunden, denn sie hatte den Blick gesehen, den er Fehrbach zugeworfen hatte. Eine Aura der Provokation hatte ihren Kollegen plötzlich umgeben, und in ihr war erneut die Angst aufgestiegen, dass aus seiner Freundschaft plötzlich mehr erwachsen war. Bergmann hatte ihr einmal auf den Kopf zugesagt, dass sie etwas für Fehrbach empfinde, und obwohl sie es seinerzeit vehement abgestritten hatte, hatte sie den Eindruck gehabt, dass er ihrer Beteuerung nicht glaubte. Sie schwor sich, eine Situation wie die gestrige nie wieder herbeizuführen, auch wenn ihr klar war, dass dies unter Umständen nur auf Kosten ihrer bisherigen Unbefangenheit möglich sein würde. Aber reden konnte sie mit Bergmann auch nicht darüber, dafür fehlte ihr im Moment noch der Mut.

Shit!

Aufgebracht schlug sie mit der Hand auf das Lenkrad. Warum musste bloß immer alles so kompliziert sein in ihrem Leben und mit den darin enthaltenen Männern? Warum konnte nicht einmal etwas gradlinig verlaufen wie bei allen anderen Menschen auch? Es war zum Auswachsen!

Am Morgen war eine Gerichtsverhandlung angesetzt gewesen, was dazu führte, dass Fehrbach erst am frühen Nachmittag in sein Büro zurückkehrte. Vom K1 gab es keine neuen Erkenntnisse, wie ihm seine Sekretärin mitteilte, also machte er sich an die Aufarbeitung weiterer Akten. Eine Weile gelang es ihm, sich auf deren Inhalt zu konzentrieren, aber dann begannen seine Gedanken wieder zu Lisa und ihrer gestrigen Begegnung abzuschweifen. Wie so häufig, seitdem er am Vortag ihr Büro verlassen hatte.

Hatte sein Zögern und Zagen dazu geführt, dass er sie endgültig verloren hatte? Im nächsten Moment stieg ein bitteres Lachen in seiner Kehle auf. Verlieren konnte man nur, was man einmal besessen hatte.

Damals, auf dem Schiff nach der Geiselnahme, war er überzeugt davon gewesen, dass sie etwas für ihn empfand. Dass ihre spätere Erklärung einer Übersprungshandlung nur eine Schutzbehauptung gewesen war, mit der sie sich vor weiteren Kränkungen durch seine Person hatte abschirmen wollen. Falls das wirklich ihre Taktik gewesen sein sollte, hatte sie funktioniert. Keiner von ihnen hatte das Thema je wieder angeschnitten. Beide hatten sie sich anderen Menschen zugewandt. Dass er mit diesem Verhalten einen großen Fehler begangen hatte, war ihm mittlerweile klar geworden, aber was war mit Lisa? Er hatte einige Male den Eindruck gehabt, dass sie nicht glücklich mit Peter Lannert war. Weil sie doch etwas für ihn, Fehrbach, empfand? Er hätte es so gerne geglaubt, aber nachdem er sie gestern mit Bergmann gesehen hatte, erschienen ihm die als positiv empfundenen Anzeichen der Vergangenheit auf einmal als pures Wunschdenken.

Bergmanns gestriges Verhalten legte den Schluss nahe, dass er sich nicht nur als Kollege von Lisa sah. Es war sein ganzes Auftreten gewesen, dieser herausfordernde Blick, der in so völligem Gegensatz zu seinen wenigen Worten gestanden hatte. Die beiden arbeiteten zusammen, teilten das Büro, Lisa hatte sich für Bergmanns Aufnahme in das K1 eingesetzt, wie Fehrbach zu Ohren gekommen war. Bereits im vergangenen Jahr, als Bergmann das erste Mal zum K1 gestoßen war und im Lauf der Ermittlungen plötzlich selbst in Verdacht geriet, hatte Lisa alles darangesetzt, seine Unschuld zu beweisen.

Wie nah waren sie sich seitdem gekommen?

Martina hatte die Nacht in der Schönberger Wohnung verbracht, da ihr noch immer davor graute, ihrem Vater gegenüberzutreten. Bianca war mit einem Anruf instruiert worden, für den Fall, dass Hendrik bei ihrer Freundin anrief.

Der Vormittag war mit der Aufnahme von zwei Verkehrsunfällen und einem Einbruchdiebstahl vergangen, Fälle, die einiges an Papierkram nach sich zogen und sie von ihren Überlegungen, woher sie das Foto vom Fahndungsaufruf kannte, abbrachten. Und nachdem sie endlich mit diesem ewigen Grübeln aufgehört hatte, fiel es ihr auf einmal ein, auf dem Parkplatz hinter dem Rathaus, wo sie vor der Rückfahrt in die Polizeistation eine schnelle Mittagspause mit Cheeseburger und Pommes rot-weiß einlegte.

Sie hatte Markus Krohn vor einigen Wochen mit Lea Nordin im Schrevenpark in Kiel gesehen. Die beiden waren ihr händchenhaltend und knutschend während einer abendlichen Fahrradrunde entgegengekommen. Auf dem Rückweg war sie ein weiteres Mal auf die beiden aufmerksam geworden und hatte bei ihrem Anblick noch gedacht: Du meine Güte, die können die Hände ja überhaupt nicht voneinander lassen.

Martina hatte Hendriks neue Chefin einige Zeit nach deren Dienstantritt kennengelernt, als sie ihren Vater einmal im LKA abgeholt hatte. Die Frau war ihr vom ersten Moment an unsympathisch gewesen, was natürlich hauptsächlich damit zusammenhing, dass sie ihrem Vater den begehrten Job weggeschnappt hatte. Aber selbst wenn es nicht so gewesen wäre, hätte sie sich nicht vorstellen können, was ein attraktiver Typ wie Markus Krohn – denn attraktiv war der Mann zweifelsohne – an einer Frau wie Lea Nordin sexy fand. Auf Martina hatte sie einen verbissenen und wenig weiblichen Eindruck gemacht.

Obwohl sie nur selten ein Gesicht vergaß, beschloss sie, die Nordin vorsichtshalber zu googeln, was sie nach ihrer Rückkehr ins Büro umgehend in die Tat umsetzte. Sicher war sicher, und man konnte ja nie ausschließen, dass es Doppelgängerinnen gab.

Bingo! Als Google ihr einige Fotos präsentierte, die im Zusammenhang mit Ermittlungen der Hamburger Mordkommission aufgenommen worden waren, hätte sie fast in die Hände geklatscht. Die Frau im Schrevenpark war Lea Nordin gewesen. Das Muttermal neben ihrem rechten Mundwinkel, das wie ein kleines Herz aussah, dürfte mit Sicherheit keine zweite Person tragen.

Für einen Augenblick gab sich Martina ganz dem Triumphgefühl hin, das ihren Körper durchflutete. Der Mann, der vielleicht drei Menschen umgebracht hatte, war der Lover von

Hendriks Chefin. Und sie, Martina Falkner, war vielleicht die Einzige, die von der Beziehung der beiden wusste. Wenn sie Hendrik oder auch Lisa umgehend darüber informierte, bestand die Chance, dass Krohn schnell festgenommen wurde, denn es war ja gut möglich, dass die Nordin ihn in ihrer Wohnung verbarg oder zumindest wusste, wo er sich aufhielt. Mit Sicherheit war die Krankheit der Frau nur vorgeschoben, und sie organisierte in Wahrheit gerade Krohns Flucht. Denn daran, dass Hendriks Chefin nichts von dem Treiben ihres Liebhabers wusste, glaubte Martina keine Sekunde.

Der Gedanke war zu schön, um wahr zu sein, wie sie nach den ersten seligen Sekunden begriff. Wenn sie Hendrik oder Lisa informierte, würden diese sich der Angelegenheit annehmen, und sie wäre wieder außen vor. Lisa würde mit Sicherheit darauf hinweisen, dass sie, Martina Falkner, es gewesen sei, deren Tipp auf Krohns Spur geführt habe. Hendrik vielleicht auch, im Moment war sie sich da allerdings nicht so sicher. Aber wie auch immer, die Angabe würde im Sande verlaufen, und wie sie den Polizeiapparat mittlerweile kennengelernt hatte, würden andere, nämlich die an höherer Stelle, den Ruhm für sich einstreichen.

Nein! Martina richtete sich kerzengerade auf ihrem Bürostuhl auf und straffte die Schultern. Das kam überhaupt nicht in Frage! Sie war im Moment die Einzige, die hier den Durchblick hatte, und sie würde ihrem Vater und der Welt da draußen beweisen, was in ihr steckte.

Es war vollkommen bescheuert, schließlich war sie kein Teenager mehr, sondern eine Frau Mitte vierzig, aber wie sie gerade feststellen musste, war man selbst in diesem Alter nicht dagegen gefeit, dass die Emotionen den gesunden Menschenverstand übertrumpften. Und deshalb würde sie diese Sache jetzt aufklären, ganz egal, ob sie sich dabei lächerlich machte oder nicht. Denn sie war überzeugt davon, dass Fehrbach das Geschehen bei ihrer letzten Begegnung völlig falsch interpretiert hatte.

Hastig stahl Lisa sich aus ihrem Büro, das sie für ein kurzes Durchschnaufen betreten hatte. Ein weiterer Becher Kaffee war getrunken, der Süßigkeitenspeicher mit einem Schokoriegel aufgefüllt. Normalerweise wäre sie jetzt wieder zu den Vernehmungsräumen gegangen, um sich den Nächsten aus der Speedboot-Junkies-Gruppe vorzunehmen. Aber die Sache ließ ihr keine Ruhe, und deshalb entschloss sie sich, sie jetzt umgehend zu bereinigen.

Das Telefonat in ihrem Wagen zu führen schien ihr der sicherste Weg zu sein. Im Moment waren zwar alle mit den Vernehmungen beschäftigt, aber falls doch jemand Unverhofftes in ihr Büro platzen sollte, würde sie bei ihrer geplanten Erklärung unweigerlich ins Stottern geraten.

Sie zog das Handy aus der Tasche und suchte unter den Kontakten nach der eingespeicherten Nummer. Ein kurzes Zögern des Daumens über dem grünen Hörersymbol, dann drückte sie entschlossen zu.

Fehrbach meldete sich nach dem zweiten Klingelton. »Frau Sanders! Was gibt es?«

Puh, unpersönlicher ging's nicht. Aber sie hatte ja geahnt, dass er alles in den falschen Hals bekommen hatte. Am besten, sie tat völlig unbedarft. »Ich wollte Sie nur kurz über den Stand unserer Vernehmungen informieren. Wir sind mit fünf Mitgliedern dieser Speedboot-Junkies durch, und die bisherigen Aussagen waren von keinem großen Wert. Im Moment stellt sich alles so dar, als wäre das ein ganz normaler Club mit Menschen, die gerne Speedboot fahren. Sie haben zugegeben, dass sie hin und wieder auch Rennen bestreiten, die wären aber immer angemeldet gewesen. Wir sind dabei, das zu überprüfen. Dass die

Richter diesen Unfall verursacht haben und dann einfach abgehauen sind, hat alle geschockt. Einige haben es vehement abgestritten und waren erst überzeugt, nachdem wir ihnen die Tagebucheinträge von Lenz gezeigt haben. Die Reaktionen erschienen uns nicht gespielt, die haben offensichtlich nichts davon gewusst. Ansonsten haben wir den Eindruck gewonnen, dass die drei Opfer bei allen beliebt waren. Bisher sind jedenfalls keine bösen Worte gefallen.«

»Das muss nichts bedeuten. In einer Vernehmung sagt nicht unbedingt jeder die Wahrheit.«

Das war die Gelegenheit, auf die sie gewartet hatte. »Das ist richtig. Deshalb haben Bergmann und ich uns am Sonntag ja auch privat bei der Gruppe umgesehen.« Sie erzählte von ihrem Ausflug und hoffte inständig, dass er jetzt nicht mit irgendwelchen Ermahnungen kam, dass ein solcher Einsatz von ihm hätte genehmigt werden müssen. Deshalb sprach sie hastig weiter. »Am Abend wurde dann eine Party zu Ehren der drei Richter gefeiert. Bergmann und ich haben uns unter das Volk gemischt, weil wir die Hoffnung hatten, dass der Alkohol einige Zungen lösen würde. Das war aber leider nicht der Fall. Wir haben nur erfahren, dass einige Mitglieder dieses Event für absolut daneben hielten. Was es ja auch war.« Das folgende Lachen klang gekünstelt, sie merkte es selbst. »Das war ein echt harter Einsatz, kann ich Ihnen sagen. Ich hab immer noch Muskelkater, so ausgiebig habe ich nämlich schon lange nicht mehr getanzt. Aber wir mussten ja glaubhaft wirken.«

»Ja«, kam es nach einiger Zeit aus dem Lautsprecher.

Lisa presste das Smartphone ans Ohr, aber Fehrbach hatte offensichtlich nicht die Absicht, noch etwas zu sagen. Gut, dann eben nicht. Sie hatte ihm erklärt, was der gestrigen Situation vorausgegangen war, und wenn er das Ganze jetzt immer noch anders deuten wollte, war das sein Problem.

»Ich muss dann wieder«, sagte sie. »Mit Glück sind wir heute Abend mit drei weiteren Vernehmungen durch.« Ihr fiel noch etwas ein. »Die Obduktion von Lenz hat übrigens ergeben, dass er aufgrund des Schocks beim Taser-Angriff ums Leben kam.« Als keine Reaktion erfolgte, wollte sie auflegen, da vernahm sie Fehrbachs Stimme.

»Danke, dass Sie mich informiert haben.«

Lea Nordin hatte es nur unter Aufbietung aller Willenskraft geschafft, den Nachmittag zu überstehen. Mehrere Male hatte sie sich aus der Teamsitzung gestohlen, mit der Entschuldigung, dass sie noch immer gesundheitlich angeschlagen sei und sich wegen ihrer mörderischen Kopfschmerzen einen Augenblick Ruhe gönnen müsse. Die irritierten Blicke ihrer Kollegen hatten sie nicht interessiert. Sie war in ihr Büro geeilt, wo sie verzweifelt versuchte, Markus zu erreichen. Egal, was geschehen war, egal, dass er sie eiskalt abserviert hatte, sie musste ihn warnen. Das K1 hatte mitgeteilt, dass Markus nicht zu Hause angetroffen worden war und auch nicht auf seiner Dienststelle, wo es geheißen habe, dass er überraschend einige Urlaubstage eingereicht habe. Daraufhin sei er zur Fahndung ausgeschrieben worden.

Lea Nordin konnte noch immer nicht glauben, was sie in der Teambesprechung vernommen hatte. Sie fühlte sich wie in einem Alptraum. Markus sollte drei Menschen umgebracht haben? Nein, das konnte nicht sein. Alles in ihr sträubte sich gegen diesen Verdacht. Markus war verschlossen, misstrauisch, ließ keine Nähe zu, und sie hatte sich schon häufig gefragt, was der Grund dafür sein mochte. Jetzt kannte sie ihn. Markus hatte seine Frau verloren und sein ungeborenes Kind, und die Täter waren geflohen und nicht zur Rechenschaft gezogen worden. Das Schlimmste, was einem Menschen passieren konnte, aber deshalb wurde man doch nicht zum Mörder und brachte eiskalt drei Menschen um.

Oder doch? Was wusste sie denn schon von ihm.

Nein, Lea, nein! Er war es nicht!

Aber wieso hatte er dann so kurzfristig Urlaub eingereicht? Hatte er erfahren, dass sich die Schlinge um seinen Hals zusammenzog, und war deshalb geflohen? Hatte er sich nur aus dem Grund mit ihr eingelassen, weil er hoffte, so an Informationen über die Ermittlungen zu kommen? Aber er hatte das Thema doch nie angesprochen.

Bitte, lieber Gott, lass das alles nicht wahr sein.

Auf dem Nachhauseweg versuchte sie weiterhin Markus zu erreichen. Als sie wieder keinen Erfolg hatte, warf sie das Handy mit einem Aufschrei auf den Beifahrersitz und brach in einen Weinkrampf aus. Bei nächster Gelegenheit fuhr sie rechts ran, weil sie die Kontrolle über den Wagen zu verlieren begann. Sie stellte den Motor aus, lehnte den Kopf an die Nackenstütze und schloss die Augen. Atme tief durch, einmal, zweimal, tief in den Bauch hinein, Lea, Schultern entkrampfen, hörst du, wie du es beim autogenen Training gelernt hast.

Nachdem sie wieder etwas ruhiger geworden war, begann die Grübelei. Vielleicht hatte Markus von dem Verdacht gegen ihn erfahren und war deshalb untergetaucht, weil er unschuldig war und selbst herausfinden wollte, wer die drei Tötungsdelikte zu verantworten hatte. Aber wie sollte ihm das gelingen? Nein, der Gedanke war abwegig.

Wo konnte er sein? Markus' Kollegen hatten ausgesagt, dass er eine dringende Familienangelegenheit als Begründung für den kurzfristigen Urlaubsantrag genannt habe. Was genau das bedeutete, wussten sie nicht.

Aber vielleicht entsprach diese Aussage ja tatsächlich der Wahrheit. Markus hatte nie über das Thema Familie gesprochen, doch das bedeutete ja nicht zwangsläufig, dass er keine besaß. Es war doch gut möglich, dass etwas geschehen war, ein Todesfall unter Umständen, und er deshalb Urlaub eingereicht hatte.

Nach einer halben Stunde war sie endlich in der Lage, weiterzufahren. In ihrer Wohnung angekommen, überprüfte sie als Erstes den Anrufbeantworter, aber es war keine Nachricht von Markus eingegangen. Sie ging ins Wohnzimmer und ließ das Fahndungsplakat, das sie aus dem Büro mitgenommen hatte, auf den Couchtisch fallen. Regungslos stand sie davor, bar jedes Gedankens, jeder Empfindung.

Als es an der Haustür klingelte, schreckte sie zusammen. Sie eilte über den Flur, blickte durch den Spion und glaubte ihren Augen nicht zu trauen. Im nächsten Moment hatte sie die Tür aufgerissen.

»Markus!«

Er erstickte ihren Aufschrei, indem er eine Hand auf ihren Mund presste, und schlüpfte in die Wohnung. »Schrei bitte nicht, Lea, ich möchte dir nicht weh tun müssen.« Er trat die Wohnungstür mit dem Fuß zu.

Ihr Herz raste. Mit weit aufgerissenen Augen starrte sie ihn an und schüttelte den Kopf zum Zeichen, dass sie nicht schreien würde. Er lockerte die Hand, bis er ihren Mund schließlich ganz freigab.

»Ich hab die ganze Zeit versucht, dich zu erreichen«, flüsterte sie und hatte das Gefühl, dass ihre Knie in der nächsten Sekunde unter ihr nachgeben würden.

Markus entgegnete nichts, und als er sie in die Arme nahm, wehrte sie sich nicht. Sein Kuss hatte etwas Verzweifeltes. Für einen kurzen Moment vergaß sie alles, was sie hatte sagen wollen, vergaß ihre Angst und die Zweifel, war nur noch Gefühl. Dann schob sie ihn von sich, mit einer schier übermenschlichen

Anstrengung, wie es ihr erschien. »Ich muss mit dir reden, es ist etwas Schreckliches passiert.«

Eine Veränderung ging in seinem Gesicht vor, sein Kiefer wurde hart. »Lass uns ins Wohnzimmer gehen.«

Sie folgte ihm und sah, wie er seinen Blick zu dem Foto auf dem Couchtisch wandte. Er verharrte kurz, dann ließ er sich in einem der Sessel nieder.

Während sie ihm gegenüber Platz nahm, überlegte sie, wie sie beginnen sollte.

»Mein Team bearbeitet den Fall des Richter-Killers.« Ihr Mund war trocken, sie schluckte mehrere Male, aus Angst, die Kontrolle über ihre Stimme zu verlieren. »Du hast bestimmt mitbekommen, was hier im Moment los ist, die Medien sind ja voll davon.« Was redete sie da? Natürlich hatte er es mitbekommen. »Das K1 hat uns vorhin einen Hinweis zukommen lassen.« Sie schluckte ein weiteres Mal und hob ihren Blick. Ich liebe dich, wollte sie schreien. Ich will nicht glauben, dass du es gewesen bist. Lieber Gott, bitte, tu mir das nicht an. Nimm mir nicht den einzigen Menschen, den ich jemals geliebt habe.

»Ja.« Markus' Stimme klang teilnahmslos.

»Das K1 hat ermittelt, dass deine Frau und du vor zwei Jahren einen Unfall in dänischen Gewässern hattet. Eure Segeljacht wurde von einem Speedboot gerammt. Du bist bei dem Zusammenstoß schwer verletzt und bewusstlos geworden, deine Frau ist über Bord gegangen und konnte nur noch tot geborgen werden.« Für einen kurzen Moment schloss sie die Augen. »Sie und das Kind, das ihr erwartet habt. Die Verursacher dieses Unfalls konnten von der dänischen Polizei nicht ermittelt werden.« Sie holte tief Luft. »Die Kollegen vom K1 haben ein elektronisches Tagebuch des letzten Opfers gefunden, Rüdiger Lenz. Er schreibt darin von einem Speedbootunfall, den er und seine Freunde Klaus Harmsen und Raimund Egner im Juli vor zwei

Jahren in dänischen Gewässern verursacht haben. Sie haben eine Segeljacht gerammt und sich aus dem Staub gemacht, als sie sahen, dass das männliche Besatzungsmitglied schwer verletzt und die Frau über Bord gegangen war.«

Markus' Gesicht war zu einer Maske erstarrt, die ihre Angst verstärkte.

»Markus, bitte sag mir, dass du nichts mit den Morden an diesen Richtern zu tun hast.«

Sein Blick irrte durch das Zimmer.

»Markus! Ich kann das nicht glauben! Ich will das nicht glauben!«

Als er sie schließlich ansah, setzte ihr Herzschlag für einen Moment aus.

»Wir waren so glücklich, Sanna und ich. Weißt du, dass wir fast acht Jahre warten mussten, bis sie endlich schwanger wurde? Wir sind nach Dänemark gefahren, nach Höruphav, wie jedes Jahr. Ein letzter Urlaub vor der Entbindung. Ich wollte den Törn nicht machen, mir erschien das zu riskant in Sannas Zustand. Aber meine Frau war so eine leidenschaftliche Seglerin, die konnte nicht nur auf dem Schiff herumsitzen und die Füße hochlegen. Bitte, Markus, hat sie gebettelt, wer weiß, wann wir wieder Zeit dafür haben werden. Ich habe dann schließlich nachgegeben, und glaub mir, Lea, es vergeht kein Tag, an dem ich diese Entscheidung nicht bereue.«

Das Herz schlug ihr bis zum Hals. »Was ist an dem Tag geschehen?«

»Sanna und ich sind gegen zehn losgesegelt. Es war ein herrlicher Tag, die Sonne schien, keine Wolke am Himmel. Wir sind gesegelt, und zwischendurch haben wir immer wieder Pause gemacht. Irgendwann muss ich eingenickt sein. Ich erinnere mich nur, dass ich im Halbschlaf auf einmal eine Art Brummen vernommen habe, wie von einem Motor, das immer lauter wurde. Ich bin hoch und habe ein Speedboot mit drei Männern darin gesehen. Die fuhren so nah an uns vorbei, dass ich ihre Gesichter erkennen konnte. Die wirkten vollkommen durchgedreht. Ich habe auch eine Flasche kreisen sehen. Zuerst sah es so aus, als ob sie abdrehen würden, dann wurde das Brummen plötzlich wieder lauter. Ich hab das überhaupt nicht richtig mitgekriegt, das ging alles so schnell. Sanna stand am Bug, ich hörte sie schreien, und dann gab es eine furchtbare Erschütterung. Ich bin hingefallen und wurde über das Deck geschleudert, und dann weiß ich nichts mehr bis zu dem Moment, als ich in einem dänischen Krankenzimmer aufgewacht bin. Das war zwei Wochen nach dem Unfall.« Er fuhr sich mit der Hand über sein Gesicht, dessen Falten plötzlich tiefer geworden zu sein schienen. »Ich konnte mich an nichts erinnern. Retrograde Amnesie. Das Gehirn macht dicht, wenn der Schock zu groß ist. Ich kannte weder meinen Namen, noch wusste ich, dass ich verheiratet war. Da war nur dieser unglaubliche Schmerz in meinem Innern, der mir sagte, dass etwas Schreckliches passiert sein musste.« Er richtete seinen Blick auf das Fenster, schien aber nichts dahinter wahrzunehmen. »Die Ärzte und die Polizei haben mir dann erzählt, dass meine Frau und unser ungeborenes Kind bei dem Unfall ums Leben gekommen seien. Sannas Leiche war einen Tag später geborgen worden. Ihre Schwester war in der Zwischenzeit angereist, weil jemand Sannas Leiche identifizieren musste. Meine Frau und unser Kind waren bereits nach Deutschland überführt und beigesetzt worden. Es hatte ja niemand voraussagen können, wann ich wieder aufwachen würde.«

Lea Nordin gelang es nicht länger, ihre Tränen zu unterdrücken. »O Gott, Markus, das tut mir so leid.«

»Es hat zwei Monate gedauert, bis ich das Krankenhaus verlassen konnte. Sannas Schwester hatte darauf gedrungen, dass ich mich nach Kiel verlegen lasse, damit ich wenigstens an meinem Wohnort wäre. Aber das wollte ich nicht. Ich hätte keine Besuche von Menschen, an die ich mich nicht erinnern konnte und die mir ihr Mitleid ausdrücken wollten, ertragen.«

Ihr wurde elend, wenn sie daran dachte, wie es Markus ergangen sein mochte. Sie hätte alles dafür gegeben, seinen Kummer zu lindern.

»In der letzten Krankenhauswoche kehrte dann langsam die Erinnerung an die Zeit vor dem Unfall zurück. Als ich entlassen wurde, bin ich nicht sofort nach Kiel gefahren, sondern habe mich in einem Hotel in der Nähe von Hörup einquartiert. Ich hab mich verzweifelt bemüht, eine Erinnerung an den Unfall zu bekommen, und ich hatte das Gefühl, dass mir das nur an Ort und Stelle gelingen würde. Ich bin jeden Tag zum Hafen gegangen. Unsere Jacht war schwer beschädigt und dorthin abgeschleppt worden. Ich hab sie an den Hafenmeister verkauft, der handwerklich sehr geschickt war und schon seit längerem ein Auge auf das Schiff geworfen hatte.« Markus sah sie an. »Kannst du mir bitte einen Schluck Wasser bringen? Mein Hals ist so trocken.«

Sie sprang auf. »Natürlich.« Nur Sekunden später kehrte sie mit einer Wasserflasche und zwei Gläsern zurück, die sie beide zur Hälfte füllte. »Hast du dich denn irgendwann an den Unfall erinnert?«

»Mit jedem Tag ein bisschen mehr. Und eines Morgens nach dem Aufwachen war die Erinnerung dann vollständig zurück, nur die Gesichter der drei Männer fehlten. Ich hab noch mal mit einem der Ärzte im Krankenhaus gesprochen, der sagte, dass auch das normal sei und die Erinnerung an diesen einen Moment vielleicht niemals wiederkehren würde.« Markus beugte sich vor, stützte die Arme auf den Oberschenkeln ab und barg sein Gesicht in den Händen. Als er weitersprach, klang seine Stimme dumpf. »Aber die Erinnerung ist zurückgekommen.«

»Wann?«

Er richtete sich wieder auf. »Vor vier Monaten. Im *Schleswig-Holstein-Magazin* war ein Bericht über irgendeinen Prozess, der ziemlich viel Aufmerksamkeit erregt hatte. Die Presse hatte sich vor dem Gerichtsgebäude aufgebaut und sich den Richter gegriffen, nachdem die Verhandlung zu Ende war. Ich habe das Gesicht sofort wiedererkannt, den Namen aber nicht mitbekommen. Daraufhin habe ich mir den Bericht in der Mediathek des NDR angeschaut. Der Richter hieß Rüdiger Lenz. Ich habe angefangen, im Internet zu recherchieren, und dort einige Artikel über ihn gefunden, die im Zusammenhang mit milden Gerichtsurteilen standen. Daraufhin habe ich weiter nachgeforscht und die Namen und Fotos von anderen Richtern entdeckt, die ebenfalls für ihre milden Urteile bekannt waren. Da bin ich dann auf Harmsen und Egner gestoßen. Ich hab angefangen, die drei auszukundschaften. Als Polizist war es für mich ja nicht schwer, ihre Adressen herauszubekommen.«

Ihre schlimmsten Befürchtungen hatten sich bestätigt. Sie wollte es nicht glauben und wusste doch, dass Markus die Wahrheit gesagt hatte. Eine eisige Kälte erfüllte ihren Körper, aber gleichzeitig brach sich noch etwas anderes Bahn, das Bewusstsein, dass sie ohne ihn leben musste, wenn sie ihn jetzt festnahm, dass sie ihn nicht einmal mehr im Gefängnis würde besuchen können, weil es keine Zukunft für sie gab, wenn sie ihn verriet.

Ja, verriet. So empfand sie es tatsächlich. Er war zu ihr gekommen, obwohl er mit Sicherheit gewusst hatte, dass er zur Fahndung ausgeschrieben war. Er hätte sich absetzen können und als Polizist weitaus mehr Chancen gehabt, ohne ein Lebenszeichen abzutauchen, als es einem Normalsterblichen möglich gewesen wäre.

»Hast du gewusst, dass du zur Fahndung ausgeschrieben bist?«

»Ja.«

»Woher?«

Er schüttelte den Kopf. Durchgesteckt, dachte sie. Einer seiner Kollegen hat ihn informiert.

»Warum bist du trotzdem zu mir gekommen? Warum hast du dich nicht sofort abgesetzt? Du musstest doch damit rechnen, nein, du musst immer noch damit rechnen, dass ich dich festnehme. Oder bist du dir meiner so sicher?« Ein Aufschluchzen begleitete ihre letzten Worte.

Ja, er war sich ihrer sicher, so verdammt sicher, weil er wusste, dass sie ihm hörig war. Hörig. Es hatte sie stets mit tiefer Verachtung erfüllt, wenn sie hörte, dass ein Mensch einem anderen hörig war. Und jetzt erlebte sie es am eigenen Leib.

»Lea.« Der Klang seiner Stimme umfing sie. Er machte keine Anstalten, aufzustehen und sie in den Arm zu nehmen, er sah sie einfach nur an. »Ich wollte dich aus der Sache raushalten, deshalb habe ich neulich am Telefon so barsch reagiert. Ich weiß, was du für mich empfindest, und ich weiß auch, dass ich dich häufig schlecht behandelt habe. Seit Sannas Tod habe ich keine Frau mehr angesehen. Du warst die erste. Ich habe mich gegen meine Gefühle gewehrt, weil sie mir wie ein Verrat an meiner toten Frau erschienen. Und gleichzeitig wurde mir von Tag zu Tag bewusster, dass ich dich liebe. Deshalb bin ich heute gekommen. Weil ich dir erklären wollte, was passiert war. Du hast ein Recht darauf.«

»Du lügst!«, schrie sie und sprang auf. Sie kam um den Tisch herum und begann auf seinen Körper einzutrommeln. »Du lügst, du verdammter Kerl!«

Markus war aufgesprungen und griff nach ihren Armen. »Nein, ich lüge nicht«, sagte er ruhig.

»Wenn du mich wirklich lieben würdest, dann hättest du diese Morde nicht begangen! Dann hättest du die Richter angezeigt.«

Ein trockenes Auflachen war die Antwort. »Das kannst du nicht ernst meinen. Es gab nicht den geringsten Beweis gegen sie, nur meine Aussage, dass sie in diesem verdammten Speedboot gesessen haben. Die hätte mir selbst ein Provinzanwalt um die Ohren gehauen.«

»Doch, es gab einen Beweis oder zumindest einen Hinweis. Die Beamten des K1 sind nämlich über den Facebook-Account von Rüdiger Lenz auf eine Gruppe mit dem Namen Speedboot-Junkies gestoßen. Eine Kollegin hat sich daraufhin unter einem gefälschten Account Zutritt zu dieser Gruppe verschafft. So sind sie darauf gekommen, dass nicht nur Lenz, sondern auch seine beiden Richterkollegen begeisterte Speedbootfahrer waren. Wenn du denselben Weg gegangen wärst, wärst du auch darauf gestoßen und hättest mit guter Polizeiarbeit weiterbohren können. Aber das wolltest du ja gar nicht.« Es war ihr endlich gelungen, sich aus seinem Griff zu befreien. »Das Einzige, was du wolltest, war Rache. Ist es nicht so?«

»Ja, ich wollte Rache«, brach es aus ihm heraus. »Und weißt du auch, warum? Weil unsere tolle Justiz die ganze Polizeiarbeit wieder zunichtegemacht hätte. Diese elenden Typen in ihren schwarzen Roben haben doch schon lange den Blick für die Realität verloren. Und unter seinesgleichen hält man sowieso zusammen. Die Richter hätten höchstens eine Bewährungsstrafe bekommen und wären als freie Menschen aus dem Gerichtssaal spaziert. Wenn man überhaupt genug Indizien gefunden hätte, um eine Anklage zu erheben. Das konnte ich nicht zulassen, Lea!«

»Wir leben in einem Rechtsstaat, Markus. In diesem Land ist kein Platz für Selbstjustiz.«

Er ließ sich wieder in den Sessel sinken. »Verschone mich bitte mit diesen Sprüchen. Das glaubst du doch selber nicht.«

Sie starrte ihn mit weit aufgerissenen Augen an. Hatte er recht? Glaubte sie wirklich nicht, dass der Rechtsstaat seiner Verpflichtung den Bürgern gegenüber noch nachkam und sie schützte? Ihr Gehirn weigerte sich, darüber nachzudenken. Jetzt hatte etwas anderes Priorität. »Du musst untertauchen.«

Markus sah sie ungläubig an.

Sie sprang auf. Es war, als hätte sich ein Schalter in ihrem Inneren umgelegt, alles Zögern, alle Zweifel waren auf einmal verschwunden. »Ich besitze ein kleines Wochenendhaus am Ortsrand von St. Peter-Ording, dort bist du fürs Erste sicher. Ich fahre jetzt in deine Wohnung und hole ein paar Sachen, und dann bringe ich dich an die Westküste.«

»Lea.« Eine Vielzahl widersprüchlicher Gefühle stand in Markus' Gesicht. »Das geht nicht.«

»Wieso geht das nicht?« Sie wunderte sich selbst über ihre plötzliche Entschlossenheit, aber der einzige Gedanke, der sie beherrschte, war der, Markus in Sicherheit zu bringen. Dann würde man weitersehen. Einen Schritt nach dem anderen. »Gib mir deine Adresse und deinen Wohnungsschlüssel und sag mir, was du brauchst.«

»Aber das Haus wird bewacht.«

»Markus, die warten auf dich, nicht auf mich. Niemand weiß von unserer Beziehung. Ich werde da reingehen und deine Sachen holen, und dann bin ich auch schon wieder weg.«

»Ich weiß nicht. Ich will dich da nicht mit reinziehen und in Gefahr bringen.«

»Markus, bitte, was soll passieren? Die Kollegen vom K1 haben gesagt, dass vor dem Haus zwei Streifenwagen postiert sind. Da kommt kein SEK aus dem Hinterhalt, wenn ich die Haustür aufschließe.«

»Vielleicht hat sich die Situation mittlerweile verändert.«

»Das glaube ich nicht.« Sie streckte die Hand aus. »Gib mir bitte deinen Schlüssel. Ich beeil mich.« Bevor sie ging, legte sie ihr Holster an und holte die Dienstwaffe aus dem kleinen Wandsafe. Dann löschte sie die Lichter in der Wohnung. Niemand wusste von ihnen, also würde auch niemand hier auftauchen, aber sicher war sicher.

Von den beiden Streifenwagen war nichts zu entdecken, aber Lea Nordin ging davon aus, dass die Beamten der Schutzpolizei einen Standort gefunden hatten, an dem sie das Haus im Blick behalten, selbst aber nicht gesehen werden konnten. Sie fand einen Parkplatz in kurzer Entfernung und bemühte sich, ruhigen Schrittes zum Eingang zu gehen. Zur Vorsicht hatte sie einen großen Rucksack mitgenommen, der gut sichtbar und mit alten Zeitungen prall gefüllt auf ihrem Rücken hing, denn es wäre unter Umständen verdächtig erschienen, wenn sie ohne eine Tasche das Haus betreten hätte, um wenig später mit einer gut gefüllten wieder herauszukommen. Den Kopf hatte sie mit einem Basecap und dem hochgeschlagenen Kragen ihrer Lederjacke geschützt, für den Fall, dass die Kollegen Anweisung erhalten hatten, Fotos zu machen. Nachdem sie die Eingangstür aufgeschlossen und das Haus betreten hatte, warf sie als Erstes einen Blick in den Keller und stieg dann die Treppenstufen bis zum dritten Stockwerk empor, obwohl Markus im zweiten wohnte. Vorsichtshalber, falls entgegen ihrer Annahme doch noch irgendwo Polizeibeamte auf der Lauer lagen. Einen Dachboden gab es nicht.

In Markus' Wohnung packte sie die erbetenen Sachen zusammen – Jeans, Hemden, T-Shirts, Socken, Unterwäsche, Zahnbürste, Zahnpasta, Rasierapparat. Handtücher und Bettwäsche waren im Wochenendhaus vorhanden. Als sie alles im Rucksack verstaut hatte, trat sie wieder ins Treppenhaus hinaus, lauschte auf etwaige Geräusche und schloss die Wohnungstür dann sorgfältig hinter sich ab. Auf dem Weg zurück zu ihrem Wagen scannte sie ihre Umgebung, eine Angewohnheit, die ihr selbst in ihrer Freizeit in Fleisch und Blut übergegangen war. Noch immer bekam sie keinen Polizeibeamten zu Gesicht, aber sie war überzeugt davon, dass die Kollegen sie sahen und bestimmt auch Fotos machten. Als sie endlich in ihrem Wagen saß, sank sie für einen kurzen Moment in sich zusammen. Die Aktion hatte sie Kraft gekostet, erst jetzt wurde ihr das bewusst. Weiter, trieb sie sich an. Momente der Schwäche kannst du dir leisten, wenn das hier vorüber ist.

Bei der Ankunft vor ihrer Wohnung schaute sie zu den Fenstern im zweiten Stock hinauf. Dahinter war es immer noch dunkel, und für einen kurzen Moment durchfuhr sie ein Anflug von Panik. Was, wenn sich Markus während ihrer Abwesenheit abgesetzt hatte? Wenn er auf eigene Faust eine Flucht versuchte oder womöglich sogar darauf verfallen war, sich zu stellen? Die letzte Möglichkeit erschien ihr unwahrscheinlich, aber die erste …

Sie fuhr mit dem Wagen in die Tiefgarage, wobei sie einen Busch in der Einfahrt streifte, und rannte dann die Treppen zu ihrer Wohnung hinauf. Völlig außer Atem kam sie schließlich vor ihrer Haustür an. Als sie den Schlüssel im Schloss herumdrehte und die Tür öffnete, hörte sie plötzlich eine Stimme hinter sich.

»Frau Nordin. Schön, dass Sie endlich da sind. Ich warte schon fast eine Stunde auf Sie.«

Gegen einundzwanzig Uhr schloss Falkner seine Wohnungstür auf. »Martina?«

Kein Laut war zu vernehmen. Er runzelte die Stirn und öffnete die Tür zu dem Zimmer seiner Tochter. Leer, ebenso wie der Rest der Wohnung. Er hatte ihren Dienstplan nicht im Kopf, also schaute er wieder auf den Zettel an der Pinnwand in der Küche. Kein Spätdienst.

Übernachtete sie womöglich wieder bei ihrer Freundin Bianca? Sollte er eine SMS schicken oder anrufen, oder war es besser, abzuwarten, bis Martina ein Lebenszeichen von sich gab? Seine Tochter war erwachsen, und es war immer für beide Seiten peinlich, wenn Eltern damit begannen, ihren Kindern hinterherzuspionieren. Aber er konnte nicht verhehlen, dass er sich Sorgen machte, da sie seit ihrer Auseinandersetzung noch kein einziges Wort miteinander gewechselt hatten.

Einen Moment lang stand er verloren in der Küche herum, da hörte er, wie das Telefon zu klingeln begann. Er ging ins Wohnzimmer, in der Hoffnung, dass es sich bei dem Anrufer um Martina handelte. Aber es war eine männliche Stimme zu vernehmen, die »Oh … äh … Tut mir leid, falsch verbunden« stotterte. Nachdem er den Hörer wieder aufgelegt hatte, checkte Falkner sein Handy, ob ihm vielleicht eine Nachricht entgangen war. Und da sah er es:

»Hallo, Papa! Es besteht die Möglichkeit, dass sich der gesuchte Markus Krohn bei Lea Nordin versteckt. Ich habe die beiden vor ein paar Wochen zusammen gesehen, sie scheinen ein Paar zu sein. Ich mache mich jetzt auf den Weg zu ihr. Wäre gut, wenn jemand vom K1 dazukäme. Am besten Lisa.«

Falkner gefror das Blut in den Adern, und für einen Augenblick war er zu keinem klaren Gedanken fähig. Sein Herzschlag dröhnte in den Ohren. Er musste sich setzen, weil ihm schwindlig wurde.

War das Kind denn komplett verrückt geworden? Wusste sie nicht, in welche Gefahr sie sich unter Umständen begab? War das jetzt ihre Retourkutsche?

Mit zitternden Händen begann er Lisas Nummer in den Kontakten herauszusuchen. Seine Finger waren schweißnass, als er auf das grüne Hörersymbol drückte. Lisa meldete sich fast umgehend.

»Ich bin's, Hendrik«, stieß er hervor.

»Was ist passiert?«, hörte er sie fragen. Er hatte selbst mitbekommen, wie panisch seine Stimme klang.

»Martina glaubt, dass sich Markus Krohn bei der Nordin versteckt. Die beiden sollen ein Verhältnis haben. Martina ist auf dem Weg zu ihr.« Seine Stimme brach. »Mein Gott, Lisa! Martina und ich hatten vor zwei Tagen einen Riesenkrach. Sie hat heimlich Dateien von meinem Notebook kopiert, die den Fall betreffen, weil sie unbedingt daran mitarbeiten will. Ich war so unglaublich wütend und hab ihr eine deutliche Ansage gemacht. Seitdem habe ich sie nicht mehr gesehen. Sie hat mir gesimst, dass sie bei einer Freundin übernachtet.« Nackte Angst legte sich wie eine Eisenklammer um seine Brust und erschwerte jeden Atemzug. »Und jetzt will dieses dumme Kind in Eigenregie einen Mann stellen, der vielleicht drei Morde begangen hat. Lisa, wir müssen etwas unternehmen!«

Tausend Gedanken schossen durch Lea Nordins Kopf, als sie die Stimme hinter sich vernahm, eine unbekannte Stimme, der Klangfarbe nach zu urteilen die einer jungen Frau. Langsam drehte sie sich um.

Die Frau, die auf dem Treppenabsatz über ihr gekauert hatte und sich jetzt erhob, war tatsächlich noch sehr jung – kinnlanges blondes Haar, wache blaue Augen, ein energisches Kinn, das entschlossen vorgereckt war. Im Bruchteil von Sekunden scannte sie ihre Gestalt, wobei ihr die Ausbuchtung unter der kurzen Lederjacke nicht verborgen blieb. Die Frau trug eine Pistole.

Lea Nordin reagierte, ohne nachzudenken. Sie packte die Frau am Arm und stieß sie in den Wohnungsflur, so kraftvoll, dass die Unbekannte strauchelte, bevor sie der Länge nach über den Schirmständer neben der Garderobe fiel. Dann stieß Lea die Tür mit dem Fuß zu und richtete ihre Pistole auf die Frau, die gerade versuchte, sich wieder aufzurappeln. »Geben Sie mir Ihre Waffe!«, herrschte sie sie an.

Die junge Frau wirkte für einen Moment desorientiert.

»Ich habe gesagt, dass Sie mir Ihre Waffe geben sollen!« Sie behielt ihr Gegenüber im Auge und beobachtete, wie die Frau ihre Pistole aus dem Holster zog. »Auf den Boden damit! Und dann mit dem Fuß zu mir rüberschieben! Aber langsam!«

Die Frau tat wie geheißen, und als die Pistole zu Lea Nordins Füßen lag, hob diese sie mit der linken Hand auf.

Wohin damit, verdammt? Bis jetzt hatte sie im Adrenalinrausch agiert, aber auf einmal spürte sie, wie ihre Knie zu zittern begannen. Mein Gott, was tat sie hier? Hatte sie gerade eine Geisel genommen?

»Was machst du da?«

Sie hatte nicht mitbekommen, dass Markus auf den Flur getreten war und sie mit einem fassungslosen Blick anschaute. »Wer ist diese Frau?«

»Ich weiß es nicht!«, schrie sie auf. »Sie stand vor der Tür, als ich zurückkam.«

»Dann haben Sie hier geklingelt?«, wollte Markus wissen.

Die junge Frau nickte und sah ihn verstört an.

»Wieso hast du mir nicht Bescheid gegeben, dass jemand an der Tür war?« Lea Nordin krallte sich an der Garderobe fest, von einem plötzlichen Schwindel erfasst.

»Weil du dein Handy hiergelassen hast.«

Sie starrte ihn an, dann blickte sie auf die Waffen in ihren Händen und fragte sich für einen Moment, wie sie dort hingekommen waren. »Sie hatte eine Pistole«, sagte sie tonlos.

Markus kam langsam auf sie zu, und sie realisierte, dass er sie nicht aus den Augen ließ. »Gib sie mir«, bat er leise und streckte eine Hand aus.

»Ja«, sagte sie total erleichtert und kam seiner Aufforderung augenblicklich nach. Markus ergriff die Pistole und steckte sie in seinen hinteren Hosenbund. »Wer sind Sie?«, wandte er sich an die Frau.

Diese schien sich wieder gefangen zu haben. »Mein Name ist Martina Falkner.«

Lea Nordin schnappte nach Luft. »Sie sind Falkners Tochter?«, entfuhr es ihr. Die junge Frau nickte zögerlich, und plötzlich wusste sie, warum diese hier aufgetaucht war.

Martina Falkner hatte das Fahndungsfoto gesehen und sich aufgemacht, Markus zu schnappen. Eine absolut hirnrissige Aktion, aber was Menschen aus Ehrgeiz taten, war nicht immer logisch. Falkner hatte erzählt, dass seine Tochter den zweiten Toten gefunden hatte. Vielleicht hatte sie gehofft, an dem Fall mitarbeiten zu können, und nachdem es ihr verwehrt worden war, hatte sie nach der Ansicht von Markus' Foto beschlossen, jetzt alleine loszuziehen.

Aber woher hatte sie gewusst, wo sie Markus suchen sollte? Und was noch viel wichtiger war: Hatte sie ihren Vater informiert? Würde hier bald ein SEK vor der Tür stehen und sie, Lea Nordin, festnehmen? Sie stand kurz davor zu hyperventilieren.

»Wer ist Falkner?«

Markus' Frage brachte sie wieder zu sich. Mach jetzt nicht schlapp, Lea! »Mein Stellvertreter«, brachte sie mit zusammengepressten Lippen heraus und fasste einen Entschluss. »Wir müssen hier weg«, sagte sie, und nach einem Blick zu Martina: »Sie kommt mit.«

»Lea, nein!« Markus sah sie mit einem beschwörenden Blick an. »Ich will das nicht! Während du weg warst, habe ich noch einmal über alles nachgedacht. Was du hier gerade planst, wird dich alles kosten. Das werde ich nicht zulassen! Ich werde mich stellen.«

Sie glaubte sich verhört zu haben. »Du willst dich stellen?«

»Ja, denn das, was hier gerade geschieht, ist Wahnsinn. Eine Geiselnahme, Lea, ich bitte dich, das kannst du doch nicht ernst meinen. Noch ist nichts passiert, noch kannst du raus aus dieser Nummer.«

»Nein, das kann ich nicht«, schrie sie ihn an. »Ich habe dieser Frau bereits Gewalt angetan, weil ich dir helfen will. Weil ich uns helfen will. Weil ich will, dass wir zusammenbleiben.«

»Lea, bitte! Auch wenn wir jetzt von hier verschwinden, wir können uns doch nicht ewig verstecken. Früher oder später werden sie uns kriegen. Und bis dahin werden wir auf der Flucht sein. Wir werden uns nirgendwo mehr sicher fühlen. Das ist doch Irrsinn!«

Sie starrte ihn an. Ihr Kopf dröhnte. Sie war bereit, alles für ihn aufzugeben, mit ihm zu fliehen, und er sprach davon, dass er sich stellen wollte? Das konnte doch nicht wahr sein.

Sie fuhr zur Seite, als sie eine Bewegung neben sich wahrnahm. Falkners Tochter hatte den Wortwechsel genutzt und war gefährlich nah an sie herangekommen. Mit einer fließenden Bewegung hob sie ihre rechte Hand und zog der jungen Frau die Waffe einmal quer über das Gesicht. Mit einem Aufschrei fiel diese wieder zu Boden. Aus einer Wunde an der Stirn begann Blut zu sickern, ebenso aus der Nase. Sie stöhnte, dann sackte sie in sich zusammen.

»Bist du verrückt geworden?« Markus trat auf sie zu und machte Anstalten, ihr die Waffe zu entreißen.

»Bleib stehen!« Er zuckte zusammen, als sie den Lauf auf ihn richtete, und der entsetzte Ausdruck in seinen Augen tat ihr weh, aber sie konnte jetzt keine Rücksicht nehmen. Wenn er zu schwach für diese Situation war, sie war es nicht. Sie würde nicht zulassen, dass er sich stellte. Wenn sie erst weg von hier waren, würde er einsehen, dass ihre Entscheidung die richtige gewesen war.

»Also gut«, sagte er nach einem Augenblick des angespannten Schweigens und hob beschwichtigend die Hände. »Vielleicht hast du recht, und es ist wirklich das Beste, wenn wir uns absetzen.« Er deutete auf Martina Falkner, die regungslos auf dem Boden lag. »Aber vorher werde ich noch versuchen, die Blutung zu stillen.« Und sie mit einer Handbewegung stoppend fügte er hinzu: »Und du wirst mich nicht daran hindern.«

Sein plötzlicher Sinneswandel machte sie misstrauisch. War es nur ein Versuch, sie einzulullen, oder meinte er es ernst? Sie konnte es nicht einschätzen und hatte auch nicht die Kraft, jetzt darüber nachzudenken. Das Einzige, was im Augenblick zählte, war ihre Flucht.

Falkners Anruf hatte Lisa in ihrer Wohnung erreicht, eine halbe Stunde, nachdem sie heimgekommen und gerade dabei gewesen war, sich etwas zu essen zu machen. Nach Beendigung des Gesprächs stand sie einen Augenblick wie erstarrt, dann löste sich der Schock, und sie rief Södersen an.

»Ist dieses Mädchen denn vollkommen verrückt geworden?«, fragte er aufgebracht. Er kannte Martina nicht persönlich, er hatte nur durch Lisa von ihr erfahren. »Das hat nichts mehr mit Ehrgeiz zu tun, das ist kompletter Wahnsinn!«

»Ja«, gab Lisa zu, »das ist es. Hendrik vermutet, dass Martina den Fahndungsaufruf gesehen hat, der an alle Dienststellen gegangen ist. Lea Nordin war in den letzten Tagen krank, ist heute aber wieder zum Dienst erschienen. Falkner sagt, dass ihm eine Veränderung in ihrem Verhalten aufgefallen ist, nachdem er darauf hingewiesen hat, dass Krohn unter Umständen der

Täter ist und wir ihn zur Fahndung ausgeschrieben haben. Da die Nordin aber häufig wechselnde Stimmungen gehabt haben soll, hat Falkner das nicht überbewertet.« Lisa überlegte. »Wie wollen wir jetzt vorgehen? Nehmen wir ein SEK mit zu Nordins Wohnung?«

»Auf jeden Fall! Sollte das alles nur blinder Alarm sein und die Nordin nicht mit Krohn unter einer Decke stecken, können wir uns ja immer noch entschuldigen. Aber jetzt gehe ich kein Risiko ein.« Södersen stockte. »Ich gehe mal davon aus, dass Hendrik dazukommen wird, oder?«

»Natürlich wird er das. Glaubst du etwa, ich konnte ihn davon abhalten?«

»Nee, nicht wirklich.« Lisa vernahm einen tiefen Seufzer. »Er ist sich aber hoffentlich darüber im Klaren, dass er sich aus dem Einsatz rauszuhalten hat. Falls nicht, müsste ich ihn entfernen lassen, und das fiele mir schwer. Ich kann verstehen, was jetzt in ihm vor sich geht, doch wir dürfen nicht riskieren, dass er den Einsatz womöglich durch eine unbedachte Handlung verpatzt.«

»Das wird er nicht, ich pass auf ihn auf.«

Lisas Stimme klang zuversichtlicher, als sie sich fühlte. Hendrik Falkner war normalerweise ein äußerst besonnener Mann, aber der Normalzustand war für den Moment außer Kraft gesetzt. Sie hatte nicht die geringste Ahnung, wie er vor Ort reagieren würde. Doch sie war wild entschlossen, sich an seine Fersen zu heften und ihn von unbedachten Handlungen abzuhalten.

Die Wohnung von Lea Nordin lag im Hufenkamp. Södersen hatte sich mit Lisa darauf verständigt, dass er Frank, Malte und Uwe benachrichtigen würde, während sie sich mit den Kollegen in Verbindung setzen wollte, die bei Krohns Wohnung Wache schoben. Keine besonderen Vorkommnisse, lautete die Meldung, die sie über die Freisprechanlage erhielt, während sie durch die Stadt raste, nur eine Reihe von Personen, die das Haus betreten und wieder verlassen hatten. Sie ließ sich deren Fotos auf ihr Smartphone schicken und begann mit der Durchsicht, nachdem sie den vereinbarten Treffpunkt erreicht und ihren Wagen am Straßenrand geparkt hatte. Nur Sekunden später ging die Beifahrertür auf, und Södersen ließ sich auf den Sitz fallen.

»Das SEK ist im Anmarsch, ein RTW und ein Notarztwagen parken ein Stück die Straße runter, und die Jungs warten da vorne«, sagte er und deutete auf eine Hausecke einige Meter vor ihnen, an der sie im Licht einer Straßenlaterne die Genannten erkennen konnte, die eng beieinanderstanden und ins Gespräch vertieft schienen.

»Wo ist Hendrik?«, wollte sie wissen.

»Bis jetzt noch nicht aufgetaucht.« Södersen wirkte angespannt. »Ich hoffe bloß, dass der keine Extranummer fährt.« Er blickte auf das Smartphone in ihrer Hand. »Was sind das für Fotos?«

»Die Kollegen, die bei Krohns Haus Wache schieben, haben jeden fotografiert, der rein- und rausging. Ich kann mir zwar nicht vorstellen, dass wir ihn auf diesen Fotos zu sehen bekommen, aber man weiß ja nie.«

»Hat das Haus einen Hintereingang?«

Lisa schüttelte den Kopf und schaute sich das nächste Foto an. »Weder Hinter- noch Kellereingang.« Sie wollte schon weiterscrollen, stutzte dann aber. Bei der Person auf dem Foto handelte es sich um eine Frau. Sie war von der Seite aufgenommen worden, wie sie den Hauseingang verließ. Jeans, taillenkurze schwarze Lederjacke mit hochgestelltem Kragen, Basecap, ein prall gefüllter geschulterter Rucksack. Lisa vergrößerte das

Foto mit Daumen und Zeigefinger, bis fast nur noch das Profil der Frau zu sehen war. Sie hielt Södersen das Smartphone hin. »Könnte das Lea Nordin sein?«

Södersen nahm ihr das Handy aus der Hand, schob seine Brille auf die Stirn, kniff die Augen zusammen und wiegte den Kopf unentschlossen hin und her. »Schwer zu sagen.« Er verkleinerte das Foto wieder. »Der Rucksack scheint voll zu sein.«

»Was meinst du damit?«

»Weiß ich auch nicht so genau. Mir ist nur durch den Kopf geschossen, dass Krohn ja vielleicht ein paar Klamotten braucht, wenn er sich absetzen will. Die kann er natürlich auch schon vorher geholt haben, als noch niemand von uns vor seiner Tür stand. Aber falls nicht, könnte die Nordin das ja für ihn erledigt haben, wenn er sich tatsächlich bei ihr versteckt hält und sie ihm zur Flucht verhelfen will.«

»Kannst du dir wirklich vorstellen, dass sie das tun würde? Das würde sie alles kosten.«

»Mensch, Lisa, du machst den Job doch auch nicht erst seit gestern. Du müsstest doch langsam wissen, zu was Menschen aus Liebe fähig sind.«

»Du hast recht. Man kann nur hoffen, dass wir uns in Bezug auf die Nordin irren. Und auch was Krohn anbelangt. Es spricht zwar alles für ihn als Täter, aber der Gedanke, dass ein Kollege einfach so drei Menschen umbringt, macht mich fertig.« Sie warf einen Blick in den Rückspiegel. »Das SEK ist da.«

»Lange nicht gesehen«, sagte Michael Kuhnert grinsend, der mit seinem Team erst in der Woche davor bei dem Einsatz gegen Enis Kolgeci dabei gewesen war. »Erst hat man Monate nichts miteinander zu tun und dann plötzlich alle naselang. Also klärt uns mal auf.« Er öffnete die Tür des mit Technik vollgestopften Einsatzfahrzeugs, in dem die vier Kollegen seines

Teams bereits verschwunden waren, dann schaute er sich um, um in Erfahrung zu bringen, wie viele Personen noch im Wagen untergebracht werden mussten. »Tja, Kollegen, das wird jetzt ein bisschen eng, aber wenn ihr euch zusammenquetscht, dürfte es gehen. Schließlich wollen wir unseren Einsatz ja nicht in aller Öffentlichkeit besprechen. Ist zwar schon dunkel, doch man weiß ja nie, wer hier noch so unterwegs ist.«

Wie zum Beweis seiner Worte schälte sich plötzlich die Silhouette eines älteren Mannes aus dem Dunkel, der einen Dackel mit einem karierten Leibchen Gassi führte. Der Mann blickte überrascht ob des unerwarteten Menschenaufgebots zu so später Stunde, und Lisa war froh, dass zumindest die schwerbewaffneten und vermummten Kollegen nicht mehr auf dem Bürgersteig standen. Allerdings war die Wagentür nicht vollständig geschlossen, was dazu führte, dass der Mann stehen blieb und neugierig ins Wageninnere starrte, wobei seine Augen größer und größer wurden, bis Kuhnert die Tür mit einer schnellen Bewegung zuzog.

Lisa hielt dem Mann ihren Dienstausweis unter die Nase. »Polizei. Gehen Sie bitte weiter.« Zum Glück schien der Hund schon ziemlich altersschwach, denn außer einem kläglichen Bellen machte er keinen weiteren Versuch, seinem Herrchen zu Hilfe zu eilen.

Der Mann gab sich keine Mühe, seine Neugierde zu verbergen. »Was ist denn hier los?«

Södersen trat dazu und zückte ebenfalls seinen Ausweis. »Nichts! Gehen Sie bitte weiter!«

»Das ist doch Polizei da drin im Wagen, oder? Also diese MEK- oder SEK-Leute oder wie die heißen. Findet hier gerade ein Einsatz statt?« Alles an dem Mann gierte jetzt nach einer Sensation.

»Gehen Sie bitte weiter!«, drängte Lisa ein weiteres Mal.

»Nö.« Der nächtliche Spaziergänger fühlte sich offenbar bemüßigt, den Sturkopf zu spielen. »Ich denke gar nicht dran, ich will jetzt wissen, was hier los ist.«

»Ja, dann …« Es war unübersehbar, welche Mühe es Södersen kostete, ruhig zu bleiben. Demonstrativ zog er sein Handy aus der Tasche. »Ich werde jetzt einen Streifenwagen anfordern und Sie zwecks Aufnahme Ihrer Personalien in die Bezirkskriminalinspektion bringen lassen.«

»Was gehen Sie meine Personalien an?«, empörte sich der Mann.

»Die gehen mich sehr viel an, da Sie hier gerade eine polizeiliche Ermittlung behindern«, parierte Södersen. »Und so etwas kann schon mal dazu führen, dass man eine Nacht in Polizeigewahrsam verbringen muss.«

Dem Mann fielen nach diesen Worten fast die Augen aus dem Kopf. Aber Södersens Ansage hatte ihre Wirkung nicht verfehlt, denn mit einem geschnaubten »Polizeiwillkür« suchten Herrchen und Hund das Weite.

»Puh«, stöhnte Lisa, »haben wir es eigentlich nur noch mit sensationsgierigem Pack zu tun? Hoffentlich geht der jetzt nicht damit hausieren, dann stehen hier bald die Nächsten.« Sie wollte in den Wagen steigen, als sie hörte, wie jemand ihren Namen rief. Rasch drehte sie sich um und sah Falkner den Gehweg entlanghasten. Sie lief auf ihn zu.

»Wieso steht ihr noch hier rum?«, waren seine ersten Worte, und Lisa ahnte, dass die kommenden Stunden nicht einfach werden würden. Sie bedeutete ihm, einen Augenblick stehen zu bleiben, weil sie vermeiden wollte, dass er bei Södersen seine Teilnahme an dem Einsatz durchzusetzen versuchte und dieser seine vorhin ausgesprochene Drohung wahr machen würde.

»Wir wollten gerade mit der Einsatzbesprechung beginnen«, sagte sie leise. »Du kannst dabei sein, aber aus dem Einsatz hältst du dich raus.«

»Martina ist vielleicht in der Gewalt eines dreifachen Mörders, und ihr verlangt, dass ich mich raushalten soll?«

»Ja, das verlangen wir, und wir gehen davon aus, dass du Profi genug bist, um unseren Anweisungen Folge zu leisten.«

Falkner blickte sie völlig verzweifelt an. »Lisa, bitte. Lasst mich nicht hier draußen stehen, wenn ihr ins Haus geht. Das würde ich nicht ertragen.«

»Doch, Hendrik, das wirst du ertragen. Wir wollen Martina nämlich unversehrt da rausholen, und das könntest du uns durch eine Beteiligung an dieser Aktion versauen.« Falkner ließ die Schultern sinken, alles an ihm drückte Hoffnungslosigkeit aus. Es tat Lisa leid, ihn so angehen zu müssen, auch wenn sie sich sagte, dass es nur zu seinem eigenen Schutz und dem seiner Tochter war. »Lass uns zu den Kollegen gehen und mit der Absprache beginnen. Wir dürfen nicht noch mehr Zeit verlieren.«

Falkner folgte ihr zu dem Einsatzfahrzeug des SEK, dessen Tür wieder halb geöffnet war. Er grüßte kurz in die Runde und bestieg dann als Letzter den Wagen. Lisa hatte sich vor einem der Monitore aufgebaut, dessen Bild das Mehrfamilienhaus zeigte, in dem Lea Nordin wohnte. »Die Zielwohnung liegt linker Hand im zweiten OG. Wir gehen davon aus, dass sich zurzeit drei Personen in der Wohnung aufhalten, die Mieterin Lea Nordin, der zur Fahndung ausgeschriebene Markus Krohn sowie die Kollegin Martina Falkner, die von den beiden Erstgenannten möglicherweise als Geisel genommen wurde. Es besteht auch die Möglichkeit, dass Krohn die beiden Frauen in seiner Gewalt hat.«

»Deine Tochter ist da oben?«, fragte Kuhnert und sah Falkner völlig verblüfft an.

»Aller Voraussicht nach«, nahm Lisa ihm die Antwort ab. Sie wollte Fragen vermeiden, wie Martina in diese Situation hatte kommen können, und dass Falkner doch noch ausflippte, und sprach hastig weiter. »Lea Nordin ist ebenfalls eine Kollegin.« Sie verkniff sich den Zusatz, dass Nordin Falkners Vorgesetzte war. »Und dass Krohn bei der WaPo arbeitet, wisst ihr ja bereits.«

»Schöne Scheiße«, murmelte Kuhnert.

»Du sagst es.« Södersen nickte. »Falls die Situation in der Wohnung wirklich so sein sollte, wie gerade von Lisa geschildert, dürfte denen da oben klar sein, dass hier bald das volle Programm gefahren wird. Wir gehen davon aus, dass zumindest Krohn bewaffnet ist, vielleicht aber auch die Kollegin Nordin.« Er sah zu Kuhnert. »Was meinst du? Erst einen Redeversuch starten oder gleich reingehen?«

Kuhnert wiegte nachdenklich den Kopf und blickte ein weiteres Mal auf den Monitor. »Es gibt in dem Haus acht Wohnungen, richtig?«

Södersen und Lisa nickten.

»Normalerweise würde ich sagen, alle Bewohner raus und dann versuchen zu reden. Aber so eine Evakuierung geht nicht leise vonstatten. Da können Kinder dabei sein, die zu weinen anfangen, Hunde, die bellen. Die Gefahr, dass bei einer solchen Aktion etwas aus dem Ruder läuft, ist mir einfach zu groß. Und die Menschen jetzt alle in ihren Wohnungen festzusetzen, während unsere Gesprächsrunde läuft, halte ich auch für keine gute Idee. Ihr wisst selber, dass sich so etwas über Stunden hinziehen kann. Da könnten andere Bewohner womöglich austicken und rumbrüllen, jemand könnte vor Angst tot umfallen, was weiß ich. Nee, Leute, das möchte ich nicht riskieren.«

Södersen pflichtete ihm bei, und auch Lisa sagte sich, dass diese Entscheidung unter den gegebenen Umständen die beste war. Sie warf einen kurzen Blick zu Falkner hinüber, froh darüber, dass er es tatsächlich geschafft hatte, sich rauszuhalten. Hoffentlich würde das bei dem nun Folgenden auch so bleiben.

Der Einsatz begann kurz nach Mitternacht. Die Bewohner des Hauses schienen zu schlafen, alle Fenster waren dunkel, auch die auf der Rückseite des Hauses, wie eine Überprüfung von Uwe Grothmann ergeben hatte.

Das Schloss der Eingangstür zu knacken war eine Sache von Sekunden. Lautlos huschten die Männer des SEK durch das Treppenhaus in den zweiten Stock, alle anderen mussten im Erdgeschoss ausharren.

Nach einiger Zeit drang ein Knistern aus Södersens Funkgerät. »Die Wohnung scheint leer zu sein«, hörte er Kuhnert sagen. »Keine Stimmen oder sonstigen Geräusche, die Endoskop-Kamera hat einen leeren Flur gezeigt. Wir gehen jetzt rein.«

Kurz darauf waren lautes Krachen und das Splittern von Holz zu vernehmen sowie die üblichen Rufe »Polizei!«, denen aber keine Anweisungen wie »Auf den Boden!« oder »Waffe weg!« folgten. Offensichtlich war die Wohnung tatsächlich leer.

Jetzt hielt es Falkner nicht mehr auf seinem Platz. Er rannte an Lisa vorbei und wollte gerade die ersten Stufen erklimmen, als es Bergmann gelang, ihn zu ergreifen und festzuhalten. Wohnungstüren öffneten sich, und ängstliche Stimmen hallten durch das Treppenhaus. Aus dem Funkgerät war Kuhnert zu hören. »Ihr könnt jetzt raufkommen. Die Wohnung ist leer.«

Martina Falkner konnte sich nicht erinnern, jemals in ihrem Leben eine solche Angst verspürt zu haben. Das Einzige, was sie am Durchdrehen hinderte, war der Gedanke, dass ihr Vater ihre SMS schon lange gelesen haben musste und mit Sicherheit in der Zwischenzeit Himmel und Hölle in Bewegung gesetzt hatte, um sie zu finden.

Wie hatte sie nur so dumm sein können? Hatte sie wirklich geglaubt, dass es ihr gelingen würde, Krohn im Alleingang festzunehmen?

Nachdem sie den Entschluss gefasst hatte, ihr Wissen mit niemandem zu teilen, hatte sie sich Lea Nordins Adresse besorgt, was ein Kinderspiel gewesen war, da die Frau einen Eintrag im Telefonbuch hatte. Sie hatte den Feierabend abgewartet und war dann sofort zu der Adresse in Kiel gefahren, ohne Sinn, ohne Verstand und ohne irgendeinen Plan, einfach nur von dem Gedanken getrieben, vor der vielleicht größten Chance ihres Lebens zu stehen. Sie musste komplett verrückt gewesen sein. Jetzt war ihr das klar, aber jetzt war es zu spät.

Der Wagen rumpelte durch ein Schlagloch. Martina wurde hin und her geschleudert und spürte die Erschütterung in jedem einzelnen Knochen. Ihr Kopf dröhnte von dem Schlag, den Lea Nordin ihr versetzt hatte, und die Stirnwunde brannte. Zum Glück war wenigstens die Blutung versiegt.

Lea Nordin hatte sie in die Tiefgarage gezwungen, mit entsicherter und unter der Jacke verborgener Waffe. Krohn war ihnen mit zwei Reisetaschen gefolgt. Martina hatte eine Reihe von Stoßgebeten zum Himmel geschickt, dass sich auf dem Weg durch das Treppenhaus eine Wohnungstür öffnen oder jemand nach Hause kommen würde, der ihr zu Hilfe eilen konnte, war sich aber gleichzeitig darüber im Klaren gewesen, dass eine solche Begegnung die Situation zum Eskalieren hätte bringen können. Aus demselben Grund hatte sie sich auch nicht zu schreien getraut.

Während Lea Nordin sie gefesselt, ihr ein Tape über den Mund geklebt und sie dann in den Kofferraum eines Wagens verfrachtet hatte, hatten Martinas Augen dessen Inhalt zu ergründen versucht. So weit sie es im schwachen Licht der Neonröhren erkennen konnte, war der Kofferraum leer. Trotzdem hatte sie sich während der Fahrt so gut es ging von einer Seite zur anderen gerollt, in der Hoffnung, dass ihre unter den Knien gefesselten Hände etwas zu fassen bekämen, was ihr eine Hilfe sein könnte. Vergebens. Selbst wenn etwas herumgelegen hätte, hätte sie es nicht greifen und einsetzen können, weil sie wie ein Paket verschnürt worden war und der Kabelbinder bei jeder Bewegung tief in ihre Handgelenke schnitt.

Trotz des Klebebands auf ihrem Mund konzentrierte sie sich darauf, gleichmäßig zu atmen, um die immer wieder aufsteigenden Panikattacken in den Griff zu bekommen. Sie zermarterte sich das Hirn, ob ihre beiden Entführer den Namen des Ortes genannt hatten, zu dem sie unterwegs waren. Falls ja, fiel er ihr nicht ein. Und selbst wenn, was hätte es gebracht. Sie hatte keine Möglichkeit, jemanden zu benachrichtigen.

Während sie dem gleichmäßigen Brummen des Motors lauschte, überlegte sie, ob es Krohn ernst gewesen war mit seiner Bemerkung, sich stellen zu wollen. Es war eine merkwürdige Situation gewesen vorhin in der Wohnung. Nachdem die Nordin sie niedergeschlagen hatte, hatte sie sich bewusstlos gestellt. Die Auseinandersetzung zwischen Krohn und Lea Nordin hatte sich immer weiter hochgeschaukelt, und zum Schluss hatte die Frau den Eindruck erweckt, als stünde sie kurz davor, durchzudrehen. Wenn Krohn nicht eingelenkt hätte, wäre das womöglich auch passiert. Hatte er seine Meinung geändert oder hatte er die Nordin einfach nur beruhigen wollen, damit sie nichts Unbedachtes tat? Je länger Martina darüber nachsann, umso mehr vermutete sie Letzteres. Als Krohn ihr vom Boden aufgeholfen hatte, hatte er ihr etwas zugeflüstert. Lea Nordin hatte ihre Reisetasche gepackt, und sie waren für einige Minuten allein gewesen. »Ich sorge dafür, dass Ihnen nichts passieren wird. Vertrauen Sie mir.« Taktik, damit sie bei einem günstigen Ausgang dieser Geiselnahme zu seinen Gunsten aussagte, oder hatte er es ernst gemeint und beabsichtigte tatsächlich, ihr zu helfen? Der Mann war vielleicht ein dreifacher Mörder, welchen Grund sollte er haben, sie zu schonen?

Nach einer gefühlten Ewigkeit verlangsamte der Wagen seine Fahrt, bis er schließlich zum Stehen kam. Martinas Sinne waren auf das Äußerste geschärft. Sie vernahm Stimmen, aber zu gedämpft, als dass sie einzelne Worte oder gar Sätze hätte verstehen können. Sie ging davon aus, dass es sich um ihre beiden Entführer handelte, denn man hätte sie ja sicher nicht an einen Ort gebracht, an dem noch weitere Personen auf ihre Verschleppung aufmerksam werden würden.

Wenig später öffnete sich die Kofferraumklappe. Draußen war es mittlerweile stockfinster, nur die Innenbeleuchtung des Kofferraums verbreitete ein schwaches Licht.

Ein Schatten beugte sich über Martina. Voller Schrecken kniff sie die Augen zusammen und spürte im nächsten Moment, wie etwas darübergeklebt wurde. Sie wollen verhindern, schoss es ihr durch den Kopf, dass ich den Ort, an den sie mich gebracht haben, später wiedererkenne. Aber warum, sie werden mich doch sowieso töten oder wieder wegfahren und mich elend verrecken lassen. Der Gedanke ließ sie aufschluchzen. Ich will nicht sterben, lieber Gott, bitte, ich will nicht sterben.

»Ruhig«, hörte sie eine flüsternde Stimme an ihrem Ohr, dann wurde sie hochgehoben. »Ihnen wird nichts passieren.«

Krohn. Meinte er es wirklich ernst? Eine verzweifelte Hoffnung ergriff von Martina Besitz, nun, da er es ein zweites Mal ausgesprochen hatte.

»Bring sie ins Haus, die Tür ist offen. Ich fahre den Wagen in die Garage.«

Nordin. Ihre Stimme klang hart und zu allem entschlossen.

Während Krohn sie zum Haus trug, spitzte Martina die Ohren, in der verzweifelten Hoffnung, irgendwelche Geräusche wahrzunehmen, die einen Anhaltspunkt über ihren Aufenthaltsort liefern könnten – das Rauschen des Meeres, Autogeräusche, die auf eine Straße in der Nähe schließen ließen, Hundegebell, das auf Menschen in der Umgebung hindeutete. Doch so sehr sie auch lauschte, da war nichts, nur eine allumfassende Stille. Der Ort, an den ihre beiden Entführer sie gebracht hatten, schien in völliger Abgeschiedenheit zu liegen. Oder hing diese Lautlosigkeit nur damit zusammen, dass es Nacht war? Während der Fahrt hatte sie komplett ihr Zeitgefühl verloren, und es machte sie schier verrückt, dass sie nicht wusste, wo sie war.

Krohn schien mittlerweile das Haus betreten zu haben, denn sie nahm das Knarren von Holzdielen unter seinen Füßen wahr und die abgestandene Luft von Räumen, die lange nicht gelüftet worden waren. Er verharrte kurz, vielleicht, um sich zu orientieren, tat dann einige weitere Schritte, und sie spürte, wie er sie auf etwas Weiches sinken ließ, das unter ihr nachgab. Ein Bett? Ein Stöhnen entfuhr ihrer Kehle, denn trotz des nachgiebigen Untergrunds schmerzte ihr Körper aufgrund der ungewohnten Haltung höllisch.

»Ich werde jetzt Ihre Fesseln lösen und Ihre Arme hinter dem Rücken fixieren, dann haben Sie es etwas bequemer«, hörte sie seine gedämpfte Stimme. »Machen Sie bitte keine Dummheiten, sonst kann ich Ihnen nicht weiterhelfen.«

Sekunden später waren ihre Hände frei. Sie drehte sich auf die Seite und streckte vorsichtig Arme und Beine aus, um das Blut wieder zum Zirkulieren zu bringen. Ihre Hände waren taub, ihr Rücken wie durchgebrochen. Sie schloss die Hände zu Fäusten, rieb sie immer wieder aneinander und versuchte das langsam einsetzende schmerzhafte Kribbeln zu ignorieren.

Fieberhaft überlegte sie, was sie tun sollte. Sie schien tatsächlich auf einem Bett zu liegen. Ganz kurz streifte sie der Gedanke, sich das Klebeband von Augen und Mund zu reißen, aufzuspringen und …

Ja, was und? Krohn, der vielleicht eine Waffe trug, zu überwältigen? Zu fliehen versuchen? Die Überlegungen waren absurd. Ihre Beine zitterten, sie wäre nicht einmal in der Lage, einen festen Stand einzunehmen.

Schritte näherten sich, das energische Stakkato von Ledersohlen auf Holz knallte wie Schüsse durch das Haus.

»Was machst du da?«, war Lea Nordins Stimme zu vernehmen. »Bist du verrückt geworden? Du kannst doch nicht einfach ihre Fesseln lösen.«

Die Worte waren noch nicht verklungen, als ein mörderischer Schmerz Martinas Körper durchfuhr. Lea Nordin hatte ihren linken Arm ergriffen und zur Seite gerissen, und sie lag jetzt halb auf dem Bauch. Bevor sie zum Nachdenken kam, spürte sie, wie ihr rechter Arm unter ihrem Körper hervorgezerrt und nach hinten gezogen wurde. Ihr Gesicht wurde in etwas Weiches gedrückt, ein Kissen wahrscheinlich. Sie versuchte den Kopf zur Seite zu drehen, damit sie ihre Nasenlöcher freibekam. Als es ihr endlich gelang, zog sie die Luft so heftig ein, dass ihr schwindlig wurde.

»Ich wollte es nur etwas leichter für sie machen«, entgegnete Krohn. »So wie du sie gefesselt hast, bestand die Gefahr, dass Gliedmaßen absterben. Wir sollten die Situation nicht noch schlimmer machen, als sie ohnehin schon ist.«

Lea Nordin erwiderte nichts, und für einen Augenblick gab sich Martina der Hoffnung hin, dass es Krohn vielleicht doch noch gelingen würde, die Frau zur Aufgabe zu bewegen. Dann spürte sie, wie ihre Hände gepackt wurden und sich etwas um die Gelenke legte, das im nächsten Moment so fest zusammengezogen wurde, dass ein Schrei in ihrer Kehle emporstieg. Sie begann zu hecheln, immer schneller, bis sie einen harten Schlag ins Gesicht verspürte.

»Jetzt reiß dich zusammen!«

Nein, diese Frau würde nicht aufgeben. Sie hatte einen Entschluss gefasst und würde ihr Vorhaben bis zum bitteren Ende durchziehen.

Erst nachdem Falkner die gesamte Wohnung durchsucht hatte, begann er Kuhnerts Worten Glauben zu schenken, dass wirklich niemand anwesend war. Lisa war Falkner gefolgt, wie er von Zimmer zu Zimmer hetzte. Es tat ihr weh, ihn so verzweifelt zu sehen, und sie fragte sich voller Angst, was mit Martina geschehen war, was in dieser Wohnung geschehen war. Die SEK-Kollegen hatten sie auf das Blut auf dem Boden des Flurs aufmerksam gemacht, und weitere Spuren waren im Bad entdeckt worden. Sie hatte Falkner nichts davon gesagt und die Kollegen gebeten, ebenfalls den Mund zu halten, aber Fakt war, dass hier die Spusi ranmusste.

»Wo sind sie hin?«, stieß Falkner hervor, als er wieder neben ihr stand.

»Wir müssen erst einmal in Erfahrung bringen, ob sie überhaupt hier waren«, sagte Lisa, auch wenn sie sich das Gegenteil nur schwer vorstellen konnte.

»Waren sie«, gab Södersen zur Antwort, der gerade den Raum betreten hatte. »Da unsere Rambos ja das ganze Haus aufgeweckt haben, haben die Jungs schon mal mit der Befragung der Nachbarn begonnen. Eine Frau hat Markus Krohn anhand des Fahndungsfotos eindeutig identifiziert. Sie sagt, dass er ihr so gegen achtzehn Uhr im Treppenhaus begegnet ist und sie mitbekommen hat, wie er an Nordins Wohnungstür geklingelt hat.«

»Hat auch jemand Martina gesehen?«, fragte Falkner erregt. »Vielleicht ist sie ja doch nicht hier gewesen.«

Södersens Gesichtsausdruck gab ihm die Antwort, ehe dieser erwiderte: »Ein Ehepaar hat ausgesagt, dass sie gegen zwanzig Uhr einer jungen Frau begegnet sind, die sie nach der Wohnung von Lea Nordin gefragt hat. Hier gibt es nämlich keine Namensschilder an den Türen. Hast du ein Foto von deiner Tochter dabei? Dann checke ich das noch mal.« Falkner holte seine

Brieftasche heraus und drückte Södersen ein Foto in die Hand, mit dem sich dieser umgehend davonmachte. Es dauerte nur kurze Zeit, bis er wieder in der Tür stand. »Es war deine Tochter.« Er gab Falkner das Foto zurück.

»Mein Gott.« Falkner sank auf das Sofa und barg sein Gesicht in den Händen.

Lisa nahm neben ihm Platz und legte tröstend eine Hand auf seine Schulter. »Wir wissen noch überhaupt nicht, was hier los war.«

»Da gibt es ja wohl nicht viele Möglichkeiten«, fuhr Falkner auf. »Entweder hat Krohn die beiden Frauen als Geiseln genommen und irgendwohin gebracht, oder er und die Nordin machen gemeinsame Sache und haben sich mit Martina abgesetzt.«

»Wenn die erste Möglichkeit zutreffen sollte, dürfte es schwieriger werden«, sagte Södersen.

»Wieso?«, fragten Lisa und Falkner.

»Weil wir schon bei dem Fahndungsaufruf keine Idee hatten, wo Krohn untertauchen könnte. Da hätten dann die Zielfahnder rangemusst. Wenn die Nordin ihm allerdings hilft, besteht die Möglichkeit, dass sie an einen Platz gefahren sind, den sie kennt.« Södersen sah Falkner an. »Weißt du irgendwas über die Frau, was uns in dieser Beziehung weiterhelfen könnte?«

Falkner schüttelte den Kopf. »Ich weiß nichts von ihr, außer dass sie vorher in Hamburg gearbeitet hat, zweiundvierzig Jahre alt und verwitwet ist.«

»Verwandte oder Freunde, die uns eine Auskunft geben könnten?«, hakte Lisa nach.

Falkner zuckte hilflos mit den Schultern. »Nichts, Lisa. Ich habe nicht den leisesten Schimmer.«

»Die Nordin hat doch in einer der Hamburger Mordkommissionen gearbeitet, oder?«, fragte Södersen.

Falkner hob den Kopf und sah ihn an, als hätte er gerade eine Erscheinung gehabt. Dann nickte er mehrere Male, und sein Gesicht hellte sich auf. »Natürlich! Ich Idiot!« Er schlug sich mit der flachen Hand gegen die Stirn. »Die müssten doch was wissen. Dass ich da nicht gleich draufgekommen bin.«

Lisa zog ihr Handy aus der Tasche und begann in den Kontakten zu blättern. Sie fand die Nummer eines MK-Leiters, mit dem sie vor einiger Zeit zu tun gehabt hatte, und drückte auf das grüne Hörersymbol. Nach kurzer Zeit hatte sie den Kollegen erreicht und trug ihr Anliegen vor. Sie erzählte allerdings nichts von den aktuellen Ermittlungen und Lea Nordins möglicher Verstrickung, sondern wies lediglich darauf hin, dass sie die Kollegin in einer dringenden Angelegenheit sprechen müssten, sie aber weder in ihrer Wohnung noch auf ihrem Handy erreichen könnten. Ob der Kollege da einen Tipp habe, vielleicht Verwandte oder Freunde benennen könne oder womöglich einen Rückzugsort.

Es stellte sich heraus, dass Lea Nordin nicht in dieser Mordkommission gearbeitet hatte, aber der Kollege konnte Lisa trotzdem weiterhelfen, da er den richtigen Ansprechpartner kannte. Als Lisa diesen erreicht hatte, trug sie ihr Sprüchlein ein weiteres Mal vor und schaltete dann den Lautsprecher ein. »Also von Verwandten und Freunden weiß ich nichts«, sagte eine knarzige Männerstimme. »Ich weiß allerdings, dass Lea von ihren verstorbenen Eltern ein kleines Wochenendhaus am Ortsrand von St. Peter-Ording geerbt hat. Wo genau, kann ich nicht sagen. Ich meine mich aber zu erinnern, dass einer der Kollegen da vor ein paar Jahren mal Urlaub gemacht hat. Moment, ich hol ihn.« Sie hörten ihn rufen. »Herbie, zu mir!« Ein Stimmengewirr war zu vernehmen, dann war ein anderer Kollege in der Leitung, der ihnen Auskunft darüber gab, dass sich das Ferienhaus von Lea Nordin kurz vor dem Ortsausgang in der Wittendüner Allee befinde, circa fünf Autominuten vom Westküstenpark entfernt.

Lisa und Södersen wechselten einen raschen Blick, dann ließ Lisa sich den kürzesten Weg erklären. »Danke für Ihre Hilfe«, sagte sie nach den Ausführungen des Kollegen und verabschiedete sich hastig, bevor auch er die Frage stellen konnte, warum sie das alles wissen wollte. »Wann hat die Nordin das Büro verlassen?«, fragte sie Falkner.

»Das weiß ich nicht.« Er war aufgesprungen. »Wir hatten am Nachmittag eine Besprechung, die so gegen siebzehn Uhr zu Ende war. Danach sind wir in unsere Büros gegangen. Ich hab die Nordin nicht mehr gesehen.«

Lisa nahm ihr Smartphone zur Hand, rief das Navi auf und gab einige Angaben ein. »Von Kiel bis St. Peter-Ording benötigt man knappe zwei Stunden Fahrtzeit. Jetzt im Dunkeln wohl etwas länger. Falls sie wirklich dorthin gefahren sind, sind sie unter Umständen schon vor Ort.«

»Dann lasst uns endlich losfahren«, drängte Falkner, der bereits an der Tür stand.

»Ja, wenn sie dorthin gefahren sind«, sagte Bergmann. »Die Nordin ist doch nicht dumm. Die wird wissen, dass wir von dem Haus erfahren und dort als Erstes suchen.«

»Dieses verdammte Haus ist aber der einzige Anhaltspunkt, den wir haben«, fuhr Falkner ihn an. »Wir müssen da hin!«

Södersen nickte bestätigend. »Hendrik hat recht. Also los!«

Lea Nordin wusste nicht mehr aus noch ein und hatte in der Stunde, die seit ihrer Ankunft verstrichen war, mehrere Male kurz davor gestanden, aufzugeben. Nur das Wissen, dass dann alles vorüber sein würde, hatte sie bis jetzt durchhalten lassen.

Hatte sie die richtige Entscheidung getroffen? Es hatte Ablehnung in Markus' Augen gelegen, bereits in ihrer Wohnung in

Kiel, aber auch vorhin, als sie Falkners Tochter wieder so zu fixieren begann, wie sie es für nötig erachtete. Sie war dabei härter vorgegangen, als es notwendig gewesen wäre. Sie hatte die junge Frau nach der Fesselung der Handgelenke aus dem Bett gezerrt und sie auf den Flur in Richtung Kellertür gestoßen. Martina hatte versucht, sich zur Wehr zu setzen, woraufhin sie ihr an der Kellertreppe einen gezielten Schlag an die Schläfe verpasst hatte, der die junge Frau ins Taumeln brachte und dazu führte, dass sie die Stufen hinunterfiel.

»Lea, nein!«, hatte Markus Krohn aufgeschrien, der während ihrer ganzen Aktion versucht hatte, sie zu stoppen. Zunächst verbal, doch als Falkners Tochter die Treppe hinuntergestürzt war, hatte er Lea an den Armen ergriffen und geschüttelt, dass ihr Kopf hin und her flog. Sie hatte versucht, ihn abzuwehren, hatte geschrien, dass sie es doch nur für sie beide tue, dass ihr ja nichts anderes übrigbleibe, da er zu schwach dafür sei. Er hatte sie abrupt losgelassen, und sein Blick war ihr durch Mark und Bein gegangen. Sie war ihm in den Keller gefolgt, wo Martina Falkner regungslos auf dem kalten Steinfußboden gelegen hatte. Er hatte sich niedergekniet und zwei Finger an die Halsschlagader der jungen Frau gelegt, und sie, Lea, hatte sich gefragt, wie es möglich war, dass ein Mann, der kaltblütig drei Menschen getötet hatte, eine so offensichtliche Sorge für das Schicksal ihrer Geisel aufbrachte.

»Wer bist du?«, fragte sie jetzt, als sie sich im Wohnzimmer gegenübersaßen. Sie lechzte nach einem Glas Wein – im Keller gab es einen exquisiten Vorrat, den noch ihre Eltern angelegt hatten –, aber sie zwang sich, diese Anwandlung zu unterdrücken. Sie brauchte einen klaren Kopf für das, was kommen würde. Außerdem schreckte sie davor zurück, einen weiteren Blick auf Martina Falkner zu werfen, die sie in ihrem bewusstlosen Zustand an die Heizung gekettet hatte.

»Was meinst du damit?«

»Du hast drei Menschen umgebracht. Du hast sie quasi hingerichtet, und jetzt sorgst du dich um eine Frau, die uns zum Verhängnis werden könnte.«

»Ich bin ein Mörder, das ist wahr, aber die Frau da unten hat nichts mit der ganzen Sache zu tun. Lea«, er hob die Hände in einer hilflosen Geste, »du hast dich durch deine übereilte Aktion in eine Lage gebracht, aus der es kein Zurück mehr gibt. Wenn sie uns schnappen, und das werden sie über kurz oder lang, dann wirst du so viel mehr verlieren als ich. Ich will doch bloß verhindern, dass du immer weiter in dein Unglück rennst.«

Sie starrte ihn an und hatte das Gefühl, ersticken zu müssen. Warum kämpfte er nicht mit ihr zusammen, warum ergab er sich? Weil er recht hat. Sie werden uns schnappen. Alles in ihr begehrte auf gegen diesen Gedanken.

»Markus, bitte.« Sie stand auf, ging zu ihm hinüber, setzte sich auf seinen Schoß, presste ihre Lippen auf seinen Mund und versuchte, die Schnalle seines Gürtels zu öffnen.

»Hör auf!« Krohn packte ihre Oberarme so fest, dass sie einen Aufschrei unterdrücken musste. Er schob sie von sich und erhob sich abrupt. Während er die Hände in den Taschen seiner Jeans vergrub und zum Fenster hinüberging, folgte Lea Nordin ihm mit den Augen.

Es ist vorbei, dachte sie voller Verzweiflung, wenn nicht heute, dann morgen oder in den nächsten Tagen. Ohne Falkners Tochter hätten sie auf einer Flucht vielleicht noch einen kleinen Vorsprung herausarbeiten können, aber mit diesem Klotz am Bein hatten sie nur die Möglichkeit gehabt, sich hier zu verstecken, wo man sie unweigerlich finden würde. Zwar kannte an ihrer neuen Wirkungsstätte niemand diesen Ort, aber die Hamburger Kollegen wussten davon, und sie ging davon aus, dass auch die Mitarbeiter des K1 bereits im Besitz dieser Adresse waren.

Ein Gedanke stieg in ihr auf, packte sie geradezu und ergriff von Sekunde zu Sekunde mehr von ihr Besitz. Mit Martina Falkner hatten sie ein Pfand in ihrer Hand. Wieso wurde ihr das jetzt erst bewusst? Sie konnten sie als Druckmittel einsetzen. Das Leben von Falkners Tochter gegen freies Geleit.

Als Markus Krohn herumfuhr und sie mit einem entsetzten Gesichtsausdruck anstarrte, wurde ihr bewusst, dass sie ihren Gedanken laut ausgesprochen hatte.

»Bist du jetzt vollkommen verrückt geworden?«, schrie er sie an. »Das kannst du doch nicht ernst meinen.«

»Aber das ist unsere Chance, Markus. Begreifst du das denn nicht?«

Mit zwei schnellen Schritten war er bei ihr und packte sie grob an den Händen. »Das ist keine Chance, Lea, das wäre dein endgültiges Verderben!«

»Aber ich tue es für uns, Markus. Ich will dich nicht verlieren. Ich liebe dich mehr als jemals einen Menschen zuvor, und ich kann und will nicht mehr ohne dich leben.«

Sein Gesichtsausdruck war weich geworden, seine Hand strich über ihre Wange. »Ich werde dieses Opfer nicht annehmen, Lea.« Er zog sein Handy aus der Hosentasche. »Ich rufe jetzt die Kollegen an. Dieser Wahnsinn muss endlich ein Ende haben.«

»Nein, Markus! Bitte, tu das nicht! Wir können es schaffen!«

Sie wusste nicht, wie die Pistole in ihre Hand geraten war. Sie wusste nur, dass sie Markus von seinem Vorhaben abbringen musste.

Der Schuss hallte durch die Nacht.

Falkner war mit Södersen und Lisa gefahren und hatte auf der Rückbank Platz genommen. Ihm war schlecht vor Angst, und er konnte nicht aufhören, sich Vorwürfe zu machen. »Wenn ich

Martina nicht so niedergemacht hätte, wäre das alles nicht passiert.«

»Hör auf, Hendrik! Nichts von dem, was hier gerade geschieht, ist deine Schuld«, entgegnete Södersen, der den Wagen fuhr.

»Aber …«

»Kein Aber!«, sagte Lisa mit Nachdruck und drehte sich zu ihm herum. »Du weißt, dass ich Martina sehr mag. Sie bringt die besten Voraussetzungen für unseren Beruf mit aufgrund ihres starken Gerechtigkeitsempfindens, ihrer Leidenschaft und Hingabe und der Bereitschaft, auch die ungeliebten Dinge ohne Murren zu erledigen. Ich habe ebenso volles Verständnis dafür, dass sie weiterkommen will. Da tickt sie ganz genauso wie ich in ihrem Alter. Das darf aber nicht zu einer solch unüberlegten Aktion führen. Wir haben sie beide darauf hingewiesen, dass sie außer den Befragungen am Schönberger Strand nichts mit dem Fall zu tun hat.« Lisa schlug mit der Handfläche gegen den Sitz, und Falkner wurde bewusst, unter welch enormem Druck auch sie stand. »Herrgott noch mal, Martina ist doch nicht dumm. All das hat sie doch selber gewusst.«

»Jetzt hört auf, euch verrückt zu machen«, sagte Södersen energisch. »Martina wird nichts passieren.« Falkner begegnete seinem Blick im Rückspiegel. »Du hast zwar vorhin erklärt, dass du nichts von der Nordin weißt, aber ein paar Anhaltspunkte wirst du uns doch geben können, schließlich hast du einige Zeit mit ihr zusammengearbeitet. Was ist sie für ein Mensch? Traust du ihr zu, dass sie gemeinsame Sache mit Krohn macht und die beiden Martina wirklich entführt haben?«

Falkner starrte in die Dunkelheit hinaus. »Lea Nordin ist eine sehr ehrgeizige Frau, die eine Menge Unfrieden in unserem Team gestiftet hat.« Er erzählte von den beiden Fällen nach Nordins Arbeitsantritt. »Unser Arbeitsklima ist schlecht, wobei ich nicht verhehlen will, dass auch die Jungs und ich einen Anteil daran haben.«

»Ihr wart immer eine eingeschworene Männerclique, da hat eine Frau es schwer«, meinte Lisa. »Außerdem haben alle damit gerechnet, dass du der neue OFA-Leiter wirst. Ich schätze mal, dass ihr der Nordin von Anfang an mit Abwehr begegnet seid, oder?«

»Ja«, musste Falkner zugeben. »Ich bin nicht stolz darauf, aber sie hat es uns auch nicht leicht gemacht, ihr vorurteilsfrei gegenüberzutreten. Sie kann sehr zickig sein, ordnet Dinge ohne vorherige Absprache an und kapselt sich außerdem ab.«

»Reaktion und Gegenreaktion.«

»Auf wessen Seite stehst du eigentlich?«, brach es aus Falkner heraus, den Lisas Einwürfe zu nerven begannen.

»Hendrik, bitte!«, sagte Södersen. »Uns ist bewusst, dass du unter großem Stress stehst, aber du solltest jetzt nicht damit beginnen, auch in uns Feinde zu sehen.«

Falkner hatte das Gefühl, dass alles über ihm zusammenzubrechen drohte. Hatte er denn wirklich so viel falsch gemacht?

»Was kannst du noch über sie sagen?«, fuhr Lisa fort, als hätte es seinen kurzen Ausraster nicht gegeben. »Gibt es denn überhaupt nichts Positives von ihr zu berichten? Irgendetwas, aufgrund dessen wir annehmen können, dass sie keine gemeinsame Sache mit Krohn macht? Die Frau muss doch eine gute Polizistin sein, sonst hätte sie es in ihrem Alter nicht so weit gebracht. Ich kenne sie kaum, und ich mag sie auch nicht, aber ich weigere mich zu glauben, dass ihre Karriere allein auf Beziehungen oder Hochschlafen beruht, wie es ja immer so gerne ins Feld geführt wird, wenn Frauen in ihrem Beruf weiterkommen. Und ich kann mir ebenso wenig vorstellen, dass eine Frau in dieser Position ihren Job für eine Liebesaffäre aufs Spiel setzen würde.«

»Ich weiß es nicht, Lisa«, sagte Falkner leise und spürte, wie eine bleierne Müdigkeit seinen Körper erfasste. Er lehnte sich zurück und schloss die Augen.

Nachdem Martina das Bewusstsein wiedererlangt hatte, war sie für einen Moment orientierungslos. Aber dann kehrte die Erinnerung an den Schlag, den Lea Nordin ihr versetzt hatte, und den anschließenden Treppensturz zurück. Hätte nicht das Tape auf ihrem Mund geklebt, hätte sie laut aufgeschrien. So gab sie nur ein Wimmern von sich und versuchte, die Tränen zu unterdrücken, die hinter ihren zugeklebten Augen brannten.

Nach einer Weile realisierte sie, dass sie auf einem harten, kalten Untergrund kauerte. Ihre Beine waren nach vorn ausgestreckt, die Knöchel zusammengebunden und an irgendetwas befestigt. Die Hände waren hinter dem Rücken fixiert und so hoch festgekettet, dass sie in vornübergebeugter Haltung hing. Der Schmerz in ihren Schultergelenken war mörderisch.

Der leichte Modergeruch und die Feuchtigkeit ließen sie vermuten, dass sie sich in einem Keller befand. Aller Voraussicht nach unter dem Haus, denn die Treppe, die sie hinuntergefallen war, war die Kellertreppe gewesen. Oder hatten ihre Entführer sie während ihrer Bewusstlosigkeit an einen anderen Ort geschafft, in ein Verlies außerhalb des Hauses, weitab vom Schuss, in dem sie niemals gefunden werden würde?

Die Angst kam in Wellen, denen eine heftige Übelkeit folgte. Mit aller Kraft stemmte sie sich dagegen, versuchte sich ihre Yogastunden, die Atemtechniken, die man ihnen dort beigebracht hatte, ins Gedächtnis zu rufen und wenigstens eine davon umzusetzen. Es kostete sie eine geradezu übermenschliche Anstrengung, bis es ihr endlich gelang, den Würgereiz zu unterdrücken und zurückzudrängen. Sie wusste, dass sie ersticken würde, wenn sie ihm nachgäbe.

Als sie wieder etwas ruhiger geworden war und ihre in alle Richtungen abdriftenden Gedanken wenigstens halbwegs unter Kontrolle bekommen hatte, begann sie ihre Hände zu bewegen, um herauszufinden, woran sie gefesselt war. Sie ertastete einen Gegenstand, der sich wie ein Rohr anfühlte und von dem eine leichte Wärme ausging.

Ein Heizungsrohr? Eine Woge der Erleichterung durchströmte sie. Wenn sie wirklich an ein Heizungsrohr gekettet war, befand sie sich aller Wahrscheinlichkeit nach noch im Haus. Zu weiteren Überlegungen blieb keine Zeit, da sie plötzlich eine Stimme hörte, die sich fast überschlug und allem Anschein nach an einem Punkt über ihr befand. Als wenige Sekunden später ein Schuss fiel, geriet sie erneut in Panik. Voller Hektik zerrte sie an ihren Fesseln und ignorierte den Schmerz, der ihren Körper durchzuckte, nur noch auf Flucht gepolt.

Woher war der Schuss gekommen? Von oben oder von draußen? Waren ihre Retter womöglich schon da? Hatte einer ihrer Entführer den Schuss abgegeben?

Martina merkte, wie sie zu hecheln begann.

Papa, hilf mir! Wo bleibst du denn nur?

Die Funkzellenortung der Handys von Nordin und Krohn hatte nichts erbracht, was allerdings niemanden verwunderte. Als erfahrene Polizisten wussten die beiden natürlich, was sie tun mussten, um auf diesem Weg nicht aufgefunden zu werden. Aber die Wahrscheinlichkeit, dass sie sich nach St. Peter-Ording abgesetzt hatten, war groß. Und wie Falkner bereits vorhin gesagt hatte, diese Adresse war der einzige Anhaltspunkt, den sie hatten.

Der Rest der Fahrt verlief schweigend, jeder hing seinen Gedanken nach. Der Hamburger Kollege hatte empfohlen, nach der Überquerung des Eidersperrwerks die L 305 und dann die

L 33 zu nehmen, die kurz vor St. Peter-Ording in die Wittendüner Allee übergehe. Das Haus liege rechter Hand etwas abseits der Straße und sei über einen schmalen Schotterweg zu erreichen.

Die Husumer Kollegen, in deren Einsatzbereich St. Peter-Ording fiel, hatten die Beamten der dortigen Polizeistation alarmiert, die bereits vor Ort waren und Lisa per Telefon einige Informationen über die Örtlichkeiten durchgegeben hatten.

Das Haus sei von Feldern umgeben. Linker Hand des Einfahrtsweges ziehe sich ein Knick entlang, auf der rechten Seite erstrecke sich eine kleinere Baumgruppe, an deren hinterem Ende sich das Haus befinde. Ihm gegenüber liege eine Garage.

Ein kurzer Blick auf das Navi sagte Lisa, dass sie ihr Ziel in fünf Minuten erreichten. Es war mittlerweile fast halb drei und stockfinster. Während der Fahrt hatte sich einige Zeit ein fast runder Mond am Himmel gezeigt, der aber schon seit längerem wieder hinter Wolkenbänken verschwunden war.

Lisa funkte die Kollegen an, die ihrem Wagen in drei weiteren Fahrzeugen folgten. »Wir sind gleich da. Bei euch alles okay?«

Ein mehrstimmiges »Ja« folgte sowie das kräftige »Jo!« von Michael Kuhnert.

»Die Kollegen aus St. Peter-Ording warten an der Einfahrt auf uns«, sagte Lisa.

»Wir werden uns dort positionieren«, hörten sie Kuhnerts Stimme. »Es ist zu riskant, mit dem Wagen näher an das Haus heranzufahren.«

Lisa und Södersen pflichteten ihm bei. Augenblicke später gewahrte Lisa im Licht der Scheinwerfer einen Streifenwagen auf der rechten Seite, der in einer Einbuchtung parkte, sowie einen RTW und Notarztwagen, die sie wie bei dem Einsatz in Kiel vorsichtshalber wieder angefordert hatten, diesmal allerdings aus St. Peter-Ording. Södersen stellte den Wagen dahinter ab, und beim Aussteigen sah Lisa, dass die nachfolgenden Fahrzeuge zu ihnen aufschlossen. Sie begrüßten die Streifenpolizisten aus St. Peter-Ording, die ihnen mitteilten, dass seit ihrer Ankunft alles ruhig gewesen sei. Gemeinsam gingen sie zum Einsatzfahrzeug des SEK, wo die Schupos noch einmal die Örtlichkeiten anhand einer Flurkarte aufzeigten.

»Wie wollt ihr vorgehen?«, fragte Södersen Kuhnert, nachdem die Schutzpolizisten ihre Ausführungen beendet hatten.

»Wir werden uns im Schutz der Bäume an das Haus heranarbeiten«, antwortete Kuhnert, der genau wie seine Kollegen aufmerksam die Flurkarte studiert hatte und jetzt damit begann die Nachtsichtgeräte und Wärmebildkameras an sein Team auszugeben. Den Rest ihrer umfangreichen Ausrüstung, der außer ballistischen Schutzwesten, Titanhelmen mit ballistischem Visier und integriertem Kommunikations-System sowie der erforderlichen Munitionierung auch solche Dinge wie Schlagstöcke, Atemschutzmasken, Pfefferspray und Blendgranaten umfasste, hatten die Männer bereits unmittelbar nach ihrer Ankunft angelegt. »Falls die Gesuchten wirklich da drin sind, ist davon auszugehen, dass sie uns erwarten. Passt also auf, wo ihr hintretet«, sagte er mit einem Blick in die Runde, als hätte es eines solchen Hinweises bedurft. »Bei dieser elenden Stille hier dürfte selbst das Knacken eines Zweiges wie ein Pistolenschuss klingen.«

Lisa hoffte inständig, dass es den Kollegen mithilfe ihrer Nachtsichtgeräte gelang, geräuschlos bis zum Haus zu kommen. Sie hätte sich das bei dieser Finsternis nicht zugetraut.

»Seid ihr so weit?«, fragte Kuhnert mit einem letzten Blick in die Runde. Einer seiner Kollegen würde den Einsatz von der Kommandozentrale in ihrem Fahrzeug aus leiten.

Die SEKler hatten mittlerweile ihre Nachtsichtgeräte aufgesetzt und gaben ein bestätigendes Gemurmel von sich.

»Dann los!«

Das Team schwärmte in Windeseile aus. Die Beamten des K1 mussten zurückbleiben und waren zum zweiten Mal in dieser Nacht zum Warten verdammt, was keinem von ihnen leichtfiel. Am schlimmsten war es jedoch für Falkner. Seine Anspannung war mit Händen greifbar, als er auf die Monitore im Einsatzfahrzeug des SEK starrte, welche die Bilder der Nachtsichtgeräte übermittelten.

Die Sekunden verrannen und wurden zu Minuten, bis Lisa das Gefühl hatte, bereits ewig an diesem Platz zu stehen. Dabei waren erst fünf Minuten vergangen, wie sie nach einem Blick auf ihre Armbanduhr feststellen musste. Niemand sprach ein Wort, alle befanden sich in einem Zustand höchster Konzentration.

Als plötzlich ein Schrei bis zu ihnen zu hören war, trat das ein, was Lisa die ganze Zeit über befürchtet hatte. Falkner zuckte zusammen, dann hielt es ihn nicht mehr an seinem Platz. Er fuhr herum und rannte den Schotterweg hinauf, so schnell, wie es der Strahl seiner auf den Boden gerichteten Taschenlampe zuließ.

»Ist der verrückt geworden?«, schrie Södersen.

»Hendrik, bleib hier!« Lisa hetzte hinter Falkner her, aber der reagierte nicht, sondern setzte seinen Weg unbeirrt fort. Sie hörte seine Schritte, die auf dem knirschenden Untergrund überlaut zu ihr herüberdrangen, und versuchte dem hin und her tanzenden Lichtstrahl seiner Taschenlampe, der über den unebenen Boden glitt, mit ihren Augen zu folgen. Das Laufen war mühsam, Falkner sehr schnell, und sie hätte, wäre er nicht ins Straucheln geraten und hingefallen, keine Chance gehabt, ihn einzuholen. So aber lief sie fast in ihn hinein, als er sich gerade wieder aufrichtete und einen unterdrückten Schmerzenslaut ausstieß. »Hendrik!« Sie ergriff seinen Arm und krallte sich daran fest. Ihr war bewusst, dass sie ihn kräftemäßig nicht würde aufhalten können, wenn er wirklich entschlossen war, sein wahnwitziges Unterfangen fortzusetzen. Aber vielleicht gelang es ihr verbal. »Tu jetzt bitte nichts Unüberlegtes. Wenn Martina in dem Haus ist, wird das SEK sie rausholen. Das wird aber nur funktionieren, wenn du dich raushältst.«

Sie hörte seinen keuchenden Atem. Der auf den Boden gerichtete Strahl der Taschenlampe vollführte einen unruhigen Tanz. »Ich will meine Tochter zurück, und zwar heil und gesund. Kannst du das nicht verstehen?«

»Natürlich kann ich das verstehen. Und du wirst Martina heil und gesund zurückbekommen. Vertrau den Kollegen, Hendrik.« Lisa ergriff seine Hand, aber er schüttelte sie ab und setzte sich wieder in Bewegung. Nur Sekunden später hatte ihn die Dunkelheit verschluckt.

Verdammt! Was sollte sie jetzt tun? Fieberhaft überschlug sie die Möglichkeiten, die ihr jetzt noch blieben. Wenn sie Falkner allein weiterlaufen ließ, brachte er unter Umständen die ganze Aktion zum Platzen. Wenn sie ihm folgte, bestand diese Gefahr allerdings ebenfalls. Sie traf eine Entscheidung und griff nach ihrem Funkgerät. »Falkner ist auf eigene Faust los. Versucht ihn aufzuhalten, bevor er irgendwas Unüberlegtes tut.«

Das Funkgerät knackte, dann drang ein Stöhnen an ihr Ohr. »Dieser verdammte Idiot!« Kuhnert. Als nichts weiter folgte, blickte Lisa sich um. Der Mond war hinter einer Wolke hervorgekommen, und sie machte schemenhafte Umrisse aus, den Knick auf der linken Seite, den Weg vor sich, der sich jedoch schon nach kurzer Zeit wieder in der Finsternis verlor. Von Falkner keine Spur.

Wer hatte den Schrei ausgestoßen? Lisa scheute das Wagnis, ihre Umgebung mit der Taschenlampe auszuleuchten, da sie nicht wusste, wie weit entfernt sich das Haus befand. Also ließ sie den Lichtstrahl nur über den Boden vor und neben sich gleiten.

Auf der rechten Seite kamen dicke Baumstämme in ihr Blickfeld, zwischen denen sich eine unebene, mit Moos bedeckte Fläche ausbreitete, aus der an vielen Stellen knorrige Baumwurzeln ragten. Ein Hindernisparcours, bei dem jeder Schritt die Gefahr barg, zu stolpern und hinzufallen. Hatte Falkner trotzdem diesen Weg gewählt, oder war er auf dem Schotterweg geblieben? Es war unmöglich zu sagen, und Lisa beschloss, den Rückweg anzutreten, so schwer ihr diese Entscheidung auch fiel, aber im Moment konnte sie nicht mehr tun. Die Kollegen vom SEK wussten Bescheid, und sie hatte immer noch einen kleinen Hoffnungsschimmer, dass Falkner wieder zur Vernunft kam und sich nicht einmischte.

Der Schein der Taschenlampe gab ihr die Richtung vor. Um sie herum herrschte wieder tiefste Finsternis, nachdem der Mond erneut hinter Wolken verschwunden war. Als sie den Ruf einer Eule vernahm, zuckte sie erschrocken zusammen. Da wurde sie plötzlich von hinten gepackt, und eine Hand legte sich auf ihren Mund.

»Was zum Teufel machst du hier?«

Kuhnert.

Sie befreite sich aus seiner Umklammerung und schnappte nach Luft. »Mach das nicht noch mal! Ich hätte fast 'nen Herzkasper gekriegt.«

»Dann schleich hier nicht in der Gegend rum! Ich denke, Hendrik hat sich selbständig gemacht, und wen treffe ich? Dich. Was soll der Quatsch, verdammt noch mal? Haben sie jetzt euch beiden ins Gehirn geschissen?«

»Ich bin doch nur hinter Hendrik her, weil ich ihn aufhalten wollte. Ich wollte gerade wieder zurückgehen«, startete sie einen Rechtfertigungsversuch und merkte selbst, wie kläglich dieser klang. Ihr war auf einmal entsetzlich flau, und sie schwankte leicht.

»Jetzt klapp mir bloß nicht zusammen.« Kuhnert griff nach ihrem Arm, und sie war dankbar für diesen Halt. Himmel, sie hatte sich wirklich tierisch erschrocken.

»Geht schon wieder«, murmelte sie, nachdem sie mehrere Male tief durchgeatmet hatte. »War nur der Schreck.«

»Wieso ist Falkner eigentlich auf eigene Faust los?«, wollte Kuhnert wissen.

»Wir haben den Schrei gehört. Da ist er losgerannt.«

»Ja, Mist! Sascha ist auf irgendein Vieh getreten. Kein Wunder bei dieser Finsternis.«

»Na toll.«

»Die Wärmebildkameras konnten in einem Zimmer des Erdgeschosses zwei Personen ausmachen. Im Obergeschoss scheint niemand zu sein.«

»Nur zwei Personen?«, fragte Lisa irritiert. Waren die Flüchtigen womöglich doch an einen anderen Ort unterwegs, und in dem Haus hielten sich vielleicht nur Feriengäste auf?

»Du hattest doch gesagt, dass es einen Keller gibt«, erinnerte Kuhnert sie. »Vielleicht befindet sich die dritte Person dort. Wenn wir es in dem Haus mit den Gesuchten zu tun haben, könnten sie Martina Falkner im Keller eingesperrt haben.«

Oder Schlimmeres, aber daran wollte Lisa jetzt nicht denken. »Wo genau befinden sich deine Männer?«, fragte sie Kuhnert.

»Sie sind ums Haus verteilt. Ein Kollege ist gerade dabei, die Endoskop-Kamera unter der Haustür durchzuschieben. Hoffentlich liefert sie ein paar brauchbare Bilder. Wir wollen da so schnell wie möglich rein.« Er ließ ihren Arm los. »Du machst dich jetzt umgehend auf den Rückweg. Es reicht, wenn hier ein Unbefugter rumschleicht. Und falls Falkner uns in die Quere kommt, dann gnade ihm Gott.«

»Aber ist das Risiko, ins Haus zu gehen, denn jetzt nicht viel zu groß? Hendrik hat panische Angst um seine Tochter, der ist unberechenbar geworden.«

»Was sollen wir denn sonst tun? Wir wissen nicht, wo er steckt und was er vorhat. Und wir können nicht ewig warten.« Kuhnert versetzte ihr einen aufmunternden Klaps auf die Schulter, gefolgt von den Worten: »Abmarsch, Lisa.« Wenig später verschluckte ihn die Dunkelheit.

Lisa blieb einen Augenblick unentschlossen stehen, dann machte sie sich notgedrungen auf den Rückweg. Als sie schließlich wieder bei ihren Kollegen ankam, nahm Södersen sie beiseite und ging mit ihr zu ihrem am Straßenrand abgestellten Wagen.

»Bist du eigentlich von allen guten Geistern verlassen?« Er hatte die Beifahrertür geöffnet, so dass sie sein angespanntes Gesicht im Schein der Türbeleuchtung erkennen konnte. Seine Stimme bebte vor unterdrückter Wut.

»Ich wollte doch nur …«, setzte sie an, aber Södersen schnitt ihr das Wort ab.

»Du wolltest Hendrik zurückhalten, schon klar. Aber dir muss doch bewusst gewesen sein, dass du die Aktion damit genauso gefährdest wie er.«

»Natürlich war mir das bewusst, aber was sollte ich denn tun?«

»Hierbleiben wie wir alle, und wenn es noch so schwerfällt. Das nennt man professionelles Verhalten, Lisa. Das, was du gerade abgeliefert hast, war meilenweit entfernt davon.«

Lisa steckte die Maßregelung ohne ein weiteres Wort ein. Auf der einen Seite wusste sie, dass Södersen im Recht war und sie sich wie eine blutige Anfängerin benommen hatte, auf der anderen konnte sie nicht ausschließen, dass sie es nicht wieder tun würde.

Die Kugel hatte seinen Kopf nur um wenige Millimeter verfehlt. Markus Krohn saß noch immer wie paralysiert auf der Couch. Lea hatte auf ihn geschossen! Das, was mit der Geiselnahme in ihrer Wohnung den Anfang genommen hatte, wurde für ihn jetzt immer mehr zur Gewissheit. Sie war dabei, durchzudrehen. Er musste sie stoppen, sonst würde das hier in einem Blutbad enden.

Nach dem Schuss war Lea Nordin im Sessel zusammengesunken. »Das wollte ich nicht!« Ihr Körper hatte sich in einem Weinkrampf geschüttelt. »Mein Gott, Markus, das wollte ich nicht!«, hatte sie geschrien, mehrere Male, und nach einer endlos scheinenden Zeit hatte sie zu ihm hinübergesehen. »Markus, es tut mir so leid! Ich weiß nicht ... Ich verstehe das nicht ... Mein Gott, was hab ich getan?« Sie war aufgestanden, zu ihm gekommen, hatte sich neben ihn gesetzt, sein Gesicht gestreichelt und versucht, ihn zu küssen. Er hatte sie von sich gestoßen und gebrüllt: »Fass mich nie wieder an!« Sie war wie ein geprügelter Hund zu ihrem Sessel zurückgeschlichen. Und dann hatte er die Pistole neben dem Sitzmöbel auf dem Fußboden entdeckt.

Wie viel Zeit war seitdem vergangen? Er hätte es nicht zu sagen vermocht.

»Ich wollte nicht auf dich schießen, Markus«, hörte er sie plötzlich flüstern. »Das musst du mir glauben. Bitte!«

»Aber du hast es getan.« Sein Hals war so trocken, dass es schmerzte.

»Ich liebe dich!«

Markus Krohn hob den Kopf und schaute sie an, als sähe er sie zum ersten Mal. Hatte er die Frau, die dort wie ein Häufchen Elend hockte, eigentlich jemals gekannt? Nein, musste er sich eingestehen. Er wusste, dass diese Frau ihn liebte, aber das Ausmaß ihrer Liebe war ihm nicht klar gewesen. Es erschreckte ihn, weil es sie zu Dingen veranlasste, die er ihr niemals zugetraut hätte.

Seitdem Lea diese aberwitzige Aktion in Gang gesetzt hatte, hatte er fieberhaft überlegt, welche Möglichkeiten ihm blieben, sie zu beenden, wie er Martina Falkner helfen konnte. Die ganze Zeit über hatte er auf einen günstigen Moment gewartet, hatte immer wieder versucht, Lea zu beschwichtigen, um irgendwann das Heft an sich reißen und diesen Irrsinn beenden zu können. Doch je mehr Stunden ins Land gingen, umso klarer wurde ihm, wie schwierig dies werden würde, weil er einer Frau gegenüberstand, die nicht mehr sie selbst war. Der Schuss auf ihn war der beste Beweis dafür.

Er musste in den Besitz der Waffe gelangen. Seine eigene lag im Waffenschrank auf der Dienststelle. Nachdem er von der Fahndung erfahren hatte, war natürlich nicht daran zu denken gewesen, sie zu holen. Er hatte umgehend Urlaub eingereicht und war in einem kleinen Hotel außerhalb von Kiel untergetaucht, um darüber nachzudenken, wie es weitergehen sollte.

Er stand auf und ging zu Lea hinüber. »Komm her«, sagte er zärtlich. Sie sprang mit einem Aufschluchzen hoch und stürzte in seine Arme. Sanft strich er über ihr Haar.

»Ich wollte das nicht, Markus! Bitte, bitte, das musst du mir glauben. Ich wollte nur nicht, dass du die Kollegen verständigst. Ich will dich nicht verlieren. Ich liebe dich doch so sehr!« Ein erneuter Weinkrampf schüttelte ihren Körper.

»Sssst, ganz ruhig.« Er wiegte sie wie ein kleines Kind. »Ich liebe dich auch. Und du wirst mich nicht verlieren.«

»Aber ich habe auf dich geschossen. Das kann ich mir niemals verzeihen.«

»Aber ich kann es.«

Sie blickte zu ihm hoch, Unglauben im von Tränen und Mascara verschmierten Gesicht. »Du bist mir nicht böse?«

»Nein, das bin ich nicht, Lea. Wir sind in einer Ausnahmesituation. Du hast überreagiert.« Er deutete in Richtung Bad, denn er hatte bemerkt, dass der Schlüssel von außen steckte. Und ein Fenster hatte der Raum nicht. »Du bist ja vollkommen verheult. Willst du dich nicht etwas frisch machen?«

»Du nimmst es mir wirklich nicht übel?« Sie klammerte sich an ihn.

»Nein, Lea!« Sanft drängte er sie zur Badezimmertür. Wenn er jetzt alles richtig machte, konnte die ganze Sache doch noch gut ausgehen.

Hendrik Falkner war sich im Klaren darüber, dass er gegen jede polizeiliche Regel verstieß und ihn seine eigenmächtige Aktion unter Umständen den Job kosten würde. Aber das war ihm in diesem Moment egal, vollkommen egal, denn hier ging es um Martina.

Er hatte keinen Plan, er wollte einfach nur am Haus sein, wenn das SEK mit der Erstürmung begann. Natürlich hatte er Vertrauen in die Kollegen. Sie waren für solche Einsätze ausgebildet, er nicht. Aber trotzdem konnte bei einer solchen Aktion etwas Unvorhergesehenes passieren, selbst wenn sie in Hunderten von Trainingseinheiten immer und immer wieder eingeübt worden war. Dafür gab es Beispiele genug.

All seine Sinne waren geschärft, während er durch die Finsternis schlich. Er war auf dem Schotterweg geblieben und hatte seine Taschenlampe so weit es ging heruntergedimmt. Der Lichtstrahl glitt über unebenen Kiesbelag, der mehrere Male unter seinen Schuhsohlen knirschte, so sehr er sich auch bemühte, leise aufzutreten. Weitere Geräusche waren nicht zu vernehmen. Der Weg erschien ihm endlos. Seinem Empfinden nach hätte er das Haus schon lange erreicht haben müssen. Er hatte den Gedanken noch nicht zu Ende gebracht, als der Weg nach rechts abzweigte. Er blieb stehen und spitzte die Ohren. Nichts. Er versuchte etwas in der Finsternis auszumachen, als der Mond wieder hinter einer Wolke hervorkam. Und da entdeckte er im fahlen Licht das Haus, das sich in kurzer Entfernung zu seiner Rechten befand. SEK-Kollegen konnte er keine sehen. Hatten sie die Aktion womöglich schon begonnen? Nein, beruhigte er sich, das konnte nicht sein. Die damit verbundene Geräuschkulisse wäre nicht zu überhören gewesen.

Falkner rief sich die Infos über das Anwesen ins Gedächtnis. Gegenüber dem Haus gebe es eine Garage, hatte es geheißen. Angestrengt starrte er in das Dunkel, und tatsächlich konnten seine Augen nach kurzer Zeit die Umrisse eines kleinen Gebäudes wahrnehmen. Wenn er ungesehen dorthin käme, hätte er den Eingang des Hauses im Blick und wäre sofort zur Stelle, wenn das SEK reingegangen war.

»Lass mich raus, Markus! Verdammt noch mal, was soll das?« Lea Nordin hämmerte wie eine Wahnsinnige gegen die Badezimmertür.

»Nein, das werde ich nicht. Glaub mir, es ist besser so.«

Es war ein Kinderspiel gewesen, sie im Bad einzuschließen. Sie war ihm ohne Argwohn in den kleinen Raum gefolgt, hatte sich am Waschbecken frisch gemacht und überhaupt nicht mitbekommen, wie er das Bad wieder verließ. Nachdem er sein Vorhaben in die Tat umgesetzt hatte, hatte er umgehend die Leitstelle angerufen, da ihm keine Nummern der Mordkommission bekannt waren. Nun hatte er keine andere Möglichkeit mehr, als abzuwarten, in der Hoffnung, dass seine Nachricht so schnell wie möglich weitergeleitet wurde.

»Du hast mich hintergangen! Alles, was du eben gesagt hast, war Lüge. Du liebst mich nicht. Du wolltest mich nur einlullen und aus dem Weg haben.«

Krohn blieb ihr eine Antwort schuldig. Es hätte nichts gebracht, denn sie hatte ja recht. Nur in einem irrte sie. Er liebte sie, und deshalb hatte er jetzt zu diesem Mittel gegriffen, greifen müssen.

Er warf einen Blick auf die Uhr. Es würde einige Zeit dauern, bis die Beamten der Mordkommission hier wären, die mit Sicherheit ein SEK mitbrachten. Die Schutzpolizei aus St. Peter-Ording oder Husum würde früher eintreffen. Allerdings ging er davon aus, dass sie nicht an die Tür klopfen würden. Er hatte detaillierte Angaben am Telefon gemacht, hatte gesagt, dass er sich stellen wolle und keine Gefahr von ihm ausgehe, aber trotzdem würde natürlich jeder Polizeibeamte, der sich jetzt auf den Weg nach St. Peter-Ording machte, damit rechnen, dass das eine Falle war.

Krohn begab sich zur Kellertür und öffnete sie. Der Lichtschalter befand sich auf der linken Seite, und nachdem er ihn gedrückt hatte, wurden Treppe und Keller in helles Licht getaucht. Er vernahm ein Stöhnen und hastete die Stufen hinunter. Zu seiner großen Erleichterung war Martina Falkner bei Bewusstsein, und er sah, dass sie an ihren Fesseln zerrte.

»Ganz ruhig, es ist vorbei.« Er hockte sich neben die junge Frau, die angstvoll zusammengezuckt war, und entfernte vorsichtig die Tapes von Augen und Mund. Martina blinzelte, ihre Zunge strich über die ausgetrockneten Lippen. Eine tiefe Schramme zog sich über das ganze Gesicht. Krohn holte sein Taschenmesser heraus und bemerkte, wie sie erschrocken die Augen aufriss. »Keine Angst, ich tue Ihnen nichts. Ich will nur die Fesseln durchschneiden.«

Nachdem er dies getan hatte, sackte Martina zusammen, und er dachte im ersten Moment, dass sie bewusstlos geworden wäre, aber dann richtete sie sich wieder auf und versuchte sich aufzurappeln.

»Langsam, ich helfe Ihnen.« Er legte die Arme um sie und zog sie vorsichtig hoch. »Geht's?«

Martina blickte ihn an, nackte Angst in den verquollenen Augen. »Haben Sie sie umgebracht?«

Im ersten Moment wusste Krohn nicht, was sie meinte. Erst als sie mit dem Kopf in Richtung Decke deutete, fiel bei ihm der Groschen.

»Ich habe sie im Badezimmer eingeschlossen.«

»Aber der Schuss …?«

»Sie hat auf mich geschossen.«

»Sie hat …? Warum?«

»Weil ich die Kollegen benachrichtigen und der ganzen Sache ein Ende bereiten wollte. Ich habe niemals gewollt, dass es so weit kommt.«

Martina starrte ihn an. In ihrem Gesicht arbeitete es. »Ich glaube Ihnen«, sagte sie schließlich. Sie versuchte einige vorsichtige Schritte, dann knickten ihre Knie ein. Krohn fing sie auf und trug sie die Treppe hinauf.

Im nächsten Moment brach das Inferno über sie herein.

»Krohn hat die Leitstelle angerufen und ihren Standort durchgegeben. Sie sind in dem Haus. Er hat Lea Nordin im Bad eingeschlossen und will sich stellen.« Södersen starrte Lisa und dann wieder das Handy an, als würde er große Zweifel an dem hegen, was der Kollege aus der Einsatzleitstelle gerade durchgegeben hatte.

Lisa stieß die Luft aus. »Meinst du, das stimmt?«

»Was fragst du mich? Kann sein, vielleicht ist es aber auch eine Falle.«

»Hat er gesagt, was mit den Frauen ist?«

»Die seien so weit wohlauf.«

So weit. Das klang ja fast so, als ob doch etwas passiert wäre. »Was ist mit der Nordin? Hat sie gemeinsame Sache mit ihm gemacht?«

»Davon hat der Kollege nichts erwähnt.«

»Und was machen wir jetzt?«

»Ich gebe den SEK-Kollegen die Nachricht durch, aber sie sollen das Haus trotzdem wie geplant stürmen. Mir ist das alles zu unsicher.« Södersen griff zum Funkgerät. »Michael, bitte kommen.« Ein Knacken war in der Leitung zu vernehmen. »Michael, hörst du mich?« Wieder ein Knacken, dann eine verzerrte Stimme.

»Wir sind gerade reingegangen, Ralf. Ich melde mich wieder.«

»Scheiße!«, fluchte Södersen und hastete los. Lisa und die Kollegen rannten hinter ihm her.

Hendrik Falkner hatte die SEKler schließlich doch um das Haus herum ausgemacht. Dass sie nicht auf ihn aufmerksam geworden waren, wie er zur Garage schlich, konnte er sich nur damit erklären, dass ihre ganze Konzentration auf den bevorstehenden Einsatz gerichtet war.

Er hatte sich an der Garagenwand niedergekauert und war vor Schreck zusammengezuckt, als es plötzlich losging, weil nichts darauf hingedeutet hatte. Er sprang auf und rannte über den Hof auf das Haus mit der jetzt offen stehenden Eingangstür zu. Ein SEK-Beamter, der auf dem Flur stand, versuchte ihn aufzuhalten, aber seine Angst um Martina war so groß, dass sie ihm Bärenkräfte verlieh. Er stieß ihn grob zur Seite und rannte weiter. »Martina!«

»Papa!«

Ein Mann stand am Beginn der Kellertreppe und ließ seine Tochter gerade zu Boden. Falkner wollte zu ihr laufen, als sich ihm ein zweiter SEKler in den Weg stellte und ihn mit einer schnellen Bewegung in einen eisenharten Griff nahm. »Hendrik! Du verdammtes Arschloch!«

Falkner blickte in Kuhnerts aufgebrachtes Gesicht.

»Was hast du dir dabei gedacht, du Vollidiot?«

»Lass mich zu meiner Tochter!« Falkner versuchte sich aus dem Griff des Kollegen zu winden, hatte aber keinen Erfolg. Kuhnert rammte ihm kurzerhand ein Knie in den Magen, so dass Falkner keuchend zu Boden ging. Einen Augenblick später hörte er Kuhnerts Stimme ein weiteres Mal.

»Was wollt ihr denn hier? Sind denn jetzt alle durchgedreht? Wir sind hier doch nicht auf dem Hauptbahnhof! Himmel noch mal, ich habe das Haus noch nicht freigegeben!«

Lisa konnte sich nicht erinnern, jemals einen solchen SEK-Einsatz erlebt zu haben. Bei ihrer Ankunft herrschte helle Aufregung, die aber allem Anschein nach nichts mit einem misslungenen Einsatz, sondern eher mit Falkners und jetzt auch ihrem verfrühten Auftauchen zu tun hatte. Falkner lag zusammengekrümmt auf dem Boden. Martina hockte neben ihm und warf Kuhnert bitterböse Blicke zu, nachdem dieser nur mit den Schultern gezuckt und lapidar gemeint hatte: »Das hat er sich selber zuzuschreiben. Was macht er auch so ’n Tünkram.« Anschließend ging er zu Krohn hinüber, der bereits von zwei SEKlern in den Schwitzkasten genommen worden war und gerade nach Waffen durchsucht wurde.

»Wo ist Lea Nordin?«, wollte Kuhnert wissen.

Krohn machte eine Kopfbewegung in Richtung einer Tür, an der ein Leuchtturm-Aufkleber befestigt war. »Im Bad. Ich hab sie eingeschlossen.«

»Hat sie eine Waffe?«

Krohn schüttelte den Kopf. »Die liegt noch im Wohnzimmer.«

Kuhnert gab einem Kollegen ein Zeichen, diese Aussage zu überprüfen, dann schloss er vorsichtig die Badezimmertür auf und hielt seine Waffe ebenso wie zwei seiner Kollegen schussbereit. »Rauskommen!«

Es hätte dieser Aufforderung nicht bedurft, denn im nächsten Moment stürmte Lea Nordin heraus und stürzte sich wie eine Furie auf Krohn. »Warum hast du das getan? Warum hast du alles kaputt gemacht?«

Ein SEK-Beamter bekam sie zu fassen, gerade rechtzeitig genug, bevor sie ihre Fingernägel in Krohns Gesicht schlagen konnte. Lisa verfolgte die Gewaltexplosion voller Entsetzen. Wenn sie Nordins Sätze richtig deutete, hatte die Frau tatsächlich gemeinsame Sache mit Krohn gemacht. Aus Liebe? Es hatte den Anschein, und nachdem er beschlossen hatte, sich zu stellen und dem hier ein Ende zu bereiten, fühlte sie sich verraten. Was für ein Irrsinn!

Lisa ging zu Södersen hinüber, der Kuhnert gerade von Krohns Anruf in der Einsatzleitstelle erzählte.

»Ja, sorry, dass ich dich weggedrückt habe, aber du kamst gerade im richtig falschen Moment«, sagte Kuhnert entschuldigend.

»Ist schon okay«, winkte Södersen ab. »Du konntest ja nicht wissen, was für eine Nachricht ich habe.«

Die beiden Männer traten zu Krohn, dem inzwischen Handfesseln angelegt worden waren. Lisa kam dazu, denn es interessierte sie natürlich genauso wie ihre Kollegen, was eigentlich genau abgelaufen war.

»Sie dachten, dass es eine Falle wäre, oder?«, sagte Krohn, der auf einmal gebrochen wirkte.

»Wir konnten es nicht ausschließen«, antwortete Södersen. »Erzählen Sie uns, was passiert ist.«

»Später.« Krohn schaute zu Lea Nordin hinüber, die sich immer noch im Griff der SEK-Beamten wand. »Es tut mir leid, Lea. Ich wollte nicht, dass es so endet, aber ich musste dich vor dir selber schützen.«

»Markus …« Ein Schluchzen erstickte ihre nächsten Worte, und sie wandte den Kopf ab.

Lisa ging zu Falkner, der mittlerweile aufgestanden war und seine Tochter in den Armen hielt. Beiden liefen Tränen über das Gesicht. »Es tut mir so leid«, stammelte Martina in einem fort, und als sie auf Lisa aufmerksam wurde, schien sich ihre Tränenflut noch zu verstärken. »Lisa …«

»War das Krohn?«, blockte Lisa ab und deutete auf Martinas Gesicht.

Diese schüttelte heftig den Kopf. »Nein! Das war die Nordin. Die Frau ist verrückt geworden. Krohn hat mir geholfen, er hat mich aus dem Keller befreit.«

Was für ein Irrsinn, dachte Lisa erneut und schloss für einen Moment die Augen. Eine hochrangige Polizeibeamtin tickt vor Liebe aus, und ein dreifacher Mörder versucht so etwas wie eine Wiedergutmachung.

»Lisa?«

Sie hob den Kopf und sah Falkner an, wohl wissend, was jetzt kommen würde.

»Ich weiß, dass ich mich falsch verhalten habe, aber es ging doch um Martina. Kannst du das nicht verstehen?«

Verstehen konnte sie vieles, was jedoch nicht bedeutete, dass sie es auch guthieß. »Nicht jetzt, Hendrik.« Sie wandte sich ab. Es würde eine Aufarbeitung der Angelegenheit geben, aller Wahrscheinlichkeit nach würden auch Köpfe rollen, was sie nicht hoffte, aber im Moment hatte sie einfach keinen Nerv für Entschuldigungen und derlei Dinge. Sie wollte diesen Einsatz hinter sich bringen und dann nach Hause fahren, sich im Bett verkriechen und die Decke bis über beide Ohren ziehen.

Nach Södersens Anruf hatte Fehrbach keine ruhige Minute mehr gehabt. Er war sofort in seinen Wagen gestiegen, um an den Ort des Geschehens zu fahren, aber nachdem ein zweiter Anruf erfolgte, in dem Södersen ihm mitteilte, dass sie jetzt auf dem Weg nach St. Peter-Ording seien und er bitte in Kiel bleiben möge, weil sich jede weitere Person bei einer solchen Aktion als Störfaktor erweise, hatte er sich schweren Herzens entschlossen, wieder nach Hause zu fahren. Allerdings tigerte er seitdem in seiner Wohnung hin und her und bemühte sich vergeblich, der Unruhe Herr zu werden, in die ihn die beiden Anrufe versetzt hatten.

Die neue Entwicklung hatte ihn vollkommen überrollt. Über die Fahndung nach Krohn war er informiert gewesen, nicht aber über die Dynamik, die der Fall plötzlich angenommen hatte, und die damit in den vergangenen Stunden verbundenen Geschehnisse.

Hoffentlich ging alles gut. Falls die Gesuchten wirklich in dem Haus in St. Peter-Ording waren, musste bei einer Erstürmung mit allem gerechnet werden, denn wenn es stimmen sollte, dass die Leiterin der OFA gemeinsam mit ihrem Liebhaber eine Geisel entführt hatte, hatten es die am Einsatz beteiligten Beamten mit zwei Menschen zu tun, die zu allem entschlossen sein dürften.

Fehrbach warf einen Blick auf sein Handy, das auf dem Couchtisch lag. Alles in ihm drängte danach, Lisa anzurufen, um Informationen über den Stand der Dinge zu erhalten, aber in erster Linie, um ihre Stimme zu hören und sich zu vergewissern, dass mit ihr alles in Ordnung war. Aber ein solcher Anruf wäre unverantwortlich gewesen. Södersen hatte versprochen, sofort Bescheid zu geben, wenn sie mehr wussten. Wenn Fehrbach jetzt anrief, platzte er womöglich in eine gerade laufende Aktion. Das konnte er nicht riskieren. Er war zum Warten verdammt, so schwer es ihm auch fiel.

Im Nachhinein vermochte niemand mehr zu sagen, wie es Lea Nordin gelungen war, sich aus dem Griff des SEK-Mannes zu befreien und an dessen Glock 17 zu gelangen. Eine Sekunde der Unachtsamkeit, genutzt von einer zu allem entschlossenen Frau, die nichts mehr zu verlieren hatte. Sie hielt die entsicherte Pistole in den Händen und deutete auf Södersen. »Schaffen Sie Ihren Wagen her!«

»Frau Nordin, bitte! Machen Sie Ihre Situation doch nicht noch schlimmer.« Södersen stand der Schweiß auf der Stirn.

»Sind Sie taub? Ich habe gesagt, Sie sollen Ihren Wagen herschaffen!«

»Lea, tun Sie das nicht! Bitte!« Lisa trat neben Södersen. »Selbst wenn Sie hier rauskommen, was glauben Sie, wie lange Ihre Flucht dauern würde?«

Für einen Moment schien Lea Nordin zu zögern, dann richtete sie ihre Waffe auf Lisa. »Er soll seinen Wagen herschaffen!«

»Nein, das wird er nicht!«, sagte Lisa bestimmt. Sie hatte eine Scheißangst, gab aber trotzdem die Hoffnung nicht auf, dass es ihr als Frau vielleicht eher gelingen würde, zu Nordin durchzudringen. »Lea, bitte, besinnen Sie sich. Noch ist niemand zu Schaden gekommen.« Sie trat einen Schritt auf sie zu und streckte die Hand aus. »Geben Sie mir die Waffe. Bitte!«

Lea Nordin lachte auf. Es war ein verzweifelter Laut, der Resignation nahe. Lisa realisierte noch, wie die Nordin auf sie anlegte und Krohn, der bis dahin unbeweglich zwischen den beiden SEK-Beamten gestanden hatte, sein rechtes Bein hochschnellen ließ, dann jagte eine Feuerwalze durch ihren Oberschenkel.

»Papa, nein!« Martina krallte sich an Falkner fest. »Ich will nicht ins Krankenhaus! Ich will nach Hause!«

Falkner befand sich im Zwiespalt. Auf der einen Seite hatte er Angst, dass bei Martina doch noch Folgeschäden auftreten konnten, auf der anderen wollte er nichts mehr, als seine Tochter mit nach Hause zu nehmen. Hilfesuchend blickte er zu dem Notarzt hinüber, der Martina untersucht hatte. »Spricht was dagegen? Was meinen Sie?«

Der Mediziner schüttelte den Kopf. »Ich würde Ihre Tochter gerne mit zur Beobachtung ins Krankenhaus nehmen. Sie hat zwar nur ein paar äußerliche Blessuren davongetragen, aber es ist gut möglich, dass noch eine Schocksituation eintritt. Ich möchte nichts riskieren.«

»Ich will aber nach Hause!«

Falkner versuchte sich aus Martinas Umklammerung zu befreien. »Du hast doch gehört, was der Arzt gesagt hat, mein Schatz. Du kommst auch bestimmt bald wieder raus.« Er suchte erneut den Blick des Mediziners.

»Natürlich«, bestätigte dieser. »Wenn alles gut verläuft, kann Ihre Tochter das Krankenhaus morgen wieder verlassen.«

Martina blickte mit großen Augen um sich, dann fiel sie ihm erneut um den Hals und schluchzte laut auf. »Es tut mir so leid, Papa!«

»Ist schon gut.« Falkner bugsierte sie zu dem Rettungswagen, wo sie bereits erwartet wurden. »Ich will noch mit Södersen sprechen. Bin gleich wieder da.«

»Was ist mit Lisa? Ist sie schwer verletzt?«

»Die Oberschenkelarterie wurde zum Glück nicht getroffen. Lisa ist auf dem Weg ins Krankenhaus nach Husum.« Bei dem Gedanken an das, was Lisa passiert war, wurde Falkner schlecht. Er sah sie wieder zusammenbrechen. Und er hatte immer noch den Aufruhr vor Augen, der nach dem Schuss entstanden war, hörte die lauten, hektischen Stimmen, das erlösende Signal des Martinshorns, als der eilig herbeigerufene RTW sich näherte, und die Antwort des Notarztes auf Södersens aufgeregte Frage, wie schlimm Lisas Verletzung sei. »Die Arterie ist nicht verletzt, aber mit einer Schusswunde ist nicht zu spaßen. Wir werden Ihre Kollegin notoperieren, dann müssen wir weitersehen.« Södersen hatte nach dieser Auskunft sehr alt ausgesehen und ihn, Falkner, der neben ihm stand und etwas sagen wollte, einfach stehen lassen.

»Papa?« Martina hatte seine Hand ergriffen und sah ihn mit angstvollen Augen an. »Du fährst doch mit, oder?«

»Natürlich fahre ich mit, mein Schatz.« Er beugte sich über sie und drückte einen Kuss auf ihre Stirn. »Nur einen kleinen Augenblick noch, dann geht es los.«

Södersen stand in einiger Entfernung am Einsatzwagen des SEK, dessen Türen sich gerade schlossen und der sich Sekunden später in Bewegung setzte. Er blickte Falkner entgegen, dessen Schritte immer schwerer wurden, je näher er dem Leiter der Mordkommission kam. Das würde kein einfaches Gespräch werden, und er hatte nicht die leiseste Ahnung, wie er es beginnen sollte. Bevor er etwas sagen konnte, kam Södersen ihm zuvor.

»Das wird Konsequenzen haben, Hendrik. Ich hoffe, das ist dir klar.«

Falkner nickte. »Natürlich ist mir das klar. Ich weiß, dass ich mich falsch verhalten habe, und ich will das auch überhaupt nicht entschuldigen. Ich kann nur sagen, dass ich eine Scheißangst um Martina hatte und sofort zur Stelle sein wollte, wenn das SEK das Haus stürmt.«

»Ich habe eigentlich eher deine Tochter gemeint. Was dich betrifft, gehe ich davon aus, dass du dein rechtswidriges Verhalten selber melden wirst. Ich muss zugeben, dass ich es sogar nachvollziehen kann, schließlich habe ich auch zwei Töchter. Was sich Martina allerdings geleistet hat, ist durch nichts zu entschuldigen. Ich werde das zur Anzeige bringen, Hendrik.«

»Ich weiß.« Falkner war sich im Klaren darüber, dass Södersen gar keine andere Wahl hatte. »Ich werde das gemeinsam mit

Martina durchstehen.« Erst jetzt, nachdem alles überstanden war, ging ihm auf, wie weitreichend die Konsequenzen für Martina ausfallen könnten. Er kannte keinen Beamten der Internen Ermittlung, hatte aber gehört, dass einige scharfe Hunde dabei sein sollten. Angesichts des immer wieder aus der Bevölkerung laut werdenden Vorwurfs, dass bei der Polizei vieles unter dem Deckel gehalten wurde, stand zu vermuten, dass Martina nicht mit Samthandschuhen angefasst werden würde. Er hoffte verzweifelt, dass seine Tochter eine zweite Chance erhalten und nicht aus dem Polizeidienst entfernt werden würde, aber daran zu glauben vermochte er im Moment nicht.

»Wie geht es deiner Tochter?«, fragte Södersen nach einem Augenblick des Schweigens.

»So weit gut. Sie hat einige Verletzungen im Gesicht, weil die Nordin sie mit der Pistole geschlagen hat, aber das wird wieder. Der Notarzt will sie trotzdem zur Beobachtung für eine Nacht im Krankenhaus behalten. Ich fahre mit dem Krankenwagen mit.«

Södersen nickte, dann wandte er sich ab und ging zu seinem Wagen. Falkners Blick folgte ihm. Sein Herz war sorgenschwer, als er an die nächsten Tage und Wochen dachte.

MITTWOCH, 29. OKTOBER

Södersens Anruf erreichte Fehrbach nach einer schlaflosen Nacht, in der er unzähligen Versuchen, Lisas Nummer zu wählen, standgehalten hatte. Der Leiter der Mordkommission klang müde und erschöpft, als er von dem nächtlichen Einsatz berichtete. Fehrbach stockte der Atem, als er hörte, dass Lisa angeschossen worden war. Auch Södersens Beteuerung, dass der Schuss in den Oberschenkel nicht lebensgefährlich und die nachfolgende OP gut verlaufen sei, konnte ihn nicht beruhigen. »In welchem Krankenhaus liegt sie?«, unterbrach er Södersen schließlich erregt.

»Im Moment noch in der Klinik in Husum, aber sie soll im Verlauf des Vormittags mit dem Rettungshubschrauber nach Kiel in die Uni-Klinik gebracht werden.«

»Wissen Sie, wann sie dort ankommen wird?«

»Nein. Wie gesagt, im Lauf des Vormittags.«

»Danke«, war alles, was Fehrbach herausbrachte, dann beendete er das Gespräch ohne ein Wort des Abschieds und eilte zur Wohnungstür hinaus.

An der Notaufnahme der Uni-Klinik wurde Fehrbach von einer streng dreinblickenden Krankenschwester ermahnt, sich doch bitte ein wenig zusammenzureißen, sie habe schließlich auch nur zwei Hände und müsse erst einmal im System überprüfen, wann mit der Einlieferung von Lisa Sanders zu rechnen sei. Außerdem sei er kein Verwandter, und wenn sie seiner Bitte jetzt nachkomme, dann nur aus reiner Gefälligkeit den Justizorganen gegenüber. Fehrbach hatte ihr etwas von wichtiger Zeugin und Tötungsdelikt aufgetischt und das Ganze entsprechend dramatisch dargestellt, weil ihm natürlich klar gewesen war, dass er sonst keine Auskünfte erhalten würde. Mittlerweile stand er kurz vor einem Tobsuchtsanfall, als er der Frau dabei zusehen musste, wie sie im Ein-Finger-Suchsystem auf der Tastatur herumfuhrwerkte und zwischendurch immer wieder abgrundtiefe Seufzer ausstieß, als würde diese Arbeit sie ihre letzte Energie kosten.

»Na, hier haben wir's doch«, sagte sie endlich befriedigt und kratzte sich hinter dem Ohr. »Gegen ein Uhr ist mit ihrer Ankunft zu rechnen.«

Fehrbach warf einen Blick auf seine Armbanduhr, kurz vor halb zehn. Er überlegte einen Moment, entschloss sich dann aber, in der Zwischenzeit doch in die Staatsanwaltschaft zu fahren. Das Warten hier im Krankenhaus hätte ihn verrückt gemacht. Im Büro hatte er wenigstens die Möglichkeit, sich abzulenken.

Was ihm allerdings nicht gelang, so sehr er sich auch bemühte. Die Gedanken an Lisa, die Ungewissheit, wie es ihr ging, ließen ihn nicht zur Ruhe kommen. Auch wenn Södersen gesagt hatte, dass sie alles gut überstanden habe, gab es so viele Unwägbarkeiten, die das Erreichte wieder zunichtemachen konnten. Ein plötzliches Blutgerinnsel, ein Kreislaufschock – vor seinem inneren Auge wechselten sich die schlimmsten Horrorszenarien ab.

Gegen zwölf Uhr hielt er es nicht mehr aus und fuhr in die Uni-Klinik zurück. Zum Glück war der Platz hinter der Aufnahme jetzt mit einer anderen Krankenschwester besetzt, die um einiges flinker war als ihre Vorgängerin und ihm nach seiner

Erklärung, dass er von der Staatsanwaltschaft sei und dringend mit Lisa Sanders sprechen müsse, schon nach wenigen Sekunden mitteilen konnte, dass der Rettungshubschrauber unterwegs sei und Frau Sanders in circa zwanzig Minuten hier eintreffen müsste.

»Haben Sie Kenntnis über ihren Zustand?«, fragte er. Er ging zwar davon aus, dass ihre Auskunftsfreudigkeit an diesem Punkt endete, aber er wollte es wenigstens versucht haben.

»Sind Sie ein Verwandter?«, kam dann auch prompt die Nachfrage.

Er schüttelte den Kopf.

»Dann tut es mir leid«, sagte sie bedauernd, und ihre Worte klangen aufrichtig. Fehrbach bemerkte, dass sie ihn prüfend ansah. »Meines Wissens wartet die Mutter von Frau Sanders in der Notaufnahme. Sicherlich kann sie Ihnen eine Auskunft geben«, erklärte sie schließlich, erhob sich und kam hinter dem Empfangstresen hervor. »Den Flur runter und dann den ersten Gang rechts. Sie können es nicht verfehlen.« Ein aufmunterndes Lächeln begleitete ihre Worte, während sie in die genannte Richtung deutete.

Fehrbach nickte ihr dankbar zu und eilte dann den Flur hinunter. Nach kurzer Zeit hatte er den Eingang zur Notaufnahme erreicht. Er betrat einen größeren Raum, in dem nur einige wenige Menschen anwesend waren, und blickte sich suchend um. Gerda Sanders war nicht zu sehen, allerdings wurde er auf eine andere Person aufmerksam, die sich von einem Stuhl erhoben hatte und jetzt auf ihn zukam.

»Thomas! Was machst du denn hier?«, fragte Jakob Solberg, der Lebensgefährte von Lisas Mutter, erstaunt. Fehrbach kannte den Reeder seit vielen Jahren, und die Tatsache, dass er jetzt hier war, bedeutete, dass auch Gerda Sanders in der Nähe sein dürfte. Vielleicht war Lisa doch schon eingetroffen.

»Wie geht es Lisa? Ist sie schon hier?«, stieß Fehrbach statt einer Antwort hervor.

»Wir erwarten sie«, sagte Solberg und wiederholte dann das, was Fehrbach bereits von Södersen zu hören bekommen hatte. Es gehe ihr den Umständen entsprechend gut.

»Die Auskunft habe ich bereits von ihrem Vorgesetzten erhalten«, entgegnete Fehrbach ungeduldig. »Das ist jetzt aber schon einige Stunden her. In der Zwischenzeit kann doch sonst was passiert sein. Mit einer Schussverletzung ist schließlich nicht zu spaßen.« Er fuhr sich übers Gesicht und hatte immer mehr das Gefühl, sich in einem Alptraum zu befinden. »Ich … ich … ach, Jakob …« Seine Knie begannen zu zittern, und er sank auf den Stuhl hinter sich.

Für einen Moment war es ganz still. »Das habe ich nicht gewusst«, hörte er Solberg dann mit leiser Stimme sagen. Als er zu ihm hochschaute, sah er, dass dieser verstanden hatte.

»Ich habe auch lange gebraucht, um es zu begreifen«, erklärte Fehrbach und starrte auf die Wand in Solbergs Rücken. »Viel zu lange. Und jetzt …«, er schluckte, dann schüttelte er resigniert den Kopf, »jetzt ist sowieso alles zu spät.«

»Was redest du denn da für einen Unsinn!«, sagte Solberg und setzte sich neben ihn. »Lisa wird wieder gesund, nichts ist zu spät.«

»Das meine ich nicht«, erwiderte Fehrbach. »Die ganze Situation ist einfach …«, er suchte nach dem richtigen Wort, »verfahren«, setzte er dann hilflos hinzu.

»Moment mal! Offensichtlich ist irgendetwas zwischen euch vorgefallen, über das du nicht sprechen willst. Aber was immer es war, wenn ich dich jetzt so betrachte und dein Verhalten richtig deute, würde ich sagen, dass du etwas für Lisa empfindest. Sehr viel sogar, oder?«

»Ich liebe sie.«

»Und weiß sie das?«

»Nein.«

»Dann sag es ihr.«

»Das kann ich nicht.«

»Und warum nicht?«

»Weil ... die ganze Situation ...« Fehrbach vergrub das Gesicht in den Händen. »Ich weiß auch nicht ...«

»Weißt du, was das Schlimme an euch jungen Menschen ist, Thomas?«

Wäre Fehrbach nicht so verzweifelt gewesen, hätte er angesichts der gerade gefallenen Bemerkung, in der er, der fast Fünfzigjährige, als junger Mensch bezeichnet wurde, herzhaft gelacht.

»Ihr kommt einfach nicht zu Potte. Anstatt Lisa zu sagen, was du für sie empfindest, wägst du endlos das Für und Wider ab und kommst doch zu keiner Entscheidung. Sag es ihr, Thomas, auch auf die Gefahr hin, dass sie deine Gefühle nicht erwidert. Du machst dich doch mit einem solchen Geständnis nicht lächerlich. Im Gegenteil, es gehört Mut dazu, jemandem seine Gefühle zu offenbaren. Mir ist es doch mit Gerda ebenso ergangen, aber ich habe es nicht auf die lange Bank geschoben, weil wir beide in einem Alter sind, in dem man die Dinge zügig angehen sollte, sonst kann es nämlich zu spät sein.« Fehrbach spürte Solbergs Hand auf seiner Schulter. »Du bist im Gegensatz zu mir zwar noch ein junger Hüpfer, aber ich würde dir raten, trotzdem keine Zeit zu verschwenden. Du kannst das nicht ewig mit dir rumschleppen, sonst gehst du irgendwann daran kaputt.«

Solbergs aufmunternde Worte taten Fehrbach gut. Er wollte etwas erwidern, als Gerda Sanders den Raum betrat. Solberg erhob sich, und er tat es ihm gleich. Gemeinsam gingen sie zu Lisas Mutter. Falls sie erstaunt war, Fehrbach hier anzutreffen, ließ sie es sich nicht anmerken.

»Der Rettungshubschrauber ist eben eingetroffen«, sagte sie mit brüchiger Stimme. »Sie geben mir Bescheid, wenn ich zu Lisa kann.«

»Wie geht es ihr?«, fragten die beiden Männer fast gleichzeitig.

»Unverändert, hat es geheißen.« Gerda setzte sich und dann auch Solberg, der ihre Hand ergriff. Fehrbach blieb stehen und fühlte sich fehl am Platz, schließlich war er Lisas Mutter erst einmal begegnet und kannte sie somit kaum. Da sprang ihm Solberg bei.

»Thomas wollte sehen, wie es Lisa geht. Er macht sich Sorgen.«

Gerda Sanders hob den Kopf und blickte Fehrbach an. Ihre Augen waren voller Angst, ihr Gesicht grau. Sie ist alt geworden, dachte er. Kein Wunder, war doch jetzt nach der endlosen Sorge um ihre jüngere Tochter auch noch die um Lisa dazugekommen.

»Das ist nett. Setzen Sie sich doch, Herr Fehrbach.« Sie deutete auf den Platz ihr gegenüber, und in ihrem Blick lag jetzt ein Ausdruck, der Fehrbach signalisierte, dass auch sie den Grund seines Kommens durchschaut hatte. Offensichtlich standen ihm seine Gefühle überdeutlich ins Gesicht geschrieben.

Nach einer halben Stunde erschien endlich eine Krankenschwester, die Gerda Sanders mitteilte, dass sie ihre Tochter jetzt sehen könne. Bis Lisas Mutter zurückkehrte, verging eine weitere halbe Stunde, in der Solberg beruhigend auf Fehrbach einredete, was allerdings vergebliche Liebesmüh war. Als Gerda Sanders schließlich wieder den Raum betrat, setzte Fehrbachs Herzschlag für einen Moment aus, da er Tränen in ihren Augen bemerkte. Erst als sich ein erleichtertes Lächeln auf ihrem Gesicht auszubreiten begann, fand sein Pulsschlag zu seinem normalen Rhythmus zurück.

»Sie ist über den Berg«, sagte sie mit zitternder Stimme und wischte die Tränen, die jetzt immer heftiger flossen, mit einer fast unwilligen Geste aus ihrem Gesicht. Dann sah sie Fehrbach an. »Ich habe ihr gesagt, dass Sie da sind. Wenn Sie wollen, können Sie zu ihr gehen.«

Lisa lag in einem Einbettzimmer auf der Intensivstation, und der Anblick und die Geräuschkulisse der das Bett umgebenden Überwachungsmaschinen riefen in Fehrbach Erinnerungen an die letzten Stunden mit Eva und seinem Vater hervor. Er trat an das Bett heran. Lisas Augen waren geschlossen, das unnatürlich blasse Gesicht hob sich kaum von dem weißen Kissen ab. Die Bettdecke hob und senkte sich in einem steten Rhythmus unter ihren Atemzügen.

Fehrbach wagte kaum zu atmen und konnte nur dastehen und Lisa anstarren. Sein Verstand brauchte eine wie ihm schien endlose Zeit, um zu begreifen, dass das, was man ihm über ihren Zustand erzählt hatte, wirklich der Wahrheit entsprach. Er wandte den Blick zum Fenster und versuchte die Tränen der Erleichterung wegzublinzeln, die ihm so unversehens in die Augen gestiegen waren.

»Hallo«, hörte er da ihre Stimme schwach und leise hinter sich, und als er sich hastig umwandte, sah er den Anflug eines Lächelns auf ihrem Gesicht.

»Hallo.« Er zog einen Stuhl heran, setzte sich, und wie selbstverständlich schlossen sich seine Finger um ihre Hand, die auf der Bettdecke lag. »Was machen Sie denn für Sachen?«

»Berufsrisiko.« Verunsicherung lag in ihren Augen, aber sie zog ihre Hand nicht weg.

»Södersen hat mich heute Morgen angerufen und mir alles erzählt. Ich hab mir Sorgen gemacht.« Er schüttelte kurz den Kopf. »Nein, falsch, ich mache mir immer noch Sorgen.«

»Das müssen Sie nicht. Die Ärzte haben gesagt, dass sie mich wieder hinbekommen. In einer Woche bin ich hier raus.«

»Das sind Sie mit Sicherheit nicht«, entgegnete Fehrbach. In dem Moment ging die Tür auf. Ein Arzt kam ins Zimmer und richtete seinen mahnenden Blick auf ihn.

»Ich möchte Sie bitten, jetzt zu gehen. Die Patientin braucht Ruhe.«

Es fiel Fehrbach schwer, Lisas Hand freizugeben. Er hätte ihr gerne noch so vieles gesagt, aber der Arzt erweckte nicht den Eindruck, als ob er das Zimmer ohne ihn verlassen würde. Schließlich ergab er sich in die Situation. Bevor er ging, drückte er noch einmal Lisas Hand. »Bis morgen.«

Am späten Nachmittag kehrten Martina und Hendrik Falkner nach Kiel zurück. Ihr Vater hatte einen Mietwagen besorgt, wofür sie ihm sehr dankbar gewesen war, da ihrem lädierten Gesicht während einer Bahnfahrt zweifellos eine Menge unerwünschter Aufmerksamkeit zuteilgeworden wäre.

Sie war so erschöpft, dass sie sofort wie ein Stein ins Bett fiel. »Musst du noch ins Büro?«, fragte sie ihn, nachdem er die Bettdecke über sie gebreitet hatte wie einst in Kindertagen.

»Nein. Ich habe mich erst mal beurlauben lassen, damit ich bei dir sein kann.«

»Ach, Papa …« Sie hatte ihn hintergangen und eine wahnwitzige Aktion herbeigeführt, die Lisa fast das Leben gekostet hätte. Wieso war er trotzdem so lieb zu ihr? Mit Vorwürfen und Wut, mit Schuldzuweisungen und Standpauken hätte sie leben können, aber diese verständnisvolle Güte brachte sie fast um. »Es tut mir so leid. Ich hab das alles doch nicht gewollt.« Tränen erstickten ihre Stimme. Sie drehte sich auf die Seite und krümmte sich zusammen.

»Das weiß ich doch.« Ihr Bett knarrte leise, als er sich auf die Kante setzte. Martina spürte seine Hand auf ihrer Schulter, ein leises, beruhigendes Streicheln.

»Da war dieser Fahndungsaufruf nach Krohn, und ich wusste, dass ich den Mann schon einmal gesehen hatte. Als es mir wieder einfiel, war ich mir sicher, dass er sich nur bei der Nordin verstecken konnte. Und da bin ich ohne zu überlegen zu ihr gefahren.«

»Lass gut sein, Martina. Versuch jetzt ein wenig zu schlafen.«

»Aber ich möchte es dir erklären, Papa.«

»Das sollst du ja auch. Aber bitte nicht jetzt, ich bin nämlich hundemüde.«

Sie blickte zu ihm hoch, nahm die geröteten, müden Augen mit den tiefen Schatten darunter wahr und wurde von Scham und tiefer Liebe erfasst. Ihr Vater hatte Todesängste ausgestanden und seit dem frühen Morgen Stunde um Stunde an ihrem Bett im Krankenhaus verbracht. Er brauchte dringend ein paar Stunden Schlaf, und sie dämliche Kuh hatte nichts Besseres zu tun, als sich ihre Pein von der Seele zu reden, bloß damit sie sich leichter ums Herz fühlte. »Natürlich, tut mir leid.« Sie setzte sich auf und schlang ihre Arme um ihn. Das Bedürfnis nach seiner Nähe, die seit ihrer Kindheit stets Schutz und Trost verheißen hatte, war überwältigend. Am liebsten hätte sie ihn gebeten, in ihrem Zimmer zu schlafen, weil sie Angst vor dem Alleinsein hatte, vor der Dunkelheit, die bereits hinter den Fenstern lauerte. Aber das wäre unfair gewesen.

Falkner stand auf und sah sich um. »Ich bringe dir noch was zu trinken. Wasser oder Saft?«

»Ist mir egal.« Ein plötzliches Schwindelgefühl überfiel sie. Schnell sank sie in die Kissen zurück.

»Möchtest du noch etwas essen?«, hörte sie seine Stimme aus der Küche.

»Nein danke, ich hab keinen Hunger.«

Falkner kam ins Zimmer zurück und stellte ein Glas und eine Wasserflasche auf dem Nachttischschrank ab. »Wenn irgendwas ist, sag Bescheid.« Er beugte sich zu ihr hinunter und gab ihr einen Kuss auf die Wange. »Versuch zu schlafen. Wir reden später, okay?«

»Okay.« Sie sah ihm nach, wie er das Zimmer verließ. Als er die Tür schließen wollte, hielt sie ihn zurück. »Lass sie bitte angelehnt.«

Er nickte. »Ich bin hier, Martina. Dir kann nichts mehr passieren.«

»Ich weiß. Aber trotzdem …«

Nachdem ihr Vater gegangen war, drehte sie sich auf den Rücken. Er hatte die Übergardinen zugezogen, doch ein Streifen Tageslicht stahl sich durch einen schmalen Spalt in das Innere des Zimmers und malte ein bizarres Muster an die Zimmerdecke.

Sie war in Sicherheit, zu Hause, in Räumen, die ihr von jeher Schutz und Zuflucht geboten hatten, bei ihrem Vater, der sie immer beschützt hatte und dem sie all seine Fürsorge mit so unendlicher Dummheit vergolten hatte.

»Papa«, flüsterte sie in die Stille ihres Zimmers, »ich hab dich ganz doll lieb.« Der Satz aus ihrer Kindheit, wenn ihr Vater Ängste besiegt, Wunden geheilt und ihr Vertrauen in das Leben und die Menschen wiederhergestellt hatte.

Niemals hatte sie die Sinnhaftigkeit dieser Worte stärker verspürt als in diesem Moment.

Die Tatsache, dass ein Mensch auf sie geschossen hatte, sickerte noch immer mit unendlicher Langsamkeit in Lisas Bewusstsein. Bis zu Fehrbachs Eintreffen hatte sie sich verzweifelt bemüht, keinen Gedanken daran zuzulassen, was das endgültige Wissen darum in ihr auslösen würde. Aber nachdem der Arzt ihn vor die Tür gesetzt hatte und sie wieder allein war, spielte ihr Kopfkino verrückt und präsentierte ihr in einer Art Rückblende Bilder und Aussagen von Kollegen, denen dasselbe widerfahren war.

Angst, die niemals verging und im schlimmsten Fall dazu führte, dass man nicht mehr in der Lage war, seinen Dienst wiederaufzunehmen.

Panik vor jedem neuen Einsatz.

Furcht, überhaupt wieder auf die Straße zu gehen, dem Leben und den Menschen trotz dieser einschneidenden Erfahrung weiterhin Vertrauen entgegenzubringen.

Sie kannte Kollegen, die danach nur noch zu Bürodienst in der Lage gewesen waren. Das hatte sie immer als das Schlimmste aller Szenarien empfunden.

Dass sie dieses Mal nicht um eine psychologische Betreuung herumkommen würde, war ihr bewusst. Aber im Gegensatz zu der Zeit nach der Geiselnahme widerstrebte ihr dieser Gedanke nicht. Im Gegenteil, sie würde das Thema sogar von sich aus ansprechen, so groß war ihre Angst vor der folgenden Zeit.

Fehrbachs Besuch hatte ihr Gefühlschaos dann noch verstärkt.

»Fehrbach ist im Warteraum«, hatte ihre Mutter gesagt. »Er ist in großer Sorge um dich. Willst du ihn sehen?«

Ihr erster Impuls war ein Nein gewesen. Sie brauchte jetzt alle Kraft für sich, dafür, dieses schreckliche Ereignis anzunehmen und zu überwinden. Da war für nichts anderes mehr Raum.

Aber dann besann sie sich. Etwas in Fehrbachs Verhalten ihr gegenüber hatte sich verändert. Sie kannte den Auslöser nicht, aber bei allen Begegnungen, die ihre neue Zusammenarbeit mit sich gebracht hatte, war es zu spüren gewesen. Die Erkenntnis hatte sie in einen Zwiespalt gestürzt, weil die Spannung, die aufgrund seines Verhaltens plötzlich wieder zwischen ihnen bestand, sie verwirrte. Es hatte etwas in seinen Gesten, seiner

Stimme, der Art, wie er sie anschaute, gelegen, das den Eindruck erweckte, als wäre er ein in sie verliebter Mann. Und das war kein Wunschdenken gewesen wie so häufig zuvor, das war die Realität, von der sie jetzt auf einmal nicht mehr wusste, ob sie bereit wäre, sich ihr zu stellen, sollte er jemals eine Andeutung machen.

Ihre Gefühle für Fehrbach hatten sich nicht verändert. Sie liebte ihn, das zumindest war ihr während ihres gemeinsamen Aufenthalts auf Sylt klargeworden. Aber selbst wenn er ihre Gefühle erwidern und sich zu ihnen und zu ihr bekennen sollte, was wäre dann? Hätte ihre Liebe Bestand? Gäbe es wirklich eine gemeinsame Zukunft für sie?

Sie wusste es nicht, und noch viel weniger wusste sie, was sie sich erhoffen sollte.

Hendrik Falkner schreckte gegen Mitternacht aus dem Schlaf und benötigte einen Augenblick, bis er in der Realität ankam.

Martina war in Sicherheit, nebenan in ihrem Zimmer, unversehrt an Körper und … Nein, an der Seele mit Sicherheit nicht. Es würde dauern, bis sie den Schock der Geiselnahme und die Tatsache, dass sie in Lebensgefahr gewesen war, überwunden hatte. Ganz abgesehen von dem Schuldgefühl, das sie vielleicht nie mehr ganz verlassen würde. Sie hatte einen großen Fehler begangen, und wenn es um eine andere Person gegangen wäre, hätte Falkner volles Verständnis für ein hartes Durchgreifen der Internen gehabt. Aber Martina war nun einmal sein Fleisch und Blut, also würde er ihr zur Seite stehen und alles daransetzen, dass sie im Polizeidienst verblieb, egal, mit wem er sich dafür anlegen musste. Schon komisch, dieser Sinneswandel, fuhr es ihm durch den Kopf, wenn man bedachte, wie ablehnend er bisher der Berufswahl seiner Tochter gegenübergestanden hatte.

Sein eigenes Fehlverhalten, von dem Martina bisher noch nichts wusste, hatte er bereits seinem Vorgesetzten gemeldet. Ihr Verhältnis war seit Nordins Berufung angespannt, und somit vermochte er nicht abzuschätzen, wie die Sache für ihn ausgehen würde.

Mit einem Seufzer verließ er das Bett, öffnete die Schlafzimmertür und trat auf den Flur hinaus, wo er zu seinem großen Erstaunen den Duft von Kaffee vernahm und von etwas anderem, das ihm das Wasser im Mund zusammenlaufen ließ – Bratkartoffeln, sein Leib- und Magengericht, für das er hätte morden können. Allerdings hatte es nach Inkas Weggang nie wieder einen Menschen gegeben, der ihm diese Offenbarung Gottes mit dem gleichen Können wie sie zubereitet hätte, keine Köche in irgendwelchen Restaurants, ganz zu schweigen von denen in der Kantine, und Martina schon gar nicht. Seine Tochter kochte gerne, hatte aber leider nicht das Talent ihrer Mutter geerbt.

»Was ist das denn?«, fragte er beim Betreten der Küche.

»Wonach riecht's denn?«, fragte Martina zurück, die in ihrem Schlafanzug, um den sie eine Küchenschürze gebunden hatte, am Herd werkelte.

»Ist es das, von dem ich glaube, dass es das ist?«, Falkner trat näher heran.

»Ja, das ist es. Deine heißgeliebten Bratkartoffeln. Ich hatte plötzlich einen Mörderhunger, und da dachte ich …«

»Gute Idee«, unterbrach Falkner sie und sann währenddessen darüber nach, wie es ihm gelingen sollte, nach den ersten Bissen eine angemessene Begeisterung zu zeigen. Martina hatte sich in der Vergangenheit öfter an Bratkartoffeln versucht, und das Ergebnis war jedes Mal niederschmetternd gewesen. Entweder waren sie angekokelt gewesen oder aber in Fett ertrunken. Doch da musste er jetzt durch, denn auch diesmal zählte Martinas guter Wille.

»Setz dich schon mal hin, ich bin gleich fertig.«

Erst jetzt fiel ihm der liebevoll gedeckte Tisch auf. Martina hatte das gute Porzellan rausgeholt, das Silberbesteck seiner Mutter und die feinen Damastservietten. Nur die Biergläser passten nicht ganz dazu.

Er nahm Platz und beobachtete seine Tochter. Martinas Gesicht war blass, ihre Augen gerötet, als hätte sie geweint. Immer wieder biss sie auf ihre Unterlippe, ein untrügliches Zeichen für ihre Nervosität.

»Hast du geschlafen?«, fragte Falkner.

»Geht so.« Sie wendete die Bratkartoffeln ein weiteres Mal, dann stellte sie die Herdplatte aus und ging mit der Pfanne zum Tisch hinüber, wo sie deren Inhalt gleichmäßig auf ihrer beider Teller verteilte.

»Hmmm.« Der Duft war unwiderstehlich, der Anblick ebenso. Goldbraun und knusprig, mit kleinen Speckwürfeln und krossen Zwiebelscheiben, so sollten Bratkartoffeln sein. Wenn Martina jetzt auch noch mit dem Salz sparsam umgegangen war …

»Guten Appetit«, sagte sie, nachdem sie Bier in die Gläser gefüllt und ebenfalls Platz genommen hatte. »Ich hoffe, sie sind mir diesmal besser gelungen.«

»Ein Gedicht«, erwiderte Falkner mit vollem Mund, nachdem er die ersten Bissen genommen hatte, und er meinte es genau so. Die Bratkartoffeln waren perfekt, und für einen Moment schloss er verzückt die Augen.

»Ehrlich?« Das Lob schien Martina zu freuen. Ihr Gesicht hatte wieder etwas Farbe bekommen.

»Ganz ehrlich!«

Das Essen verlief schweigend, und als Falkner seine Portion vertilgt hatte, hätte er glatt eine zweite verdrücken können. Genussvoll trank er einen Schluck Bier und lehnte sich auf dem

Küchenstuhl zurück. »Ich dachte, du hattest einen Mörderhunger«, sagte er zu Martina, die nach den ersten Bissen lustlos in ihrem Essen herumstocherte.

»Hatte ich ja auch, aber jetzt … Ich weiß nicht …« Sie schob den Teller zu ihm hinüber. »Ich mag nicht mehr.«

Er schob den Teller zu ihr zurück. »Du musst etwas essen, sonst kippst du mir noch aus den Latschen.«

»Glaubst du, dass ich jetzt entlassen werde?«

Der verzweifelte Ausdruck ihres Gesichts zerriss ihm das Herz, doch sie verdiente eine ehrliche Antwort. »Das wäre möglich.« Er griff nach ihrer Hand, die auf dem Küchentisch lag. »Aber ich werde alles in meiner Macht Stehende tun, damit es nicht dazu kommt. Du hast einen großen Fehler begangen, aber du bist eine gute Polizistin, und ich bin überzeugt davon, dass du eine Lehre aus dem Ganzen gezogen hast und nie wieder so unverantwortlich handeln wirst.«

»Ich habe vorhin im Bett lange nachgedacht«, sagte Martina und zog ihre Hand unter der seinen hervor. »Ich glaube, dass ich dir und Lisa beweisen wollte, dass ich eine gute Polizistin bin, weil ich mich von euch nicht ernst genommen fühlte. Das soll jetzt keine Entschuldigung sein, ich will einfach nur versuchen, es zu erklären.«

Falkner fuhr sich übers Gesicht und seufzte. Diesen Schuh musste er sich anziehen, ob er wollte oder nicht. Aber Lisa traf nun wirklich kein Vorwurf. »Lisa hat dich immer ernst genommen. Sie schätzt deine Arbeit, und sie mag dich. Es war allerdings vermessen von dir zu glauben, dass das K1 dich in die Ermittlungen mit einbezieht. So läuft das nicht, und das weißt du auch.«

»Ja«, kam es kläglich zurück.

»Und was mich betrifft …« Er suchte nach Worten. »Es ist richtig, dass ich über deine Berufswahl nicht glücklich war. Die

Welt hat sich gewandelt, und zwar nicht zum Guten. Die Kollegen auf der Straße müssen sich beleidigen und anspucken lassen und riskieren nicht selten ihr Leben, selbst bei anfangs vermeintlich harmlosen Einsätzen. Das wollte ich dir ersparen, und wenn ich ehrlich bin, mir ebenso. Ich habe einfach Angst, dass dir etwas passieren könnte und ich dich womöglich verliere. Das würde ich nicht ertragen.«

»Ein Freund hat mal gesagt, dass ich zu ehrgeizig bin. Was ist verwerflich daran, wenn ich im Job weiterkommen will? Bei Männern wird Ehrgeiz immer als eine positive und bewundernswerte Eigenschaft angesehen, wir Frauen gelten dagegen als verbissen.«

Da musste Falkner ihr recht geben. Was das anging, wurde wirklich mit zweierlei Maß gemessen. »Es ist okay, wenn du ehrgeizig bist. Es darf bloß nicht dazu führen, dass du wie gerade geschehen überreagierst und dadurch sämtliche Regeln missachtest. Aber ich denke, dass du das begriffen hast.«

»Ich will meinen Job behalten«, sagte Martina leise.

»Kopf hoch, es wird nichts so heiß gegessen, wie es gekocht wird. Wir kriegen das schon wieder hin.« Falkner ging zum Kühlschrank und holte die selbstgemachte rote Grütze heraus, die er vor einigen Tagen von einer Nachbarin geschenkt bekommen hatte. »Wie ist es?« Er schwenkte die Schüssel auffordernd hin und her. »Mit Vanilleeis?«

In Martinas Augen kehrte ein wenig Glanz zurück. »Au ja!«

VIER WOCHEN SPÄTER

In den vier Wochen ihres Krankenhausaufenthalts war Fehrbach mehrere Male zu Besuch gekommen. Er war nie lange geblieben. Ihre Gespräche waren zögerlich gewesen, eine Welt unausgesprochener Worte lastete zwischen ihnen. Aber es hatte den Anschein gehabt, als müsste er sich regelmäßig davon überzeugen, dass der Genesungsprozess die erhofften Fortschritte machte.

Nachdem Lisa das Datum ihrer Entlassung erfahren hatte, teilte sie es Fehrbach bei seinem nächsten Besuch mit.

»Ich hole Sie ab«, sagte er sofort, nur um Sekunden später hinzuzufügen, »wenn es Ihnen recht ist.«

»Natürlich ist es mir recht«, erwiderte sie nach einem kurzen Zögern. »Ich werde allerdings am Vormittag entlassen, das ist zeitlich doch bestimmt schlecht für Sie.«

Fehrbach lächelte. »Da ich gerade mein eigener Chef bin, dürfte es hinzukriegen sein.«

Nachdem sie wieder allein war, rief Lisa in der BKI an. Ihr Vorgesetzter und die Kollegen hatten sich nahezu täglich die Klinke in die Hand gegeben, bis es ihr zu viel geworden war. Jeder hatte versucht, sie aufzumuntern, was ihr an manchen Tagen gutgetan hatte, an vielen jedoch eher einer Belastung gleichgekommen war, weil sie das muntere, aber völlig sinnfreie Geplänkel einfach nicht erwidern konnte und wollte. Nur mit

Bergmann und Södersen hatte sie über ihre Ängste sprechen können. Letzterer bot ihr jetzt an, sie abzuholen.

»Danke, aber das brauchst du nicht. Du hast sicher genug zu tun.« Sie schickte ein Stoßgebet zum Himmel, dass Södersen es dabei beließ, denn sie hatte nicht die Absicht, ihn darüber aufzuklären, wer sie abholen würde.

»Das kann warten, du bist jetzt wichtiger. Wann soll ich da sein?«

Höchste Zeit, aus der Kirche auszutreten, wenn das jetzt nicht mal mehr mit den Gebeten klappt, dachte sie mit einem Anflug von Galgenhumor. »Meine Mutter und Jakob holen mich ab.« Die Ausrede war ihr in letzter Sekunde eingefallen. »Gerda hat sich vorgenommen, mich in der nächsten Zeit mal wieder so richtig zu betüddeln.«

»Na, dann bist du ja in guten Händen«, meinte Södersen. Bei den nächsten Worten klang seine Stimme streng. »Hast du in der Zwischenzeit mit dem Psychologen gesprochen?«

»Ja, mehrere Male sogar.« Die Gespräche hatten ihr gutgetan.

»Wirklich? Du tischst mir hier jetzt keine Lügen auf?«

»Nein, das tue ich nicht.« Södersen hatte alles Recht, ihre Worte anzuzweifeln, schließlich waren Psychologen bisher ein rotes Tuch für sie gewesen. »Du kannst es ja nachprüfen.«

»Ich weiß, dass ich das kann, aber ich möchte es nicht. Ich möchte deinen Worten vertrauen können.«

»Das kannst du.« Lisa stieß ein kurzes Lachen aus. »Und soll ich dir was sagen? Ich habe den Eindruck, dass die Gespräche mir weiterhelfen.« Sie zögerte kurz. »Ich würde morgen gerne bei euch vorbeikommen. Ist das okay für dich, oder schmeißt du mich mit dem Hinweis auf meine fortlaufende Krankschreibung gleich wieder raus?«

»Wenn du das Arbeiten sein lässt, bist du hier jederzeit willkommen. Ansonsten setze ich dich tatsächlich wieder vor die

Tür, schließlich sollst du ja ganz gesund werden.« Ein Rascheln war zu vernehmen, als würde er in irgendwelchen Papieren blättern. »Bis wann bist du eigentlich krankgeschrieben? Ich kann den Zettel nicht finden.«

»Noch die nächsten zwei Wochen.« In ihrem bisherigen Leben hätte sie alles darangesetzt, sofort wieder die Arbeit aufzunehmen. Aber diesmal war alles anders. Jetzt gab es ein Leben vor und eines nach dem Schuss. Und mit diesem neuen Leben musste sie erst einmal klarkommen, was nicht einfach werden würde. So viel zumindest hatte sie schon mal begriffen.

»Lass dir Zeit, Lisa. So ein Erlebnis überwindet man nicht von heute auf morgen.« Im Hintergrund waren Stimmen zu vernehmen. »Ich muss Schluss machen, aber vorher noch eines. Falkner hat gestern angerufen. Was ihn anbelangt, wird sein Fehlverhalten wohl nur mit einem entsprechenden Eintrag in seiner Personalakte geahndet werden. Für seine Tochter sieht es allerdings nicht so gut aus. Die Interne hat ihre Ermittlungen noch nicht abgeschlossen, aber Falkner hat wenig Hoffnung, dass Martina im Polizeidienst verbleiben wird.«

»Dann werde ich auch noch eine Aussage beisteuern, und zwar zugunsten von Martina.«

Södersen klang verhalten. »Also ich weiß nicht. Das Mädchen hat eine Riesendummheit begangen, aufgrund derer du beinahe erschossen worden wärst. Dass du jetzt noch etwas zu ihrer Verteidigung beitragen willst, kann ich wirklich nicht nachvollziehen.«

»Ich fände es schade, wenn Martina wegen dieser Sache entlassen würde. Sie brennt für ihren Job, und ich glaube, dass sie eine gute Polizistin werden würde, wenn man ihr eine zweite Chance gibt.« Lisa empfand es wirklich so, denn im Gegensatz zu ihren Kollegen, von denen keiner ein gutes Wort an Martina gelassen hatte, trug sie ihr nichts nach. Manche Dinge geschahen, und wenn man jetzt einen Zusammenhang zwischen Martinas Fehlverhalten und dem Schuss auf Lisa herzustellen versuchte, hatte man zwar eine auf den ersten Blick schuldige Person, müsste aber ehrlicherweise zugeben, dass es auch bei einem anderen Ablauf des Geschehens zu einem Schusswechsel hätte kommen können. Und aus diesem Grund würde sie versuchen, etwas zu Martinas Entlastung beizutragen. Sie würde von Frauen im Polizeidienst berichten, deren Schwierigkeiten, nach ihrer Ausbildung ein Bein an Land zu bekommen, und den zahllosen Versuchen, sich gegen die männliche Übermacht durchzusetzen. Und sie würde von sexuellen Übergriffen sprechen, denn auch die kamen immer wieder vor. O ja, wenn sie es recht bedachte, hatte sie eine Menge zu erzählen.

»Man sollte den Job niemals über alles andere stellen, denn das könnte dazu führen, dass man es eines Tages bitter bereut.« Södersens Stimme klang auf einmal hart, und bevor Lisa nachhaken konnte, verabschiedete er sich.

Fehrbach hielt Wort und stand um Punkt elf Uhr in der Tür des Krankenzimmers. Nach einer kurzen Begrüßung ergriff er Lisas Reisetasche, die auf einem der Stühle stand. Auf dem Weg über den Flur wurde Lisa bewusst, wie schwach sie noch war. Zwar hatte sie in den vergangenen Tagen immer wieder das Bett verlassen, um einige Schritte über den Flur und durch den Garten zu gehen, aber diese Betätigung hatte sie nicht so erschöpft, wie es im Moment der Fall war. Sie hatte sich so gewünscht, das Krankenhaus endlich verlassen zu können, und jetzt wurden ihre Schritte von Meter zu Meter schwerer. Und das hing nicht nur mit der Schwäche ihres Körpers zusammen. Sie hatte Angst vor der Welt da draußen, panische Angst.

Fehrbach war stehen geblieben und wartete auf sie. »Alles in Ordnung?«

Nein, dachte sie, nichts ist in Ordnung. Ich will da nicht raus.

»Ich kann mir vorstellen, dass die nächste Zeit nicht einfach für Sie werden wird«, hörte sie ihn sagen. »Ein Mensch hat auf Sie geschossen, noch dazu eine Kollegin. Das steckt niemand so einfach weg. Aber ich weiß, dass Sie es schaffen werden. Sie sind eine starke Frau, Lisa, und außerdem gibt es Menschen, die Sie bei Ihren Schritten da draußen unterstützen werden, unterstützen möchten.«

Hatte sie diesen Mann tatsächlich einmal für einen emotionslosen Holzklotz gehalten?

»Ja«, sagte sie leise, »es tut gut, das zu wissen.«

Während der Fahrt zu ihrer Wohnung sprachen sie nur wenig. Nachdem Fehrbach ihre Tasche hochgebracht und im Flur abgestellt hatte, entstand ein verlegener Moment, den Lisa schließlich mit der Frage, ob sie ihm etwas zu trinken anbieten könne, zu durchbrechen versuchte.

»Danke, nein«, sagte Fehrbach, »ich muss leider ins Büro zurück.« Er machte Anstalten, ihr die Hand zu reichen, ließ sie aber wieder sinken und räusperte sich. »Ich würde mich sehr freuen, wenn ich … wenn ich Ihnen in der nächsten Zeit zur Seite stehen dürfte. Also … nicht nur in der nächsten Zeit, meine ich … sondern … überhaupt.« Als er seinen Blick erneut auf sie richtete, waren alles Zögern und alle Unsicherheit daraus gewichen. »Ich liebe dich, Lisa. Ich möchte, dass du das weißt.«

Jegor Stepanow war stets ein Mann mit Prinzipien gewesen. Das Wichtigste: Auge um Auge, Zahn um Zahn.

Er ging in den Wohnraum seiner Suite im Atlantik Hotel und zog die Gardinen auf, um für einen Moment das Treiben vor seinen Augen zu verfolgen. Der Blick über die Hörn und den Hafen war schön, ohne Frage, aber kein Vergleich zu dem Anblick, der sich aus Fehrbachs Wohnung bot.

Den Bilderrahmen mit Lews Foto hatte Stepanow auf dem Couchtisch plaziert. Er nahm auf dem Sofa Platz und schaute das Foto seines kleinen Bruders traurig an. Die Erinnerung an ihr letztes Gespräch stieg in ihm auf, in dem sie so viele Zukunftspläne geschmiedet hatten. Sie hatten sich auf der Schlossanlage des Peterhof getroffen, an der Großen Kaskade. Sein kleiner Bruder liebte die weitläufige Anlage, seitdem er ihn das erste Mal dorthin mitgenommen hatte. Das war an Lews achtem Geburtstag gewesen, als er an seiner Hand nicht nur das Innere des Palastes, sondern auch den großzügigen Park erkundet hatte, der von Wasserspielen, Fontänen, großen Rasenflächen mit altem Baumbestand und dem Kanal geprägt war, der vom Schloss bis hinunter zur Ostsee führte. Stumm vor Staunen hatte Lew an der Reling des Schiffes gestanden, das sie über den Finnischen Meerbusen zurück nach St. Petersburg brachte.

Die Nachricht von Lews Verhaftung hatte ihn bis ins Mark getroffen. Die Männer, die mit seinem Bruder eingefahren waren, interessierten ihn nicht, sie waren Handlanger, jederzeit austauschbar. Er hatte sofort einen der besten Strafverteidiger Deutschlands verpflichtet, seine Verbindungen in good old Germany waren vielfältiger Art, das Netz, das er sich über viele Jahre aufgebaut hatte, reichte weit. Er wäre gerne selbst nach Frankfurt zum Prozess gereist, aber der Anwalt hatte ihm davon abgeraten. Zu gefährlich, da er vielleicht auch schon in den Fokus der Ermittler geraten war.

Und so hatte er sich von jedem Prozesstag Bericht erstatten lassen und hatte über den Anwalt versucht, Lew den Gefängnisaufenthalt zu erleichtern, was ihm teilweise auch gelungen war. JVA-Beamte verdienten nicht viel, da waren manche für ein Taschengeld dankbar.

»Lew, verdammt!« Stepanow schämte sich der Tränen nicht, die über sein Gesicht liefen. Sein kleiner Bruder war tot, er hatte alles Recht der Welt zu trauern. Und wenn Fehrbach endlich erledigt war, würde er auch wieder ein wenig zur Ruhe kommen.

Nach seinen bedeutungsschweren Worten war Fehrbach gegangen, als hätte ihn der Mut verlassen und er Angst vor einer Erwiderung welcher Art auch immer gehabt. Vielleicht war es aber auch nur aus Rücksichtnahme geschehen, weil er sie nicht bedrängen wollte. Lisa hatte dagestanden, auf die Wohnungstür gestarrt, die hinter ihm ins Schloss gefallen war, und versucht, das eben Gehörte zu verarbeiten, das dann doch vollkommen überraschend für sie gekommen war. Nachdem sie die Starre endlich abgeschüttelt hatte, steckte sie die Kleidungsstücke, die sie während ihres Krankenhausaufenthalts getragen hatte, in die Waschmaschine, nahm eine Dusche und machte sich im Anschluss daran eine Kanne Tee, ein altbewährtes Beruhigungsmittel, das jetzt, nachdem sie sich auf ihrem Lieblingssessel im Wohnzimmer niedergelassen hatte, allerdings keinerlei Wirkung zeigte.

Ihre Nerven flatterten, Erinnerungen kamen hoch. Fehrbachs Kuss damals nach der Geiselnahme auf dem Schiff. Sein Erklärungsversuch, warum er sie kurz danach zurückgestoßen hatte. Ihre Angst vor einer weiteren Verletzung und die damit verbundene Sturheit, ihm auch nur einen Schritt entgegenzukommen.

Und nun das. Ihre Empfindungen hatten sie nicht getrogen. Sie saß da und wartete auf das Glücksgefühl, das sich noch tief in ihrem Inneren verbarg. Sie ahnte, dass es sich Zeit lassen würde angesichts der vielen Unsicherheiten, die sie jetzt quälten. Dass es Fehrbach ernst gemeint hatte, zweifelte sie keine Sekunde an. Aber er lebte in einer Beziehung. Ganz abgesehen von seiner Welt, die ihr so schrecklich fremd war. Hinzu kam der berufliche Aspekt. Wie würde ihre weitere Zusammenarbeit aussehen, wenn sie plötzlich ein Paar wären? Was würden ihre Kollegen sagen?

War das nicht alles völlig egal? Sie wollte diesen Mann, und er wollte sie. Nichts anderes zählte.

»Schluss jetzt!« Sie stellte ihre Tasse so heftig ab, dass ein Teil des heißen Getränks auf den Tisch schwappte. Einen winzigen Moment zögerte sie noch, dann warf sie sämtliche Bedenken über Bord, griff nach ihrem Handy und rief Fehrbachs Nummer auf. Er hob nach dem zweiten Klingelton ab.

»Lisa!« Erwartung lag in seiner Stimme, aber Lisa hörte auch die Unsicherheit heraus.

»Ich habe über deine Worte nachgedacht.« Ihr Herz klopfte bis zum Hals. »Also … ich meine …«

»Ich weiß, was du meinst.«

»Ich … ich würde gerne mit dir reden, Thomas.«

»Natürlich.« Seine Stimme klang jetzt vollkommen neutral, als würde er sich auf eine Zurückweisung einstellen. »Heute Abend?«

»Das passt mir gut.«

»Ziehst du einen neutralen Ort vor?«

»Ich würde gerne zu dir kommen.«

Beim Anblick der Eingangshalle, die mit ihrer Holzvertäfelung und dem glänzenden Marmorboden mehr einem atemberaubenden Hotelfoyer glich, verwünschte sich Lisa für ihren spontanen Entschluss, Fehrbachs Wohnung als Treffpunkt vorzuschlagen. Aber einen neutralen Ort wie zum Beispiel ein Restaurant hatte sie für ein solches Gespräch als unangemessen empfunden, und ihre Wohnung war ihr plötzlich spießig erschienen.

Bereits der äußere Eindruck des Hauses hatte sie eingeschüchtert, weil der Anblick ihr wieder einmal bewusst machte, in welch unterschiedlichen Kreisen sie und Fehrbach sich bewegten.

Der luxuriöse Wohnblock atmete Geld, viel Geld, mit seiner hellgrauen Rauhputzfassade, die von bodentiefen Fensterfronten beherrscht wurde. Gekrönt wurde der Bau von Fehrbachs Penthouse-Wohnung, die mit ihrem leicht angeschrägten Dachüberstand geradezu futuristisch anmutete.

»Herr Fehrbach wird Sie abholen«, sagte der Wachmann, der sie hereingelassen hatte. Lisa war sich selten dämlich vorgekommen bei ihrem Herumirren vor der teilverglasten Eingangsfront und der Suche nach Namensschildern mit dazugehörigen Türklingeln, die es hier offensichtlich nicht gab. Als die Tür sich plötzlich wie von Zauberhand öffnete, war sie über die Schwelle getreten und auf den Wachmann aufmerksam geworden, der von einem großen Empfangstresen zu ihr herüberkam, sie nachsichtig anlächelte und dann darauf aufmerksam machte, dass sie *hier* hätte drücken müssen, um Einlass zu erhalten. Das *hier* verbarg sich hinter einer kleinen quadratischen Holzeinlassung neben der Eingangstür und wäre in einem einfacheren Gebäude wohl eine profane Klingel gewesen und nicht etwas, das aussah wie ein Sensor. Lisa folgte dem Mann zurück in die Eingangshalle, und während sie sich umsah, wurde ihr klar, dass er sie die ganze Zeit über beobachtet haben musste. Die Fensterscheiben waren getönt, und sie hatte von draußen nicht in das Innere hineinsehen können. Umgekehrt ging das allerdings sehr wohl.

Während sie auf Fehrbach wartete, wurde sie jäh von Fluchtgedanken erfasst. Allerdings blieb ihr keine Zeit, diesen nachzugeben, da sich im nächsten Moment die Fahrstuhltür mit einem leisen Pling öffnete.

»Schön, dass du gekommen bist.« Fehrbachs Gesichtsausdruck gab nichts preis, und Lisa ertappte sich bei dem Wunsch, dass sie ihre Gesichtszüge wenigstens einmal im Leben so unter Kontrolle bekäme wie er die seinen. Sie kam seiner auffordernden Handbewegung nach und betrat den Fahrstuhl. Fehrbach folgte ihr und hielt eine Keycard vor eine Art Transponder. Das Signal sprang von Rot auf Grün, woraufhin er den Knopf für die vierte Etage drückte. So etwas kannte Lisa bisher nur aus vornehmen Hotels oder Filmen.

»Das ist ja wirklich ein sehr gut gesichertes Gebäude«, brachte sie schließlich heraus.

»Oh, das tut mir leid«, sagte Fehrbach scheinbar zusammenhanglos. »Ich habe vollkommen vergessen, dich auf die Klingel draußen hinzuweisen.«

»Klingel ist gut. Das Ding schien eher aus fremden Welten zu stammen. Der Wachmann hat sich schließlich meiner erbarmt und mich reingelassen und dabei dann auch auf die *Klingel* aufmerksam gemacht. Ist das ein Sensor?«

Fehrbach nickte. »Das Signal kommt am Empfangstresen an. Der Wachmann lässt dann die Besucher herein und meldet sie an.«

»Dann ist der Sicherheitsdienst also vierundzwanzig Stunden anwesend?«

»Ja.« Ein Lächeln erschien auf seinem Gesicht. »Wie du sagtest, dies ist ein sehr gut gesichertes Gebäude.«

Lisa fragte sich, ob Fehrbach seit dem Mord an seiner Frau ein gesteigertes Sicherheitsbedürfnis besaß und deshalb eine Wohnung in diesem Haus gekauft hatte. Möglich war es.

Der Lift hatte die oberste Etage erreicht, die Türen schwangen auf. Lisa trat hinaus und fand sich in einem Flur mit modernen Gemälden und einem flauschigen Teppichboden wieder. Dezent verborgene und durch Bewegungsmelder in Betrieb gesetzte Lichtquellen überzogen das in Grau gehaltene Ambiente mit einem warmen Schimmer. Lisa gefiel, was sie sah.

Fehrbachs Wohnung hingegen ließ ein Frösteln in ihr aufsteigen. Sie war noch nie der Typ für Nippes und derlei Dinge gewesen, aber der Minimalismus, der in diesen Räumen vorherrschte, verursachte ihr Unbehagen. Nirgendwo stand ein persönlicher Gegenstand herum, nichts ließ darauf schließen, dass hier jemand wohnte. Die Einrichtung wirkte auf sie mehr wie die einer Musterwohnung, wie man sie in stylishen Wohnzeitschriften fand, durchkomponiert von A bis Z ohne den Hauch einer Seele.

Vielleicht hängt es damit zusammen, dass er diese Wohnung unter der Woche nur zum Schlafen nutzt und sein wirkliches Zuhause jetzt auf Lankenau ist. Der Gedanke deprimierte sie auf einmal.

Fehrbach bat sie an den Esstresen, wo er auf einer Silberplatte Antipasti angerichtet hatte und sich damit entschuldigte, dass Kochen nicht sein Ding sei.

»Da sind wir ja schon zwei«, entgegnete Lisa und blieb neben dem angebotenen Barhocker stehen, der mit vier weiteren den Esstresen umgab. Sie beobachtete, wie Fehrbach ihr Glas mit einem italienischen Primitivo füllte, und hörte seine Frage, was er ihr auflegen dürfe.

Ich will nichts essen, dachte sie. Ich will mit dir schlafen. Jetzt.

»Thomas«, sie trat auf ihn zu, »was du heute Morgen gesagt hast …« Verdammt, warum war es nur so schwer, endlich das auszusprechen, was ihr schon so lange auf dem Herzen lag? »Ich …«

»Ich wollte dich nicht überfahren, Lisa.«

Sie hob die Hand und legte sie auf seine Wange. Nach einem kurzen, atemlosen Moment umschloss er ihre Finger mit den seinen und drückte einen Kuss auf die Innenfläche ihrer Hand. Seine Augen umfingen sie und ließen sie nicht mehr los.

»Es tut mir leid, dass ich mich häufig so kindisch benommen habe«, stieß Lisa hervor. »Ich hatte solche Angst vor den Gefühlen, die mich da plötzlich überflutet haben.«

»Nicht nur du.« Ein hoffnungsvolles Lächeln huschte über sein Gesicht.

»Ich liebe dich, Thomas.« Sie schmiegte sich an ihn und berauschte sich für einen Moment an der Wärme seines Körpers. »Und ich möchte keine einzige Sekunde mehr verschwenden.«

Beim ersten Mal ging es schnell. Zu heftig brachen die lang unterdrückten Gefühle hervor, zu groß war der Wunsch, dem anderen endlich ganz nah zu sein.

Danach ließen sie sich Zeit, erkundeten den Körper des anderen, sehnsuchtsvoll, andächtig, dann wieder voller Leidenschaft.

Als Fehrbach in der Morgendämmerung erwachte, war das Bett neben ihm leer. Ein jäher Schmerz durchzuckte ihn, der erst in dem Augenblick wich, als er Lisa auf der Dachterrasse fand, wo sie auf die erwachende Förde hinunterblickte. Sie hatte die Arme um ihren Oberkörper geschlungen, als wäre ihr kalt. Der flauschige Bademantel ging bis zu ihren Füßen. Er trat hinter sie und legte seine Arme um ihre Taille, zögerlich und von einer unbestimmten Angst erfasst, im nächsten Moment zurückgestoßen zu werden.

Irgendwann in dieser Nacht voller Leidenschaft hatte es einen Moment gegeben, in dem er sich ihrer nicht mehr sicher gewesen war. Sie hatte sich zurückgezogen, ganz kurz nur, aber er hatte es dennoch bemerkt.

Lisa schmiegte sich in seine Umarmung, und der dunkle Schatten verschwand.

Der Morgen danach, das erste Erwachen neben einem Mann, dessen Körper und Gewohnheiten einem noch nicht vertraut waren, war für Lisa – je älter sie wurde – stets mit Ängsten verbunden gewesen. Mit mittlerweile sechsundvierzig Jahren besaß ihr Körper nun mal nicht mehr die Spannkraft und jugendliche Frische einer Zwanzigjährigen. Eine Tatsache, die im Rausch einer Liebesnacht zu einer Nebensache wurde, im grellen Licht des nächsten Morgens dafür aber umso deutlicher zutage trat. Ihr Körper war auch ohne Sport immer noch schlank, doch an den Oberschenkeln begann sich eine Cellulite auszubilden, noch schwach und sehr wahrscheinlich nur von ihr wahrgenommen, aber dennoch ein steter Dorn in ihrem Auge.

Mit Thomas war alles anders gewesen. Sie hatte sich ihrer vermeintlichen Makel nicht mehr geschämt, hatte nicht versucht, sie vor seinen Augen zu verbergen, weil jeder Blick, jede Geste die Tiefe seiner Gefühle offenbart hatten. Er hatte die Schussnarbe am Oberschenkel liebkost und ihr versichert, dass sie sie nicht entstellen und er sie damit nur umso mehr lieben würde. Sie hatte das Gefühl gehabt, endlich angekommen zu sein.

Als zwei Stunden nach ihrem Erwachen Thomas' Handy zu klingeln begann, wurde Lisa klar, dass der Alltag sie wiederhatte. Alles in ihr begehrte dagegen auf, den Mann, der ihr gerade wieder gezeigt hatte, wie sehr er sie liebte, gehen zu lassen. Sie wollte seinen Körper weiter neben sich spüren, keine Sekunde mehr ohne ihn sein. Mit einer raschen Bewegung beugte sie sich über ihn und versuchte an das Mobiltelefon zu gelangen, das auf seinem Nachttisch lag. Aber er war schneller. Er griff nach dem Handy, warf einen kurzen Blick auf das Display und richtete sich dann mit einem entschuldigenden Lächeln und den Worten »das Büro« im Bett auf. »Ich muss in die Staatsanwaltschaft«, sagte er, nachdem das Gespräch beendet war. »Um zehn ist eine Sitzung, die hatte ich total vergessen.« Er beugte sich über sie und gab ihr einen langen Kuss. Als er sich von ihr lösen wollte, hielt sie ihn fest.

»Ich liebe dich.«

»Ich liebe dich.« Er küsste sie ein weiteres Mal, dann stand er auf und begab sich ins Bad.

Wenig später hing der Duft von Kaffee im Flur. Fehrbach sog das Aroma für einen Augenblick voller Genuss ein, bevor er in das Schlafzimmer ging, um sich anzukleiden. Als er auf den Flur zurückkam, ertönte hinter der halb geöffneten Küchentür ein leises Fluchen. Er stieß die Tür auf und gewahrte Lisa, die stirnrunzelnd vor seinem Kaffeevollautomaten stand und diesem offensichtlich gerade den Kampf angesagt hatte. »Nun mach schon!« Sie verpasste dem Gerät, ohne dessen Mithilfe er morgens keinen Fuß vor die Tür hätte setzen können, einen Klaps.

»He!« Er trat hinzu, gerade rechtzeitig, um sein Hightech-Baby, das ihm lieb und teuer war, vor einem weiteren Übergriff zu schützen. »Bist du immer so rabiat? Was hat er dir denn getan?« Er deutete auf die beiden Tassen auf dem Tisch, von denen eine bereits geleert war. »Du hast doch schon bekommen, was du wolltest.«

»Ich wollte noch eine Tasse«, sagte Lisa. »Aber dieses Teil verweigert sich einfach.«

Fehrbach lachte auf. »Er braucht halt manchmal ein bisschen, ist ja schließlich nicht mehr der Jüngste.« Er griff nach der vollen Tasse auf dem Tisch und reichte sie Lisa. »Nimm den. Koffeinentzug geht an die Nerven. Glaub mir, ich weiß, wovon ich rede.«

Lisa ergriff die Tasse, sah ihn aber fragend an. »Und du?«

»Ich warte.« Er tätschelte sein Techno-Baby liebevoll. »Der Kleine wird sich gleich wieder berappeln. Ich kenne ihn schon etwas länger.«

»Ich trinke hauptsächlich Tee, aber an manchen Tagen brauche ich einfach Kaffee.«

»Ohne Kaffee geht bei mir gar nichts.«

Lisa nahm am Küchentisch Platz und stellte die Tasse vor sich ab. »Ich hoffe, es ist dir recht, dass ich mich einfach so an deinen Sachen zu schaffen gemacht habe.«

»Natürlich ist es das.«

»Ich war mir nicht sicher. Immerhin bin ich hier zu Gast.«

Fehrbach konnte ihre Skrupel nachvollziehen, denn ihm wäre es umgekehrt ebenso ergangen. Sie hatten die Nacht miteinander verbracht, Lisa war ihm näher gewesen als jemals eine Frau zuvor, aber was den ganz normalen Alltag anbelangte, mussten sie erst zueinanderfinden. Er stand auf, ging in den Flur, wo in einer Kommode eine Ersatz-Keycard lag, kehrte in die Küche zurück und legte sie vor Lisa hin. »Ich wäre sehr glücklich, wenn du dich in meiner Wohnung nicht mehr als Gast fühlen würdest.«

Es war ein wunderbares Gefühl, zusammen zu frühstücken. Sie stellten fest, dass sie ähnliche Vorlieben in Bezug auf Käse, Aufschnitt und Sonstiges hatten, und als Lisa ihre heißgeliebte bittere Orangenmarmelade in seinem Kühlschrank entdeckte, war sie entzückt.

Leider verging die Zeit viel zu schnell. Obwohl sie zu Hause immer nur ein hastiges Frühstück hinter sich brachte, hätte sie heute stundenlang an diesem Tisch zusammen mit diesem Mann sitzen bleiben mögen. Als er schließlich aufstand, erhob sie sich ebenfalls. »Ich räum das noch zusammen, und dann mache ich mich auch auf den Weg.«

»Das musst du nicht. Ich würde mich freuen, wenn du bleiben würdest. Es ist so schön, dich hier zu haben, mit dir zu frühstücken, zu reden, zu lachen. Du glaubst gar nicht, wie lange ich mir das schon wünsche.«

Sie schloss ihn in die Arme. »Wir haben so viel Zeit vergeudet, weil ich so kindisch und stur war.«

Er schob sie von sich und sah ihr in die Augen. »Ich war mindestens ebenso kindisch und stur. Dabei sollte man doch meinen, dass man diese Verhaltensweisen ab einem bestimmten Alter abgelegt hat.« Er gab ihr einen Kuss, und als er sich von ihr löste, merkte Lisa, wie schwer es ihm fiel. »Ich muss los.« Er wandte sich zum Gehen, zögerte dann aber. »Sehen wir uns heute Abend?«

Ihr Herz floss über, als sie den Ausdruck der Unsicherheit in seinen Augen sah. »Natürlich tun wir das. Mich wirst du nicht mehr los.«

Ein erleichtertes Lächeln überzog sein Gesicht. »Ich weiß nicht, wann ich aus dem Büro rauskomme. Es kann spät werden. Ich ruf dich an, okay?«

Lisa nickte und schaute ihm nach, als er die Küche verließ. Augenblicke später hörte sie die Wohnungstür ins Schloss fallen.

Nachdem sie allein war, räumte sie Geschirr und Besteck in die Spülmaschine und stellte die Lebensmittel in den Kühlschrank zurück. Im Anschluss daran begab sie sich ins Bad, duschte ausgiebig und zog sich dann an. Um elf Uhr war sie in der BKI mit Södersen verabredet. Vorher wollte sie noch ein paar Sachen einkaufen.

Bevor sie ging, sah sie sich noch einmal in der Wohnung um, die ihr an diesem Morgen seltsam vertraut und überhaupt nicht mehr unpersönlich erschien. Sie streifte durch die Zimmer, strich über Möbelstücke und fühlte sich auf eine ganz eigentümliche Art mit allem verbunden, obwohl sie von dem Mann, der hier wohnte, noch immer nicht allzu viel wusste.

Der Fahrstuhl brachte sie ohne Zwischenstopp in die Empfangshalle, wo sie einen kurzen Blick zu dem Wachmann hinter dem Tresen warf. Es war ein anderer als gestern, ein blonder Hüne mit breiten Schultern und einem weichen Kindergesicht. Er grüßte freundlich, und als sie zur Eingangstür ging, hatte sie plötzlich die Empfindung, als würde sich sein Blick in ihren Rücken bohren. Ein Schauer überlief sie, ein Gefühl der Beklemmung erfasste auf einmal ihren Körper. Sie beschleunigte ihre Schritte und atmete tief durch, als sie im Freien stand. Aber erst als sie in ihrem Wagen saß, den sie in einer Nebenstraße geparkt hatte, und einige der Atemübungen anwandte, die ihr der Psychologe empfohlen hatte, ließ ihr Unbehagen nach, bis es schließlich ganz verschwand.

Sie hatte derlei Attacken häufiger, seitdem auf sie geschossen worden war. Eine normale körperliche Reaktion, wie sie mittlerweile wusste, die in den Griff zu kriegen war und die man überwinden konnte. Allerdings hatte sie diesmal das Gefühl gehabt, dass etwas anders gewesen war. Und während sie darüber nachdachte, fiel es ihr ein. Es war der Blick des Wachmannes gewesen, der abschätzende und kalte Ausdruck in seinen Augen, der in so völligem Gegensatz zu seinem freundlichen Lächeln stand. Irgendwoher kannte sie dieses Gesicht …

Stirnrunzelnd lehnte sich Jegor Stepanow auf seinem Arbeitsstuhl zurück, nachdem er die Übertragung der Bilder aus Fehrbachs Wohnung gestoppt hatte.

Sein Feind hatte also Damenbesuch gehabt, und dank Hans war ihm bereits der Name der betreffenden Person bekannt – Lisa Sanders, Kriminalhauptkommissarin in der Kieler Mordkommission.

Das war nicht gut. Stepanow schnellte mit dem Stuhl nach vorn und hieb mit der Faust auf den Schreibtisch. Das war ganz und gar nicht gut. Er hatte noch die Worte der Kripobeamtin im Ohr, dass sie am Abend wiederkommen werde. Und diese

Mitteilung hatte auf einen Schlag seine sämtlichen Pläne über den Haufen geworfen.

Er stand auf, versenkte beide Hände in den Taschen seiner grauen Flanellhose und begann mit weit ausholenden Schritten in der Hotelsuite hin und her zu tigern.

Verschieben würde er die Angelegenheit nicht. Heute wäre Lews fünfunddreißigster Geburtstag gewesen, und deshalb würde Fehrbach auch heute sterben müssen.

Allerdings konnte er seinen Plan jetzt nicht wie ursprünglich geplant in der Nacht durchführen, weil Fehrbach dann nicht mehr allein sein würde. Die Überlegung, die Kommissarin ebenfalls zu beseitigen, stellte sich ihm nicht, denn damit würde er ein viel zu großes Risiko eingehen.

Er überlegte noch einen Augenblick, dann ging er zum Schreibtisch zurück, um Hans anzurufen.

»Wir müssen es jetzt schon machen«, waren seine ersten Worte, und natürlich wusste Hans, der die Bilder aus Fehrbachs Wohnung ebenso verfolgt hatte, was er meinte.

»Dann müssen wir ihn unter irgendeinem Vorwand herlocken.«

»Ja. Fällt dir da was ein?«

Eine kurze Weile herrschte Stille in der Leitung. »Ich könnte ihn benachrichtigen, dass ich auf meinem Kontrollgang eine offensichtliche Manipulation an seiner Wohnungstür festgestellt hätte«, schlug Hans dann vor.

Stepanow dachte einen Moment lang über diese Idee nach. Was Einbrüche anbelangte, dürfte Fehrbach seit dem Mord an seiner Frau ein Trauma entwickelt haben. Also würde ihn die Nachricht mit Sicherheit sofort zu seiner Wohnung treiben. Es wäre nur fatal, wenn er bei der Gelegenheit die Polizei mitbringen würde. Stepanow sprach seinen letzten Gedanken laut aus.

»Ich könnte ihm sagen, dass ich die Polizei bereits verständigt habe«, schlug Hans vor.

Das war ein guter Gedanke, wie bisher jeder, der von Hans gekommen war. Stepanow gab sich einen Ruck. Sie mussten es so machen, eine andere Möglichkeit blieb ihnen nicht. Denn selbst wenn sie den Plan auf eine andere Nacht verschieben würden, wer sagte ihnen, dass Fehrbach dann allein wäre? Die Beziehung zu dieser Kommissarin war ganz frisch, und wenn sie die kommenden Nächte nicht hier verbringen würden, dann mit Sicherheit in ihrer Wohnung, wo er und Hans nicht an ihn herankamen. »Das ist eine gute Idee. Ich werde mich um zwölf auf den Weg zu dir machen, und wenn ich da bin, kannst du ihn benachrichtigen. Bis er eingetroffen ist, habe ich alles vorbereitet.«

Die in der Sitzung besprochenen Themen waren an Fehrbach vorbeigerauscht wie ein plätschernder Bach, und hätte man ihn jetzt nach der Rückkehr in sein Büro danach gefragt, hätte er nicht eines davon benennen können. Er hoffte, dass seine gedankliche Abwesenheit nicht allzu sehr aufgefallen war, und falls doch, war es ihm auch egal. Wenigstens hatte er es geschafft, während der Sitzung keine Nachrichten an Lisa zu verschicken, aber jetzt hielt er es nicht länger aus. Er musste ihre Stimme hören, selbst wenn es nur für wenige Sekunden wäre.

»Ich kann jetzt nicht«, flüsterte sie. Im Hintergrund war auf einmal lautes Gejohle zu hören. »Ich bin gerade in der BKI.«

»Ich habe Sehnsucht.«

»Ich auch, aber es geht jetzt wirklich nicht. Ich melde mich später.«

Unmittelbar nach Beendigung des Telefonats stellte Fehrbachs Sekretärin ein Gespräch durch.

»Guten Tag, Herr Fehrbach«, meldete sich der Teilnehmer. »Mein Name ist Hans Gehring. Ich bin ein Mitarbeiter der Security-Firma in Ihrem Wohnhaus.«

»Ja?«, sagte Fehrbach irritiert.

»Wie Sie vielleicht wissen, machen meine Kollegen und ich mehrmals täglich einen Kontrollgang durch das Gebäude, der sich auch auf die einzelnen Flure erstreckt. Als ich an Ihrer Wohnungstür vorbeikam, ist mir eine Beschädigung über dem Sicherheitssystem aufgefallen. Das Türblatt ist eingedrückt. Es sieht aus, als hätte dort jemand mit einem Stemmeisen hantiert, um die Wohnungstür aufzubrechen. Ich denke, Sie sollten sich das mal ansehen.«

Fehrbachs Gedanken überschlugen sich. Wie war das möglich? Das Gebäude war extrem gut gesichert, da konnte niemand so einfach hereinspazieren und sich an Wohnungstüren zu schaffen machen. Andererseits ... Bei seiner Abfahrt am Morgen war das Tor der Tiefgarage defekt gewesen. Er hatte keine Ahnung, ob der Schaden mittlerweile behoben war, aber es bestand natürlich die Möglichkeit, dass sich da jemand Zugang zum Haus verschafft und auf eine günstige Gelegenheit gewartet hatte. »Ich komme«, sagte er nach einem schnellen Blick auf die Uhr. In einer halben Stunde war zwar die nächste Sitzung anberaumt, aber die würde dann eben ohne ihn stattfinden müssen. »Am besten verständige ich gleich die Polizei, dann können die sich das ansehen.«

»Das habe ich bereits getan«, sagte Gehring.

»Danke.« Fehrbach verabschiedete sich und legte den Hörer auf. Hastig griff er nach den Autoschlüsseln und gab seiner Sekretärin Bescheid, dass es in seiner Wohnung offensichtlich einen Einbruchversuch gegeben hätte und er sich die Sache jetzt umgehend ansehen müsse.

Die Kollegen hatten Lisa einen rauschenden Empfang bereitet, der von einer überdimensionalen Schokoladentorte bis hin zu einer »Schön, dass du wieder da bist«-Girlande über ihrer Bürotür reichte. Lisa hatte dagestanden und unzählige Umarmungen erwidert und dabei die ganze Zeit gegen die immer wieder aufsteigenden Tränen angekämpft, bis es ihr irgendwann egal gewesen war und sie ihnen freien Lauf gelassen hatte. »Mensch«, hatte sie immer wieder geschnieft. »Ihr seid ja vollkommen verrückt.«

Es war wie nach Hause kommen gewesen, zu Menschen, von denen sie die meisten schon jahrelang kannte und die sie nicht in ihrem Leben missen wollte. Nicht einmal Uwe, dessen Umarmung ihr fast die Knochen gebrochen hatte. Auf einmal waren ihre Ängste, dass der Schuss nachhaltige Schäden in ihrer Seele hinterlassen könnte, verflogen. Mit diesen Kollegen und Freunden um sich herum würde sie es schaffen, da war sie sich ganz sicher.

Und mit Thomas. Sie hatte den ganzen Vormittag mit sich gekämpft, es aber unterlassen, ihn anzurufen, da sie ihn ja in einer Sitzung wusste. Seine Stimme, seine Worte vorhin am Telefon hatten ihr Herz schneller schlagen lassen, sie fühlte sich wie ein Teenager, der die erste Liebe erlebte. Schmetterlinge im Bauch, mein Gott, wie lange hatte sie das entbehrt.

Nachdem der Empfangstrubel abgeebbt war, folgte sie Södersen in sein Büro. Sie hatte noch eine Reihe von Fragen, da er und auch die Kollegen bei ihren Besuchen im Krankenhaus nur wenig darüber hatten verlauten lassen, wie die Abschlussermittlungen liefen. Sie wusste nur, dass Krohn ein vollständiges Geständnis abgelegt hatte und ebenso wie Lea Nordin in Untersuchungshaft saß.

»Ich würde gerne mit Krohn sprechen.«

»Hältst du das für eine gute Idee?« Södersens Blick war skeptisch.

»Er hat mir das Leben gerettet. Wenn er nicht diesen Karatetritt ausgeführt hätte, wäre der Schuss tödlich gewesen. Egal, was er sonst getan hat, ich habe einfach das Bedürfnis, mich bei ihm zu bedanken.« Sie legte eine Hand auf den Oberschenkel, wo sich unter dem Stoff der Jeans die Operationsnarbe befand. Eine unwillkürliche Geste, bei der sie sich in den vergangenen Tagen bereits häufiger ertappt hatte. »Außerdem werde ich vor Gericht für ihn aussagen.«

Södersen nickte.

»Hat Krohn sich eigentlich bewusst an die Nordin rangemacht, um über die Ermittlungen auf dem Laufenden zu sein?«

»Nein. Zu dem Punkt hat sich auch die Nordin geäußert, und hier besteht Übereinstimmung in den Aussagen. Sie haben sich bereits einige Zeit vor dem ersten Tötungsdelikt kennengelernt.«

»Hat Krohn die Opfer über einen längeren Zeitraum hinweg beobachtet?«

Södersen nickte wieder. »Es war ein Leichtes für ihn, an ihre Adressen zu kommen. Und er hat sich häufig für den Frühdienst einteilen lassen, damit er abends und in der Nacht vor Ort sein konnte, und teilweise sogar Urlaub genommen, um die Gewohnheiten der Richter auszukundschaften. Das Reinkommen in die Häuser war problemlos. Er hat geklingelt, sie haben die Tür geöffnet, und das war's. Er hat übrigens auch zugegeben, dass er über medizinische Kenntnisse verfügt, da er eine Ausbildung zum Rettungssanitäter gemacht hatte, bevor er zur Polizei ging. Somit war er auch in der Lage, den Tod der letzten beiden Opfer festzustellen.«

»Und warum die offen stehenden Terrassentüren? Wollte er, dass man die Toten schnell findet?«

»Darauf konnte er keine Antwort geben.«

»Vielleicht ist da einiges unbewusst bei ihm abgelaufen.«

»Das ist gut möglich. Er hat angegeben, dass er sich an den Richtern rächen wollte, weil er unserem Justizsystem nicht mehr vertraut. Auf der anderen Seite war ihm natürlich klar, dass er damit ein Verbrechen begeht. Vielleicht wollte er, dass man ihn stoppt.«

»Wieso hat die Nordin Krohn eigentlich geholfen? Hat sie da irgendwas gesagt?«

»Sie hat gesagt, dass sie ihn liebt und dass sie nicht wollte, dass er ins Gefängnis kommt. Ansonsten schweigt sie sich aus.«

Lisa schüttelte den Kopf. »Ich verstehe das nicht. Die Frau ist Kriminaloberrätin. So einen Job wirft man doch nicht einfach weg.«

Södersen zuckte ratlos mit den Schultern. »Keine Ahnung, was da zusammenkam. Ihr Mann ist vor einigen Jahren gestorben, aber mit viel mehr konnten die Hamburger Kollegen nicht aufwarten. Die Nordin hat selten etwas über ihr Privatleben verlauten lassen, heißt es.«

Lisa starrte nachdenklich vor sich hin. »Ich versuche gerade, das nachzuvollziehen. Da treffen zwei Menschen aufeinander, die ihr Leben nach dem Tod ihrer Ehepartner neu ausrichten müssen. Zumindest sie verliebt sich heftig und begibt sich dadurch in eine vielleicht nie gekannte Abhängigkeit.«

»Krohn empfindet offenbar auch sehr viel für sie. Ich habe lange mit ihm gesprochen, und seine Aussagen erschienen mir glaubwürdig.«

»Aber dann geht man doch nicht los und bringt drei Menschen um! Wenn er nach wie vor allein dagestanden hätte, könnte ich das ja vielleicht noch ansatzweise nachvollziehen, aber so … Da ist eine neue Frau in sein Leben getreten, da hätte er doch nach vorn blicken müssen.«

»Man kann nicht in die Köpfe der Menschen reinschauen, Lisa, leider.« Södersen beugte sich nach vorn und faltete die

Hände auf dem Schreibtisch. »Was Krohn und seine Handlungen anbelangt, bin ich mit meinem Latein am Ende. Bei Lea Nordin könnte ich es mir so vorstellen, dass sie Krohn hörig war. Vielleicht hat sie zum ersten Mal in ihrem Leben wirklich geliebt. Ich könnte ihr Verhalten allerdings auch in dem Fall nicht nachvollziehen, aber was verstehe ich schon von Frauen.«

Lisa lächelte. »Mehr, als du denkst.«

»Quatsch! Ich bin zwar mittlerweile über dreißig Jahre verheiratet, aber Marion kommt mir noch heute manchmal wie ein Buch mit sieben Siegeln vor. Und andere Frauen sowieso.«

»Was soll das hier werden, Chef? Fishing for compliments?«

»Nein! Ich denke mir nur einfach, dass es so ist.«

Jetzt war es an Lisa, »Quatsch« zu sagen, und fast wäre sie in Gelächter ausgebrochen, aber Södersens Blick hielt sie davon ab. Irgendetwas stimmte nicht mit ihm. Der Eindruck hatte sich ihr bereits seit längerem aufgedrängt. »Alles in Ordnung mit dir?«

Sein Blick verschloss sich jäh. »Natürlich! Was soll denn nicht in Ordnung sein?«

»Ich weiß nicht, du klingst irgendwie ...«

»Aber ich weiß es! Es ist alles okay!« Abrupt stand er auf und ging zum Fenster hinüber.

Lisa registrierte das Zusammenbeißen der Lippen, die Hände, die sich zu Fäusten formten, bevor sie in den Taschen des Jacketts verschwanden. Hier war eindeutig nichts in Ordnung. Die Frage war nur, ob er darüber reden wollte. Sie beschloss, nicht weiter in ihn zu dringen, da sie aus Erfahrung wusste, dass dieser Versuch auch nach hinten losgehen konnte, und erhob sich. »Dann werde ich mich mal wieder auf den Weg machen. Der Arzt hat mir ja noch Schonung verordnet.«

Södersen erwiderte nichts und wandte ihr nach wie vor den Rücken zu. Erst als sie den Türgriff umfasste, hörte sie wieder seine Stimme.

»Marion will sich von mir trennen.«

Lisa glaubte sich verhört zu haben. »Das ist nicht dein Ernst!« Wenn es eine funktionierende Beziehung in ihrer Umgebung gab, dann war es die von Södersen und seiner Frau. Wo alles um sie herum in den letzten Jahren in die Brüche gegangen war, hatten die beiden immer wie Pech und Schwefel zusammengehalten. »Warum?«

»Sie wirft mir vor, dass ich nicht kürzertrete, wie ich es nach meinem Zusammenbruch im Februar versprochen habe.« Södersen hatte sich umgedreht. Sein Gesicht drückte jetzt pure Verzweiflung aus. »Ich wollte es ja, aber kannst du mir bitte mal verraten, wie das gehen soll? Wir ersticken in Arbeit, das weiß Marion doch. Und trotzdem setzt sie mir jetzt die Pistole auf die Brust. Das ist so was von unfair.«

Lisa nahm wieder auf dem Besucherstuhl vor dem Schreibtisch Platz. »Lass uns drüber reden.«

»Da gibt es nichts zu reden. Marion hat mir ein Ultimatum gesetzt. Wenn ich meine Stunden nicht reduziere, dann war's das mit uns.«

»Du bist der Leiter der Mordkommission, du kannst deine Stunden nicht einfach reduzieren.«

Södersen kam zum Schreibtisch zurück und setzte sich ebenfalls. »Das habe ich ihr auch gesagt.«

»Und?«

»Sie hat gemeint, dass ich mich dann eben in den vorzeitigen Ruhestand versetzen lassen soll.«

Für einen Augenblick war es totenstill. »Und was willst du?«, fragte Lisa dann leise.

»Ich will meine Frau behalten, verdammt noch mal! Das Gleiche gilt aber auch für meinen Job. Okay, ich fühle mich manches Mal alt und ausgelaugt und hab auch ab und an schon mit dem Gedanken gespielt, hinzuschmeißen. Aber nach Marions Eröffnung habe ich mir viel Zeit zum Nachdenken genommen. Ich will jetzt noch nicht aufhören, es erscheint mir einfach noch zu früh. Mensch, Lisa, du weißt doch, wie viel mir das alles hier bedeutet. Ich würde verrückt werden, wenn ich plötzlich den ganzen Tag zu Hause rumsitzen müsste. Ich wüsste doch überhaupt nicht, wie ich die Zeit totschlagen sollte.«

Lisa konnte ihn so gut verstehen. Ihr würde es ganz genauso ergehen. »Das ist ja wirklich eine beschissene Situation. Seit wann geht das denn so?«

»Seitdem wir diesen Fall hier an der Backe haben. Ich bin ja nur noch selten zu Hause gewesen, und das wirft Marion mir jetzt vor. Als ob es zum ersten Mal in unserer Ehe so wäre. Aber plötzlich flippt sie aus.«

»Was willst du jetzt machen?«

»Keine Ahnung. Wie immer ich mich entscheide, ich würde etwas, was mir sehr viel bedeutet, verlieren.« Sein Blick ging Lisa durch Mark und Bein. »Weißt du, was das Schlimmste an dieser Angelegenheit ist?«

Konnte es noch etwas Schlimmeres geben? Lisa schüttelte den Kopf.

»Ich glaube, dass Marion meinen Job nur vorschiebt. Sie hat ein neues Parfum, eine neue Frisur und kleidet sich plötzlich sehr jugendlich. Zu jugendlich für meinen Geschmack. Es passt nicht zu ihr.«

Lisa fragte sich, wie vielen Männern so etwas wohl auffallen würde. Wenn's hochkam, einem von hundert, wenn überhaupt. »Du meinst also …?«

»Marion hat einen Freund, da bin ich mir sicher. Aber anstatt es zuzugeben und offen und ehrlich zu mir zu sein, zieht sie es vor, mir die Rolle des Sündenbocks zuzuschieben. Und das lasse ich mir nicht gefallen!«

Der Anruf des Security-Mannes hatte Fehrbach beunruhigt. Seit dem Einbruch in sein Haus in Stöfs und dem damit verbundenen Mord an Eva war sein Sicherheitsempfinden sehr ausgeprägt und letztendlich ausschlaggebend für den Kauf der Wohnung gewesen.

Er parkte den Wagen in der Tiefgarage und machte sich auf den Weg ins Treppenhaus, um ins Erdgeschoss zu gelangen. Als er das Foyer betrat, blickte der Mann hinter dem Empfangstresen auf. Fehrbach ging zu ihm hinüber. »Thomas Fehrbach. Haben Sie mich angerufen?«

Der Mann nickte und deutete in Richtung Fahrstuhl. »Wollen wir nach oben fahren, damit Sie sich das Ganze ansehen können?«

»Ist die Polizei schon da?«

»Nein, aber die müssten jeden Augenblick kommen.«

Der Security-Mann – Gehring, wenn Fehrbach sich recht entsann – holte den Fahrstuhl und ließ Fehrbach den Vortritt. Schweigend fuhren sie zum Penthouse hinauf. Als der Fahrstuhl im obersten Stockwerk hielt und die Türen aufschwangen, trat Fehrbach hinaus. Das Flurlicht sprang an, und er eilte zu seiner Wohnung. Der Security-Mann folgte ihm.

»Hier«, Gehring war neben ihn getreten, »sehen Sie.« Er deutete auf die Wohnungstür, an der über dem Sicherheitsschloss deutliche Vertiefungen zu erkennen waren. »Das sind doch eindeutige Anzeichen für einen Einbruchsversuch, meinen Sie nicht?«

Fehrbach unterzog die Tür einer ausführlichen Prüfung, aber außer den Dellen konnte er keine weiteren Beschädigungen entdecken. »Haben Sie so etwas auch an anderen Wohnungstüren festgestellt?«

Gehring schüttelte den Kopf. »Nein, nur an Ihrer.« Er machte ein betroffenes Gesicht. »Ich muss gestehen, dass ich einigermaßen erschüttert bin. Unsere Firma ist in einer Vielzahl von Gebäuden für den Schutz zuständig, und so etwas hat es noch nie gegeben. Ich kann es mir im Moment nur damit erklären, dass heute Vormittag jemand durch die Tiefgarage eingedrungen ist, als das Tor offen stand.«

»Der hätte ohne eine Keycard aber weder den Aufzug bedienen noch vom Treppenhaus auf die einzelnen Stockwerke gelangen können«, warf Fehrbach ein.

»Da haben Sie recht«, musste Gehring zugeben.

»Das muss sich die Polizei genauer ansehen.« Fehrbach steckte seine Keycard in das Sicherheitsschloss. Das Gefühl der Beunruhigung verstärkte sich. Hier hatte ganz offensichtlich ein Einbruchsversuch stattgefunden, aber warum nur bei ihm? Und warum war er abgebrochen worden? Er öffnete die Tür mit einem Fußtritt, damit etwaige Spuren erhalten blieben. Im nächsten Moment wurde er von hinten gepackt und in den Flur gestoßen. Er strauchelte und schaffte es gerade noch, sich an der Garderobe festzuhalten. Bevor er zum Nachdenken kam, vernahm er das Zuschlagen der Wohnungstür und gewahrte den Mann, der ihm aus dem Wohnzimmer entgegenkam.

»Herr Fehrbach. Ich freue mich, Sie endlich persönlich kennenzulernen.«

Gebrochenes Deutsch, ein starker slawischer Akzent – Fehrbach brauchte nur Sekunden, um zu begreifen, wer da vor ihm stand. Angst durchflutete seinen Körper, so heftig, dass ihm für einen Moment alles vor den Augen verschwamm. Er atmete tief durch, dann übernahm der Hass. »Stepanow! Du elendes Schwein!« Er stürzte nach vorn und versuchte den Mann zu ergreifen, um ihm sein hämisches Grinsen aus dem Gesicht zu schlagen, da spürte er die Hände, die ihn von hinten ergriffen und seinen Körper wie in einem Schraubstock hielten.

Eine Falle! Sie haben mir eine Falle gestellt. Im nächsten Moment streifte ihn ein weiterer Gedanke. Die Taube … Das Gefühl der Angst, das er bei Ilka Hansens Hinweis empfunden hatte, war berechtigt gewesen. Stepanow hatte ihm eine Warnung geschickt, und er hatte es nicht begriffen.

Er wollte schreien, als ihm ein Lappen mit einer übelriechenden Flüssigkeit auf den Mund gedrückt wurde. Schwindel erfasste ihn. Er wehrte sich mit aller Kraft gegen die beginnende Ohnmacht, konnte aber nicht verhindern, dass seine Beine unter ihm nachgaben. Hände griffen unter seine Achseln und zerrten ihn in den Wohnraum. Wie durch Watte vernahm er eine Stimme.

»Leg ihn auf den Boden!«

Ein Gesicht erschien vor seinen Augen, verschwommen, ein dunkler Schatten ohne erkennbare Züge.

»Du hast meinen Bruder ins Gefängnis gebracht. Und jetzt ist er tot.«

Das Gesicht kam näher, der süßliche Duft eines Rasierwassers drang in Fehrbachs Nase und verstärkte den Brechreiz.

»Deine Frau hat bereits zu spüren bekommen, was es heißt, sich mit mir anzulegen. Jetzt bist du dran. Endlich. Du glaubst gar nicht, wie lange ich auf diesen Tag gewartet habe. Und wenn ich Lust habe, ja, ich denke, dass ich sogar große Lust dazu haben werde, befasse ich mich auch noch mit deiner neuen Freundin, wenn ich mit dir fertig bin. Ihr habt es ja letzte Nacht heftig miteinander getrieben. Es ist wirklich schade, dass ich euer junges Glück jetzt so abrupt beenden muss.«

Fehrbachs Gedanken liefen Amok. Stepanow hatte Kameras in der Wohnung anbringen lassen, und zwar durch den Mann vom Security-Dienst, der ebenfalls zu seinen Schergen gehörte. Eine andere Erklärung gab es nicht. Ein gequältes Stöhnen entfuhr ihm, und er versuchte sich aus Gehrings Umklammerung zu befreien, aber vergeblich. »Lass … lass … sie in … Ruhe. Sie hat … nichts … sie hat … nichts mit … mit unserer Sache … zu tun.« Lisa, mein Gott, ihr darf nichts passieren.

»Ich könnte die Aufnahmen natürlich auch ins Internet stellen, damit die Leute sehen, was Kriminalhauptkommissarin Lisa Sanders in ihrer Freizeit so treibt.«

Woher kannte Stepanow Lisas Namen? Fehrbach brach der kalte Schweiß aus. Er durfte nicht zulassen, dass sie ebenfalls in Stepanows Gewalt geriet.

»Dreh ihn auf den Rücken!«

Fehrbachs Magen krampfte, als Gehring Stepanows Anweisung nachkam. Im nächsten Moment setzte sich der Security-Mann rittlings auf seinen Oberkörper, dass ihm der Atem stockte. Er wollte sich aufbäumen, aber seine Kräfte reichten nicht mehr aus. »Bist du bereit?«, hörte er Stepanow Gehring fragen.

Dieser nickte, dann schlossen sich seine Hände um Fehrbachs Hals …

DANKSAGUNG

Auch bei der Arbeit an diesem Buch standen mir wieder eine Reihe von Personen zur Seite, denen ich an dieser Stelle meinen herzlichen Dank aussprechen möchte.

Mein erster Dank gilt meiner neuen Agentin Franka Zastrow von der Literarischen Agentur Thomas Schlück. Du hast mich nach einer dunklen Zeit in meinem Autorinnenleben wieder aufgerichtet und mir neue Zuversicht vermittelt, hast immer ein offenes Ohr für mich gehabt und mir stets Mut gemacht. Danke dafür!

Mein nächster Dank geht an meine Berater bei der Polizei und der Rechtsmedizin, ohne deren Unterstützung ich auch dieses Mal ziemlich alt ausgesehen hätte.

Danke an

- Imke Kalus von der Polizeidirektion Neumünster fürs Korrekturlesen und viele wertvolle Hinweise. Puh, ohne deine Adleraugen wäre mir da aber so einiges durchgerutscht ☺
- Stefan Winkler, Erster Kriminalhauptkommissar und ehemaliger Leiter der Kieler Mordkommission, der in der Zwischenzeit die Leitung des Kriminaldauerdienstes (KDD) übernommen hat

- Jens Vullgraf, Erster Kriminalhauptkommissar und Leiter der Operativen Fallanalyse sowie Leiter der Cold Case Unit im LKA Schleswig-Holstein, dem ich eine Fülle von Informationen über die Arbeit der OFA verdanke
- Prof. Dr. med. Klaus Püschel, Direktor des Instituts für Rechtsmedizin des Universitätsklinikums Hamburg-Eppendorf, der mich mit der Elektrofolter vertraut gemacht hat.

Natürlich können sich trotz intensivster Recherche Fehler einschleichen, und manches Mal muss man zugunsten der Dramaturgie auch einige Abstriche machen und sich die Realität ein wenig zurechtbiegen. So zum Beispiel bei der Gesichtserkennung, die es zum Zeitpunkt des Schreibens nicht bei der schleswig-holsteinischen Landespolizei gab. Da ich sie aber für eine bestimmte Szene brauchte, habe ich »meine« Polizei kurzerhand mit der erforderlichen Technik ausgestattet ☺.

Danke an meine Testleserinnen Andrea Rösch, Gabriele Albrecht und Ruth Kaiser, die mir immer wieder mit guten Tipps unter die Arme greifen.

Danke an Michaela und Michael Hilgers, die mir die Adresse ihrer Zweitwohnung am Schönberger Strand für einen der Tatorte in diesem Buch ausgeliehen haben.

Ein weiteres Dankeschön geht an Christine Steffen-Reimann und das gesamte Team vom Droemer Knaur Verlag sowie an Dr. Gisela Menza, die jetzt schon mein viertes Buch lektoriert hat.

Mein letzter und wichtigster Dank gilt meinen Leserinnen und Lesern. Ich bin sehr glücklich, dass Ihnen meine Bücher gefallen, und hoffe, dass Sie mir treu bleiben.

Herzlichst
Ihre
Angelika Svensson